SCIENCE FICTION

Herausgegeben
von Wolfgang Jeschke

Ein Verzeichnis weiterer Bände dieser Serie
finden Sie am Schluß des Bandes.

J. M. DILLARD

BLUTDURST

STAR TREK
Raumschiff ›Enterprise‹

Roman

Deutsche Erstausgabe

WILHELM HEYNE VERLAG
MÜNCHEN

HEYNE SCIENCE FICTION & FANTASY
Band 06/4929

Titel der amerikanischen Originalausgabe
BLOODTHIRST
Deutsche Übersetzung von Andreas Brandhorst

Redaktion: Rainer Michael Rahn
Copyright © 1987 by Paramount Pictures Corporation
Copyright © 1992 der deutschen Ausgabe und der Übersetzung
by Wilhelm Heyne Verlag GmbH & Co. KG, München
Printed in Germany 1992
Umschlagbild: Pocket Books/Simon & Schuster/
Paramount, New York
Umschlaggestaltung: Atelier Ingrid Schütz, München
Technische Betreuung: Manfred Spinola
Satz: Schaber Datentechnik, Wels
Druck und Bindung: Ebner Ulm

ISBN 3-453-05850-X

PROLOG

Yoshi erwachte und wußte, daß er irgendwann im Schlaf entschieden hatte, Leben auszulöschen.

Er hob die Lider, sah den flackernden gelben Schein einer halb heruntergebrannten Kerze in der Sturmlaterne. Sekunden der Verwirrung folgten, und er befürchtete, im falschen Jahrhundert zu sein. Dann erinnerte er sich: Dies war Laras Unterkunft. Dumpfer Schmerz prickelte im Unterkiefer. Er saß, und die eine Seite des Gesichts ruhte auf dem harten Rollschreibtisch.

Er hatte es nicht fertiggebracht, sich auf ihrem Bett auszustrecken.

Yoshis Zunge schien aus trockener Wolle zu bestehen. Sie klebte am Gaumen, und er zuckte zusammen, als er sie davon löste. Kleine Hautfetzen blieben haften.

Der Schmerz stimulierte Zorn. Einige Traumbilder verharrten in ihm, und mit ihnen Bitterkeit: Ärger darüber, daß Reiko ihn verlassen hatte, daß sie gerade jetzt nicht bei ihm war, obwohl er sie dringend brauchte. Allein zu sterben — konnte einem etwas Schrecklicheres zustoßen? Yoshi wünschte sich Reikos Präsenz so sehr, daß er sie vor sich sah, hier in Laras Quartier: Sie lachte; Augen und Haar glänzten im Kerzenschein. Ihre Augen ... So klar wie bernsteinfarbenes Glas. Und sie verbargen nichts, gewährten Einblick in den innersten Kern ihres Selbst. Er verglich sie mit dem warmen, kristallklaren Wasser von HoVanKai, damals, während der Flitterwochen, als er beim Schwimmen die Fische unter sich beobachtet hatte. Reikos Augen zeigten ihm ebenfalls alles. Freude an jedem Tag, wenn sie ihn begrüßte, Kummer und Verzweiflung nach dem Tod der kleinen Tochter. Yoshi ertrug sein eigenes Leid, aber nicht das Elend in Reikos Augen. Doch selbst damals hatte sie den Eindruck erweckt, ihn noch zu lieben.

Das Phantombild lachte nicht mehr. Eine andere Erinnerung gewann Konturen in Yoshi, und sie war noch schmerzhafter für ihn als der Gedanke an den Tod des Kindes. Reiko blickte ihn aus jenen wundervollen Augen an, und er sah nur ... Kühle in ihnen, eine Leere, die ihn bestürzte. *Warum?* dachte er. *Bist du enttäuscht von mir? Was habe ich getan oder unterlassen?*

Nichts, flüsterte die Gestalt, und die hinreißenden kristallenen Augen erzeugten eine so intensive Kälte, daß Yoshi der Atem stockte. Er begriff sofort: Es gab jemand anders. *Dich trifft keine Schuld.*

Auf diese Weise erfolgten alle Schicksalsschläge in seinem Leben. Nie lud er Schuld auf sich, doch das Unglück verfolgte ihn ständig. Er war ein vorbildlicher Sohn gewesen, ein guter Schüler und Student, ein Mustergatte. Er hatte sich immer bemüht, allen in ihn gesetzten Erwartungen zu genügen und niemandem ein Leid zuzufügen. Doch der Kummer begleitete ihn auf Schritt und Tritt. Zuerst der Tod seiner Mutter, dann der Verlust von Reiko. Und jetzt zwangen ihn die Umstände, zu töten und zu sterben, ohne daß er irgendeine Art von Verantwortung trug.

Yoshis Finger schlossen sich so fest um das Skalpell, daß die Knöchel unter der Haut weiß hervortraten. Er merkte kaum, daß er es noch immer in der Hand hielt, während der ganzen langen Nacht in der Hand gehalten hatte. In ihm brodelte das Verlangen nach Rache, für seine Mutter, für sich selbst. Nun, was ihn betraf, durfte er sich vermutlich keine Vergeltung erhoffen. Für die Mutter ... Ja, vielleicht, wenn er still starb. Um ihretwillen zog er diese Möglichkeit in Erwägung.

In seinem Büro stand ein Holobild der Eltern, vor langer Zeit aufgenommen, als die Mutter noch lebte. Der sehnsüchtige Wunsch, es noch einmal zu betrachten, gewann ein solches Ausmaß, daß er dadurch körperlichen Schmerz empfand. Doch er mußte unerfüllt bleiben. Yoshi beschwor mit geschlossenen Augen das Bild aus dem Gedächtnis. Vater erschien zuerst: stolz, dunkle Haut, damals noch dichtes schwarzes Haar. Neben ihm seine japanische Frau. Sie zart und schlank, er untersetzt und stämmig — ein auffallender Kontrast. Yoshis Vater veränderte sich nach dem Tod seiner Lebensgefährtin, wurde grüblerisch und verdrießlich. Dadurch fühlte sich der Sohn ständig an das Fehlen der Mutter erinnert. Sein Vater verzieh sich selbst und Yoshi nicht, daß sie noch lebten.

Er berührte das aufgeschlagene Buch, in dem er gelesen hatte. Lara sammelte Antiquitäten, darunter auch Bücher aus Papier. Dutzende davon standen in ihren Regalen. Am vergangenen Abend hatte Yoshi eins ausgewählt, weil ihm der Titel bekannt vorkam, aber die Lektüre zog unangenehme Konsequenzen nach sich, belastete ihn mit Alpträumen. Er senkte nun den Kopf und las zwei Sätze:

Ich befand mich tatsächlich in den Karpaten. Jetzt blieb mir nichts anderes übrig, als geduldig zu sein und auf den nächsten Morgen zu warten.

Yoshi schloß das Buch und schob es fort. Er *hatte* sich in Geduld gefaßt, doch für ihn gab es keinen nächsten Morgen. Er atmete tief durch, um sich von der Benommenheit zu befreien, füllte seine Lungen mit muffiger Luft, die nur noch wenig Sauerstoff erhielt. Er hatte die Klimaanlage in Laras Quartier desaktiviert. Jeder Raum konnte isoliert werden, wenn das Sicherheitssystem vor einer bakteriologischen Verseuchung warnte, aber man ging davon aus, daß die Dekontamination nur wenige Stunden in Anspruch nahm. Nicht lange genug, um eine Versorgung mit Nahrungsmitteln, Wasser und frischer Luft erforderlich zu machen.

Niemand war auf die Katastrophe vorbereitet gewesen. Yoshi schloß die Augen und sah das Unmögliche: Zusammen mit Lara stand er in der Stasiskammer, vor der geschlossenen Leichenkapsel — und entsetzt beobachtete er, wie sich der Deckel langsam hob. *Jemand drückte ihn von innen her auf ...*

Er stöhnte leise. *Denk nicht daran.*

Yoshi schluckte, verdrängte die Furcht und lenkte sich ab, indem er seinem knurrenden Magen lauschte. Der Hunger war eigentlich nicht so schlimm; nach den ersten beiden Tagen reduziert er sich auf ein mahlendes Pochen hinter der Stirn. Der Durst hingegen wurde allmählich unerträglich.

Er brachte es schneller hinter sich, wenn er das Zimmer verließ. Die Frage des Überlebens stellte sich gar nicht mehr. Es ging jetzt nur noch darum, *wie* er starb.

Yoshi stand zu schnell auf und mußte sich am Schreibtisch festhalten, um nicht das Gleichgewicht zu verlieren. Die Auswirkungen des Wassermangels auf sein Bewußtsein hielt er für besonders schlimm: Dadurch lief er Gefahr, den eigenen Gedanken zum Opfer zu fallen, anstatt sie zu kontrollieren. Mit klarem Verstand wäre es ihm nicht so schwergefallen, dem Tod entgegenzutreten und zu töten.

Behutsam stieß er sich vom Schreibtisch ab und wankte durchs Halbdunkel. Die Lampen funktionierten schon seit einer ganzen Weile nicht mehr. Blind und voller Furcht hatte er sich durch die Finsternis getastet, bis er Laterne, Kerze und Feuerzeug fand — weitere Antiquitäten. Jetzt hielt er die Laterne in der einen und das Skalpell in der anderen Hand, taumelte an langen Regalen mit staubigen Büchern vorbei, passierte die Vitrine mit den alten medizinischen Instrumenten und erreichte schließlich die dicke Stahltür, die ihn von der Außenwelt trennte.

Einige Minuten lang sah Yoshi auf das Schott. Kleine Schweißtropfen berührten seine rissigen Lippen, und er leckte sie gierig ab, während er daran dachte, was ihn draußen erwartete: ein Mord, gefolgt vom eigenen Tod.

Ein Kloß entstand in seinem Hals, und die Nackenmuskeln spannten sich. Nein, er durfte jetzt nicht den Mut verlieren. Er mußte auch weiterhin entschlossen bleiben. Es war schlimmer, langsam zu verdursten oder nichts gegen das Unheil zu unternehmen. Das Töten gewann die Bedeutung eines Gnadenakts. Yoshi lehnte sich erschöpft ans kühle Metall und betätigte eine Taste. Das Siegel gab mit einem leisen Zischen nach, und die Tür öffnete sich.

Die Korridore trugen ein Gewand aus Dunkelheit. Der Mann hob die Laterne, wagte sich vorsichtig über die Schwelle. Das Kerzenlicht flackerte, entlockte der Schwärze vage Umrisse. Das Herz pochte Yoshi bis zum Hals empor, als er einen Fuß vor den anderen setzte und zur Krankenstation wanderte. Dort spürte er eine nahe Präsenz und zögerte, bevor er sich durch die offene Tür beugte, das Skalpell wie einen Dolch in der Hand.

»Lara?« Nur ein leises Flüstern, doch in der Stille klang es wie ein lauter Ruf.

Im Licht der Laterne sah Yoshi direkt in die Pupillen des Todes: in die trüben Augen seiner Mutter, die tot auf dem Boden des Shuttles lag, in Reikos Augen, die von Verrat kündeten. In die weit aufgerissenen, blicklosen Augen einer Frau namens Lara Krowozadni.

Die scharfe Klinge des Skalpells blitzte, als Yoshi damit zustieß.

KAPITEL 1

Leonard McCoy verab-
scheute moderne Technik und war davon überzeugt,
daß sie ihn eines Tages umbringen würde. Als ihn der
Transporterstrahl fast einen Kilometer unter der Oberfläche des Planeten rematerialisieren ließ, in völliger
Dunkelheit, erstarrte er und glaubte seine Befürchtun-
gen auf schreckliche Weise bestätigt.

»Allmächtiger Gott!« McCoy streckte den Arm aus
und sah nur mattes energetisches Schimmern an den
Händen. Er bewegte sie, ohne etwas anzurühren. »Sind
Sie noch da, Stanger?«

»Ja, Doktor.« Der sanfte Tenor ertönte einige Meter
weiter rechts. »Keine Sorge, das haben wir gleich ...«
Einen Sekundenbruchteil später schnitt ein Lichtstrahl
durch die Finsternis, und dahinter bemerkte McCoy das
braune Gesicht des Sicherheitswächters. Stanger trug
ebenfalls einen Individualschild.

Leonard tastete nach seinem Kommunikator und
klappte ihn verärgert auf. »McCoy an *Enterprise*.« Er
mußte lauter sprechen, um sicher zu sein, daß man ihn
verstand. Das Kraftfeld dämpfte die Stimme, verlieh ihr
einen nasalen Klang. »Zum Teufel auch, Jim, wie sollen
wir hier unten im Dunkeln zurechtkommen?«

Eine kurze Pause schloß sich an, und der Arzt stellte
sich vor, wie es in Kirks Mundwinkeln zuckte. Doch die
Stimme des Captains brachte nur neutralen Ernst zum
Ausdruck. »Soll das heißen, niemand von euch hat daran gedacht, eine Lampe mitzunehmen?«

»Ich habe eine dabei, Sir«, antwortete Stanger — et-

10

was zu eifrig, fand McCoy. Er runzelte die Stirn, bevor er erneut in den Kommunikator sprach.

»Darum geht's gar nicht, Jim. Ich wollte nur darauf hinweisen ...«

»Ich weiß«, sagte Kirk. Diesmal offenbarte sich das Lächeln auch in der Stimme. »Und ich nehme deine Beschwerde zur Kenntnis. Beim nächsten Mal geben wir dir rechtzeitig Bescheid.«

»Danke«, brummte McCoy sarkastisch.

»Ist sonst alles in Ordnung?«

»Woher soll ich das wissen?« entgegnete McCoy. »Wir sind gerade erst eingetroffen. Ich melde mich, wenn wir etwas entdecken.«

Stanger war bereits an die nächste Wand herangetreten und prüfte die Beleuchtungskontrollen. Dünne Falten bildeten sich in seiner Stirn. »Keine Energie. Seltsam. Die anderen Systeme scheinen zu funktionieren.«

McCoy nickte. »Wo sind wir hier eigentlich?«

Stanger drehte sich um, hielt den kleinen Scheinwerfer in Hüfthöhe. »Scheint eine Art Laboratorium zu sein ...«

Der Lichtkegel glitt über Arbeitsplatten aus Onyx und komplexe Anordnungen aus Petrischalen und Phiolen — alles befand sich in einem großen fünfeckigen Kristall. Am Zugang dieses Pentagons glitzerte ein Kraftfeld, vergleichbar mit den Individualschilden, die McCoy und Stanger trugen. Als sich die beiden Männer näherten, reflektierte der Kristall das Licht. »Sieht nach einem medizinischen Labor aus«, meinte der Sicherheitswächter.

»Eine ›heiße‹ Kammer«, murmelte McCoy mehr zu sich selbst.

Stanger musterte ihn verwirrt. »Eine was?«

»Die Abschirmungen deuten auf ein pathologisches Laboratorium hin. Ein isolierter Raum für die Behandlung gefährlicher Infektionskrankheiten. Erinnert mich an die Anlage in Atlanta. Sonderbar, daß es so etwas ausgerechnet hier gibt, mitten im Nichts.«

»Vielleicht aus gutem Grund«, erwiderte Stanger. »Damit sich niemand ansteckt.«

»Ja. Aber warum sind wir nicht gewarnt worden? Wenn wir uns ohne die Schilde hierhergebeamt hätten ...«

Der Sicherheitswächter erblaßte ein wenig. »Hat man uns denn überhaupt keine *Informationen* übermittelt?«

»Wir empfingen nur einen Medo-Notruf erster Priorität. Aber seien Sie unbesorgt. In solchen Fällen verwenden wir immer Individualschilde, und darin sind wir geschützt.«

Stanger schnitt eine skeptische Grimasse und leuchtete in die Ecken des Raums. »Ist hier jemand?«

Seine Stimme hallte durch die Schatten der leeren Kammer. Niemand antwortete.

»Ich schätze, wir sollten uns gründlich umsehen«, sagte McCoy, obwohl er am liebsten sofort zur *Enterprise* zurückgekehrt wäre. Er hatte sich nie im Dunkeln gefürchtet, nicht einmal als Kind — jedenfalls nicht *sehr* —, aber das Laboratorium weckte Unbehagen in ihm. Er wollte die Suche (wonach auch immer) so schnell wie möglich hinter sich bringen. »Ein medizinischer Notruf erster Priorität«, betonte er noch einmal. »Wir dürfen keine Zeit verlieren.«

Stanger ging zum Schott und blickte auf den Tricorder, dessen Anzeigen in der Dunkelheit glühten. »Ich registriere die Biosignale einer Lebensform, aus jener Richtung.« Er winkte mit der freien Hand und schritt durch die Tür. McCoy folgte ihm — so dicht, daß er dem Sicherheitswächter im Korridor an die Ferse stieß.

»Entschuldigung«, sagte er verlegen.

»Schon gut.« Stanger drehte sich um und senkte die Lampe, um den Arzt nicht zu blenden. McCoy hörte ein Schmunzeln in der Stimme des Mannes. »Sie scheinen sich hier alles andere als wohl zu fühlen.«

»Nun, Sie haben recht. Ich finde diesen Ort ... unheimlich. Was ist mit Ihnen?«

»Ich halte die Atmosphäre für angemessen«, entgegnete Stanger, wandte sich von Leonard ab und setzte den Weg fort. Diesmal versuchte McCoy, einen gewissen Abstand zu wahren. »Kennen Sie das heutige Datum?«

Der Arzt runzelte die Stirn. »Sternzeit ...«

»Nein, ich meine den alten irdischen Kalender.«

»Oh. Oktober, der soundso ... Der letzte Tag, glaube ich. Dreißigster oder einunddreißigster Oktober. Konnte mir den verdammten Reim nie merken ...«

»Der einunddreißigste«, sagte Stanger.

McCoy grinste unwillkürlich. »Na, da soll mich doch ... Halloween. Hatte ich ganz vergessen. Ein Fest, das aus der Mode geraten ist.«

»Was ich bedauere. In meiner Familie wurde es immer gefeiert. Wir hatten enorm viel Spaß dabei.«

»Das muß die Erklärung sein. Die Leute veranstalten hier eine Halloween-Party und haben uns dazu eingeladen.«

Stanger lachte leise. »Zum Glück sind wir nicht ohne Kostüme gekommen.«

McCoy lächelte und entspannte sich. Er mochte diesen Mann aus der Sicherheitsabteilung. Stanger war sympathisch, hatte einen Sinn für Humor und wußte immer genau, worauf es ankam. Doch für einen Fähnrich schien er ziemlich alt zu sein. An Bord der *Enterprise* munkelte man über ihn: Er soll irgend etwas ausgefressen haben — Tijeng und Chris Chapel hatten darüber gesprochen. Aber Leonard war zu beschäftigt gewesen, um aufmerksam zuzuhören, und außerdem hielt er nichts von Gerüchten. Zumindest rein theoretisch. »Kein Wunder, daß ich nervös gewesen bin.«

Sie wanderten durch den Korridor, und schließlich verharrte Stanger vor einer geschlossenen Tür, deutete mit dem Tricorder darauf. »Die Biosignale kommen von dort.«

»Was mag uns hinter dem Schott erwarten?«

»Fledermäuse an der Decke«, antwortete der Fähnrich, aber sein Gesicht blieb ernst.

»Dann überlasse ich Ihnen den Vortritt.« McCoy vollführte eine galante Geste. »Immerhin sind *Sie* der Sicherheitswächter.«

Stanger schürzte kurz die Lippen und warf dem Arzt einen kummervollen Blick zu. »Genau darin besteht der Nachteil meines Jobs.« Aber er trat als erster ein, die rechte Hand am Kolben des Phasers. McCoy folgte ihm.

Das Lampenlicht strich in Augenhöhe durchs Zimmer.

»Sieht wie die hiesige Krankenstation aus«, sagte McCoy. Sie war nicht besonders groß, bot nur drei oder vier Patienten Platz. »Stellen Sie fest, ob jemand auf dem Diagnosebett liegt.«

Stanger senkte den Scheinwerfer. »Seltsam. Jetzt empfange ich keine Biosignale mehr. Ich hätte schwören können, daß der Tricorder eben noch ...«

Leonards Kommunikator piepte, und er klappte das Gerät auf. »Hier McCoy.«

Der Lichtkegel zuckte plötzlich nach oben, beschrieb ein jähes Zickzackmuster an der Decke und verschwand dann, als die Lampe in eine Ecke rollte. »*Himmel!*« Stanger gab einen dumpfen Schrei von sich, als er zu Boden stürzte.

»Ist alles in Ordnung mit Ihnen?« McCoy ließ den aktivierten Kommunikator fallen.

»Zum Teufel auch, was geschieht bei euch?« tönte eine zornige Stimme aus dem Kom-Gerät.

Stanger schnaufte voller Abscheu, rollte zur Seite und stemmte sich hoch. Er war bereits wieder auf den Beinen, als McCoy den Scheinwerfer holte und nach ihm leuchtete.

»Mein Gott ...«

Dunkelrote Flüssigkeit tropfte über Stangers Schild, von dem Kraftfeld abgestoßen. Leonard griff nach sei-

14

nem Arm, aber der Sicherheitswächter schüttelte den Kopf.

»Schon gut. Bin nur über etwas — über jemanden — gestolpert. Der Körper scheint noch warm zu sein.« Er deutete zu Boden.

Der Lichtstrahl fiel in die trüben Augen einer Frau: attraktiv, das Haar bronzefarben — tot. Der reglose Leib eines dunkelhaarigen Mannes lag auf ihr, die Arme halb um sie geschlungen.

McCoy reichte die Lampe Stanger und beugte sich über den Mann. Die Frau war schon seit einigen Stunden tot, doch Stanger hatte recht: Der Körper des Mannes fühlte sich noch warm an. Bitterkeit erfaßte McCoy. Wenn sie einige Minuten eher eingetroffen wären ... Vorsichtig schob er die Leiche beiseite — und zuckte zusammen. »Sehen Sie sich das an«, hauchte er.

Die Kehle des Mannes wies eine klaffende Schnittwunde auf, vom einen Ohr bis zum anderen. Ein Skalpell rutschte aus schlaffen Fingern.

»Nein, danke, lieber nicht«, erwiderte Stanger und wandte den Blick ab. »Was ist mit der Frau?«

»Schon seit einer ganzen Weile tot. Beide sind verblutet. Ihnen fällt sicher auf, wie blaß sie sind. Wahrscheinlich hat der Tricorder die Biosignale des Mannes registriert. Verdammt, wenn wir uns nicht soviel Zeit dabei gelassen hätten, durch die Dunkelheit zu irren ... Dann wären wir vielleicht imstande gewesen, ihn zu retten.«

»Der Kerl muß übergeschnappt sein.« Stanger schüttelte den Kopf. »Können wir nichts mehr für ihn tun?«

McCoy seufzte. Bei solchen Gelegenheiten empfand er sein medizinisches Wissen als nutzlose Last. »Selbst wenn wir Anweisung geben, ihn hochzubeamen: Bis ich genug Blut in ihn gepumpt habe, ist das Gehirn irreparabel geschädigt.«

Stanger runzelte die Stirn. »Hören Sie etwas, Doktor?«

McCoy lauschte. Eine Stimme, die wie in sehr weiter

Ferne flüsterte. »Um Himmels willen, der Kommunikator ...«

Stanger nahm die Lampe und holte das Gerät.

Leonard hob es vor die Lippen. »Hallo?« brummte er zaghaft. »Jemand am anderen Ende der Leitung?«

»Was ist dort unten los?« Die Stimme des Captains klang nicht amüsiert.

»Wir sind gerade über zwei Leichen gestolpert, Jim. Im wahrsten Sinne des Wortes. In beiden Fällen kommt jede Hilfe zu spät.«

McCoy hörte, wie Kirk zischend Luft holte. Jim schwieg ein oder zwei Sekunden lang, sagte dann: »Starfleet Command hat gerade unsere Meldung beantwortet, in der wir mitteilten, daß wir auf den Notruf reagieren. Wir sollen uns von dem Planeten fernhalten. Unglücklicherweise erhielten wir die Order erst nach eurem Transfer.«

»Man verlangt von uns, einen *Notruf* zu ignorieren?« entfuhr es McCoy empört. Stanger hatte den Hinweis des Captains gehört und murmelte einen Fluch.

»Es erscheint mir ebenso sonderbar wie dir, Pille«, entgegnete Kirk. »Außerdem: Man hat dem Befehl keine Erklärung hinzugefügt.«

Leonard spürte, wie sich einmal mehr Unbehagen in ihm regte. »Hast du Command mitgeteilt, daß wir bereits hier unten sind?«

»Noch nicht. Aber wenn ihr niemandem helfen könnt, halte ich es für angemessen, euren Retransfer einzuleiten. Damit ihr nicht in unnötige Gefahr geratet.«

»Wenn du gestattest: Ich möchte auch darauf verzichten, *nötigen* Gefahren ausgesetzt zu werden.«

Stanger hielt den kleinen Scheinwerfer weiterhin gesenkt und starrte auf die Anzeigen des Tricorders. »Doktor,« ließ er sich vernehmen, »ich empfange neuerliche Biosignale ...«

McCoy seufzte. »Jim, es ist noch jemand anders hier

unten. Zwar wäre es mir lieber, sofort zur *Enterprise* zurückzukehren, aber eben sind wir nur um einige Sekunden zu spät gekommen. Vielleicht können wir diesmal jemandem helfen.« Stanger und er wechselten einen kummervollen Blick. Ganz offensichtlich behagte es dem Sicherheitswächter ebensowenig, daß es einen Grund gab, noch länger an diesem Ort zu verweilen.

Kirk zögerte kurz, bevor er erwiderte: »Na schön. Ich schätze, es dürfte kaum möglich sein, dem Befehl noch mehr zuwiderzuhandeln.«

»Das ist die richtige Einstellung, Jim. Du hörst von mir, wenn wir auf irgendwelche Probleme stoßen. McCoy Ende.« Er klappte den Kommunikator zu und sah Stanger an. »Woher kommen die Signale?«

Der Sicherheitswächter nickte in Richtung einer Tür, die sich einen Sekundenbruchteil später öffnete. Hastig leuchtete er mit der Lampe, und das Licht zeigte ihnen ein blasses Gesicht.

Der Mann hob ruckartig die Hände und schirmte die Augen ab. »Zu hell! Bitte, es ist zu hell!«

Echter Schmerz vibrierte in seiner Stimme. Stanger ließ die Lampe wieder sinken. »Wer sind Sie?«

Selbst der vom Boden reflektierte Widerschein des Lichts blendete den Mann. Er hielt noch immer die Hände vors Gesicht und zwinkerte peinerfüllt.

McCoy schauderte unwillkürlich, als er den Fremden musterte. Vielleicht lag es an den Schatten, aber die Haut des Unbekannten wirkte grau, die Züge verkniffen. *Wie eine Leiche*, dachte Leonard. *Wie ein Leichnam, den man an der medizinischen Fakultät aus der Stasis geholt hat und der zu lange auf dem Untersuchungstisch lag.*

»Adams. Jeff Adams.« Er blieb stehen. Das Licht zu seinen Füßen fesselte ihn an die Tür. Er schien nicht in der Lage zu sein, sich Stanger und McCoy zu nähern, und gleichzeitig erweckte er den Eindruck, von ihnen angelockt zu werden. »Ich bin nicht mehr an die Helligkeit gewöhnt. Hier ist es schon seit Tagen dunkel.«

17

»Mr. Adams ...«, begann McCoy.

»Dr. Adams.«

Lieber Himmel, legt er selbst unter diesen Umständen Wert auf seinen Titel? »Dr. Adams, können Sie uns erklären, was hier geschehen ist? Wir empfingen einen Notruf ...«

»Den ich gesendet habe, ja. Gott sei Dank, daß Sie hier sind.« Zwar blieb Adams' Gesicht zum größten Teil in der Finsternis verborgen, aber Leonard glaubte, ein Lächeln zu erkennen.

»Aus wie vielen Personen besteht das Personal dieser Station?«

»Aus drei. Insgesamt drei.«

Stanger richtete den Lichtstrahl auf die Toten. »Und was hat es *damit* auf sich?«

Weder der Sicherheitswächter noch McCoy reagierten rechtzeitig, als Adams fiel.

Jim Kirk fühlte beginnende Kopfschmerzen. Zuerst glaubte er, der Grund sei die schon seit Tagen andauernde Langeweile eines Kartographierungsauftrags. Bei solchen Einsätzen gab es für den Captain nie viel zu tun, und deshalb hatte er nicht gezögert, eine Kursänderung anzuordnen, als Uhura den Notruf empfing. Er erhoffte sich eine Abwechselung, etwas Aufregung. Doch je mehr er von McCoy hörte, desto mehr bedauerte er die Unterbrechung der Routinemission. Und um so intensiver wurde das Pochen hinter seiner Stirn. Er stopfte sich eine Gabel mit Hühnerfleisch in den Mund und kaute mechanisch.

»Jetzt kommt der seltsame Aspekt.« McCoy beugte sich vor und schob seinen Teller beiseite, ohne das Brathähnchen und den Kartoffelbrei angerührt zu haben. Normalerweise fanden derartige Besprechungen in der Krankenstation oder im Quartier des Captains statt, aber Leonard hatte mehrmals auf seinen knurrenden Magen hingewiesen und betont, das Mittagessen sei längst überfällig. Doch dann schien ihm der Appetit zu vergehen: Seit fünf Minuten starrte er nur auf die Mahlzeit, ohne etwas davon zu probieren.

Kirk schluckte den Bissen hinunter. »Soll das heißen, es gibt nur *einen* seltsamen Aspekt bei dieser Angelegenheit?«

»Nun, ich meine die Sache, die mir besonders seltsam erscheint. Was ist mit dem Blut passiert?«

»Was veranlaßt Sie zu dieser Frage, Doktor?« Spock saß neben dem Captain auf der anderen Seite des Tisches und preßte die Fingerspitzen aneinander. Mit stummer Hingabe hatte er einen ziemlich großen Salat verspeist.

»Die Leichen enthielten kaum mehr Blut ...«

Kirk bohrte die Gabel in ein weiteres Stück Hühnerfleisch, führte es jedoch nicht zum Mund. Er war keineswegs zartbesaitet, aber mit den Kopfschmerzen ...

»Entschuldigen Sie bitte«, sagte Spock ruhig. »Wenn ich mich recht entsinne, erwähnten Sie eben aufgeschnittene Kehlen bei beiden Opfern. Muß es daraufhin nicht logischerweise zu erheblichem Blutverlust kommen?«

»Ja, aber Stanger und ich haben alles sorgfältig untersucht — im Licht der Lampe; dort unten ist es finster und unheimlich —, bevor wir die Toten fortbrachten. Und es gab nicht annähernd soviel Blut, wie man eigentlich erwarten sollte. Yoshi — diesen Namen nannte uns Adams — lag mit dem Gesicht nach unten, und seine Halsschlagader war zerschnitten. Wissen Sie, wieviel Blut unter solchen Umständen aus dem Körper fließt?«

»Ungefähr ...«, begann Spock. Kirk sah von seinem Kaffeebecher auf und schnitt eine Grimasse.

McCoy bewahrte den Captain vor der vulkanischen Präzision. »Lieber Himmel, Spock, wann lernen Sie endlich, eine rhetorische Frage zu erkennen? Folgender Hinweis genügt völlig: Die Menge des Blutes hätte ausreichen müssen, um darin zu schwimmen.«

»Pille ...« Kirk setzte den Becher ab.

19

»Oder um darin zu waten«, beharrte der Doktor.

»Ich *bitte* dich.«

McCoy bemerkte den Gesichtsausdruck des Captains und lächelte schief. »Entschuldige, Jim.« Er wurde wieder ernst. »Wie dem auch sei: Es fehlen mindestens drei oder vier Liter Blut, und das gilt vor allem für die Frau namens Lara Krowozadni. Ihre Leiche war fast völlig ohne Blut. Wenigstens ohne ihr eigenes. Der größte Teil stammte von Yoshi.«

Kirk blickte auf den Rest des Hühnerfrikassees. »Und der Grund dafür?«

McCoy zuckte mit den Schultern. »Keine Ahnung.«

»Jemand muß das fehlende Blut entfernt haben«, warf Spock ein.

Leonard bedachte ihn mit einem durchdringenden Blick, rammte dann Gabel und Messer in sein Brathähnchen. »Diese Möglichkeit ist mir ebenfalls in den Sinn gekommen. Aber wem sollte daran gelegen sein, Blut zu stehlen? Unserem Freund Adams?«

»Gibt es einen anderen Verdächtigen?«

»Er ist der einzige Überlebende. Und interessanterweise leidet er an einer ausgeprägten Anämie. Inzwischen hat er eine große Transfusion von mir bekommen.« McCoy kaute und sah nachdenklich ins Leere. »Eine komische Krankheit. Mit so etwas hatte ich es noch nie zuvor zu tun. Vermutlich steckt was Gentechnisches dahinter. Rollen Sie nicht mit den Augen, Spock. Im Labor finden inzwischen die ersten Tests statt. Ich dachte zunächst, die Symptome deuten auf Porphyrie hin, aber sie passen nicht ganz ins Bild.«

Kirk runzelte die Stirn. »Dieses Wort höre ich jetzt zum erstenmal. Por-was?«

»Porphyrie. Nur Ärzte wissen, was es damit auf sich hat. Und sicher auch Mr. Spock.«

»Porphyrie«, intonierte der Vulkanier. »Eine genetische Mutation bezüglich der Produktion von Enzymen für die Hämoglobinsynthese und ...«

»Schon gut, Spock. Ich wollte Sie keineswegs auffordern, einen längeren Vortrag zu halten.« McCoy schüttelte den Kopf und wandte sich wieder an den Captain. »Nun, er hat recht: Porphyrie wird von einer genetischen Mutation verursacht, nicht von einem Organismus. Eine faszinierende Krankheit. Sie erklärt, wie die Geschichten über Vampire und Werwölfe entstehen konnten. Wer an Porphyrie leidet, ist Licht gegenüber sehr empfindlich — es könnte ihm Löcher in die Haut brennen.«

»Vampire?« wiederholte Kirk verwirrt. »Sind das nicht Fledermäuse, die irgendwo in Südamerika leben?«

»Ich wette, deine Mutter hat dir auch nie vom Weihnachtsmann erzählt«, brummte McCoy.

Spock hob den Kopf. »Die Bezeichnung ›Vampire‹ bezieht sich tatsächlich auf eine südamerikanische Fledermausart. Darüber hinaus gilt sie legendären Geschöpfen: Menschen, die des Nachts ihre Gräber verlassen, um das Blut der Lebenden zu trinken, wobei sie ähnliche Methoden verwenden wie die Fledermäuse der Gattung *Vampyrus spectrum*. Vor Sonnenaufgang muß der Vampir in seine Gruft zurück, wenn er nicht vom Sonnenlicht getötet werden will. Seine Opfer verwandeln sich ebenfalls in Vampire.« Der Vulkanier legte eine kurze Pause ein. »Möchten Sie auch über den Weihnachtsmann Bescheid wissen?«

McCoy stöhnte laut.

»Nein«, erwiderte Kirk ungeduldig. »Herzlichen Dank für die volkskundliche Lektion, aber was hat das alles mit Adams zu tun?«

»Bei ihm habe ich die gleichen Symptome beobachtet«, erläuterte McCoy. »Zum Beispiel Lichtempfindlichkeit. Die photochemische Reaktion von Licht verbrennt ihm regelrecht die Haut — er hat einige Läsionen. Helligkeit ist außerordentlich schmerzhaft für ihn, und wenn er ihr längere Zeit ausgesetzt wäre, müßte er mit dem Tod rechnen. Porphyrie-Patienten sind extrem anämisch — eine weitere Parallele zu Adams —, und außerdem weicht bei ihnen das Zahnfleisch zurück. Adams' Krankheit scheint jedoch noch heimtückischer zu sein. Wir nehmen weitere Untersuchungen vor, um herauszufinden, wie wir die Hämoglobinproduktion in seinem Körper stimulieren können. Wenn sich die Anämie wie bisher verschlimmert, müssen wir ihm alle fünf Minuten einen Liter Blut geben.«

»Und die geistige Verfassung?« fragte Kirk.

»Möchtest du wissen, ob er imstande ist, andere Menschen umzubringen? Ich habe nicht die geringste Ahnung, Jim. In der einen Minute scheint er völlig klar bei Verstand zu sein; in der nächsten ist er desorientiert und benommen. Bisher deutet nichts darauf hin, daß er zu Gewalttätigkeit neigt. Andererseits: Sich selbst die Kehle aufzuschneiden — das ist kaum eine beliebte Selbstmordmethode.«

»Ich werde ihn verhören, ihm einige Fragen stellen«, sagte Kirk. »Irgend etwas auf Tanis ging nicht mit rechten Dingen zu.«

»Der Meinung bin ich auch.« McCoy legte Messer und Gabel beiseite. »Welchem Zweck dienten die Forschungsarbeiten auf dem Planeten? Wie lautet die offizielle Version?«

»Bisher haben wir noch gar nichts Offizielles gehört«, erwiderte Kirk. »Starfleet Command hat einen Bericht von mir erhalten, und ich warte auf eine Antwort. Bisher schweigt man nur.«

»Tanis ist in den Sternkarten eingetragen — als unbewohnte Welt«, verkündete Spock. »Es gibt keine Aufzeichnungen, die den Bau einer Forschungsstation bestätigen. Doch die Tatsache, daß ein subplanetares Laboratorium existiert, läßt folgenden Schluß zu: Entweder wollte Starfleet verhindern, daß jemand von der Anlage erfährt — das würde erklären, warum man uns befahl, den Notruf zu ignorieren —, oder man baute sie ohne das Wissen der Flotte. Angesichts unserer Order halte ich die erste Möglichkeit für wahrscheinlicher. Allem Anschein nach fanden in der Station geheime Forschungen statt.«

»Geheime Forschungen von welcher Art?« brummte McCoy. »Die Basis enthält eine mikrobiologische Isolationskammer. Adams leidet an einer Infektion, die unser Computer nicht identifizieren kann — dieser Umstand besorgt mich sehr. Sofort nach der Rückkehr haben Stanger und ich uns einem umfangreichen Dekontaminierungsverfahren unterzogen; anschließend folgten einige Bluttests. Das Ergebnis ist zum Glück negativ.«

»Worauf willst du hinaus?« erkundigte sich Kirk.

»Meiner Ansicht nach diente das Tanis-Laboratorium der Arbeit mit Mikroben beziehungsweise Krankheitserregern. Als ich Adams fragte, womit er und seine Kollegen sich dort unten beschäftigten, erzählte er mir irgendeinen Blödsinn über landwirtschaftliche Forschungen: Pflanzenkrankheiten und so weiter. Aber Tanis ist eine sterile Welt, fast ohne Atmosphäre. Nichts wächst auf der Oberfläche, und in der Station habe ich nirgends experimentelle Florakulturen gesehen. Darüber hinaus sind die Schutzvorrichtungen viel zu komplex für Bakterien oder Viren, die nur Pflanzen befallen — noch dazu auf einem Planeten, der nicht einmal Flechten, Moose oder Pilze hervorgebracht hat.«

Kirk furchte die Stirn. »Und wenn es bei der Arbeit um Heilmittel für Krankheiten ging?«

McCoy schüttelte sofort den Kopf. »Adams hat sich mit etwas völlig Neuem infiziert — der Medo-Computer kann es nicht einmal klassifizieren, geschweige denn diagnostizieren. Und warum sollte Starfleet ein solches Forschungszentrum geheimhalten? Heilmittel haben nur dann einen Sinn, wenn sie der breiten Öffentlichkeit zugänglich gemacht werden.«

»Biowaffen«, sagte Spock leise, fast wie zu sich selbst.

»Genau«, bestätigte McCoy und merkte gar nicht,

23

daß er seinem Widersacher zustimmte. »Ich wette einen Monatssold, daß auf Tanis biologische Waffen entwickelt wurden, Jim.«

Kirk sah seine beiden Gesprächspartner finster an. »Die Föderation hat so etwas schon vor hundert Jahren verboten. Und der Starfleet-Geheimdienst ist dem Föderationsrat gegenüber rechenschaftspflichtig. Wenn sich Adams und seine Kollegen tatsächlich mit solchen Dingen beschäftigten, so arbeiteten sie bestimmt nicht im Auftrag von Starfleet.«

»Viele Geräte in der Anlage sahen verdächtig nach Starfleet-Technik aus.«

»Was nichts bedeuten muß«, entgegnete Kirk. »Bevor du irgendwelche Vorwürfe erhebst, Pille ... Warten wir ab, bis Spock die Labor-Aufzeichnungen analysiert hat.«

»Wie du meinst, Jim. Ich glaube jedoch, in diesem Fall bist du zu fair. Warum hat man uns aufgefordert, dem Notruf keine Beachtung zu schenken?« McCoy zuckte mit den Achseln und nahm sich wieder das Hähnchen vor. »Ein weiteres Indiz.«

»Leider habe ich keine Erklärung dafür parat«, sagte Kirk knapp. »Aber ich bin fest entschlossen, der Sache auf den Grund zu gehen.« Er rieb sich die Schläfen und überlegte, warum ihn Leonards Bemerkungen so sehr in die Defensive drängten.

Vielleicht deshalb, weil er fürchtete, daß Pille recht hatte.

Adams wirkte wie ein lebender Toter.

Kirk unterdrückte ein Schaudern. Der Mann lag auf einem Diagnosebett in der finsteren Isolationskammer, und Jim blickte durchs Fenster. Es tröstete ihn kaum, daß er für Adams verborgen blieb; vermutlich blendete ihn selbst das matte Licht außerhalb des Zimmers. Der Captain hatte von McCoy eine Infrarotbrille erhalten, und sie zeigte ihm den Kranken ganz deutlich — was er

jetzt fast bedauerte. Er sah ein Gesicht, das einer Toten-
maske glich: blasse Haut, die sich straff über vortreten-
den Wangenknochen spannte, tief in den Höhlen lie-
gende Augen, darunter dunkle Ringe. Adams erschien
ihm völlig ausgezehrt, als sei er schon seit Monaten
krank und nicht erst seit einer Woche, wie Leonard annahm. Die verschiedenen Grautöne des infraroten Bil-
des verstärkten den gespenstischen Eindruck. Kirk fühlte sich auf unangenehme Weise an Spocks Vampir-
Schilderungen erinnert.

Er streckte die Hand aus und aktivierte das Interkom.
Adams hörte das leise Summen und versuchte sich aufzurichten.

»Bleiben Sie liegen.« Kirk winkte, bevor ihm einfiel,
daß er für den Mann unsichtbar war.

Der Kranke drehte den Kopf und blinzelte. Er trug eine Kette am dünnen Hals und griff nach dem Medaillon, als erhoffte er sich Kraft davon. »Ich bin Jeff
Adams«, sagte er. Die Stimme klang voll und freundlich, stand in einem krassen Gegensatz zum Erscheinungsbild des Mannes. Kirk schmunzelte unwillkürlich,
und sofort verbannte er das Lächeln von seinen Lippen,
erinnerte sich daran, daß Adams ein mutmaßlicher
Mörder war. Selbst wenn ihn keine Schuld am Tod seiner Kollegen traf: Er hatte an etwas gearbeitet, das in
der Föderation als abscheulich galt.

»Captain James Kirk. Inzwischen wissen Sie sicher,
daß Sie an Bord des Raumschiffs *Enterprise* sind.«

»Ja. Ich habe bereits mit Dr. McCoy gesprochen. Wo
befinden wir uns? Noch immer in der Umlaufbahn um
Tanis?«

»Ja. Aber wir leiten bald den Warptransfer ein. Wir
empfingen Ihren Notruf, während wir einige Parsec entfernt Sonnensysteme kartographierten. Dr. McCoy hat
sich um Sie gekümmert. Nun, bestimmt dauert es nicht
lange, bis man uns die Anweisung übermittelt, Sie zur
Starbase Dreizehn zu bringen.«

»Ich kann von Glück sagen, daß Sie in der Nähe waren.«

»Wir wußten gar nicht, daß es auf Tanis eine Forschungsstation gibt. Sie heißen *Doktor* Adams, nicht wahr? Sind Sie Arzt?«

»Mikrobiologe. Spezialist für botanische Krankheiten.«

»Ihre Untersuchungen im Laboratorium betrafen Pflanzen?«

»Ja, natürlich«, erwiderte Adams verwundert. »Gibt es irgendein Problem mit der Station?«

»Ich glaube schon. Dr. McCoy hat Schutzvorrichtungen erwähnt ...«

»Wahrscheinlich meinte er das hermetisch abgeriegelte Labor.« Adams nickte freundlich. »Ich verstehe. Sie fürchten, daß wir dort mit pathogenen Keimen arbeiteten. Ich versichere Ihnen, das war nicht der Fall. Wenn Sie sich mit den entsprechenden Aufzeichnungen der Föderation befassen, werden Sie feststellen, daß von einer ähnlichen Basis unweit des Deneb-Systems eine verheerende Kontamination ausging. Jemand verließ die Anlage mit Mikroben, die bestimmte Pflanzen befielen. Das Ergebnis: eine Katastrophe für die Landwirtschaft der betreffenden Welt. Seitdem verlangt das Gesetz Schutzmaßnahmen wie in unserem Laboratorium.«

Kirk beschloß, diese Angaben später zu kontrollieren. »Nun gut.« Er verlieh seiner Stimme einen betont skeptischen Klang, um zu sehen, wie der Kranke darauf reagierte. Aber Adams lächelte nur, und sein Blick glitt an dem Captain vorbei. »Wie mir Dr. McCoy mitteilte, geht es Ihnen nicht besonders gut.«

Der Mann nickte. »Ich habe mich nie ganz von dem Shuttle-Unfall erholt, Captain — wenn Sie das meinen. Dabei kam es zu starken inneren Verletzungen. An den Transplantaten gibt es nichts auszusetzen, doch dem kleineren Magen fällt es manchmal nicht leicht, genug

Nährstoffe aufzunehmen. Dr. McCoy wird Ihnen das bestätigen.«

»Ich dachte dabei in erster Linie an die Infektion.«

Das Medaillon rutschte aus Adams Fingern. »Was für eine Infektion?«

»Hat man Sie nicht darauf hingewiesen?« fragte Kirk bestürzt.

»Nein.«

»McCoy sagte mir, der für die Infektion verantwortliche Organismus sei sehr selten — die Medo-Computer sind nicht in der Lage, ihn zu identifizieren.«

»Das höre ich jetzt zum erstenmal«, antwortete Adams leise.

»Ich würde gern von Ihnen erfahren, wie Sie sich infiziert haben. In der Station sind Sie eine Zeitlang isoliert gewesen. Unter welchen Umständen konnten Sie sich dort anstecken?«

Adams schüttelte den Kopf. »Ich bin nicht sicher... Es ist sehr unwahrscheinlich, daß eine der Mikroben so mutierte, um in Menschen eine Krankheit zu bewirken. Und die Schutzvorrichtungen funktionierten immer einwandfrei. Bis...«

»Ja?«

»Bis einer der Forscher — Yoshi Takumara — den Verstand verlor.«

»Er verlor den Verstand? Warum?«

»Woher soll *ich* das wissen?« entfuhr es Adams mit plötzlichem Ärger. »Um Himmels willen, manchmal passiert so was. Offenbar vertrauen Sie mir nicht.«

»Entschuldigung«, sagte Kirk mit leisem Spott. »Bitte fahren Sie fort.«

»Yoshi brachte unsere Kollegin um...« Adams unterbrach sich, schien nicht fähig zu sein, den Namen der Frau auszusprechen. Rasselnd holte er Luft. »Ein Fall unerwiderter Liebe, glaube ich. Ihm wäre es möglich gewesen, das Warnsystem und die automatische Isolierung des Labors bei einer Kontamination zu sabotie-

27

ren.« Er zögerte und dachte nach. »Ja, das ergibt einen Sinn. Immerhin hat er dafür gesorgt, daß die Beleuchtung ausfiel.«

»Davon hat man mir berichtet. Kein Licht. Aus welchem Grund?«

»Um sich leichter an uns heranzuschleichen, nehme ich an.« Adams drehte den Kopf zur Wand. »Fragen Sie mich nicht, was mit Yoshi geschehen ist, Captain. Ich könnte Ihnen keine Antwort darauf geben.«

»Ihre Kollegin ...«

»Ich vermute, Yoshi hat sie ermordet. Ich bin im Dunkeln über ihre Leiche gestolpert.« Der Kranke blickte wieder zum Fenster. Seine Stimme klang fester und leidenschaftlicher, als er hinzufügte: »Wenn Sie mir nicht glauben, wenn Sie mich verhaften wollen — nur zu.«

»Das dürfte kaum nötig sein«, sagte Kirk. Er teilte McCoys Ansicht: Adams war zu vernünftig, um ein Mörder zu sein — aber gleichzeitig vielleicht verrückt genug, um sich in etwas Illegales verwickeln zu lassen. »Sie bleiben hier isoliert, bis Dr. McCoy weiß, was mit Ihnen los ist.« Eine kurze Pause. »Welche Erklärung haben Sie dafür, daß Yoshi Takumara einfach überschnappte?«

»Woher soll ich das wissen?« wiederholte Adams schrill. Er versuchte nicht, den Ärger aus sich zu verdrängen. »Als ich Laras Leiche fand ...«

»Lara?«

»Dr. Lara Krowozadni, Ärztin und Mikrobiologin«, sagte Adams zerknirscht, und sein Tonfall wies Kirk darauf hin, daß sie mehr als nur eine Kollegin gewesen war. »Zwei Jahre lang haben wir drei zusammengearbeitet. Als ich Laras Leiche fand, ging ich sofort zu ihrem Büro und versiegelte es mit den manuellen Kontrollen. Yoshi hatte glücklicherweise nicht daran gedacht, sie ebenfalls zu sabotieren. Anschließend sendete ich den Notruf und ließ das Interkom eingeschaltet: Als Ihre Leute kamen, hörte ich sie und wagte mich aus meinem Versteck.«

»Ich verstehe. Sind Sie bereit, Ihre Aussage dem Computer gegenüber zu wiederholen?«

»Sie halten mich für einen Lügner, stimmt's?« fragte Adams scharf. »Was wollen Sie von mir?«

»Die Wahrheit.«

»Haben Sie an die Möglichkeit gedacht, daß ich ebensowenig wie Sie weiß, was sich in der Station abgespielt hat?« Adams schnitt plötzlich eine Grimasse, und Kirk sah hellgraues Zahnfleisch, so weit zurückgewichen, daß die Zähne verblüffend lang wirkten. »Sie glauben, daß ich lüge, nicht wahr?«

»Ich habe keine Ahnung«, entgegnete Jim gelassen, obwohl ihn der Anblick des Kranken entsetzte. »Sind Sie bereit, Ihre Geschichte vom Computer überprüfen zu lassen?«

»Natürlich.« Adams' Kopf sank wie erschöpft aufs Kissen zurück. »Mich trifft keine Schuld, Captain. Ich habe niemanden getötet, und was unsere Forschungsarbeiten auf Tanis betrifft: Die Föderation und Starfleet haben sie genehmigt. Kontrollieren Sie es ruhig.«

»Das werde ich«, erwiderte Kirk. »Noch eine letzte Frage. Können Sie erklären, warum uns Starfleet aufforderte, Ihren Notruf zu ignorieren? Und warum Tanis als unbewohnte Welt in den Sternkarten eingetragen ist — obwohl Sie dort schon seit zwei Jahren tätig sind?«

Adams ließ sich Zeit mit der Antwort. »Nein, Captain. Dafür habe ich keine Erklärung.«

Diese Auskunft stellte Kirk nicht zufrieden.

KAPITEL 2

Kirk und McCoy warteten im Konferenzzimmer neben der Krankenstation und blickten auf den Bildschirm: Er zeigte die erstarrte Darstellung eines Mannes, der an einem Starfleet-Schreibtisch saß. Seine Miene wirkte streng, doch es lag nicht an dem Ausdruck, sondern an der Beschaffenheit des Gesichts: dichte schwarze Brauen, volle Lippen, lange Nase. Er war untersetzt, ohne dick zu sein, hatte einen kurzen, breiten Hals und muskulöse Schultern. Er neigte den Oberkörper nach vorn, faltete die Hände in einer Geste, die Aufrichtigkeit vermittelte. Über den tiefen Falten in seiner Stirn erstreckte sich rosafarbene, glatte Kopfhaut, so haarlos wie die eines Neugeborenen. Rechts und links beobachtete Kirk dunkle Haarreste, die langsam ergrauten.

Er hatte Mendez nie kennengelernt, doch ihm fiel sofort die starke Ähnlichkeit mit seinem jüngeren Bruder auf. Jim und José waren gute Freunde, seit Commodore José Mendez Starbase Elf leitete, die häufig von der *Enterprise* angeflogen wurde, um der Besatzung Landurlaub zu gewähren. Außerdem: Josés Eingreifen hatte damals verhindert, daß sich Spock wegen einer Verletzung der Allgemeinen Order Sieben vor dem Kriegsgericht verantworten mußte.

Doch irgend etwas an diesem Mann weckte instinktive Abneigung in Kirk. Er glaubte, Arroganz zu erkennen, und außerdem sah der ältere Mendez wie jemand aus, der seine Untergebenen schikanierte.

McCoy drehte seinen Sessel herum und starrte ungeduldig zum Monitor. »Wo bleibt Spock? Normalerweise ist er immer pünktlich.«

»Ich bin schuld daran.« Der Captain stand neben dem Terminal und verschränkte die Arme. »Auf meine Anweisung hin beschäftigt er sich mit den Tanis-Aufzeichnungen. Ist das Virus inzwischen untersucht worden?«

»Ja. Die Leute im Labor pflichten mir bei: Das Ding verdankt seine Existenz gentechnischen Manipulationen.«

»Läßt sich das beweisen?«

»Nein, wohl kaum. Aber ich bin ganz sicher. Wir haben mit der Arbeit an einem Impfstoff begonnen — um auf Nummer Sicher zu gehen.«

»Und ein Heilmittel?«

McCoy seufzte. »Natürlich arbeiten wir auch daran. Diese Sache hat höchste Priorität in der Krankenstation und im Labor. Aber für Adams sieht's nicht gut aus.« Er sah auf, als sich die Tür öffnete.

Spock kam herein und nahm neben dem Arzt Platz. »Bitte entschuldigen Sie die Verspätung, Captain.« Das Gesicht des Vulkaniers war wie üblich ausdruckslos, aber etwas in seiner Stimme verhieß nichts Gutes. »Leider ergaben sich Schwierigkeiten dabei, an die Aufzeichnungen der Forschungsstation zu gelangen. Ein großer Teil der Daten ging verloren.«

»*Was?*«

Spock verlagerte fast unmerklich das Gewicht im Sessel. Es fiel Kirk und McCoy nur deshalb auf, weil sie ihn gut kannten. »Der Informationsabruf aktivierte ein Virusprogramm in den Tanis-Computern, das alle Speichermodule löschte.«

»Ein Virusprogramm.« Leonard stieß mit dem Ellbogen nach Jim. »Na, fällt jetzt der Groschen?«

Kirk schnitt eine Grimasse, doch ansonsten schenkte er den Worten des Arztes keine Beachtung. »Hat niemand mit einer solchen Möglichkeit gerechnet?«

Spock ignorierte McCoy ebenfalls. »Unsere Computer sind natürlich darauf vorbereitet, aber das entsprechende Programm in den Tanis-Rechnern ist sehr komplex und stammt ganz offensichtlich von einem erstklassigen Experten.« Der Vulkanier zögerte, und diesmal war Kirk ziemlich sicher, einen Hauch von Enttäuschung in der steinernen Miene zu erkennen. »Bevor die Löschung erfolgte, konnte ich einige Daten retten. Sie sind nicht kohärent strukturiert, und daher wird es eine Weile dauern, sie zu rekonstruieren. Darüber hinaus befürchte ich, daß uns nur fragmentarische Informationen zur Verfügung stehen. Der Rest ist unwiederbringlich verloren.«

»Sie brauchen sich nichts vorzuwerfen.« Es gelang Kirk nicht ganz, die Verbitterung aus seiner Stimme zu verbannen. »Nun, uns bleibt Adams. Ihm steht ein Verifikationstest bevor. Vielleicht können wir von ihm mehr in Erfahrung bringen.«

»Seine Lage wird immer schlechter, nicht wahr?« meinte McCoy. »Ich frage mich, wie er das Virusprogramm erklären will ...«

»Ja, das frage ich mich auch.« In Jims Wange zuckte ein nervöser Muskel. Die Vermutung des Arztes, daß Starfleet insgeheim illegale Biowaffen entwickelte, wurde immer plausibler. Kirk trat ans Terminal heran, betätigte eine Taste und setzte sich.

Der Mann auf dem Bildschirm geriet in Bewegung. Er sah in die Aufnahmekamera, als wollte er den Blick der Zuschauer einfangen, und eine tiefe, respekteinflößende Stimme ertönte.

»Admiral Mendez. Ich habe Ihre Mitteilung bekommen und bedaure sehr, daß Sie eine Landegruppe auf den Planeten schickten. Um Ihre Frage zu beantworten, Captain: Ja, Tanis ist eine landwirtschaftliche Kolonie. Die dort durchgeführten Arbeiten sind allerdings geheim. Angesichts des Zwischenfalls mit den Klingonen auf Shermans Planet verstehen Sie vielleicht den Grund dafür. Nun, Ihr Bericht beunruhigt uns sehr, denn er deutet darauf hin, daß sich die Forscher nicht nur mit dem genehmigten Projekt beschäftigt haben. Sie wissen natürlich, daß Experimente in Hinsicht auf Biowaffen streng verboten sind, und Starfleet achtet das Gesetz. Ihre Hinweise lassen den Schluß zu, daß die beiden toten Wissenschaftler einer Krankheit zum Opfer fielen, die Wahnsinn verursachte. Deshalb sollte Adams unter allen Umständen isoliert bleiben. Was die Angehörigen der Landegruppe betrifft: Ich hoffe, Sie haben bei ihrer Rückkehr die notwendigen Sicherheitsmaßnahmen ergriffen. Andernfalls müssen sie ebenfalls unter Quarantäne gestellt werden.«

»Der Kerl hat einen Preis dafür verdient, dauernd von Selbstverständlichkeiten zu reden«, sagte McCoy leise.

»Pscht«, zischte Kirk. »Jetzt wird's langsam interessant.«

»Wenn die Forscher tatsächlich von einem Mikroorganismus infiziert wurden, den sie selbst schufen, so muß er sich noch auf Tanis befinden. Sie erhalten hiermit die Order, ihn an Bord der *Enterprise* zu bringen — wobei natürlich jeder Ansteckungsgefahr vorgebeugt werden muß —, zusammen mit allen anderen Bakterien und Viren, die Sie im Laboratorium entdecken. Die Krankheitserreger dürfen auf keinen Fall in die Hände des Feindes geraten.«

»Ich *liebe* diese Lamettaträger«, kommentierte McCoy mit unüberhörbarem Sarkasmus. »Die Hände des Feindes. Als führten wir Krieg gegen jemanden. Was glaubt der Bursche eigentlich? Daß wir uns mit den Klingonen und Romulanern in Verbindung setzen, die Mikroben dem Meistbietenden verkaufen?«

»Sicher nicht mit Absicht«, flüsterte Spock. »Aber wenn wir im Tanis-Labor wirklich pathogene Keime entdecken und davon berichten, so wäre es denkbar, daß wir dadurch das Interesse gewisser Gruppen wekken. Vorausgesetzt, man hört unsere Kom-Mitteilungen ab.«

»... gründliche Analyse, und anschließend informieren wir Sie, auf welche Weise die Organismen unschädlich gemacht werden können«, fuhr Mendez fort. »Stellen Sie Dr. Adams unter Arrest und bringen Sie ihn unverzüglich zur Starbase Neun. Dort wird er in Hinsicht auf den Tod seiner Forschungskollegen verhört.«

»Starbase *Neun?*« ächzte McCoy. »Typisch verblödeter Bürokrat. Jemand sollte ihm eine Sternenkarte vor die Nase halten ...«

Kirk warf ihm einen warnenden Blick zu, und daraufhin schwieg der Arzt.

»Da Sie ihn bereits isoliert haben, dürfte Ihnen das keine Probleme bereiten«, sagte Mendez. »Rufen Sie außerdem alle Informationen aus den Computern der Forschungsstation ab.«

Kirk beugte sich vor und betätigte eine andere Taste. Der Admiral auf dem Bildschirm erstarrte erneut, diesmal mit offenem Mund. »Nun, meine Herren?«

Spock lehnte sich zurück und runzelte die Stirn. »Wie Dr. McCoy bereits andeutete: Starbase Neun liegt weit abseits unseres gegenwärtigen Kurses. Es wundert mich, warum uns Admiral Mendez nicht auffordert, die wesentlich nähere Starbase Dreizehn anzufliegen. Die dortigen medizinischen Einrichtungen sind ebensogut.«

»Ist das alles?«

»Noch nicht. Ich nehme den Befehl, gefährliche Mikroben an Bord zu holen, mit großer Besorgnis zur Kenntnis.«

»Mir geht es ebenso«, gestand Kirk ein.

»Ihr habt den Admiral gehört«, sagte Leonard. »Er will verhindern, daß sich Romulaner oder Klingonen den Krankheitserreger schnappen.«

»Es wäre wesentlich einfacher, ihn auf Tanis zu eliminieren«, erwiderte Spock.

Kirk schüttelte den Kopf. »Ich glaube, Mendez hat es in erster Linie auf das *Corpus delicti* abgesehen. Die Sicherheit der *Enterprise* kommt für ihn an zweiter Stelle.

Ohne das Virus fehlen konkrete Beweise für die illegale Tätigkeit der Forscher.«

McCoy zuckte mit den Schultern. »Und wenn schon. Zwei von ihnen sind tot. Der dritte ist krank und stirbt vielleicht, bevor man ihn wegen Mordes vor Gericht stellen kann.«

Spock wandte sich mit deutlicher Herablassung an den Arzt. »Wenn die Forscher einen Auftrag für die Entwicklung von Biowaffen erhielten, Doktor, wenn sie für jemanden außerhalb der Föderation arbeiteten, so müssen wir unbedingt herausfinden, womit sie sich beschäftigt haben.«

»Ja«, brummte McCoy. »Und wir sollten auch die Hintergründe von Yoshis und Laras Tod klären.«

»Dieser Punkt spielt für mich kaum eine Rolle.« Kirk stand auf und beugte sich über den Tisch. »Solche Ermittlungen fallen in den Zuständigkeitsbereich ziviler Behörden. Viel mehr beunruhigt mich das Risiko, die Besatzung der *Enterprise* einer Krankheit auszusetzen, von der wir praktisch nichts wissen.«

»Admiral Mendez hat uns einen klaren Befehl übermittelt«, sagte Spock.

»Die Crew ist bereits in Gefahr«, entgegnete McCoy. »Adams befindet sich an Bord, und wenn er einen ernsthaften Versuch unternähme, aus der Isolationskammer zu entkommen, so hätte er wahrscheinlich Erfolg. Stanger und ich sind im Laboratorium gewesen. In Ordnung, wir trugen dabei Individualschilde, aber eins steht fest: Wir haben uns nicht infiziert. Woran auch immer Adams leidet — vielleicht ist die Krankheit gar nicht so ansteckend.«

Kirks Lippen formten ein dünnes Lächeln. »Wenn ich euch richtig verstehe ... Ihr seid beide der Ansicht, daß ich auf jeden Versuch verzichten sollte, Mendez' Order irgendwie zu umgehen.«

»Wir sind an die Anweisungen von Starfleet Command gebunden, Captain«, betonte Spock. »Ich meine,

wir sollten ohnehin in die Forschungsstation zurückkehren und feststellen, ob die postulierte Mikrobe tatsächlich existiert. Wenn das der Fall ist — und wenn
wirklich Gefahr von ihr droht —, so halte ich es trotz
der Bemerkungen Dr. McCoys für erforderlich, dafür zu
sorgen, daß sie nicht dem ›Feind‹ in die Hände fällt. Die
Entscheidung über eine geeignete Methode überlasse
ich Ihnen.«

»Danke«, erwiderte Kirk ohne große Begeisterung.
»Ich nehme an, du vertrittst den gleichen Standpunkt,
Pille.«

»Ja, so ungern ich es auch zugebe. Wir könnten Proben aus dem Laboratorium holen. Es mangelt nicht an
gut ausgebildeten Leuten, und das Risiko wäre gering
— von unvorgesehenen Zwischenfällen einmal abgesehen.«

»Bevor ich eine zweite Landegruppe nach Tanis schik-
ke, möchte ich so viele Informationen wie möglich von
Adams. Ich schlage vor, wir beginnen sofort mit dem
Computer-Verhör.«

McCoy nickte. »Einverstanden.«

»Ich frage mich, warum sich Admiral Mendez persönlich um diese Angelegenheit kümmert.« Spock wählte
seine Worte mit besonderer Sorgfalt.

Kirk atmete langsam aus. »Ich habe ebenfalls nach einer Erklärung dafür gesucht. Vielleicht bekam der Starfleet-Geheimdienst Wind von dem illegalen Projekt auf
Tanis. Vielleicht ließ Mendez die Forscher überwachen.«

»Oder er hat sogar ein persönliches Interesse an dieser Sache.« Der Vulkanier klang jetzt noch ernster als
sonst.

»Einen Augenblick.« McCoy runzelte die Stirn, drehte seinen Sessel und musterte den Ersten Offizier. »Ich
achte kaum auf die Kompetenzbereiche anderer Leute,
erst recht nicht, wenn es dabei um die hohen Tiere geht.
Warum überrascht es Sie so, daß Mendez auf unseren
Bericht antwortete?«

Er richtete den Blick auf Kirk, doch der Captain schwieg.

Spock wölbte eine Braue und sprach mit übertriebener Geduld. »Admiral Mendez leitet die Abteilung für Waffenentwicklung.«

»Hier.« McCoy reichte Kirk eine Infrarotbrille und setzte selbst eine auf. Sie hatten an einem Terminal Platz genommen, das vor der Quarantänestation installiert worden war, sahen in die dunkle Kammer und beobachteten Adams. Er ruhte auf einer Diagnoseliege und trug Sensoren, die ihn mit dem Computer verbanden. Leonard vertraute die Aufsicht niemand anders an und traf die Vorbereitungen selbst. Es fiel ihm nicht leicht, diese Arbeit zu leisten, während seine Wahrnehmung auf den infraroten Bereich beschränkt blieb, doch aufgrund von Adams' Krankheit kam ultraviolettes Licht nicht in Frage. McCoy fluchte mehrmals, als er die Programmierung schließlich beendete und sich neben Kirk ans Terminal setzte.

»Warum die Brillen?« fragte der Captain. »Ist es unbedingt nötig, ihn im Auge zu behalten?«

McCoy brummte mürrisch. »Wie zum Teufel soll ich mir einen Eindruck davon verschaffen, ob Adams die Wahrheit sagt, wenn ich sein Gesicht nicht sehen kann?«

»Ich dachte, darüber entscheidet der Computer.« Kirk hatte das Gefühl, sich auf Glatteis zu wagen.

McCoy erhob sich und gestikulierte verärgert. »Der Computer kann entscheiden, was er will. *Ich* interpretiere die Ergebnisse. Und vielleicht gelange ich zu anderen Schlußfolgerungen. Ganz gleich, was uns die Techniker weismachen wollen: Man braucht noch immer viel Erfahrung, um die physiologischen Reaktionen bei einem Verhör zu deuten. Aber wenn du eher bereit bist, dem Haufen aus Schaltkreisen zu vertrauen ...«

»Setz dich, Pille«, sagte Kirk in einem gutmütigen

Tonfall, um Leonard zu beschwichtigen. Er wollte nicht noch mehr Zeit verlieren und mit der Vernehmung beginnen.

Der Arzt nahm verdrießlich Platz.

»Kann er uns sehen?«

»Nein. Zwar gibt es für uns hier kaum genug Licht, aber es reicht aus, um ihn zu blenden. Was auf dieser Seite des Fensters geschieht, bleibt für ihn verborgen. Und wahrscheinlich vermutet er nicht einmal, daß wir ihn beobachten.«

Kirk nickte, dankbar für diesen Vorteil, setzte dann die Infrarotbrille auf. Adams hatte sich auf der Diagnoseliege ausgestreckt; Dutzende von dünnen Kabeln verbanden ihn damit. Das Gesicht wirkte noch immer grau und hohlwangig, aber Jim konnte es nun betrachten, ohne innerlich zu schaudern. Vielleicht war er sogar imstande, sich an diesen Anblick zu gewöhnen.

McCoy drückte kurz eine Taste des Terminals. »Dr. Adams, der Computer wird Ihnen jetzt einige Fragen stellen.« Er ließ die Taste wieder los und wandte sich an den Captain. »Er hört uns nur dann, wenn ich diesen Kom-Kanal öffne.«

»Bitte nennen Sie Ihren vollständigen Namen«, sagte der Computer mit einer gelangweilt klingenden Sprachprozessorstimme.

»Jeffrey Ryan Adams«, antwortete der Patient. Er schien völlig entspannt zu sein.

McCoys Blick klebte an den Anzeigen des Terminals fest, während Kirk durchs Fenster sah.

»Bitte nennen Sie Ihr Alter in Standard-Solarjahren.«

»Einundvierzig.«

»Bitte nennen Sie Ihren Geburtsort.«

»New Orleans, Nordamerika, Terra.«

»Danke«, sagte der Computer unbewegt und gleichgültig. »Bitte geben Sie falsche Antworten auf folgende Fragen. Wie lautet Ihr vollständiger Name?«

»Vlad, der Pfähler.« Adams lächelte amüsiert.

McCoy hob eine Braue und blickte kurz zu dem Kranken.

»Alter?«

»Tausend Jahre.«

»Geburtsort?«

»Erde, Transsilvanien, in der Nähe von Bistritz.«

»Danke.« Der Computer legte eine kurze Pause ein. »Bitte geben Sie die richtigen Antworten auf folgende Fragen und konzentrieren Sie sich dabei auf die entsprechenden Informationen. Welchen Beruf üben Sie aus?«

»Ich bin Mikrobiologe«, erwiderte Adams, ohne nachzudenken.

»Wie heißen die Forschungskollegen, mit denen Sie auf Tanis zusammenarbeiteten?«

»Lara Krowozadni und Yoshi. Yoshi ... Takumara, glaube ich.«

»Warum ist Tanis in den Starfleet-Sternkarten als unbewohnte Welt eingetragen?«

»Aus Sicherheitsgründen«, entgegnete der Kranke knapp.

McCoy und Kirk sahen sich an. Leonard betätigte die Taste. »Bitte erläutern Sie das, Dr. Adams.«

»Wir wollten vermeiden, daß die Klingonen oder Romulaner von unserem Projekt erfuhren.«

Kirk konnte sich nicht beherrschen. »Worum ging es bei Ihrem Projekt?«

»Um landwirtschaftliche Forschungen«, sagte Adams. Er erweckte den Eindruck, noch immer völlig ruhig und gelassen zu sein, offenbarte nicht die geringste Nervosität. »Unsere Experimente galten einer Pflanze, die neue Nahrungsmittelreserven erschließen soll. Wenn man berücksichtigt, was auf Shermans Planet passierte, Captain ...«

»Daran werde ich jetzt schon zum zweiten Mal erinnert«, murmelte Kirk. McCoy hatte den Kom-Kanal schon wieder geschlossen.

Der Computer ignorierte die Unterbrechung und setzte das bereits begonnene Verhör fort. »Haben Sie sich auf Tanis mit landwirtschaftlichen Forschungen befaßt?«

»Ja«, bestätigte Adams mit einem Anflug von Selbstgefälligkeit. »Ja, das stimmt. Geheime landwirtschaftliche Forschungen.«

»Fanden andere Experimente auf dem Planeten statt?«

»Nein«, antwortete der Mann sofort. »Von anderen Experimenten weiß ich nichts.«

»Kannten Sie Lara Krowozadni?«

»Ja.«

»Auf welche Weise starb Ihre Kollegin?«

»Sie wurde ermordet.« Ein schmerzerfülltes Zögern folgte, doch Adams' Mimik veränderte sich nicht. Das Gesicht blieb entspannt, trug auch weiterhin einen freundlichen Ausdruck. Die Vernehmung schien ihn überhaupt nicht zu belasten. »Ich glaube, man schnitt ihr die Kehle auf.«

»Haben Sie Lara Krowozadni umgebracht?«

»Nein«, erwiderte Adams leise.

»Die physiologischen Daten«, hauchte Kirk. »Sagt er die Wahrheit?«

»Darauf deutet alles hin.« Sorge zeigte sich in McCoys Zügen.

»Kannten Sie Yoshi Takumara?« fragte der Computer.

»Ja.«

»Wie starb er?«

»Ebenso wie Lara. Jemand schnitt ihm die Kehle durch.«

»Wer?« entfuhr es Kirk, aber Adams konnte ihn nicht hören.

»Haben Sie Yoshi Takumara getötet?« ertönte wieder die Sprachprozessorstimme.

»Nein.« Adams zögerte erneut, als fiele ihm die Antwort schwer. »Yoshi nahm sich selbst das Leben.« Und

dann grinste er, fühlte sich ganz offensichtlich unbeobachtet.

»Herr im Himmel.« McCoy starrte aufs Terminal.

»Was teilen dir die Anzeigen mit?« drängte Kirk. Und
als der Arzt schwieg: »Nun?«

Leonard blickte zu dem immer noch lächelnden
Adams. »Allem Anschein nach sagt er die Wahrheit.«

Nach Kirks Empfinden dauerte das Verhör eine halbe
Ewigkeit. Der Computer wiederholte immer wieder die
gleichen Fragen, wählte dabei andere Formulierungen,
und Adams ließ sich nie aus der Ruhe bringen. Schließlich nahm der Captain die Brille ab.

»Was hältst du davon?«

»Möchtest du den offiziellen Bericht?«

»Laß uns damit beginnen.«

McCoy legte seine Infrarotbrille auf die Terminalkon-
sole und rieb sich mit einer Hand die Stirn. »Es gibt einige Anzeichen dafür, daß er versuchte, gewissen Fragen auszuweichen, insbesondere den schwierigen in
Hinsicht auf den Tod der Kollegen und die Art der Forschungen.«

»Er hat sich also verraten«, sagte Kirk. Es klang betroffen. »Er ist schuldig.«

Der Arzt schüttelte den Kopf. »So einfach ist es leider
nicht, Jim. Alle glauben, der Computer könnte Lügen
von der Wahrheit unterscheiden, ohne daß ein Rest von
Zweifel bleibt. Aber das stimmt nicht. Weißt du, die
physiologischen Reaktionen auf das Lügen unterscheiden sich von Person zu Person. Manche Leute sind darin besser als andere. Nun, der Computer ist imstande,
neunundneunzig von hundert Lügnern zu entlarven,
wenn man ihn mit den richtigen Daten über den kultu-
rellen Hintergrund des Betreffenden füttert. Wer lügt,
fürchtet normalerweise, dabei ertappt zu werden, und
diese Besorgnis findet einen Niederschlag in subtilen
physiologischen Veränderungen.«

»Aber es existieren Ausnahmen«, kam Jim McCoy zuvor. »Welche Personen sind in der Lage, den Computer zu überlisten?«

»Zum Beispiel Vulkanier. Wenn sie sich wirklich Mühe geben. Oder ein Irrer, der die Realität nicht mehr von seinen Wahnvorstellungen trennen kann.«

»Wenn ich mich recht entsinne, hast du Adams geistige Gesundheit bescheinigt.«

»Ja. Allerdings könnte er ein Soziopath sein, ohne Gewissen, ohne einen Sinn fürs Moralische. Echte Soziopathen sind heute ziemlich selten, aber ...« Leonard runzelte nachdenklich die Stirn. »Vielleicht hat seine Krankheit etwas damit zu tun.«

»Ich verstehe das nicht«, gestand Kirk ein. »Wenn es in den ermittelten physiologischen Daten Abweichungen von der Norm gibt — wieso behauptet der Computer dann, daß Adams die Wahrheit sagte?«

McCoy blickte einmal mehr auf die Anzeigen und seufzte. »Der Computer vertritt die Ansicht, daß die bei Adams festgestellten Abweichungen ›in den normalen Toleranzbereich für physiologische Reaktionen fallen‹. Mit anderen Worten: Er war nur ein wenig nervös in bezug auf einige Fragen.«

»Etwas in deinem Tonfall weist mich darauf hin, daß du anderer Meinung bist.«

»Ja, das stimmt. Aber es ist nur ein Instinkt, eine Ahnung. Ich habe keine Beweise. Wer die Computerdaten prüft, muß daraus zwangsläufig den Schluß ziehen, daß Adams wahrheitsgemäß Auskunft gab.« McCoy starrte in die dunkle Kammer und schüttelte erneut den Kopf. »Du hast das Grinsen ebenfalls gesehen, Jim. Der Kerl lügt. Und wir haben es nicht mit einem Verrückten zu tun. Adams ist der kaltblütigste und gerissenste Bursche, dem ich jemals begegnet bin.«

Jonathon Stanger stand kerzengerade, die Hände auf den Rücken gelegt. Tomson, die Leiterin der Sicherheitsabteilung, ging vor ihm auf und ab. Er fühlte sich von ihr gedemütigt und versuchte, sich nichts anmerken zu lassen. Es fiel ihm schwer: Seine Wangen glühten, und in den Schläfen pochte es.

Er hatte sich drei Minuten zu spät zum Dienst gemeldet — das Ergebnis einer weiteren fast schlaflosen Nacht. Als er schließlich eindöste, träumte er von der *Columbia* und Rosa. Er erwachte voller Zorn und mit Magenkrämpfen, fand einfach keine Ruhe. Auf diese Weise verbrachte er jede Nacht, inzwischen schon seit einer Woche.

Stanger war ganz sicher, daß er dem Computer am vergangenen Abend die richtige Weckzeit genannt hatte, aber das Signal blieb aus. Als er die Lider hob, zitterte Panik in ihm — irgendein Aspekt des Unterbewußtseins wies ihn darauf hin, daß er zu spät dran war. Er sprang aus dem Bett, programmierte den Synthetisierer auf eine neue Uniform und klatschte sich soviel Haarentfernungscreme ins Gesicht, daß er um seinen Schnurrbart fürchtete; ab und zu tastete er danach, um sicher zu sein, daß er noch existierte. Anschließend eilte er zur Sicherheitsabteilung, ohne vorher zu frühstükken. Er hätte sich damit entschuldigen können, daß an Bord der *Columbia* eine andere Zeiteinteilung herrschte, doch er gehörte nun schon seit einer Woche zur Besatzung der *Enterprise* — für seine Schlaflosigkeit mußte es eine andere Ursache geben. Außerdem wußte er, daß Tomson keine Ausreden akzeptierte. Deshalb schwieg er.

Die Anwesenheit einer dritten Person verstärkte Stangers Verlegenheit: Fähnrich Lamia, eine Andorianerin, die dicht neben ihm stand.

Tomson erreichte das Ende der unsichtbaren Linie, an der sie entlangschritt, drehte sich um und marschierte in die andere Richtung. Stanger nutzte den unterbrochenen Blickkontakt, um die Frau an seiner Seite aus den Augenwinkeln zu mustern. Ihr Erscheinungsbild entsprach dem der anderen Andorianer, mit denen er bereits zusammengearbeitet hatte. Lamias Torso war länger und schmaler als bei Menschen, und deshalb überragte sie die meisten Terraner. Ihre Farben erstaunten Stanger: hellblaue Haut, glattes silberweißes Haar und funkelnde selleriegrüne Augen. Die pastellfarbenen Tönungen des Frühlings. *Wie in einem Osterkorb.*

Die rote Uniform der Sicherheitsabteilung bildete einen krassen Kontrast. *Sie hätte sich für die wissenschaftliche Sektion entscheiden sollen,* dachte Stanger, während er weiterhin litt. *Blau steht ihr besser. Oder vielleicht das Goldgelb eines Kommandooffiziers ...* Schlafmangel ließ seine Gedanken treiben. Er verdrängte diese unsinnigen Überlegungen aus sich, richtete seine volle Aufmerksamkeit auf den verletzten Stolz.

Außerdem: So bist du auch beim letztenmal in Schwierigkeiten geraten, nicht wahr? Rosas Augen ... Ein dunkles Blau, hinreißend und atemberaubend. In einem schwachen Moment hatte er sie mit Saphiren verglichen. Er wandte den Blick von der Andorianerin ab und besann sich auf bitteren Argwohn. *Sie ist eine Rivalin auf der Karriereleiter, weiter nichts.*

»Sie sind neu an Bord, und diesmal verzichte ich darauf, einen offiziellen Tadel in Ihre Personalakte einzutragen«, sagte Tomson und ragte kühl vor Stanger auf. Als er sie zum erstenmal gesehen hatte, hielt er sie zunächst für einen Albino: Ihre Haut war weiß, ebenso das Haar, das sie immer zu einem Knoten zusammensteckte. Dann bemerkte er ihre blassen, hellblauen Pupillen und kam zu dem Schluß, daß sie von einer Winterwelt stammte — ihre Kälte bestätigte diese Vermutung. Sie war ebenso hell wie Stanger dunkel, und unter anderen Umständen hätte ihn die bunte Mischung dieses Trios vielleicht amüsiert. Doch der aktuellen Situation konnte er nichts Vergnügliches abgewinnen. »Dieses eine Mal lasse ich es Ihnen durchgehen«, fuhr Tomson fort. »Aber bis morgen sollten Sie sich an den bei uns geltenden Dienstplan gewöhnt haben. Von jetzt an erwarte ich Pünktlichkeit.«

Stanger preßte die Lippen zusammen und versuchte, die Bitterkeit aus sich zu verdrängen. Es handelte sich nicht um eine Art persönlichen Haß. Ganz im Gegenteil: Er respektierte Tomson. Sie genoß einen ausgezeichneten Ruf als Leiterin der Sicherheitsabteilung, obgleich sie den gleichen Charme ausstrahlte wie ein Eisberg.

Aber *er* hätte an ihrer Stelle stehen und jemanden zurechtweisen sollen, anstatt selbst zurechtgewiesen zu werden. Stanger sehnte sich nach einer Beförderung; er wollte wieder seinen früheren Rang einnehmen. Doch die Erfüllung dieses Wunsches rückte nun in unerreichbare Ferne, weil er sich verspätet hatte, schon in der ersten Woche seines Dienstes. Hinzu kam: Bestimmt wußte Tomson von den Gerüchten, die über ihn kursierten. Seine Unpünktlichkeit überzeugte sie sicher davon, daß er nichts taugte. Und das ließ sie ihn deutlich wissen, in Gegenwart einer dritten Person. Stanger bebte innerlich.

»Ja, Sir«, erwiderte er steif und sah starr geradeaus, um nicht Tomsons Blick zu begegnen.

»Ich schlage vor, Sie und Fähnrich Lamia melden sich jetzt sofort im Transporterraum. Dort soll man nicht ebenfalls auf Sie warten.«

»Ja, Sir.« Stanger zögerte. »Was den Fähnrich betrifft, Sir ...« Er nickte in Lamias Richtung, ohne sie anzusehen. Es ging ihm nicht nur darum, Tomson auf seine Entschlossenheit hinzuweisen, sich zu bessern. Er wollte auch Tüchtigkeit unter Beweis stellen. »Ich bin durchaus fähig, diese Aufgabe zu erledigen, ohne ...«

»Sie sind *spät* dran, Fähnrich«, sagte Tomson so scharf, daß Stanger rasch den Mund zuklappte. »Ich weiß Ihren Diensteifer zu schätzen, aber Lamia wird Sie begleiten. Wegtreten.«

Lamia sah ihn an, und er schnitt eine Grimasse, ohne

45

daß seine Vorgesetzte etwas davon bemerkte. Er befand sich nicht an Bord der *Enterprise*, um Freundschaften zu schließen. Sie gefiel ihm, ja, aber er konnte sie bewundern, ohne es ihr zu zeigen. Die Andorianerin drehte rasch den Kopf zur Seite.

Kein vielversprechender Beginn für Stangers Dienst.

Kyle stand an den Kontrollen im Transporterraum. Kirk lehnte an der Konsole, trommelte ungeduldig mit den Fingern darauf und sah zur Tür. Die Landegruppe war noch nicht eingetroffen; McCoy bildete die einzige Ausnahme. Je eher sie die Untersuchung der Tanis-Station beendeten, desto besser, fand der Captain.

Leonard kannte ihn gut genug, um seine Haltung zu deuten. »Schon gut, Jim«, sagte er. Der Arzt trug einen kleinen Schutzfeldgenerator am Gürtel, bisher noch desaktiviert. »Ich hab's nicht eilig.«

Kirk wandte sich ihm zu. »Du würdest lieber an Bord bleiben, stimmt's?« Er lächelte dünn, runzelte dann die Stirn und starrte wieder zum Schott. »Vielleicht sollte ich Tomson Bescheid geben ...«

Die Tür öffnete sich, und Stanger hastete herein, gefolgt von einer Andorianerin, an deren Namen sich Jim nicht erinnerte.

»Bitte entschuldigen Sie, Captain.« Stanger schnappte nach Luft und blieb vor Kirk stehen. »Ich weiß, daß ich ein oder zwei Minuten zu spät komme — dafür gibt es keine Entschuldigung. Ich kann Ihnen nur versprechen, daß so etwas nicht noch einmal geschehen wird.«

Jim musterte ihn aus zusammengekniffenen Augen und vermutete, daß Tomson den Sicherheitswächter bereits durch die Mangel gedreht hatte. Es bestand also kein Grund, noch mehr Zeit zu verlieren. »Fähnrich Stanger, nicht wahr?«

Es war reine Rhetorik. Kirk erinnerte sich ganz genau an diesen Mann, und er wußte auch von den Gerüchten, die man sich über ihn erzählte. Vor einem Monat hatte

Stanger als Lieutenant die Sicherheitsabteilung der *Columbia* geleitet, doch dann wurde er zum Fähnrich degradiert. Kirk hatte die Anklage gelesen: Besitz einer illegalen Feuerwaffe. Ein Brandphaser — solche Strahler verabscheuten Starfleet und die Föderation so sehr, daß man ein strenges Disziplinarverfahren gegen Stanger einleitete, und er hob keinen Einspruch gegen das Urteil. Er beantragte eine sofortige Versetzung, doch es dauerte drei Wochen, bis Command ein geeignetes Raumschiff fand.

Bis auf jenen einen Zwischenfall war Stangers Personalakte makellos. Er hatte immer ausgezeichnete Arbeit geleistet. Seine Offizierskollegen schätzten ihn; die Untergebenen begegneten ihm mit Respekt, und die Vorgesetzten lobten ihn immer wieder. Das Psychoprofil stellte ihm eine Kommando-Karriere in Aussicht. Nach dem Gespräch mit ihm zweifelte Kirk nicht mehr daran: Dieser Mann verdiente eine zweite Chance. Stanger lehnte es höflich ab, über die Sache mit dem Brandphaser zu reden, und daraufhin vermutete der Captain, daß bisher nur ein Teil der Geschichte bekannt geworden war. Irgend etwas zerfraß den Degradierten innerlich.

Kirk mochte ihn aus irgendeinem Grund. Doch im Augenblick lehnte er es ab, seinen Gefühlen nachzugeben. Stanger mußte ihm erst noch beweisen, daß der Instinkt des Captains recht hatte.

»Ja, Sir. Fähnrich Jon Stanger.« Er zuckte kaum merklich zusammen, als er seinen Rang nannte.

»Fähnrich Lamia«, sagte die Andorianerin kühn und streckte eine schmale blaue Hand aus. Ihre Stimme war seidenweich und klang wie in Blättern flüsternder Wind, doch sie gab sich Mühe, laut zu sprechen, damit die Menschen sie hörten. Sie senkte den Kopf und neigte die Fühler dem Kommandanten entgegen — eine Geste des Respekts.

»Ich dachte, wir wollten die Ansteckungsgefahr auf ein Minimum reduzieren.« Kirk fing McCoys Blick ein.

»Ja, Sir.« Stanger straffte die Gestalt. »Ich bin bereit, mich allein auf den Planeten transferieren zu lassen, Captain. Ich kenne die Forschungsstation bereits, und es ist nicht nötig, auch das Leben des Fähnrichs zu riskieren.«

»Sehr lobenswert von Ihnen, Stanger«, erwiderte Kirk mit einem Hauch Ironie. Der Sicherheitswächter versuchte zu sehr, Pluspunkte zu sammeln — obwohl er es ihm eigentlich nicht verdenken konnte. »Aber wenn nur einer von Ihnen in die Basis gebeamt wird ... Warum wäre Fähnrich Lamia nicht die bessere Wahl?«

Kaum verhohlener Ärger auf Stanger glitzerte in den Augen der Andorianerin, und sie freute sich ganz offensichtlich über Kirks Einwand. »Wahrscheinlich könnte ich dort unten gar nicht infiziert werden, Sir«, sagte sie sofort. Stangers Züge verhärteten sich, aber Lamia achtete nicht darauf, sah auch weiterhin den Captain an.

»Ja«, warf McCoy ein. Bisher hatte er sich darauf beschränkt, den Wortwechsel stumm zu verfolgen. »Ihr Blut basiert auf Kobalt. Ich kenne kein Virus, das sowohl uns Menschen als auch Andorianer bedroht.« Er zögerte kurz. »Wie dem auch sei, Jim: Ich glaube, sie sollten beide zur Landegruppe gehören. Stanger ist schon in der Station gewesen und kennt sich dort aus, und ich bin ziemlich sicher, daß Lamia immun ist. Je schneller wir dies hinter uns bringen, desto besser. Dann halten sich die Gefahren einer Kontamination in Grenzen.«

»Na schön.« Kirk gab nach, wenn auch widerstrebend. Er sah die beiden Fähnriche an. »Haben Sie Kameras dabei?«

»Ja, Sir.« Stanger klopfte auf seine, und Lamia nickte.

»Richten Sie Ihre besondere Aufmerksamkeit auf die Krankenstation, wo die Leichen gefunden wurden. Zeichnen Sie alles auf, was Ihnen wichtig erscheint. Das gilt auch für die Unterkünfte. Und schalten Sie auf keinen Fall die Individualschilde aus.«

»Verstanden, Sir«, antworteten die beiden Sicherheitswächter gleichzeitig.

Kirk überlegte einige Sekunden lang. »Und das Laboratorium. Ich möchte detaillierte Bilder von allen Einrichtungen im Labor.«

»Ja, Sir.« Stanger trat auf die Plattform, gefolgt von
Lamia.

McCoy wandte sich an Kirk. »Ich weiß, wie sehr es
dich besorgt, Krankheitserreger an Bord zu bringen,
Jim. Ich kann nur eins sagen: Wir sind auf alles vorbereitet, und die Wahrscheinlichkeit dafür, daß pathogene
Keime freigesetzt werden, ist praktisch gleich Null.«

Der Captain seufzte unhörbar, als sich Leonard Stanger und Lamia auf der Transporterplattform hinzuge-
sellte. Alle drei aktivierten die Schutzfelder. »Gerade
der *praktische* Teil beunruhigt mich so sehr.«

Diesmal ließ sich Stanger nicht von der Dunkelheit
überraschen. Sein Scheinwerfer brannte bereits, noch
bevor er entmaterialisierte, und nach dem Retransfer in
der subplanetaren Forschungsstation stellte er sofort eine Lampe auf, um die Isolationskammer zu beleuchten.

McCoy näherte sich der Kontrollkonsole und drückte
einige Tasten. Der energetische Schild vor dem Zugang
verschwand, und sein Funkeln wich Dunkelheit. Trotzdem runzelte Leonard die Stirn. »Wir haben hier ein
Problem. Es gelingt mir nicht, das Siegel der Kammer
zu öffnen.«

»Ich könnte nach den manuellen Vorrichtungen suchen«, bot sich Stanger an, obwohl er wußte, daß sie
dadurch viel Zeit verloren: Um jene Schalteinheiten zu
finden, mußten alle Leitungssysteme in den Wänden
geprüft werden. Wenigstens bewahrte es ihn vor einer
Rückkehr in die finsteren Korridore.

»Das dauert zu lange. Ich schneide ein Loch mit dem
Phaser.«

»Das Zeug ist ziemlich widerstandsfähig.« Stanger

49

deutete aufs Kristallgehäuse. »Ich helfe Ihnen. Mit zwei Phasern geht's schneller.«

»Ich schaffe es auch allein«, erwiderte McCoy. »Ihr Kinder solltet jetzt mit den Aufzeichnungen beginnen. Wenn ich Hilfe brauche, hören Sie von mir.«

Stanger zuckte mit den Schultern. »Wie Sie meinen, Doktor«, entgegnete er wie beiläufig, obwohl sich neuerlicher Zorn in ihm regte. *Ich bin kein Kind, verdammt. Ich war ein Offizier. Lamia ... Sie ist noch grün hinter den Ohren.* Sofort rief er sich zur Ordnung. *Wenn du dich nicht am Riemen reißt, holst du dir Magengeschwüre.*

Er drehte sich um und stieß fast gegen Lamia — sie hatte ganz dicht hinter ihm gestanden. Die eigene Überraschung verwunderte ihn. *Immer mit der Ruhe. Macht dich dieser Ort schon jetzt nervös?* Die Andorianerin wich rasch beiseite.

»Wir fangen hier im Laboratorium an«, sagte Stanger.

Lamia musterte ihn verdutzt. »Wenn wir uns verschiedene Bereiche vornehmen, erledigen wir die Arbeit schneller. Darum hat Tomson uns beide geschickt.«

Wollen Sie einem direkten Befehl widersprechen? Die Worte lagen Stanger auf der Zunge, aber er verschluckte sie gerade noch rechtzeitig. Er gab sich alle Mühe, nicht verärgert zu klingen, als er sagte: »Wir sind gründlicher, wenn wir uns beide jeweils das gleiche Zimmer vornehmen. Dann können wir nichts übersehen.«

Aus irgendeinem Grund fühlte sich Lamia beleidigt. »*Ich* habe nicht die Absicht, etwas zu übersehen«, entgegnete sie kühl und schob das Kinn vor. Stanger kannte genug Andorianer, um zu wissen, daß diese Geste Verachtung zum Ausdruck brachte.

Er starrte eine Zeitlang zu Boden, bis er glaubte, sich wieder unter Kontrolle zu haben. Seine größte Schwäche bestand aus einem überschäumenden Temperament, und er hatte immer versucht, es zu beherrschen. Seit einer Weile regte er sich selbst über die banalsten Dinge auf. Lamia brachte ihm deutliche Aggressivität entgegen, und dadurch fiel es ihm noch schwerer, sich im Zaum zu halten. »Was halten Sie von einem Kompromiß?« fragte er schließlich. »Wir durchsuchen verschiedene Sektionen der Basis, nehmen uns jedoch sowohl Labor als auch Krankenstation gleichzeitig vor.«

»Es wäre besser, wenn nur ich die Krankenstation betrete«, sagte Lamia herausfordernd, und ihr Kinn zeigte noch immer nach oben.

»Warum?«

»Wir wissen, daß es sich um einen kontaminierten Bereich handelt, und es ist sehr unwahrscheinlich, daß ich infiziert werden kann. Mir droht also weniger Gefahr als Ihnen.«

»Fähnrich ...« Stanger unterbrach sich, als er den Ärger in seiner Stimme hörte. »Ich war schon einmal in der Krankenstation, bin dort über eine der beiden Leichen gestolpert und hab's überlebt.«

»Bisher«, gab Lamia leise zurück. Als Stanger ihren Tonfall vernahm, spürte er ein nervöses Prickeln.

»Na schön — bisher. Um ganz ehrlich zu sein: Ich vermute, Sie kommen geradewegs von der Akademie. Dies ist Ihr erster Einsatz im Raum, nicht wahr?«

»Ja.« Die Andorianerin richtete einen trotzigen Blick auf ihn. »Wollen Sie jetzt von mir wissen, wieviel Gewalt ich gesehen habe? Befürchten Sie etwa, daß ich in Ohnmacht falle, wenn ich menschliches Blut auf dem Boden der Krankenstation entdecke?«

Stanger ließ sich nicht beeindrucken und hielt dem durchdringenden Blick stand. »Wieviel Gewalt *haben* Sie gesehen, Fähnrich?«

»Überhaupt keine. Aber ich werde damit fertig.« Lamia war jetzt wütend, ballte die Fäuste und beugte sich vor. »Nur weil ich jung und eine Frau bin ...«

»Eine Frau?« Stanger schüttelte sichtlich verwirrt den Kopf. »Um Himmels willen, was hat *das* denn damit zu tun?«

»Schon gut.« Die Andorianerin senkte kurz den Kopf,

51

hob ihn dann wieder. »Aber bestimmt halten Sie mich für zu jung, um tüchtig zu sein. Stimmt's?«

Stanger stöhnte laut und schüttelte noch einmal den Kopf, ohne zu antworten.

»Streiten Sie es nicht ab. Sie versuchen, mich loszuwerden, spielen sich wie ein Vorgesetzter auf ...«

»Wie ein Vorgesetzter?«

»Indem Sie mich dauernd Fähnrich nennen. Wir bekleiden den gleichen Rang, falls Ihnen das noch nicht aufgefallen sein sollte. Leute, die im gleichen Rang stehen, sprechen sich für gewöhnlich mit dem Namen an. Ich heiße Lamia.«

Stanger schwieg einige Sekunden lang. Er hatte angenommen, daß alle Besatzungsmitglieder der *Enterprise* über ihn Bescheid wußten, aber die Andorianerin schien nichts zu ahnen. »Es tut mir leid, Lamia«, brachte er schließlich hervor. »Ich werde versuchen, Sie nicht noch einmal Fähnrich zu nennen. Falls das doch geschieht, so weisen Sie mich bitte darauf hin.«

»Das werde ich«, versicherte die junge Frau eisig.

Stanger hob die Arme — ein wortloses »Was erwarten Sie sonst noch von mir?« — und ließ sie wieder sinken. »Ich wollte keineswegs andeuten, daß ich Sie für inkompetent halte, Lamia. Ich möchte nur vermeiden, daß mir selbst ein Fehler unterläuft. Daher mein Vorschlag, die gleichen Räume zu untersuchen. Denken Sie daran: Der Captain hat uns beauftragt, Labor und Krankenstation besonders sorgfältig zu überprüfen. Können wir den Streit nun beenden und damit beginnen, erste Aufnahmen anzufertigen?«

»Amen«, erklang eine Stimme hinter ihnen. McCoy stand mit dem Rücken zu den beiden Sicherheitswächtern, und ein orangefarbener Strahl leckte aus dem Lauf seines Phasers, fraß sich langsam in den Kristall. *Er hat alles gehört und die Nase voll davon,* fuhr es Stanger durch den Sinn. Verlegen drehte er sich noch einmal zu Lamia um.

»Abgemacht?«

»Wenn Sie möchten, daß ich Ihre Arbeit kontrolliere — meinetwegen«, erwiderte die Andorianerin steif.

»Das Laboratorium nehmen wir uns zum Schluß vor«, sagte Stanger. Als er Lamias Gesichtsausdruck bemerkte, fügte er hinzu: »Ich habe schon wieder einen Befehl gegeben, nicht wahr?«

Sie nickte.

Himmel, soll sie ruhig sauer auf mich sein. Warum gebe ich mir überhaupt Mühe, ihre Sympathie zu gewinnen? Denk an dich selbst, Junge. Alle anderen können dir den Buckel runterrutschen. »Ach, verdammt, sehen Sie sich dort um, wo's Ihnen gefällt«, knurrte er, trat durch die Tür des Laboratoriums und verschwand in der Dunkelheit.

McCoy verzweifelte fast bei dem Versuch, in die Isolationskammer vorzudringen, und immer wieder fluchte er halblaut. Als er ein ausreichend großes Loch in die Kristallwand geschnitten hatte, streckte er den einen Arm hindurch — und mußte feststellen, daß die Phiolen auf der glänzenden schwarzen Arbeitsplatte außerhalb seiner Reichweite standen. Er verbrachte einige anstrengende Minuten damit, Kopf, Hals und linke Schulter durch die Öffnung zu zwängen, und etwa zu diesem Zeitpunkt bedauerte er, kein größeres Loch in die Barriere gebrannt zu haben.

Vorsichtig schob er sich nach hinten, holte sich dabei ein steifes Genick und wünschte den Verantwortlichen für die Versiegelung der Kammer hingebungsvoll zum Teufel.

Anschließend benutzte er erneut den Phaser, schnitt weitere Kristallbrocken fort und versuchte es noch einmal. Diesmal gelang es ihm, beide Schultern durch die Öffnung zu bringen, gefolgt vom Torso bis hin zur Hüfte. Um die Phiolen auf der Arbeitsplatte zu erreichen, stellte er sich auf die Zehenspitzen und preßte den Leib so fest an die harte, scharfe Kante des Kristalls, wie es das Schutzfeld zuließ. Trotzdem kam er nicht nahe genug heran.

Er beugte sich noch weiter nach vorn, streckte Finger und Hals, lief dabei Gefahr, das Gleichgewicht zu verlieren und zu fallen. Nur ein paar Zentimeter mehr ...

Plötzlich entflammte heißer Schmerz im verlängerten Rücken des Arztes.

Instinktiv trachtete er danach, sich aufzurichten, doch dadurch wurde die Pein schier unerträglich. Er stöhnte, stützte sich mit glühenden Händen am Tresen ab. Er brauchte fünf Sekunden, um die Ausweglosigkeit seiner Situation einzusehen, griff daraufhin nach dem Kommunikator. Auch dabei ergaben sich erhebliche Probleme. Als er den rechten Arm nach hinten drehte, nahm der Schmerz im Rücken zu, erweiterte sich auf den Hals. Der Schweiß brach ihm aus, aber er biß die Zähne zusammen und tastete weiter, bis die Fingerspitzen das kleine Gerät berührten. Mit einem triumphierenden Brummen löste er es vom Gürtel.

Der Kommunikator rutschte ihm aus der Hand und fiel auf die Arbeitsplatte, fast zwei Meter entfernt — unerreichbar für ihn.

Nur ein Umstand erfüllte McCoy mit Dankbarkeit: daß Spock nicht zugegen war, um ihn in dieser Lage zu beobachten.

In den Unterkünften war es nicht so schlimm, wie Stanger zunächst befürchtet hatte: Er stellte einige Lampen auf, und ihr Licht vertrieb die gespenstische Dunkelheit, die er in den finsteren Korridoren als so bedrückend empfand.

Langsam wanderte er durch die Zimmer und orientierte sich dabei anhand von Adams' Skizze — der er nicht ganz vertraute. In Yoshis und Adams' Quartieren fand er kaum interessante Dinge. Der erste Raum zeichnete sich durch eine spartanische, klösterliche Einrichtung aus: Bett, Stuhl und ein Terminal. Im zweiten herrschte ein ziemliches Durcheinander aus persönlichen Gegenständen, doch keiner davon ermöglichte irgendwelche Aufschlüsse.

Krowozadnis Zimmer erstaunte Stanger.

Er hatte das Gefühl, eine andere Welt zu betreten, in eine andere Ära zu wechseln. Hier verbarg sich der graue Boden unter einem breiten Perserteppich — kein echtes Exemplar, aber eine gute Nachbildung. Er sah einen großen Rollschreibtisch aus Holz, ein Himmelbett und lange Regale mit echten Büchern aus Papier. Eins lag offen auf dem Tisch, neben einer Messinglaterne mit einer fast ganz heruntergebrannten Kerze. Stanger schloß das Buch behutsam und verzog das Gesicht, als er den Titel las.

Niedergeschlagen dachte er daran, daß Lara Krowozadni tot war. Er hätte sie gern kennengelernt; sie mußte eine interessante Frau gewesen sein.

Auch hier, wie in den anderen Zimmern, deutete nichts auf einen Kampf hin. An der Tür fiel Stanger ein, daß er es versäumt hätte, im Schreibtisch nachzusehen.

In den obersten Schubladen fand er sorgfältig zusammengefaltete Damenunterwäsche. Er filmte sie mit der Kamera, obwohl er den Informationswert solcher Aufnahmen bezweifelte. Das rechte Fach ganz unten war größer als die anderen und diente als kleine Kühleinheit. Darin entdeckte Stanger eine halb gefüllte Laborflasche, die insgesamt zwei Liter aufnehmen konnte, und ein benutztes Trinkglas. Er stellte beide Objekt auf den Schreibtisch, um auch davon Bilder anzufertigen. Einen Sekundenbruchteil später wurde ihm plötzlich klar, was die Flasche enthielt.

Aus einem Reflex heraus hob er die Hand zum Mund.

Das Blut am Boden des Trinkglases war längst geronnen und trocken.

KAPITEL 3

McCoy verharrte schon eine Zeitlang in seiner würdelosen und alles andere als komfortablen Haltung, als er schließlich leises Kichern hinter sich hörte.

»Verdammt, Stanger«, knurrte er, als er die Stimme erkannte. »Wenn Sie noch einmal lachen, sorge ich dafür, daß Sie bei der nächsten Routineuntersuchung zu leiden haben.«

Das Lachen verstummte abrupt, doch die Stimme klang amüsiert. »Entschuldigung, Doktor. Wie sind Sie in diese Lage geraten?«

»Verlangen Sie jetzt keine Erklärungen von mir!« Der Schmerz stimulierte Zorn in Leonard. »Befreien Sie mich!«

Aus den Augenwinkeln sah er, wie die beiden Sicherheitswächter näher kamen, um einen Eindruck von seiner Situation zu gewinnen. »Sieht gar nicht so schwierig aus«, meinte Stanger. »Sie brauchen sich nur aufzurichten.«

»Verdammt, das hätte ich längst, wenn ich dazu imstande wäre!« stieß McCoy hervor. »Eine Muskelzerrung im Rücken hindert mich daran. Daß so etwas ausgerechnet jetzt passieren mußte ...«

Lamia unterbrach ihn ruhig. »Haben Sie schmerzstillende Mittel dabei, Doktor?«

McCoy nickte, und dadurch zuckte neue Pein durch seinen Leib. Er biß die Zähne noch fester zusammen. »In der schwarzen Tasche. Links am Gürtel.«

Die Andorianerin blieb dicht hinter ihm stehen, schob

56

ihre dünnen Arme durchs Loch und tastete nach der Taille des Arztes. Trotz der Schmerzen verlor Leonard nicht den Sinn für Humor.

»Ich bin Ihnen gegenüber im Nachteil, Teuerste«, murmelte er. Lamia antwortete nicht, und McCoy fügte ernster hinzu: »Der Injektor mit den blauen Markierungen. Stellen Sie ihn auf vier Kubikzentimeter ein.«

Er spürte Kühle am Rücken, als ihm Lamia die Injektion verabreichte, und dann ließ das Stechen endlich nach. Leonard seufzte und sank in die Arme der Andorianerin. »Haben Sie jemals daran gedacht, in der medizinischen Abteilung tätig zu werden, Fähnrich?«

Lamia schwieg und zerrte. McCoy fiel nach hinten, rutschte durch die Öffnung und stöhnte. Die Sicherheitswächterin hielt ihn fest, bis sie beide das Gleichgewicht wiederfanden.

»Danke«, sagte der Arzt verlegen, rieb die nun betäubten Rückenmuskeln und streckte sich vorsichtig. »Jetzt geht es mir schon besser.«

Stanger betrachtete das von McCoy in den Kristall geschnittene Loch, musterte dann die Andorianerin. »Können Sie dort hindurchkriechen?«

»Ich denke schon«, erwiderte sie. Es klang kühl — offenbar hegte sie noch immer einen Groll gegen ihren Kollegen. McCoy wollte einen Einwand erheben, überlegte es sich jedoch anders: Lamia war ebensogroß wie Stanger, aber wesentlich schmaler. Zuerst streckte sie ihre langen, schlanken Arme durch die Öffnung, griff nach der Arbeitsplatte und zog sich mit verblüffender Mühelosigkeit ins Innere der Isolationskammer.

McCoy schüttelte den Kopf. »Müssen Sie unbedingt den Anschein erwecken, daß es *so* einfach ist?«

Lamia befand sich nun jenseits der Kristallwand, kroch auf allen vieren über den Tresen, nahm den Kommunikator des Arztes und hakte ihn an den Gürtel. Im Anschluß daran sammelte sie die Phiolen ein.

»Sie sind nicht versiegelt«, sagte die Andorianerin

und sah auf. »Sie müßten doch verschlossen sein, wenn sie Proben enthalten, oder?«

»Das *sollten* sie zumindest, aber vielleicht sind die Forscher schlampig gewesen«, entgegnete McCoy. »Achten Sie darauf, nichts zu verschütten.«

Lamia blickte in die Glasröhrchen. »Ich glaube, da besteht keine Gefahr.«

»Wie meinen Sie das?« fragte Stanger. »Soll das heißen, daß wir ganz umsonst hierher zurückgekehrt sind?«

Lamia gab keinen Ton von sich, kletterte durch das Loch in der Kristallbarriere und zeigte Stanger die Phiolen. Er trat unwillkürlich zurück.

»Sehen Sie selbst, Fähnrich«, sagte sie und betonte dabei das letzte Worte. »Hier ist nichts drin.«

Stanger riß die Augen auf. McCoy hob den Tricorder und hielt ihn über die offenen Röhrchen.

»Da soll mich doch...«, brummte er. »Lamia hat recht.«

»Nichts!« donnerte Mendez vom Bildschirm in Kirks Kabine. Die dichten Brauen des Admirals formten ein drohendes V über den Augen. Schon seit acht Stunden befand sich die *Enterprise* im Warptransfer, und jetzt war ein direkter visueller Kom-Kontakt möglich.

»Nichts, Sir.« Der Mißerfolg bei der Suche nach den Krankheitserregern hatte Kirk erleichtert, und Mendez' Reaktion erschien ihm seltsam. Der Admiral versuchte nicht einmal, Ärger und Enttäuschung zu verbergen. »Wir haben alle im Laboratorium beschlagnahmten Geräte untersucht, ohne irgendwelche Mikroorganismen zu finden.«

»Und wenn jemandem bei der Analyse ein Fehler unterlaufen ist?«

»Meine Leute sind sehr tüchtig, Admiral. Ich vertraue ihrem Bericht.«

Mendez beugte sich so plötzlich über den Schreibtisch vor, daß Kirk erschrak — er mußte sich ganz bewußt daran erinnern, daß der Admiral wohl kaum aus dem Monitor springen konnte. »Erscheint Ihnen ein völlig leeres Laboratorium nicht ebenfalls sonderbar, Captain?«

»Ja, Sir, in der Tat.« Irgendwie gelang es Kirk, die Fassung zu wahren. Mendez nahm ihn nur deshalb aufs Korn, weil er sich eine andere Meldung erhofft hatte. *Wie kann dieser Mann Josés Bruder sein?* dachte Jim voller Verachtung.

»Und welche Schlüsse ziehen Sie daraus?«

Kirks Gesichtsausdruck blieb höflich und respektvoll, doch in seinen Wangen mahlten die Muskeln. »Es gibt drei Möglichkeiten, Sir. Erstens: Jemand hat die Mikrobe eliminiert. Zweitens: Sie wurde gestohlen. Und drittens: Sie existierte nie, was bedeutet, daß Adams' Infektion eine andere Ursache haben muß.«

»Tanis ist ein sehr abgelegener Planet, Captain. Halten Sie die dritte Möglichkeit nicht für unwahrscheinlich?«

»Ja«, räumte Jim ein. »Aber wir sollten sie trotzdem in Betracht ziehen.«

»Das Virus ist *kein* Hirngespinst, Kirk. Darauf deutet alles hin. Woraus folgt: Es wurde entweder eliminiert oder gestohlen. Und dafür kommen nur Adams oder Angehörige Ihrer Landegruppe in Frage.«

Der Captain fühlte, wie ihm das Blut ins Gesicht schoß. »Mit allem Respekt, Admiral: Meine Leute trifft nicht die geringste Schuld. Ein solcher Vorwurf ist absurd.«

»Ich bin geneigt, Ihnen in diesem Punkt zuzustimmen, Kirk. Sicher steckt Adams dahinter.«

»Oder einer der toten Forscher ...«

»Nein, Adams. Der Mann hat ganz offensichtlich den Verstand verloren und seine Kollegen umgebracht.«

»Er leugnet es, Admiral. Und der Computer bestätigt, daß er die Wahrheit sagt.« McCoys Vorbehalte ließ Kirk unerwähnt. Mendez' sture Beharrlichkeit bewog ihn dazu, für Adams einzutreten, jenes Prinzip zu achten, nach dem der Angeklagte unschuldig war, bis man seine Schuld bewies. »Er ist nur deshalb verdächtig, weil er als einziger überlebte.« Jim verschwieg auch das Trinkglas. Er wollte erst abwarten, was sich bei den weiteren Untersuchungen herausstellte, bevor er Mendez zusätzliche Gründe gab, einen Mörder in Adams zu sehen.

»Die beiden Leichen — waren sie ebenfalls infiziert?«

»Die Frau hatte sich vor kurzer Zeit angesteckt, doch der Mann scheint nicht krank gewesen zu sein. Adams behauptet, daß er überschnappte und die Frau angriff ...«

»Unmöglich«, entfuhr es Mendez. »Warum sollte er sie umbringen, wenn er nicht an der Krankheit litt?«

»Sie gehen dabei von der Annahme aus, daß die Infektion Wahnsinn verursacht, Sir. Der Bordarzt meines Schiffes hat mir mitgeteilt, daß Adams geistig gesund ist ...«

»Dann sollten Sie sich vielleicht einen neuen Bordarzt besorgen. Wie dem auch sei, Captain: Stellen Sie Adams unter Arrest und bringen Sie ihn *sofort* zur nächsten Starbase, damit er dort verhört werden kann. Weisen Sie dabei auf die notwendigen Sicherheitsmaßnahmen hin.«

Der Bildschirm wurde dunkel, und Kirk fragte sich, was Rodrigo Mendez gegen Jeffrey Adams hatte.

Der Captain beobachtete Adams durch die Infrarotbrille, und er wirkte immer mehr wie eine verdammte Seele in den grauen Schatten der Hölle. Nach wie vor lag er auf dem Diagnosebett, und dünne Schläuche verbanden ihn mit einem Behälter, der Blut enthielt.

Der Kranke wandte das Gesicht der Wand zu, doch als er das Summen des Interkoms hörte, drehte er den Kopf und blickte in Kirks Richtung.

Jim nahm kein Blatt vor den Mund. »Dr. Adams, wir haben auf Tanis Dinge gefunden, die Sie zumindest mit dem Tod eines Forschungskollegen in Zusammenhang bringen.«

Die erwartete Reaktion blieb aus. Adams' Augen waren auch weiterhin trüb, und sein Gesicht verriet nicht das geringste Interesse. Er sprach mit der leeren, hohlen Stimme eines Sterbenden, während er das Medaillon der Halskette berührte. »Welche Dinge?«

»Ein Trinkglas — mit Lara Krowozadnis Blut darin. Der Computer hat Ihre Fingerabdrücke identifiziert.«

Adams starrte an die Decke und schwieg.

Jetzt ist es soweit. Er sitzt in der Falle, und das weiß er. Kirk zweifelte nicht an der Schuld des Kranken. Vielleicht brauchte er nur noch einen kleinen Anstoß, um ein Geständnis abzulegen. »Nach Dr. McCoys Ansicht haben Sie gelogen, als Sie aussagten, nicht für den Tod der beiden anderen Forscher verantwortlich zu sein.« Jim sah keinen Sinn darin, die Ergebnisse des Computerverhörs zu erwähnen.

»Die Meinung eines Mannes.« Adams sah wieder zur Wand und murmelte etwas.

»Wenn Sie mir etwas zu sagen haben, so sprechen Sie lauter.«

Adams holte tief Luft, und diesmal klang seine Stimme kräftiger. »Das ist doch lächerlich! Welche Vorwürfe erheben Sie gegen mich, Captain? Glauben Sie, ich habe Lara getötet, um ihr Blut aus einem *Glas* zu trinken?«

Der Hoffnungsschimmer verblaßte. Ganz offensichtlich stritt der Kranke noch immer alles ab. *McCoy hat recht*, überlegte Kirk. *Wahrscheinlich ist er durch und durch Soziopath.* »Halten Sie es für so unsinnig, irgendeine Art von Erklärung zu verlangen?«

»Bei Gott.« Adams schauderte. »Wer könnte so etwas erklären? Ich weiß nicht, was geschehen ist. Vermutlich hat Yoshi Lara umgebracht. Er war verrückt. Das habe ich Ihnen ja gesagt.«

»Und warum befinden sich auf dem Glas nicht etwa Yoshis Fingerabdrücke, sondern Ihre?«

»Keine Ahnung.« Kirk hörte nun trotzige Verzweiflung in der Stimme des Mannes. »Vielleicht hat er es aus ihrem Zimmer geholt, nachdem ich es verlassen hatte.«

»Ich dachte, Sie hätten Laras Quartier erst verlassen, als die Landegruppe eintraf.«

»Himmel, ich bin krank. Es fällt mir schwer, einen klaren Gedanken zu fassen. Finden *Sie* heraus, was in der Forschungsstation passiert ist.«

Kirk verschränkte die Arme. Allmählich verstand er Mendez' Einstellung Adams gegenüber: Dieser Mann hatte wahrscheinlich einen oder zwei Morde auf dem Gewissen, und vielleicht beschränkte sich seine Schuld nicht nur darauf. Andererseits ... Es war ungerecht, ihn schon jetzt zu verurteilen, vor einem ordentlichen Gerichtsverfahren. »Sie stehen unter Arrest. Wir bringen Sie zur nächsten Starbase, um Sie dort den zuständigen Stellen zu übergeben.«

»Unter Arrest?« In Adams' Augen flackerte es kurz. »Sie verhaften mich wegen eines *Trink*glases?«

Der Captain schüttelte den Kopf. »Ich verhafte Sie aufgrund einer Anweisung von Admiral Mendez. Aber ob Arrest oder nicht: An Ihrer gegenwärtigen Situation ändert sich dadurch kaum etwas.«

»Ja, das stimmt«, flüsterte der Kranke und schloß die Augen. »Ich bin ohnehin so gut wie tot.«

Lamia dachte an ihre erste Woche an Bord der *Enterprise*. Ohne Lisa Nguyen wäre sie sicher an Heimweh gestorben — oder hätte ihre Sachen gepackt, um an Bord eines Shuttles zu gehen, das nach Andor flog. Während der vergangenen Tage fürchtete sie mehrmals, die falsche Entscheidung getroffen zu haben. Vielleicht hatte die *Tijra* recht. Vielleicht gehörte sie in die Heimat und nicht an Bord eines Raumschiffs. Vielleicht war es falsch, kreuz und quer durch die Galaxis zu fliegen und ihr Leben zu riskieren, indem sie Fremde schützte. Nun, bisher konnte von Gefahren bei ihrem Dienst kaum die Rede sein. Ganz im Gegenteil: Die meiste Zeit über langweilte sie sich. Außerdem tröstete sich Lamia mit dem Gedanken, daß sie während der ersten Wochen an der Starfleet-Akademie ebenso empfunden hatte, obwohl sie später großen Gefallen an Studium und Ausbildung fand. Im Lauf der Zeit gewöhnte sie sich bestimmt auch an das Leben in der *Enterprise*.

Doch bis dahin dankte sie den Sternen für Lisa Nguyen. Lisa glaubte fest an die ›Kameradschaftstradition‹ an Bord, die dafür sorgte dafür, daß neue Besatzungsmitglieder nicht an Einsamkeit litten. Nguyen war mehr als nur Lamias Stubengenossin. Sie fungierte als ihr Sozialhelfer, stellte sie anderen Leuten vor, zeigte ihr die verschiedenen Einrichtungen der *Enterprise* und wich kaum von ihrer Seite. Die Andorianerin hätte derartige Hilfe während des ersten Jahrs an der Akademie gebrauchen können, als sie lernen mußte, in einem Zimmer zu schlafen, das sie nicht mit dreißig oder mehr Personen teilte, sondern nur mit einer einzigen. Damals verursachte die Anpassung an ihre neue Umgebung erhebliche Probleme.

Nun, jetzt fühlte sich Lamia von neuen Sorgen geplagt. Die *Tijra* — die Schwester der Mutter, wichtigste Verwandte für eine Andorianerin — hatte noch nicht auf die Mitteilung geantwortet, daß sie nun an Bord des Raumschiffs *Enterprise* arbeitete, im All. Die *Tijra* war sehr erzürnt gewesen, als Lamia beschloß, an der Starfleet-Akademie auf der Erde eine Ausbildung zu beginnen, aber nie unterbrach sie den Kontakt zu ihr. Sie hielt an der Überzeugung fest, daß Lamia zur Vernunft kam, wenn sie mit der Realität des Weltraums konfrontiert wurde, daß sie sich dann auf ihre Pflicht besann: Der richtige Platz für alle fruchtbaren Andorianerinnen befand sich in der Familie.

So war es damals, hatte Lamia geantwortet. *Inzwischen*

ist *Andor wieder bevölkert. Die meisten Kinder werden fruchtbar geboren und leiden nicht mehr an der Krankheit ihrer Eltern. Man muß die Traditionen und Bräuche ändern, wenn sie nicht mehr fürs Überleben erforderlich sind.* Doch die *Tijra* verharrte in ihrer Skepsis.

In ihrer Mitteilung hatte Lamia auf den ersten Einsatz im All hingewiesen, und seit vier Wochen wartete sie auf eine Antwort. Nun, vielleicht lag es an der großen Entfernung: Viele Lichtjahre trennten die *Enterprise* von Andor ...

»Prost.« Lisa Nguyen hob ihr Glas mit Ananassaft und unterbrach Lamias Überlegungen. Sie kamen gerade aus dem Sportzentrum des Schiffes, wo Lisa die Andorianerin im Ringen besiegt hatte. Nun saßen sie im Freizeitraum bei einem Drink.

Lamia schmunzelte und hob ihr eigenes Glas, das thirelianisches Mineralwasser enthielt. Sie lächelte nicht zum erstenmal, fürchtete jedoch noch immer, daß sie nur eine Grimasse schnitt. Andererseits: Es hatte sich nie jemand beschwert.

»Sie sind heute sehr still«, sagte Lisa und lächelte nach wie vor. Für eine Terranerin war sie recht hübsch: asiatische Züge, das dunkle Haar schulterlang. Angesichts ihrer zwar kleinen, dafür aber recht muskulösen Statur fühlte sich Lamia schwach und spindeldürr. »Haben Sie noch nichts von Ihrer Familie gehört?«

»Nein«, entgegnete Lamia und starrte ins sprudelnde Mineralwasser. Lisa hörte ihre Antwort gar nicht und winkte jemandem zu.

»Jon!« Sie stand halb auf, und ihr Lächeln wuchs in die Breite. »Stanger! Setzen Sie sich zu uns.«

Lamia trank einen Schluck und hob rechtzeitig genug den Kopf, um zu sehen, wie Stanger einen unsicheren Blick durch den Raum schweifen ließ. Er war allein — die Andorianerin dachte daran, ob sich die Kameradschaft an Bord auch auf ihn bezog, ob es jemanden wie Lisa Nguyen für ihn gab — und hatte offenbar versucht, unauffällig in einer Ecke Platz zu nehmen. Jetzt näherte er sich dem Tisch. Lamia schluckte krampfhaft und glaubte zu spüren, wie das Mineralwasser bis in ihre Füße tropfte.

»Hallo«, sagte Stanger. Er erkannte die Andorianerin natürlich, richtete seine Aufmerksamkeit jedoch auf Lisa und erwiderte ihr Lächeln. »Ist es den Damen bisher gelungen, für Sicherheit im Freizeitraum zu sorgen?« Der gutmütige Humor in seiner Stimme überraschte Lamia. Er unterschied sich jetzt von dem leicht reizbaren Mann, mit dem sie sich nach Tanis gebeamt hatte.

Er sank neben Lisa auf einen Stuhl. »Wie ist Ihre erste Woche an Bord?« erkundigte sich Nguyen. »Gefällt es Ihnen bei uns?«

»Kann nicht klagen«, brummte Stanger, ohne Lamia auch nur einen Blick zuzuwerfen. »Die Besatzung der *Enterprise* besteht aus tüchtigen Leuten.«

Lisa nickte zufrieden. »Freut mich, das zu hören. Ich hoffe, damit meinen Sie auch die Angehörigen der Sicherheitsabteilung.«

»Selbstverständlich«, sagte Stanger galant und prostete den beiden Frauen stumm zu, bevor er das Glas Bier an die Lippen setzte.

»Gut. Nicht jeder kommt sofort mit Tomson zurecht. Normalerweise dauert es eine Weile, bis man sich an sie gewöhnt.«

Lamia wartete gespannt. Nach der Zurechtweisung an diesem Morgen hielt sie es für unvorstellbar, daß Stanger seine Vorgesetzte mochte.

»Sie ist in Ordnung«, meinte er.

Die Zunge der Andorianerin bewegte sich von ganz allein. »Das ist sicher nicht Ihr Ernst.« Sie neigte den Oberkörper vor und zwang Stanger, ihrem Blick zu begegnen. »Nach der Rüge von heute morgen ...« Sie wandte sich an Lisa. »Er kam nur *eine Minute* zu spät, und dafür hat Tomson ihn fünf Minuten lang getadelt. Wenn es ihr nur um Disziplin gegangen wäre, hätte sie

65

einen Eintrag in die Personalakte vornehmen und es dabei bewenden lassen sollen. Doch sie erweckte den Eindruck, nach einem Ventil für ihren Zorn zu suchen. Ich habe gehört, daß sie nicht besonders freundlich ist, aber sie scheint Junioroffiziere fast zu hassen.«

Das Lächeln verschwand aus Stangers Gesicht. Seine Stimme klang ruhig, doch leiser Ärger vibrierte darin. »Ich habe mich um mehr als nur eine Minute verspätet. Außerdem möchte ich nicht darüber reden, Fähn ... Lamia. Beschränken wir uns auf die Feststellung, daß ich die Zurechtweisung verdiente. Für einen Sicherheitswächter können sechzig Sekunden über Leben und Tod entscheiden. Als Leiterin der Sicherheitsabteilung muß Tomson peinlich genau auf die Einhaltung der Vorschriften achten und darf bei ihren Untergebenen nie ein Auge zudrücken. Es war richtig von ihr, mir den Kopf zu waschen. An ihrer Stelle ...« Stanger unterbrach sich. »Sprechen wir über etwas anderes.«

Lamia wollte das Thema nicht wechseln. Wie konnte man sich mit so etwas abfinden, obwohl es dabei um Stolz ging? »Aber Tomson hat Sie angeschnauzt, während jemand anders zugegen war. Das finde ich nicht richtig. Meine Güte, ich wollte nur für Sie eintreten ...«

»Ich brauche niemanden, der für mich eintritt«, erwiderte Stanger so scharf, daß Lamia unwillkürlich zurückwich. »Solange Tomson ihren Job erledigt, spielt es keine Rolle, ob man sie sympathisch findet oder nicht?« Erneut hob er das Bierglas, leerte es zur Hälfte und verschluckte sich fast dabei.

»Ja, das stimmt vermutlich«, sagte Lamia kühl, und ihre Kopffühler zitterten mißbilligend.

Lisa rutschte unruhig auf ihrem Stuhl hin und her, als ihre beiden Begleiter verdrießlich auf den Tisch starrten. »He«, begann sie mit geheuchelter Fröhlichkeit, um die Stimmung zu verbessern. »Da wir gerade bei Tomson sind: Ich habe ganz vergessen, Ihnen den neuesten Tratsch zu erzählen ...«

»Tratsch?« wiederholte Lamia, während sie die Blasen im thirelianischen Mineralwasser zählte.

»Klatsch. Gerüchte. Ich hab's von Acker Esswein. Sie kennen ihn sicher. Gehört zur Nachtschicht der Sicherheitsabteilung ...«

»Ich teile mein Quartier mit ihm«, murmelte Stanger in einem Tonfall, der keinen Zweifel daran ließ, daß er sich einen anderen Stubengenossen wünschte.

»Gut.« Lisa fuhr tapfer fort: »Nun, Acker war zugegen, als Tomson mit dem Captain sprach. Schon seit Monaten sucht sie nach einem Stellvertreter. Da derzeit keine Beförderungen geplant sind, erwog man die Möglichkeit, jemanden von einem anderen Schiff zur *Enterprise* zu versetzen, aber offenbar ist Tomson zu wählerisch. Angeblich hat sie dem Captain vorgeschlagen, doch jemanden aus unserer Crew zu befördern.« Lisa lehnte sich erwartungsvoll zurück. »Na, *sind* das interessante Neuigkeiten?«

»Vermutlich bedeutet es den Anfang rücksichtsloser Rivalität — alle werden versuchen, sich auf der Karriereleiter nach oben zu hangeln.« Stanger erhob sich mit ausdrucksloser Miene und ließ das Glas Bier auf dem Tisch stehen. »Wenn Sie mich bitte entschuldigen würden ...« Er ging, ohne ein weiteres Wort zu verlieren.

»Was ist bloß *los* mit ihm?« fragte Lamia verärgert. *Menschen*, dachte sie. *Man wird nicht schlau aus ihnen.* Doch sie sprach diesen Gedanken nicht laut aus, um einen Affront Lisa gegenüber zu vermeiden.

Nguyen schien nicht zornig zu sein, sondern eher traurig und niedergeschlagen. Sie sah Stanger nach, und ihr Blick verweilte einige Sekunden lang an der Tür. »Seien Sie nicht böse auf ihn, Lamia. Es ist meine Schuld.« Sie starrte deprimiert in ihren Ananassaft. »So etwas passiert mir dauernd. Ich rede, ohne vorher das Gehirn einzuschalten. Ich hätte wissen sollen, daß es ihm gegen den Strich geht.«

»Meinen Sie damit die Beförderung? Weil er kaum ei-

67

ne Chance hat? Das gilt auch für mich. Aber ich marschiere nicht einfach aus dem Zimmer. Kein Wunder, daß er in seinem Alter noch immer Fähnrich ist.«

»Wissen Sie nicht Bescheid?« fragte Lisa erstaunt.

»Oh, vielleicht habe ich es Ihnen nie erzählt.«

»Was denn?«

Lisa vergewisserte sich, daß Stanger nicht mehr im Freizeitraum war, senkte dann die Stimme, damit nur Lamia sie hören konnte. »Er hat die Sicherheitsabteilung der *Columbia* geleitet.«

Die Fühler der Andorianerin wölbten sich nach vorn. »Er hat sie *geleitet?*« Sie hob die Hand zum Mund und begriff, warum sich Stanger auf Tanis wie ein Vorgesetzter verhalten hatte. »Darum nennt er mich immer wieder Fähnrich. Ich ... ich dachte, er sei nur aufgeblasen. Aber warum ...«

»Ihm unterlief ein großer Fehler. Acker sagte mir, Stanger wurde dabei erwischt, als er illegale Waffen an Bord des Schiffes schmuggelte. Er hat nicht einmal versucht, sein Verhalten zu erklären.«

»*Schmuggel?*« Lamia schnappte nach Luft. »Es wundert mich, daß er noch immer eine Starfleet-Uniform trägt!«

»Kaum zu glauben, nicht wahr? Acker meinte, seine Personalakte sei ansonsten makellos gewesen, und deshalb wurde er nur degradiert.« Lisa seufzte. »Seltsam, ich kann mir einfach nicht vorstellen, daß er sich so etwas zuschulden kommen ließ.«

Lamia schüttelte verblüfft den Kopf. »Vermutlich ist Tomson aus diesem Grund so streng mit ihm gewesen.«

»Alle Leute an Bord munkeln über Stanger und gehen ihm aus dem Weg. Ich wollte nett zu ihm sein, als ich ihn an unseren Tisch bat.« Lisas Gesicht zeigte noch immer Reue. »Aber es wäre besser gewesen, über die Beförderung zu schweigen. Ich habe Salz in die offene Wunde gestreut.«

»Er hätte ohnehin davon erfahren.« Lamia beugte

sich über den Tisch vor und klopfte Nguyen auf den Arm. »Machen Sie sich keine Vorwürfe, Lisa. Die Schuld trifft ihn, nicht Sie. Wenn er es als unerträglich empfindet, daran erinnert zu werden, sollte er Starfleet verlassen.«

Sie meinte natürlich Stanger, aber in gewisser Weise galten diese Worte auch ihr selbst.

Christine Chapel rückte die Infrarotbrille zurecht und blickte besorgt zu dem Patienten hinter der Kristallbarriere, als sie das Tablett ins Vakuumfach schob. Adams stand in dem Verdacht, seine beiden Forschungskollegen auf Tanis ermordet zu haben, aber Chapel sah in erster Linie einen Kranken in ihm — einen Kranken, dem es sehr schlecht ging. Es zischte leise, als sich die Klappe schloß, und einige Sekunden später schwang die kleine Luke in der Isolationskammer auf. Stählerne Greifarme sanken von der Decke herab, trugen das Tablett mit der dampfenden Schüssel zur Diagnoseliege und glitten wieder nach oben.

»Bestimmt fühlen Sie sich besser, wenn Sie etwas essen«, sagte Chapel ins Interkom der nahen Konsole. »Wenn Sie eine intravenöse Ernährung erwarten, muß ich Sie enttäuschen — dazu sind Sie nicht krank genug. Essen Sie jetzt.«

Der Mann auf dem Bett wandte das Gesicht weiterhin der Wand zu.

»Bitte zwingen Sie mich nicht, wie Ihre Mutter zu klingen«, sagte Chapel heiter und gleichzeitig fest. »Ich bleibe hier stehen, bis Sie die Mahlzeit einnehmen.«

Manchmal erstaunte es sie selbst, wie gut sie ihre Besorgnis verbergen konnte. Adams' Zustand hatte sich innerhalb weniger Stunden so sehr verschlechtert, daß er jetzt wie ein Skelett wirkte. Ganz deutlich sah Chapel den Schatten des Todes, der auf ihm lag und sich immer mehr verfinsterte. Trotzdem versuchte sie, zumindest äußerlich ruhig und gelassen zu bleiben. Sie hatte Wunder beobachtet: Patienten, die überlebten, obwohl eigentlich gar keine Hoffnung mehr für sie bestand — weil sie nicht wußten, wie schlecht es ihnen ging; weil sie nichts vom nahen Tod ahnten.

Doch Adams fühlte, wie das Leben aus ihm wich. Er litt bereits an ausgeprägten Depressionen. Wenn Christine ihn irgendwie davon überzeugen konnte, daß er noch eine Chance hatte ...

Sie räusperte sich und versuchte es noch einmal. »Ich gehe *nicht* fort.«

Der Mann seufzte und bewegte sich, starrte auf die Schüssel neben dem Bett. Inzwischen war er an die Finsternis gewöhnt und sah im Dunkeln ebensogut wie ein Vulkanier.

»Was ist das?« fragte er leise.

»Dickflüssige Suppe.« Chapel sprach so, als handelte es sich um etwas Köstliches. »Oder Eintopf mit Brühe — was Sie lieber mögen. Lecker und heiß.«

Adams hob den Kopf und sah zum Fenster. »Warum sollte ich etwas essen? Ich sterbe.« Die schlichte, von Selbstmitleid geprägte Unverblümtheit eines Kindes.

»Nein, Sie sterben nicht«, erwiderte Chapel und hoffte, daß es überzeugend klang. »Ihr Zustand hat sich stabilisiert. Und die Wissenschaftler im Labor stehen kurz vor einem Durchbruch. Sicher gelingt es ihnen bald, ein Heilmittel zu entwickeln.« Sie log natürlich. Aber wenn Lügen notwendig waren, um dem Kranken zu helfen, so schwor sie für immer der Wahrheit ab. Mit gutmütigem Spott fügte Christine hinzu: »Außerdem ... Wenn Sie wirklich im Sterben lägen, würde ich die Suppe nicht an Sie verschwenden. Essen Sie jetzt. Bestimmt haben Sie großen Appetit.«

Adams blickte noch immer aufmerksam in ihre Richtung, obwohl er sie natürlich nicht sehen konnte. Er schien zu überlegen, und schließlich entspannten sich seine Züge.

»Na schön. Ich versuch's.«

»Gut.« Chapel lächelte und bedauerte, daß sie für den Patienten unsichtbar blieb.

Adams griff nach dem Löffel und beugte sich über die Schüssel. Er würgte, als ihm der Dampf ins Gesicht wogte, und Christine befürchtete, daß er sich übergeben mußte. Doch dann probierte er die Brühe. »Sind Sie noch da?«

»Ja.«

Ein weiterer Löffel von der Suppe, und noch einer. Anschließend nahm sich Adams Fleisch und Gemüse vor. Erleichterung erfaßte Chapel.

Plötzlich erstarrte der Kranke, und seine Miene veränderte sich auf seltsame Weise. Die Halsmuskeln unter der Kette zuckten.

Christine beugte sich zur Kristallbarriere vor. »Ist alles in Ordnung mit Ihnen?«

Adams riß die Augen auf und tastete mit der einen Hand zur Kehle.

»Mein Gott, Sie ersticken!« Chapel holte einen Schutzfeldgenerator aus dem nächsten Schrank, befestigte ihn am Gürtel und suchte nach den Kontrollen. Ihre Finger zitterten. *Zu lange. Es dauert zu lange.* Schließlich fand sie den richtigen Schalter und zuckte zusammen, als die Aktivierung des Individualschilds ein schmerzhaftes Knacken in ihren Ohren verursachte. Sie lief zum Eingang der Isolationskammer und gab den Öffnungscode ein.

Das Schott glitt beiseite, und Christine trat sofort in die kleine Schleuse.

Wie hatte sie so dumm sein können, ihm feste Nahrung zu geben? *Warum habe ich nicht daran gedacht, daß ihm vielleicht ein Brocken im Hals steckenbleibt?* Hinter ihr schloß sich die Tür der Krankenstation, und rasch tippte sie den nächsten Code ein. Ein leises Summen, und dann schob sich das Schott vor ihr langsam nach oben.

»Schneller, verdammt!« Sie hämmerte mit den Fäusten an den Stahl, obwohl das überhaupt nichts nützte.

»Schneller!« Wie viele Sekunden waren bereits verstrichen? Wenn sie Adams nicht bald erreichte ... Das Schott hatte sich erst zu einem Drittel vor ihr gehoben, als Chapel darunter hinwegkroch und in die zweite Schleuse gelangte.

Dort richteten sich Sensoren auf sie. Als der Kontrollcomputer die Existenz eines schützenden Kraftfelds verifizierte, öffnete er die Tür. *Schneller, um Himmels willen!*

Sie trat in infrarote Dunkelheit. *Gott, bitte bewahre ihn vor dem Tod. Wenn er durch meine Schuld stirbt ...*

Niemand lag auf dem Diagnosebett.

»Adams?«

Etwas raschelte hinter ihr, und Chapel drehte den Kopf. Bevor sie das Bewußtsein verlor, blieb ihr noch Zeit genug, sich über die Wucht des Schlages zu wundern.

KAPITEL 4

Adams atmete rasselnd und stoßweise, als er sich über die blonde Frau beugte. Euphorie brannte in seinem Ich, mit solcher Intensität, daß sie ihm die Luft aus den Lungen preßte und den Puls beschleunigte — bis er glaubte, das rasend pochende Herz zerrisse die Brust. Aber sie verlieh ihm auch Kraft. Er beobachtete die reglose Gestalt, dankbar dafür, daß die Krankenschwester bewußtlos war. Sie schien ziemlich kräftig zu sein und hätte bestimmt erheblichen Widerstand geleistet. Um ganz sicher zu gehen, streckte er die Hand nach dem kleinen Kraftfeldgenerator aus. Das energetische Glühen prickelte an seinen Fingern, und er spürte einen leichten elektrischen Schlag. Trotzdem übte er Druck aus, und eine Taste klickte. Das vage Funkeln verblaßte und verschwand.

Es spielte keine Rolle, daß er die Frau dadurch der Ansteckungsgefahr aussetzte — für Adams gab es weitaus wichtigere Erwägungen. Zum Beispiel: Er wollte nicht sterben. Und wenn man ihn zu einer Starbase brachte, kam der Tod für ihn viel früher als erwartet. Nein, das durfte er nicht zulassen. Das Virus bereitete ihm schon genug Probleme.

Plötzlich fiel ihm ein, daß er ohne einen Tricorder nicht sicher sein konnte, ob jemand bewußtlos war. Instinktiv schob er die eine Hand unter den Kopf der Frau, hob ihn etwas an und drückte nacheinander beide Lider nach oben. Er sah das Weiße in ihnen, die Andeutung einer blauen Iris. *Natürlich ist sie bewußtlos*, flüsterte der letzte Rest von Rationalität in ihm. *Wenn es ein Trick wäre, hätte sie dich längst angegriffen.* Und das neue Bewußtsein heulte: *Ich muß Bescheid wissen, Bescheid wissen...*

Adams' Finger berührten etwas Warmes und Klebriges. Verblüfft zog er die Hand zurück, hielt sie vors Gesicht.

Blut. Ein verlockender Geruch, metallisch und berauschend. Er leckte einen Finger ab und schloß voller Ekstase die Augen, als er Eisen schmeckte. Wehmütig dachte er daran, wie es mit Lara und Yoshi gewesen war... Er erlitt einen jähen Schwindelanfall, wahrte nur mit Mühe das Gleichgewicht und faßte sich wieder. Alles in ihm drängte danach, jeden Tropfen Blut von der kleinen Platzwunde zu saugen. Offenbar war die Frau mit dem Kopf so heftig an den Tisch gestoßen, daß der Individualschild keinen ausreichenden Schutz geboten hatte.

Widerstrebend stand Adams auf und ließ die Krankenschwester liegen. Es fiel ihm schwer, sich von ihr abzuwenden, aber er begriff auch, daß er so rasch wie möglich handeln mußte. Das Licht außerhalb der Isolationskammer blendete ihn, und er konnte nichts hinter der Kristallbarriere erkennen. Vielleicht stand dort jemand und beobachtete ihn. Nein, er durfte keine Zeit an die Frau verschwenden, tröstete sich mit dem Gedanken an andere Opfer: Immerhin bestand die Besatzung der *Enterprise* aus vierhundert Personen. Adams lächelte. Ja, es gab genug Blut für ihn.

Er eilte zum Ausgang. Als der Arzt seinen Patienten auf den Verifikationstest des Computers vorbereitet und die Kammer anschließend verlassen hatte, war Adams klug genug gewesen, sich den Öffnungscode einzuprägen. Allem Anschein nach hatte McCoy nicht daran gedacht, wie gut der Kranke im Dunkeln sah.

Adams betätigte die Tasten in einer bestimmten Reihenfolge, und das Schott glitt langsam nach oben.

Neuerliche Euphorie durchströmte ihn. Er würde es

schaffen, dem Tod entrinnen. Mendez mußte auf das Vergnügen verzichten, ihn zu töten. Adams zweifelte nicht daran, daß er es irgendwie schaffte, lange genug an Bord der *Enterprise* zu überleben, bis er das Schiff verlassen konnte ... Von einem Augenblick zum anderen fühlte er sich besser und stärker, geradezu unglaublich stark.

Doch als sich die Tür öffnete, schrie er schmerzerfüllt. Helles ultraviolettes Licht gleißte in der Schleuse, bohrte sich ihm wie mit tausend Messern in den Leib. Er riß die Arme hoch, um sich zu schützen, aber die Pein erfüllte seinen ganzen Körper. Er schien in Flammen zu stehen.

Tränen rannen ihm über die Wangen, tropften auf die Ärmel hinab. Dennoch setzte Adams einen Fuß vor den anderen, wankte blind nach vorn, bis er gegen eine andere Tür stieß. Er kniff die Augen zu, keuchte, tastete nach der Kontrolltafel, betätigte Schalter und hoffte inständig, die richtige Sequenz einzugeben.

»Falscher Code«, ertönte die höflich-gleichgültige Stimme des Computers. »Bitte wiederholen Sie ihn.«

Adams wimmerte verzweifelt, trat näher an die Kontrolleinheit heran, hob ansatzweise ein Lid und biß die Zähne zusammen. Vorsichtig und so langsam, wie er es ertragen konnte, drückte er drei numerierte Tasten, gab den gleichen Code ein, mit dem er das erste Schott passiert hatte.

Zuerst geschah überhaupt nichts. Der Kranke ächzte und kratzte an der Tür. »Öffne dich endlich, verdammt! Du sollst dich *öffnen!* Ich will nicht sterben ...«

Dann hörte er ein Piepen in der Krankenstation, und die Sprachprozessorstimme des Computers verkündete: »Unbefugtes Verlassen der Isolationskammer! Unbefugtes Verlassen der Isolationskammer!«

Hinter Adams zischte es, als das Schott herabsank, ihm den Rückweg in die dunkle Sicherheit abschnitt. Er war gefangen.

Der Mann sank zu Boden, ließ den Kopf hängen und schluchzte.

»Wie geht es ihr?« erkundigte sich Kirk sanft. Er hatte Dutzende von anderen Fragen, die nach Antworten verlangten, stellte jedoch nur diese eine und wartete geduldig, während McCoy vor einer zweiten Isolationskammer auf und ab schritt. Hinter dem Fenster lag die bewußtlose Christine Chapel.

Der Arzt verschränkte die Arme, und in seinen Augen blitzte es. Er ging so schnell von einer Seite zur anderen, daß dem Captain schwindelig wurde.

»Meinst du damit die Kopfverletzung?« erwiderte McCoy gereizt. »Kein Problem. Eine Platzwunde. Außerdem eine geringfügige Gehirnerschütterung. Sie müßte gleich zu sich kommen.«

Kirk nickte stumm. Derzeit sah er keinen Sinn darin, Leonard um weitere Auskünfte zu bitten.

»Willst du überhaupt nicht wissen, was geschehen ist?« fragte McCoy, beendete seine nervöse Wanderung und starrte den Captain an. »Fragst du mich überhaupt nicht danach?«

Jim wölbte die Brauen. »Ich wollte dir erst Gelegenheit geben, dich zu beruhigen.«

»Zu beruhigen?«

»Du scheinst ziemlich ... erregt zu sein.«

»Erregt?« knurrte McCoy. »*Erregt?* Da hast du verdammt recht! Wenn Adams zum Galgen geführt wird, lege ich ihm die Schlinge um den Hals. Es war nicht nötig, Christine einer Ansteckungsgefahr auszusetzen. Er hätte sie überwältigen können, ohne den Individualschild ausschalten. Zur Hölle mit dem Mistkerl!«

»Besteht die Möglichkeit, daß sie nicht infiziert ist?«

»Ja.« McCoy zwang sich zur Ruhe. »Eine solche Möglichkeit besteht tatsächlich. Es dauert nicht mehr lange, bis wir Gewißheit haben.« Er nahm neben dem Captain Platz. »Tut mir leid, Jim.«

»Schon gut. Was die Schlinge betrifft ... Vielleicht helfe ich dir dabei.«

McCoy lächelte schief und preßte dann die Lippen zusammen.

»Wenn du mir jetzt erklären würdest, was hier passiert ist, Pille ...«

Leonard seufzte tief. »Ich versuche, mich kurz zu fassen. Der Alarm erklang sowohl in meinem Quartier als auch in der Sicherheitsabteilung. Als ich hier eintraf, hatte ihn Esswein bereits ausgeschaltet. Der Computer wies uns darauf hin, daß Adams in der Schleuse festsaß.« Er strich sich über die Stirn. »Es ist mir ein Rätsel, wie er den Öffnungscode in Erfahrung gebracht hat ...«

»Ich dachte, du wolltest nicht zu viele Worte verlieren«, sagte Kirk.

»Entschuldige. Wir rüsteten uns mit Schutzfeldgeneratoren aus. Esswein nahm sich Adams vor, und ich kümmerte mich um Chris, brachte sie hier in dieser Isolationskammer unter und behandelte ihre Verletzung. Adams stellte kein Problem dar. Durch das helle Licht hatte er solche Schmerzen, daß er sich gar nicht zur Wehr setzte. Chris war bewußtlos, und deshalb konnte sie mir keine Auskunft geben. Aber es ist ohnehin klar, was sich hier abgespielt hat. Adams lockte sie irgendwie zu sich und schlug sie nieder.«

»Was meint *er* zu dem Vorfall?«

McCoy zuckte mit den Schultern. »Seine Worte ergeben kaum einen Sinn. Er redete wirres Zeug — und nicht nur aufgrund der Schmerzen. Die Krankheit beeinflußt jetzt auch sein Bewußtsein. Der Kerl war völlig außer sich. Ich habe ihm ein Sedativ verabreicht.«

»Ist er noch wach?«

»Ja. Inzwischen hat er sich beruhigt, aber er scheint noch immer durcheinander zu sein. Ich weiß nicht, ob es einen Sinn hat, ihn zu verhören.«

»Ich versuch's trotzdem.«

Leonard führte den Captain zu Adams' Kammer und

reichte ihm eine Infrarotbrille. »Hier, nimm das. Ich behalte Chris im Auge, wenn du nichts dagegen hast. Ich möchte zur Stelle sein, wenn sie erwacht.« Der Arzt ging fort.

Kirk setzte die Brille auf und schaltete das Interkom ein. Hinter der Kristallbarriere saß Adams auf dem Bett, die Arme um die Knie geschlungen. Er neigte den Oberkörper langsam vor und zurück, wodurch das Medaillon an der Halskette hin und her schwang. Dem dünnen Schlauch in seiner Armbeuge schenkte er nicht die geringste Beachtung.

»Wenn Sie unschuldig sind, Dr. Adams ...«, begann der Captain ruhig. »Warum haben Sie dann versucht zu fliehen?«

Der Kranke erstarrte überrascht und hob den Kopf. Irgend etwas in seinem grauen, eingefallenen Gesicht schien darauf hinzudeuten, daß er geweint hatte, und einige Sekunden lang rechnete Kirk mit neuerlichen Tränen.

Aber Adams beherrschte sich. »Sie müssen mir glauben«, erwiderte er ernst. »Wenn Sie mir nicht helfen, sterbe ich.«

»Im Laboratorium wird rund um die Uhr an einem Heilmittel gearbeitet.«

»Ich meine nicht die Krankheit.« Adams schauderte.

»Was dann? Drücken Sie sich endlich etwas deutlicher aus ...«

»Mendez«, lautete die abrupte Antwort.

»Mendez? Admiral Mendez? Sie kennen ihn?«

Adams nickte und sah zur Wand. »Wann erreichen wir die Starbase?«

»In etwa zehn Stunden. Was hat es mit Mendez auf sich?«

Der Kranke schwieg.

»Nichts verpflichtet mich dazu, mit Ihnen zu sprechen«, sagte Kirk. »*Sie* brauchen Hilfe.« Er trat einige Schritte vom Fenster fort.

»Warten Sie!« Adams beugte sich auf der Diagnoseliege vor. »Ich benötige ... Ihren Schutz.«

»Schutz? Vor wem oder was soll ich Sie schützen?«

»Vor Mendez«, hauchte der Mann.

»Warum?«

»Ich ... arbeite für ihn.«

»Sie haben für Starfleet gearbeitet?« Kirk versteifte sich unwillkürlich. Er konnte und wollte nicht glauben, daß die Flotte in diese Sache verwickelt war.

»Nein. Für Mendez. Und für andere.«

»Namen. Nennen Sie mir Namen.«

»Unmöglich. Man hat mich nur für die Forschungen bezahlt, und mein einziger Kontaktmann war Mendez. Er will mich aus dem Weg räumen. Verstehen Sie? Das Projekt ist geplatzt, und jetzt versucht er, mich zum Schweigen zu bringen — damit ich nichts verrate. Wenn Sie mich Starfleet ausliefern, sterbe ich, bevor ein Gerichtsverfahren eingeleitet werden kann.«

»Das Föderationsgesetz verbietet die Entwicklung von Biowaffen«, sagte Kirk. »Warum sollte ein Starfleet-Admiral das Kriegsgericht und eine Verurteilung als Verbrecher riskieren ...«

»Fragen Sie *ihn*. Ich weiß es nicht.« Adams zog die Knie bis zum Kinn an, stützte den Kopf darauf. »Wenn Sie mich Mendez übergeben, bin ich so gut wie tot. Sie könnten mich gleich hier hinrichten lassen.« Blind und flehentlich blickte er ins Licht. »Behaupten Sie doch einfach, ich sei gestorben. Ja. Teilen Sie Mendez mit, ich sei gestorben, ohne daß Sie irgend etwas von mir erfuhren.«

»Ausgeschlossen. Selbst wenn ich dazu bereit wäre — und das ist nicht der Fall —, niemand würde mir glauben.«

»Bitte ...«

»Warum gehen wir der Sache nicht auf den Grund?« schlug Kirk vor. »Warum stellen wir nicht fest, wer sonst noch daran beteiligt ist? Sagen Sie gegen Mendez aus. Ich versichere Ihnen: Starfleet wird dafür sorgen, daß Ihnen keine Gefahr droht.«

»Nein.« Adams schluchzte fast. »Starfleet wird mich ins Jenseits schicken. Melden Sie meinen Tod. Begreifen Sie denn nicht? Zu viele Leute sind in das Projekt verwickelt. Wenn Sie Nachforschungen anstellen, wird man versuchen, auch Sie umzubringen.«

Zu viele Leute? In Starfleet? »Ich glaube Ihnen nicht.« Der Cap⸴ in wandte sich verärgert ab.

Es stimmte nicht ganz. Die Wahrheit lautete: Er wollte es nicht glauben.

Angenehmes Zwielicht herrschte im Freizeitraum, und nur zwei Personen hielten sich dort auf. Für die meisten Besatzungsmitglieder war es schon recht spät: Wer früh am nächsten Morgen den Dienst antreten mußte, horchte bereits an der Matratze.

McCoy gähnte erneut.

»Geh zu Bett, Pille.« Kirk trank einen weiteren Schluck Brandy und setzte das Glas auf den Tisch. »Normalerweise liegst du um diese Zeit schon unter der Decke. Ich bringe dich um deinen wohlverdienten Schlaf.«

»Unsinn«, log McCoy und nippte an seinem Bourbon. Er versuchte, sich nichts anmerken zu lassen, aber er dachte voller Sorge an Christine Chapel. »Ich bin noch nicht müde genug.« Er beugte sich über den Tisch, als befänden sich andere Personen in der Nähe, die ihn nicht hören sollten. »Neulich hat mir jemand den ersten Iowa-Witz meines Lebens erzählt. Als Einheimischer weißt du ihn sicher zu schätzen ...«

Kirk stöhnte, rutschte noch tiefer in den Sessel und schloß die eine Hand um den Kognakschwenker. Mit der anderen rieb er sich die Augen. »Du hast zuviel getrunken.«

»Ich bin noch immer viel zu nüchtern«, brummte McCoy. »Du willst mich nur loswerden.«

»Vielleicht.« Jim lächelte schief. »Erspar mir den Witz, Pille. Ich kenne sie alle, schon seit vielen Jahren.«

McCoy ließ die humorvolle Maske fallen. »Na schön. Ich wollte dich nur ein wenig aufmuntern. Nun, entweder schlägst du dir die ganze Nacht um die Ohren, während ich mich in meine Kabine zurückziehe und schlafe — oder du sagst mir, was dich so belastet. Hat es etwas mit Adams zu tun?«

Kirk sah den Arzt nicht an, als er fragte: »Hältst du es für möglich, daß er die Wahrheit sagt?«

»Was den Mord angeht? Nein.«

»Das meine ich nicht. Laß mich die Frage anders formulieren: Wäre Adams imstande, die Wahrheit zu sagen, um seine Haut zu retten?«

»Nun, wenn man's aus diesem Blickwinkel sieht ... Aber ganz gleich, was er ausplaudert: Ich würde es nicht unbedingt für bare Münze nehmen. Außerdem beeinträchtigt die Krankheit jetzt auch seine geistige Verfassung. Die lichten Phasen werden kürzer. Wahrscheinlich dauert es nicht mehr lange bis zum Delirium.« McCoy runzelte die Stirn. »Du bist bestimmt nicht hierhergekommen, um Adams' geistigen Zustand mit mir zu diskutieren. Heraus damit.«

»Ich habe ihm mitgeteilt, daß wir ihn zur nächsten Starbase bringen.« Kirk musterte den Arzt, hielt nach einer Reaktion Ausschau. »Er flehte mich an, ihn nicht auszuliefern. Er meinte, Mendez würde ihn töten.«

McCoy lachte leise. »Ich bitte dich. Paranoia ist vermutlich eine Nebenwirkung der Krankheit.«

Kirk lächelte nicht.

»Das ist doch Unsinn, Jim. Warum sollte einem Starfleet-Admiral wie Mendez daran gelegen sein, einen kleinkarierten Forscher wie Adams umzubringen?«

»Damit nicht bekannt wird, daß Starfleet heimlich die Entwicklung von Biowaffen finanziert?«

»Nun, das wäre denkbar. Ich *habe* einige Flotten-Geräte in der Station gesehen. Andererseits: Praktisch jeder kann sich ausgemusterte Starfleet-Instrumente beschaffen.«

»Schon seit Stunden versuche ich, mich davon zu überzeugen, daß Adams' Behauptungen an den Haaren herbeigezogen sind, aber verdammt: Warum hat man uns aufgefordert, den Notruf zu ignorieren?«

McCoys Lächeln verblaßte, und er starrte nachdenklich ins Leere.

»Ich *möchte* dem Mann nicht glauben, Pille. Ich möchte auch weiterhin sicher sein, daß sich Starfleet niemals auf so etwas einließe.« Kirk zögerte kurz. »Aber wenn es wirklich keinen Zusammenhang zwischen der Flotte und dem Tanis-Projekt gibt: Weshalb erhielten wir dann die Anweisung, uns von dem Planeten fernzuhalten? Und warum hat Adams solche Angst vor Mendez?«

»Seine Glaubwürdigkeit ist zumindest zweifelhaft ...«, begann McCoy.

»Soll ich einfach nicht darauf achten?« Kirk verschränkte die Arme. »Gibst du mir den Rat, ein guter Soldat zu sein, auf Fragen zu verzichten?«

»Nein, ganz und gar nicht.« Der Sarkasmus verschwand aus McCoys Stimme. »Du hast einflußreiche Freunde. Wie wär's, wenn du dich mit einem deiner alten Zechbrüder im Hauptquartier in Verbindung setzt? Zum Beispiel mit ... Wie heißt er noch? Waverleigh. Bitte ihn, sich umzuhören, für dich zu ermitteln.«

Kirk atmete tief durch. »Und wenn sich herausstellt, daß Adams recht hat?«

»Darauf habe ich keine Antwort parat, Jim.«

Der Bildschirm zeigte einen Quince Waverleigh, der mindestens zehn Kilo schwerer zu sein schien als während seiner Akademiezeit. Trotzdem wirkte er noch immer wie jemand, der bei Frauen ankam: dichtes, rotblondes Haar, graue Augen, gleichmäßig geformte weiße Zähne und gebräunte Haut. Zwar stand er in dem Ruf, ein Schinder an der Akademie zu sein, aber wer die

Ausbildung unter ihm abschloß, gehörte meist zu den besten Jungoffizieren des entsprechenden Jahrgangs. Er war drei Jahre älter als Kirk, und während des Studiums hatte er es sich zur Aufgabe gemacht, die übrigen Studenten zu lehren, alles auf die leichte Schulter zu nehmen. Jim widerstand diesen Bekehrungsversuchen, aber trotz ihrer unterschiedlichen Meinungen in Hinsicht auf den Lebensstil wurden sie rasch gute Freunde. Später, als Waverleigh das Kommando über die *Arlington* bekam, erwarb er große Verdienste und wurde mehrmals ausgezeichnet. Er war der jüngste Konteradmiral in Starfleet — zumindest bisher, versprach sich Kirk. Jim nutzte jede Gelegenheit, seinen Landurlaub am gleichen Ort zu verbringen wie die Crew der *Arlington*: Waverleigh erzählte immer die interessantesten Geschichten.

Das Durcheinander auf Quince' Schreibtisch wurde nicht etwa von zu bearbeitenden Akten und ähnlichen Dingen verursacht, sondern von diversen Andenken: Medaillen, voller Stolz präsentiert; kleine Marmorstatuen; eine Duellpistole aus dem neunzehnten Jahrhundert, mit verziertem Ebenholzgriff; ein etwa katzengroßes, ausgestopftes Tier, das wie eine Kreuzung zwischen Opossum und Schildkröte anmutete; und ein Holobild der Familie: Mutter und Kinder am Strand. Die Frau war eine exotische Schönheit, blond und mit asiatischen Zügen, das Mädchen rotblond wie der Vater, der Junge mit platinfarbenem Haar. Er warf einen Ball. Seine Mutter lächelte, und die Lippen der Schwester formten ein staunendes O. *Die perfekte Familie*, dachte Kirk, und für einige wenige Sekunden spürte er fast so etwas wie Neid.

»Jimmy! Was liegt an?« Quince sprach mit einem schweren Akzent. Er stammte aus dem Westen von Texas, und das hörte man ihm deutlich an.

»Hallo, Admiral. Das Leben scheint's recht gut mit dir zu meinen.«

»Ja, allerdings.« Quince beugte sich vor und fand auf dem überfüllten Schreibtisch eine leere Stelle für den Ellbogen. »Da du mich mit meinem Rang ansprichst, vermute ich, daß du mehr auf dem Herzen hast als nur eine Plauderei.«

»Ja, das stimmt. Ich möchte dich um einen Gefallen bitten.«

»Hoffentlich geht's dabei um was Abenteuerliches.«

»Vielleicht«, erwiderte Kirk. »Die Sache betrifft Admiral Mendez.«

»Rod Mendez? Den Leiter der Abteilung für Waffenentwicklung.« Quince schnaufte abfällig. »Ein typischer Bürokrat und Aktenwälzer. Himmel, in einem solchen Job würde ich schon nach ein paar Tagen versauern. Der Kerl muß dauernd bei Command und politischen Lobbyisten katzbuckeln ... Soviel zu meiner persönlichen Meinung. Was willst du über ihn wissen, Jim?«

Kirk erzählte Adams' Geschichte. Nach den ersten Sätzen wurde Quince ernst, streckte schließlich die Hand aus und strich mit der Fingerkuppe übers Holobild. Als Jim den Bericht beendete, sagte er: »Die Anklage hat es in sich. Und sie wird von jemandem erhoben, der nicht sehr glaubwürdig ist. Es klingt absurd, das mußt du zugeben. Solche Vorwürfe gegen einen Admiral zu richten, noch dazu gegen jemanden wie Mendez, der einen guten Ruf genießt ...« Er schüttelte den Kopf. »Aber ich habe das komische Gefühl, daß du dem Burschen glaubst.«

»Ich bin mir nicht ganz sicher, halte es jedoch für angebracht, Nachforschungen anzustellen.«

»Nun, für gewöhnlich liegst du mit deinem Instinkt richtig. Ich soll also ein wenig Staub für dich aufwirbeln, wie?« Waverleigh rieb sich die Hände und grinste. »Dem Himmel sei Dank. Ich hab's satt, dauernd selbst für Aufregung zu sorgen.«

»Ich dachte, der Papierkrieg sei aufregend genug«, sagte Kirk spöttisch. Nach der Versetzung zum Hauptquartier hatte Quince immer wieder laut über Langeweile geklagt.

Die Bemerkung traf voll ins Schwarze. Der Konteradmiral verzog die Lippen zu einem schiefen Lächeln. »Laß dich nie zu einem Schreibtischjob überreden, Jimmy. Ich gäbe alles, um ins All zurückzukehren.« Waverleigh zwang sich zu einem etwas fröhlicheren Tonfall. »Ich habe mehrmals versucht, zum Captain degradiert zu werden, aber inzwischen hat man mich durchschaut. Ganz gleich, was ich auch anstelle — niemand reagiert darauf.«

Kirk deutete zum Holobild. »Dein Quartier als Captain böte ohnehin nicht genug Platz.« Er meinte es als Scherz, doch plötzliche Niedergeschlagenheit verbannte den humorvollen Glanz aus Waverleighs Augen.

»Ke hat beschlossen, unseren Ehekontrakt nicht zu erneuern«, entgegnete Quince knapp. »Die Kinder sind jetzt bei ihr. Ich bekomme sie in einigen Monaten.«

»Tut mir leid.« Kirk fühlte sich wie ein Narr. »Davon hatte ich keine Ahnung.« Ihm fiel nichts Besseres ein.

»Ich bedaure es ebenfalls.« Quince' Miene erhellte sich wieder, als er auf das ausgestopfte Tier zeigte. »Du hast den guten alten Schreihals bereits kennengelernt, nicht wahr, Jimmy?«

Kirks Unbehagen verflüchtigte sich. Er schmunzelte und schüttelte den Kopf — eine Geste der Resignation und keine stumme Antwort auf Waverleighs Frage. Quince galt als Witzbold, und wenn er irgendeinen Streich ausheckte, so war es besser, ihm seinen Willen zu lassen. »Bei allen Sternen in der Galaxis — woher stammt das Ding?«

Der Konteradmiral wirkte verblüfft. »Die Jungs zu Hause haben's mir geschickt. Ich bin schockiert, Jimmy. Hast du noch nie ein Gürteltier gesehen?«

Kirk seufzte. »Ich dachte, sie seien ausgestorben. Und offenbar habe ich nicht viel verpaßt.«

»Zum Glück kann Schreihals das nicht hören.« Quince streichelte seinen Liebling. »Nun, früher war er ein wenig lebhafter, bevor er der Altersschwäche zum Opfer fiel.«

»Oder dem Präparator«, warf Jim ein.

Quince schnitt eine finstere Miene. »Schreihals verließ dieses Jammertal schon eine ganze Weile vorher, da kannst du ganz beruhigt sein. Und er ist noch immer recht ansehnlich. Na los, begrüß Jimmy.«

Kirk ahnte, daß ihm eine Überraschung bevorstand, aber trotzdem sagte er: »Hallo, Schreihals.«

Als er die Stimme des Captains hörte, schob Schreihals den Kopf unterm Panzer hervor und öffnete die schmale Schnauze. »Hallo, Jimmy«, antwortete er mit Waverleighs Stimme.

Kirk lachte. »Admiral, du bist *verrückt*.«

»Ja«, gab Waverleigh selbstgefällig zu. »Du hättest das Gesicht meiner Adjutantin Stein sehen sollen, als Schreihals sie zum erstenmal begrüßte.« Er lehnte sich wieder zurück. »Nun, Jim, heute morgen muß ich einige Termine wahrnehmen, aber ich gebe dir sofort Bescheid, wenn ich etwas über Mendez herausfinde.«

»Bring dich nicht in Schwierigkeiten«, sagte Kirk ernst. »Versuch nur, Informationen über Tanis zu sammeln. Stell fest, warum man uns angewiesen hat, den Notruf zu ignorieren. Und wer für diese Order verantwortlich ist.«

»Manche Befehle sind geheim. Soll ich mich hier und dort über die Vorschriften hinwegsetzen?«

»Um Himmels willen, Quince, ich möchte auf keinen Fall, daß du dir Probleme einhandelst. Laß dich auf nichts Illegales ein.«

Waverleigh lächelte verschmitzt. »Ich habe das Gefühl, daß du mir nicht vertraust, Jimmy.«

»Du hast recht — ich kenne dich zu gut.« Kirk zögerte. »Denk an die Möglichkeit, daß Mendez in das Projekt verwickelt sein *könnte* und vielleicht vor nichts zurückschreckt, um sich zu schützen.«

»Mit anderen Worten: Du rätst mir, diskret zu sein.«

»Mit anderen Worten: Stell keinen Unsinn an. Laß die Finger davon, wenn's zu heiß wird. Dann finde ich irgendeinen anderen Weg, um mehr in Erfahrung zu bringen.«

»Ich verspreche dir, einen weiten Bogen um alle Schwierigkeiten zu machen.« Waverleigh zwinkerte.

»Das hoffe ich«, betonte Kirk.

KAPITEL 5

Es war dunkel und still auf dem Panoramadeck. Das einzige Licht kam von den Sternen jenseits der transparenten Decke. Sie strahlten hell und ruhig, ohne zu flackern, ohne von der Atmosphäre eines Planeten getrübt zu werden. Lamia verglich diesen Anblick mit dem Nachthimmel von Andor, obgleich die Konstellationen nicht stimmten. Als kleines Mädchen hatte sie es für ein großes Abenteuer gehalten, zusammen mit zwei oder drei anderen Kindern nach draußen zu schleichen, im Freien zu sitzen und das sternenübersäte Firmament zu beobachten. Manchmal, wenn sie das Bedürfnis dazu verspürte, war sie auch allein aufgebrochen.

Jetzt fühlte sie sich einsamer als jemals zuvor, aber gleichzeitig lehnte sie Gesellschaft ab, selbst die von Lisa Nguyen. Ihr Kummer war viel zu groß.

Zum Glück erstreckte sich das Panoramadeck leer vor ihr. Sie bemerkte nur zwei schattenhafte Gestalten, die nach oben blickten, ihre Gesichter weiß im Licht der Sterne.

Die Nachricht hatte auf Lamia gewartet, als sie nach dem Dienst in ihr Quartier zurückkehrte. Eine der Kontrolllampen am Terminal blinkte, und mit einem Tastendruck rief sie die Mitteilung auf den Schirm. Keine Bilder, keine Stimme, nicht einmal ein Name. Nur einige geschriebene Worte, wie von einem Fremden. Trotzdem begriff sie sofort, von wem sie stammten.

Du gehörst nicht mehr zu uns.

Dieser rituelle Satz verwandelte Lamia in eine Ausge-

stoßene ohne Familie, ohne *Tijra,* ohne Heimat. Jetzt
gab es nichts mehr, das sie mit Andor oder irgendeiner
anderen Welt im Universum verband. Sie hatte nur
noch eine kleine, unpersönliche Kabine, die sie mit Lisa
teilte. Eine neue, ungewohnte Freiheit bot sich ihr — die
Freiheit, ziellos zwischen den Sternen zu treiben, für
immer allein.

Lamia ging hastig weiter, und der dicke Teppich
schluckte das Geräusch ihrer Schritte. Sie wollte sich in
eine der Nischen zurückziehen, in eine Dunkelheit fliehen, die es ihr ermöglichte, sich ganz der Trauer hinzugeben, ohne dabei gestört zu werden. Als sie eine der
Türen erreichte, streckte auch jemand anders die Hand
danach aus, und Lamia stieß gegen einen Mann. Sie öffnete den Mund, um sich zu entschuldigen ...

Und schloß ihn wieder, als sie Jonathon Stanger erkannte.

Dein übliches Pech, dachte Stanger zerknirscht. *Du möchtest in Ruhe über gewisse Dinge nachdenken, und es befinden
sich nur zwei andere Personen auf dem ganzen Panoramadeck
— aber eine von ihnen entscheidet sich für die gleiche Nische
wie du.*

Die fremde Hand fühlte sich kühl an, gehörte nicht
einem Menschen. Er sah zu der Frau auf; im Sternenlicht glänzte ihr Haar wie gesponnenes Silber. »Verzeih-
en Sie«, sagte er. »Gehen Sie nur hinein.« Dann fluchte er lautlos, weil er seinen Ärger auf Lamia vergessen
hatte.

Sie erinnerte sich offenbar daran. »Nein, danke.« Die
Andorianerin wandte sich mit einer eleganten,
schwungvollen Bewegung ab, brachte dabei deutliche
Verachtung zum Ausdruck.

»Lamia ...«, begann Stanger hilflos. Es wäre besser
gewesen, sie nicht zu beachten, sich auf den Zorn zu
konzentrieren, auf die Mischung aus Wut, Scham und
Verlegenheit, die er im Freizeitraum empfunden hatte.

Aber er konnte es nicht. *Du Narr. Warum liegt dir soviel daran, was sie von dir hält? So hat es doch auch mit Rosa angefangen, oder?*

Er lehnte es ab, die eigene Frage zu beantworten.

Lamia blieb stehen, kehrte ihm den Rücken zu und atmete so schwer, als sei sie mehrere hundert Meter weit gelaufen. Stanger beobachtete, wie sich ihre breiten dreieckigen Schulterblätter unter dem roten Uniformpulli hoben und senkten. Es erinnerte ihn an ein Insekt, das seine Flügel ausbreitete und wieder anlegte. »Es tut mir leid«, sagte er schließlich. »Gestern war ich unhöflich. Dafür möchte ich mich entschuldigen.«

»Schon gut«, antwortete Lamia, ohne sich umzudrehen. Ihre Stimme klang seltsam gepreßt.

Stanger hatte sich eine andere Reaktion erhofft. »Bitte glauben Sie nicht, daß ich immer so gereizt bin«, fügte er in einem freundlichen Tonfall hinzu. »Einige Dinge belasteten mich ...«

Lamia senkte den Kopf und strich sich mit den Fingern der einen Hand über den Nasenrücken. »Ich möchte *allein* sein.«

Zuerst verstand Stanger sie falsch und fühlte, wie neuerlicher Zorn in ihm zu brodeln begann. Er wollte fortstapfen (obwohl demonstrativ lautes Stapfen auf dem Teppich nicht möglich war), doch dann lauschte er noch einmal dem Klang der Worte: verzweifelt, traurig. Nicht verärgert oder zornig. Er musterte die Andorianerin.

»Ist alles in Ordnung mit Ihnen?«

Hör auf, du Narr. So hat es mit Rosa angefangen.

Nein, es war *nicht* alles in Ordnung mit Lamia. Sie zitterte und versuchte, die Tür einer anderen Nische zu öffnen. Normalerweise konnten Andorianer gut in der Dunkelheit sehen, aber Lamia tastete mehrmals vergeblich nach dem Kontrollknauf — emotionales Chaos beeinträchtigte ihre Wahrnehmung. »He ...« Stanger legte ihr die Hand auf die Schulter. Er spürte Knochen, so dünn und fragil, daß er glaubte, sie könnten brechen, wenn er fest zugriff. Dieser Eindruck täuschte natürlich. Lamia mochte größer und dünner sein, aber durch den besonderen Muskelansatz war sie sehr kräftig, ihm vielleicht sogar überlegen.

»He«, wiederholte er. »Ist etwas geschehen? Schlechte Nachrichten von zu Hause?«

Sie sah ihn an, und Panik irrlichterte in ihren Augen. »Ich habe kein Zuhause mehr.«

Narr, flüsterte es erneut in Stanger, doch die warnende innere Stimme verklang, als er den Schmerz in Lamias Gesicht sah. Mißtrauen und Argwohn lösten sich auf, ließen nur den Wunsch übrig, ihr zu helfen.

»Hier.« Stanger öffnete die Nische, führte sie hinein, nahm neben ihr Platz und legte ihr tröstend *(tröstend, Jon?)* den Arm um die schmalen Schultern. Er fühlte das schnelle Pochen des andorianischen Herzens, merkte auch, wie sich die großen Lungen füllten und wieder entleerten. Lamia stöhnte eine Zeitlang, weinte jedoch nicht — sie war keine Terranerin.

Ihr Haar duftete nach Gras und Sonne.

»Erzählen Sie mir davon«, sagte Stanger leise.

Sie begann mit ihren Schilderungen. Von einigen Dingen hatte er schon gehört, zum Beispiel von der Seuche, die vor mehreren Jahrhunderten Andor heimgesucht und dafür gesorgt hatte, daß die meisten Andorianerinnen unfruchtbar geboren wurden. Sie berichtete von der großen Verantwortung fruchtbarer Frauen, von ihrer Pflicht, große Familien zu schaffen. Der Brauch blieb bestehen, nachdem die Seuche keine Gefahr mehr darstellte und die Bevölkerung wieder wuchs.

Doch einige Aspekte der Geschichte waren völlig neu für Stanger. Lamia erzählte von ihren achtunddreißig *Bezris,* eine Bezeichnung, die allen Schwestern, Brüdern, Vettern und Kusinen galt — sie vermißte ihre Verwandten sehr. Dann die Auseinandersetzung mit der *Tijra,* als Lamia einen ungewöhnlichen Pfad beschritt, der zur

Starfleet-Akademie führte. Die *Tijra* hatte erwartet, daß Lamia zu sehr an der Einsamkeit litt und in die Heimat zurückkehrte, auf Einsätze im All verzichtete ...

Die junge Frau bedauerte nun, daß sie nicht die Möglichkeit genutzt hatte, an Bord eines Raumschiffs zu arbeiten, dessen Besatzung nur aus Andorianern bestand. Andere Belastungen kamen für sie hinzu: Menschen mißbilligten das andorianische Bedürfnis, persönliche Angelegenheiten ganz offen zu diskutieren, und sie hielten zu deutliche Emotionalität für taktlos. Terraner begegneten sich mit solcher Kühle ... Lamia sah darin eine Form von Heuchelei und Unterdrückung. Menschen zeigten ihre Gefühle nicht, verbargen damit die Wahrheit. Lisa Nguyen bildete jedoch eine angenehme Ausnahme. Lisa war nett, zeigte immer Verständnis.

Stanger hörte nur stumm zu, klopfte Lamia dann und wann sanft auf die Schulter — und fragte sich, wie man einer Andorianerin Trost spendete.

Nach einer Weile schwieg Lamia, und daraufhin erzählte er ein wenig von seiner eigenen Familie. (Er erinnerte sich vage daran, daß man in der andorianischen Kultur Vertrauen mit Vertrauen beantwortete.) Er wies darauf hin, daß seine Eltern Ärzte waren, beschrieb ihre Verblüffung darüber, daß der Sohn in Starfleet arbeiten wollten, noch dazu als eine Art Polizist.

Rosa oder die *Columbia* erwähnte er nicht.

Schließlich sah Lamia ihn an und lächelte — das erste echte Lächeln, das er in ihrem Gesicht sah —, und er wurde sich ihrer Attraktivität im vollen Ausmaß bewußt.

Verdammt, Stanger, wann hörst du endlich auf, ein solcher Narr zu sein?

»Chris?«

Chapel öffnete die Augen. McCoy stand jenseits der Kristallbarriere und schmunzelte.

Ein gutes Zeichen, dachte sie. *Ich bin nicht infiziert.* Sie erwiderte das Lächeln und setzte sich auf. Bis zu diesem Augenblick war sie überzeugt gewesen, sich angesteckt zu haben. Sie fühlte sich desorientiert, schien mit jeder verstreichenden Sekunde schwächer zu werden. *Bin ich jetzt zu einem Hypochonder geworden?* Wahrscheinlich lag es an der leichten Gehirnerschütterung. Mit der einen Hand tastete sie nach dem Hinterkopf. McCoy hatte die Wunde längst behandelt, und sie suchte vergeblich nach einer Narbe: nichts, nur glatte Haut. Sie kam sich plötzlich wie eine Medizinstudentin im ersten Semester vor, die prompt an den Symptomen der Krankheit litt, mit der sie sich gerade beschäftigte.

»Sie sind seropositiv«, sagte McCoy. Er hielt einen Laborbericht in der Hand, und Chapel beobachtete: Die Finger schlossen sich so fest darum, daß die Knöchel weiß hervortraten.

Sie sank auf die Ellbogen zurück, das dumme Lächeln in ihrem Gesicht erstarrte. Einige Sekunden lang schwieg sie, sprach dann den ersten Gedanken laut aus. »Pech für mich. Übertragung durch die Luft?«

McCoy schüttelte den Kopf. »Kontakt. Adams hat offenbar Ihre Kopfwunde berührt.«

»Also geht es mir bald ebenso wie ihm«, erwiderte Chapel mit einem Sarkasmus, der an Verbitterung grenzte. »Ich bringe Leute um und trinke ihr Blut.«

»Natürlich nicht«, widersprach McCoy. Es klang kaum überzeugend. »Wir stehen kurz vor einem Durchbruch, Christine. Vielleicht findet das Laboratorium bald eine Möglichkeit, die Anämie zu stabilisieren.«

»Mhm«, murmelte die Krankenschwester automatisch. Ähnliche Worte hatte sie Adams gegenüber benutzt. »Lassen Sie mich raten. Das Heilmittel ist ein Holzpflock, den man durchs Herz treibt.«

McCoys Schmunzeln verblaßte ein wenig. »Nein. Man füllt den Mund mit Knoblauch und schneidet den Kopf ab. Aber wir versuchen, eine weniger drastische Methode zu finden.« Er wurde ernst. »Verdammt,

Chris, müssen Sie denn unbedingt Witze darüber reißen?«

»Sehen Sie mal in den Spiegel«, antwortete Chapel. »Sie grinsen wie die Katze, die den Kanarienvogel gefressen hat. Welche Reaktion erwarten Sie eigentlich von mir? Wäre es Ihnen lieber, wenn ich in Tränen ausbreche?«

»Vielleicht.« McCoy entspannte sich ein wenig und stützte einen Arm an die Kristallwand. »Himmel, mir ist verdammt elend zumute.«

»Na schön. Mir geht's ebenso. Ich hätte große Lust, Adams zu erwürgen. Das hat man davon, Kranken zu helfen.«

Die Miene des Arztes verfinsterte sich. »Ja.«

Chapel seufzte. »Seien Sie nicht so niedergeschlagen, Leonard. Dadurch fühle ich mich verpflichtet, Sie aufzumuntern. Und um ganz ehrlich zu sein: Dazu fehlt mir die Kraft.«

»Ich soll also weder lächeln noch die Stirn runzeln. Vermutlich hätte ich Spock schicken sollen.«

Diesmal lächelte Chapel mit echtem Humor. »Es wäre keine so schlechte Idee gewesen.«

»Nun, das mit dem Laboratorium habe ich ernst gemeint. Wir testen gerade etwas. Vielleicht sind wir in ein oder zwei Tagen imstande, Sie zu heilen.«

»Gut. Ich schätze, ein oder zwei Tage lang halte ich es hier aus.« Chapel versuchte, zuversichtlich zu wirken, ahnte jedoch, daß sich die Besorgnis zu deutlich in ihren Augen zeigte.

Jim vernahm ein rhythmisches Summen und schaltete den Bildschirm seines Quartiers ein. »Hier Kirk.«

Zuerst blieb der Monitor dunkel, und er glaubte schon an eine Fehlfunktion — bis er sich daran erinnerte, den infraroten Filter zu aktivieren.

»Hier Spock, Captain.« Die hochgewachsene, schlanke Gestalt des Vulkaniers erschien inmitten von schwarzen und weißen Schemen. »Sie haben mich gebeten, Ihnen Bescheid zu geben, wenn die Landegruppe für den Transfer bereit ist.«

»Danke, Spock. Ich möchte mit McCoy sprechen.«

Der Erste Offizier trat zur Seite, und im Hintergrund sah Kirk die Angehörigen der Landegruppe im Transporterraum. Adams lag auf einer Bahre und trug ebenfalls einen Individualschild, damit er niemanden anstecken konnte. Zwei Sicherheitswächter begleiteten ihn. Tomson hatte klugerweise die Andorianerin Lamia und Snnanagfashtalli geschickt: Das Virus stellte für sie wahrscheinlich keine Gefahr dar, und außerdem konnten sie beide gut im Dunkeln sehen. Auch bei den übrigen Personen beobachtete Kirk das Glühen von Schutzfeldern.

McCoy geriet in den Fokus der Übertragungskamera; nur er benutzte eine Infrarotbrille. »Ja, Jim?«

»Wie geht es dem Patienten? Glaubst du, er überlebt den Transfer?«

»Da bin ich sicher. Ich hoffe nur, daß es in der Starbase genug Blut der Kategorie 0 negativ gibt. Angeblich ist das der Fall. Adams befindet sich in einem kritischen Zustand und benötig ständig Transfusionen, aber der Transport verursacht sicher keine zusätzlichen Probleme.«

»Sprechen Sie mit dem Captain?« ertönte eine rauhe, heisere Stimme.

McCoy zögerte.

»Sagen Sie ihm, daß er mich in den Tod schickt«, fuhr Adams fort. »Ich hoffe, das ist ihm klar. Ich habe ihn gewarnt.«

Leonards Brille rutschte ein wenig zur Seite, als er die Brauen wölbte. »Nun, ich schätze, du hast ihn gehört, Jim.« Er senkte die Stimme. »Glaubst du, er ...«

Kirk preßte kurz die Lippen zusammen und erinnerte sich an sein Gespräch mit dem Arzt. »Ich weiß es nicht«, entgegnete er leise. Und dann, etwas lauter: »Bring ihn zur Starbase, Pille. Ich möchte die Ansteckungsgefahr für meine Leute auf ein Minimum reduzieren.«

»Da sie in erster Linie mir gilt, bin ich dir dafür sehr dankbar.« Leonard nickte kurz in Richtung der Landegruppe — abgesehen von Adams war er der einzige Mensch im Zimmer. »Ich verspreche dir, so schnell wie möglich zurückzukehren. McCoy Ende.«

Er trat links neben Snnanagfashtalli auf die Transporterplattform.

»Energie«, sagte Spock.

Als die Gestalten entmaterialisierten, setzte sich Kirk mit dem Kommunikationsoffizier auf der Brücke in Verbindung.

»Hier Lieutenant Wigelschewski.«

»Öffnen Sie einen Kom-Kanal zum Kommandanten der Starbase Neun.«

»Sie meinen Commodore Mahfouz, Captain. Sofort, Sir.«

Wigelschewski verschwand vom Schirm, und kurz darauf formte sich ein falkenartiges Gesicht auf dem Monitor.

»Commodore Mahfouz.«

»Captain James Kirk. Ist die Landegruppe bei Ihnen eingetroffen?«

»Unterwegs ging niemand verloren.« Mahfouz hatte bronzefarbene Haut, weiße Haut und so buschige Brauen, daß sie ihm fast über die Augen wuchsen. »Admiral Mendez nimmt sie gerade in Empfang.«

»Mendez ist *hier*?« Mit welchem Vorwand war der Admiral zur Starbase Neun gekommen? Oder scherte sich der arrogante Kerl überhaupt nicht darum, daß er dadurch verdächtig wirkte?

»Er hat die Verantwortung für den Transport des Gefangenen übernommen. Möchten Sie mit ihm sprechen?«

»Ja. Danke, Commodore.« Kirk versuchte, sich seine Überraschung nicht anmerken zu lassen.

Das Bild wechselte erneut, und Mendez blickte nun vom Schirm, schnitt ein grimmiges Gesicht. »Was ist los, Captain?« fragte er schroff.

»Ich wollte mich nur nach Adams' Retransfer erkundigen ...«

»Ihr Dr. McCoy bringt ihn gerade in der hiesigen medizinischen Sektion unter.« In den Augen des Admirals blitzte es. »Sonst noch etwas?«

»Nun, Sir, ich bin erstaunt, daß Sie hier sind. Starbase Neun ist ziemlich weit vom Starfleet-Hauptquartier entfernt.«

»Es handelt sich um eine wichtige Angelegenheit.«

»Ja, Sir. Aber an Commodore Mahfouz' Sicherheitsabteilung gibt es bestimmt nichts auszusetzen. Es war wohl kaum nötig, einen Admiral zu schicken ...«

»Vielleicht hatte ich andere Gründe für den Flug hierher.« Rote Flecken bildeten sich auf Mendez' Wangen. »Ich habe es satt, mir Ihre verschleierten Vorwürfe anzuhören, Kirk. Der Umstand, daß ich persönlich in diese Sache verwickelt bin, geht Sie nichts an.«

Jim holte tief Luft. Gab der Admiral so bereitwillig zu, daß eine Verbindung zwischen ihm und Adams existierte? »Mit allem Respekt, Sir: Ich verstehe nicht, warum Sie dem Gefangenen mit so ausgeprägter Feindseligkeit begegnen. Ich würde gern wissen, warum Sie so versessen darauf sind, ihn vor Gericht zu bringen. Offen gestanden, Sir: Allem Anschein nach haben Sie ihn bereits ohne Prozeß verurteilt.«

Die Farbe wich aus Mendez' Gesicht. »Sie täuschen sich nicht, was meine Feindseligkeit dem Gefangenen gegenüber betrifft. Und Sie täuschen sich nicht, wenn Sie den Eindruck gewinnen, daß ich ihn möglichst schnell vor Gericht bringen will.« Er sprach den nächsten Satz mit auffallender Hast, als hoffte er, dadurch dem Kummer zuvorzukommen. »Yoshi Takumara war mein Sohn.«

Kirk saß stumm in seiner Kabine, als McCoy hereinkam.

»Das wär's«, sagte der Arzt und rieb sich die Hände, um zu zeigen, daß er alles erledigt hatte. »Es ergaben sich überhaupt keine Probleme. Einwandfreie Quarantäne. Nach den letzten Transfusionen scheint es ihm sogar besser zu gehen. *Und* ich habe sogar daran gedacht, meine Fingernägel zu reinigen, bevor ich hierherkam.«

Kirk nickte knapp. »Alles in bester Ordnung?« Er hörte die Skepsis in seiner Stimme.

Ein Schatten fiel auf McCoys Züge. »Wenn sich Christine nicht angesteckt hätte.«

»Wie kommt das Laboratorium voran?« fragte Kirk nachdenklich.

Leonard seufzte. »Vielleicht dauert es nur noch einige Stunden, bis die Anämie stabilisiert werden kann — aber ein Heilmittel wäre mir lieber. Die Arbeit an einem Impfstoff ist der nächste Punkt auf unserer Prioritätenliste.«

»Früher oder später habt ihr bestimmt Erfolg.« Kirk gab sich alle Mühe, optimistisch zu klingen.

»Hoffentlich rechtzeitig genug.« McCoy schwieg kurz und fügte dann hinzu: »Ich finde es erstaunlich, daß Adams nicht längst tot ist. Der Mann hat mehr Leben als eine terranische Katze.«

»Was geschieht jetzt mit ihm?«

»Wenn er auch weiterhin überlebt?« Leonard runzelte die Stirn. »Er sollte sich einen guten Anwalt besorgen. Selbst wenn er nicht stirbt … Er steckt in ziemlichen Schwierigkeiten.«

»Glaubst du, daß man ihn wegen Mord verurteilt?«

»Das hängt vom Anwalt ab. Eins steht fest: Ich halte ihn für schuldig.«

»Da wir gerade bei Schuld oder Unschuld sind …«, sagte Kirk wie beiläufig. »Hast du Admiral Mendez begrüßt, als du in der Starbase warst?«

McCoys Brauen glitten bis zum Haaransatz empor

98

und verharrten dort für einige Sekunden. »*Mendez* ist hier? Soll das ein Witz sein?«

»Ich habe vor einigen Minuten mit ihm gesprochen.«

»Worüber?«

»Ich stellte ihm die Frage, was ihn hierherführt.«

»Und er hat dich nicht degradiert? Du bist von ihm nicht einmal zurechtgewiesen worden?«

»Nein.« Kirk zögerte. »Ich nehme an, du hast nur den Totenschein für Yoshi ausgestellt, ohne seine Eltern zu benachrichtigen.«

»Ich muß auch so schon genug Berichte schreiben, herzlichen Dank. Und solche Mitteilungen gefallen mir nicht. Ich habe Starfleet Command benachrichtigt, und von dort aus wird man die Angehörigen verständigen. Worauf willst du hinaus?«

»Mendez ist Yoshis Vater.«

»Der Vater ...« McCoy blinzelte. »Vermutlich kam er mehr nach seiner Mutter.«

»Zumindest übernahm er ihren Familiennamen.«

»Kein Wunder, daß Mendez solchen Wert darauf legt, Adams in die Finger zu bekommen. Kann es ihm nicht verdenken.«

»Ja.« Der Zweifel blieb in Kirk. Er versuchte vergeblich, ihn zu überwinden.

»Ich bitte dich, Jim. Du glaubst doch nicht ...«

Das Summen des Interkoms unterbrach McCoy. M'Bengas dunkles Gesicht erschien auf dem Schirm.

»Tut mir leid, Sie zu stören, Captain. Ich suche Dr. McCoy.«

»Er ist hier bei mir.« Kirk drehte den Monitor.

Leonard beugte sich besorgt vor. »Heraus damit, M'Benga.«

»Sie wollten über den Zustand von Schwester Chapel auf dem laufenden gehalten werden. Sie ist gerade ins Koma gefallen.«

Adams lag in einem Zimmer, das der Isolationskammer an Bord der *Enterprise* ähnelte: Es war ebenso dunkel, still und bedrückend. Aber es gab einen wichtigen Unterschied. Anstatt der komplexen Sicherheitsschleuse mit drei Codeschranken existierte hier nur eine improvisierte Quarantänebarriere, und zwar ohne einen Computercode — Adams hatte alles genau beobachtet, obwohl er seiner Umgebung überhaupt keine Beachtung zu schenken schien. Sie befand sich hinter dem Kraftfeld am Zugang.

Nach der letzten Transfusion ging es ihm besser. Vielleicht erholte er sich langsam; inzwischen fiel es ihm nicht mehr so schwer, klar zu denken. Die ganze Zeit über betastete er das Medaillon an seiner Halskette und überlegte, auf welche Weise er fliehen konnte. Er mußte diesen Ort verlassen, und sein Amulett würde ihm bestimmt dabei helfen, in die Freiheit zu gelangen. Er hob den kleinen Anhänger vor die Augen und betrachtete ihn. Das Basrelief darauf zeigte einen Indianerhäuptling, der zu einer rubinroten Sonne aufblickte. Die Kette stammte von Adams' Großmutter, und er hatte sie schon als kleines Kind getragen, auch damals in der *Messingring* — ihr verdankte er sein Überleben. Und sicher ließ es ihn auch jetzt nicht im Stich.

Vor dem Kraftfeld am Eingang patrouillierte ein Sicherheitswächter. Adams vermutete, daß der Erstickungstrick hier nicht funktionierte — zweifellos hatte McCoy darauf hingewiesen. Er mußte sich also etwas anderes einfallen lassen.

Er glaubte, einer Lösung seines Problems nahe zu sein, als ihn ein leises Kratzen ablenkte. Verdammt. Der Qefla versuchte schon wieder, sich aus dem Käfig zu graben. Jemand hatte ihn an Bord eines Raumschiffs geschmuggelt, und niemand merkte etwas, bis mehrere Crewmitglieder an rigelianischem Fieber erkrankten. Man fand das Tier und setzte es in der nächsten Starbase ab, wo es in der Quarantänestation untergebracht wurde, in einem speziell gesicherten Käfig. Wenn es nicht starb, würde man es impfen und nach Rigel zurückbringen — es sei denn, jemand erhob Anspruch darauf.

Adams schnitt eine Grimasse. Qeflas sahen aus wie eine Kreuzung zwischen Katze und Ratte. Warum sollte jemand ein zehn Kilo schweres Nagetier für niedlich halten? Er versuchte, sich wieder voll auf die Flucht zu konzentrieren, dachte daran, welche Gegenstände in diesem Zimmer als Waffe verwendet werden konnten.

Das Kratzen wiederholte sich.

»Sei endlich still, du dumme rigelianische Ratte!« Aber der Qefla ignorierte ihn — vielleicht verstand er kein Standard.

Plötzlich schauderte Adams. Ganz deutlich spürte er Mendez' Blick auf sich ruhen.

Seit der Infektion schien er mit einer besonderen Sensibilität ausgestattet zu sein, und sie wies ihn nun auf die Präsenz des Admirals hin. Mendez stand irgendwo in der Nähe und behielt ihn im Auge.

Natürlich befand sich niemand sonst im Zimmer, sah man einmal von dem dreimal verfluchten Qefla ab. Aber trotzdem fühlte sich Adams von einem Blick durchbohrt. Der Medo-Monitor ...

»Ich weiß, daß Sie hier sind, Mendez. Ich weiß, daß Sie mich beobachten.«

Einige Sekunden lang wartete er in der Finsternis, setzte sich dann langsam auf und zog das Terminal neben dem Bett näher. Er betätigte einige Tasten und trachtete danach, die Sicherheitsprogramme aufzurufen, die Kontrollen für das Kraftfeld zu finden. Der Computer reagierte nicht. Ganz gleich, wieviel Mühe er sich gab: Die entsprechenden Informationen blieben unzugänglich für ihn.

Adams lachte laut in der Dunkelheit. Ja, Mendez *war* zugegen. Außer ihm hätte niemand daran gedacht, die-

101

ses Terminal zu blockieren — welcher Kranke kam auf die Idee, das Gerät zu benutzen?

»Hallo, Mendez«, begann er im Plauderton, obgleich er innerlich zitterte — aber davon sollte der Admiral nichts erfahren. »Sind Sie zu feige, um mit mir zu reden? Oder haben Sie mir nichts zu sagen?«

Keine Antwort. Nur das unaufhörliche Kratzen des Qefla, der nach wie vor versuchte, aus seinem Käfig zu entkommen.

Als das Terminal summte, zuckte Adams heftig zusammen. Der Bildschirm erhellte sich, strahlte so intensiv, daß der Kranke die Augen schloß und den Kopf zur Seite drehte. Schließlich wandte er sich wieder dem Monitor zu, hob die Lider und zwang trotz der Schmerzen ein Lächeln auf die Lippen.

Mendez erwiderte es nicht.

»Ich weiß, daß Sie mich wegen Mordes vor Gericht stellen wollen«, sagte Adams. »Aber Ihnen fehlen Beweise. Alles ist so geschehen, wie ich es geschildert habe. Ganz Starfleet wird entsetzt sein, wenn bekannt wird, daß Sie sich nur an mir rächen wollen.«

Haß brannte in den Pupillen des Admirals. »Es ist mir völlig gleich, was man davon hält. Wir wissen beide, daß Sie schuldig sind. Und ich werde dafür sorgen, daß Sie für Ihr Verbrechen büßen.«

»Tatsächlich?« Adams grinste breit. »Ich habe Kirk gesagt, daß Sie mich umbringen wollen. Wenn mir irgend etwas zustößt ...«

»Kirks Meinung ist mir völlig schnuppe.« Mendez' Lippen wichen zurück, zeigten große, unregelmäßig geformte Zähne. Es war kein Lächeln. »Drohen Sie nur, Adams. Es nützt Ihnen nichts. Sie sind bereits tot.«

Der Kranke unterbrach die Verbindung abrupt, um sich nicht durch seinen Gesichtsausdruck zu verraten. Er fürchtete viel zu sehr, daß der Admiral recht hatte.

KAPITEL 6

Spock betätigte den Melder, und sofort öffnete sich die Tür von Kirks Kabine. Der Captain hatte ganz offensichtlich nicht geschlafen, wirkte unruhig und angespannt.

»Kommen Sie herein.« Kirk lächelte nicht — solche emotionalen Gesten erübrigten sich bei dem Vulkanier.

»Danke, Captain.« Spock betrat das Quartier und blieb stehen, während Kirk auf und ab ging. Der Erste Offizier beobachtete ihn dabei, drehte den Kopf von einer Seite zur anderen und erinnerte sich an ein Tennismatch, das er einmal in Wimbledon gesehen hatte: Er trug einen steifen Hals davon, ohne zu verstehen, was Menschen an diesem Sport so sehr faszinierte. »Ich nehme an, Adams ist in der Starbase gut aufgehoben«, fügte der Vulkanier hinzu, obwohl er in Kirks Verhalten deutliche Besorgnis beobachtete.

»Hoffentlich. Ich habe mit Mendez gesprochen. Er will den Kranken zum Starfleet-Hauptquartier bringen.« Jim blieb kurz stehen und sah Spock an. »Yoshi war sein Sohn.«

Die steinerne Miene des Ersten Offiziers blieb unverändert. Mit dieser Information hatte er nicht gerechnet, aber in Hinsicht auf seine Schlußfolgerungen spielte sie kaum eine Rolle.

Kirk hielt aufmerksam nach einer Reaktion Ausschau. »Das erklärt vermutlich den Haß des Admirals. Ich schätze, dadurch verlieren Adams' Vorwürfe noch mehr an Glaubwürdigkeit.«

»Es mag den Haß des Admirals erklären, wenn er

103

wirklich davon überzeugt ist, daß Adams seinen Sohn ermordet hat. Aber die gegen ihn gerichteten Anklagen werden dadurch keineswegs absurd. Yoshi und die anderen Forscher könnten durchaus in Mendez' Auftrag tätig gewesen sein.«

»Verdammt«, fluchte Kirk leise und verzog das Gesicht. »Eine solche Bemerkung habe ich befürchtet.«

Spock öffnete den Mund, um seiner Verwirrung Ausdruck zu verleihen, aber der Captain winkte ab. »Schon gut. Ich wollte nur Ihre Meinung hören — in der Hoffnung, daß Sie einen anderen Standpunkt vertreten. Wie dem auch sei: Sie sind gekommen, um etwas anderes mit mir zu besprechen.«

Der Vulkanier legte die Hände auf den Rücken. »Es ist mir gelungen, einige der Tanis-Daten in ein analysierbares Format zu bringen. Sie sind ausgesprochen lückenhaft: einige Fragmente aus verschiedenen elektronischen Dokumenten. In manchen Fällen konnte ich sie nicht mit bestimmten Dateien in Verbindung bringen.« Spock wußte, daß es unlogisch war, sich aufgrund eines Mißerfolgs schuldig zu fühlen — in diesem besonderen Fall hatte er gar keine besseren Resultate erzielen können. Dennoch gewann er den Eindruck, versagt zu haben.

»Genug der Einschränkungen, Spock. Nennen Sie mir die Ergebnisse.«

»Es sind zwei, und ich halte sie für recht erstaunlich, Sir. Erstens: Mit ziemlicher Sicherheit betrafen die Experimente in der Forschungsstation *zwei* Virusgattungen. Zweitens: Ein vulkanischer Wissenschaftler starb auf Tanis an den Folgen einer Infektion.«

»Ein *vulkanischer* Wissenschaftler?«

»In der Tat, Captain. Einige Datenfragmente stammten aus Tagebüchern, und eins davon enthielt Einträge auf Vulkanisch, von jemandem namens Sepek. In Lara Krowozadnis Aufzeichnungen finden sich Hinweise auf seinen Tod. Darüber hinaus wurde in verschiedenen

Dokumenten ein sogenanntes R-Virus erwähnt, auch ein R-Primärvirus, das später die Bezeichnung M bekam.« In Kirks Wange zuckte ein nervöser Muskel. Ganz offensichtlich verstand er, in welche Richtung Spocks Ausführungen zielten.

»Es steht also fest, daß die Forscher Biowaffen entwickelten.«

Es war keine Frage, aber der Vulkanier hatte gelernt, den menschlichen Tonfall zu interpretieren: Allem Anschein nach wünschte der Captain eine Bestätigung. Er formulierte seine Antwort mit großer Sorgfalt, obwohl er wußte, daß den meisten Terranern subtile Bedeutungsunterschiede entgingen. Wahrscheinlich hielt Kirk seine Erwiderung für ein klares Ja. »Derzeit bin ich nicht in der Lage, Ihnen eine plausiblere Erklärung anzubieten.«

»Wenn ein Vulkanier starb — wo befindet sich dann die Leiche? Irgendwo auf Tanis?«

Spock nickte. »Mir fehlen entsprechende Daten, aber ich nehme an, sie liegt in der Stasis.«

»Und warum *zwei* Viren? Warum ein Mikroorganismus, der für Menschen tödlich ist, und ein anderer, der Vulkanier bedroht?«

»Unglücklicherweise wurden alle Daten gelöscht, die sich auf den Zweck der Experimente beziehen, aber es sind drei Theorien möglich. Erstens: Die Forscher arbeiteten für Starfleet. In dem Fall wäre es logisch, daß sie für Romulaner schädliche Mikroben entwickelten. Vielleicht erklärt das Sepeks Tod. Zwischen Romulanern und Vulkaniern gibt es große physiologisch-metabolische Parallelen.«

»Und das für Menschen tödliche Virus?« fragte Kirk.

»Eine zufällige Mutation wäre denkbar. Oder es handelt sich um die Subspezies eines pathogenen Keims, der für Vulkanier weitaus gefährlicher ist. Ich kann nur spekulieren.«

»Fahren Sie fort. Was hat es mit der zweiten Theorie auf sich?«

»Die Forscher arbeiteten für einen Feind der Föderation. Die Klingonen wünschen sich bestimmt eine wirksame Waffe gegen Menschen, Vulkanier *und* Romulaner.«

»Aber in der Station hat ein *vulkanischer* Wissenschaftler an den Experimenten teilgenommen.«

»Ich weiß, Sir«, entgegnete Spock. Dieser Gedanke hatte ihn sehr beunruhigt: Welcher Vulkanier entwickelte ganz bewußt eine Waffe, die soviel Leid und Tod verursachen konnte? Die Suche nach der Antwort ging weit über Neugier hinaus. Er fühlte sich moralisch verpflichtet festzustellen, ob und wieviel Schuld Sepek auf sich geladen hatte. »Es ist unlogisch, aber diese Tatsache läßt sich nicht leugnen. Leider habe ich keine Erklärung dafür.«

»Na schön. Jetzt zur dritten Theorie.«

»Die Forscher waren unabhängig und wollten die Viren an den Meistbietenden verkaufen.«

»*Diese* Möglichkeit entsetzt mich noch mehr als die beiden anderen«, sagte Kirk langsam.

»Mich beunruhigen alle drei Theorien.« Spock zögerte und suchte nach den geeigneten Worten, um eine Bitte an den Captain zu richten. Dieses besondere Thema war heikel und erforderte Takt.

Er konnte nicht einfach sagen: *Sir, ich möchte Sepeks Körper aus der Stasis holen und herausfinden, ob sein* Katra *— seine Seele — noch lebt. Vielleicht lassen sich Leib und Geist wieder miteinander vereinen. Und wenn das nicht möglich ist: Vielleicht kann man Sepeks Wissen in der Kammer Alter Gedanken erhalten.*

Nein, solche Hinweise hatten keinen Sinn. Nach Spocks Meinung war es praktisch aussichtslos zu versuchen, Sepeks *Katra* zu finden und in die fleischliche Hülle zurückzubringen. Es gab Beispiele für konservierte *Katras* — meistens betrafen sie Hohemeister des Kolinahr —, doch in jenen Fällen traf man vor dem Tod alle notwendigen Vorbereitungen. Anschließend erhielt das

Katra einen Platz in der Kammer Alter Gedanken. Spock kannte kein einziges Beispiel für eine erfolgreiche Vereinigung von Körper und Seele; meistens war der Leib zu alt oder von Krankheit zerfressen.

Und selbst wenn sich Sepek genug Zeit genommen hatte, um alle erforderlichen Vorbereitungen zu treffen: Als Empfänger für sein *Katra* kam nur Jeffrey Adams in Frage.

Die Logik sprach gegen den Versuch, Sepeks Ich zu bewahren. Trotzdem: Moral und Ethik zwangen Spock, den Captain darauf anzusprechen.

»Das scheint noch nicht alles zu sein, Spock«, drängte Kirk sanft.

Der Vulkanier rügte sich stumm und beschloß, seine Mimik in Zukunft noch besser unter Kontrolle zu halten. »Ich möchte Sie um etwas bitten, Sir — in Hinsicht auf Sepek.«

Kirk wartete.

Es fiel dem Ersten Offizier sehr schwer, sein Anliegen in Worte zu fassen. »Für vulkanische Familien ist die Leiche eines verstorbenen Verwandten außerordentlich wichtig. Wir sollten nach Tanis zurückkehren und ...«

»Um dort Sepeks Leichnam aus der Stasis zu holen?« beendete Jim den Satz. Er schüttelte den Kopf. »Tut mir leid, Spock, aber wir sind inzwischen weit von dem Planeten entfernt. Ganz zu schweigen davon, daß in der Forschungsstation nach wie vor Ansteckungsgefahr besteht. Ich möchte die Besatzung keinen weiteren Risiken aussetzen.«

»Sir.« Spock entnahm dem Gesichtsausdruck des Captains, daß er ihn nicht umstimmen konnte, doch das Gewissen ließ ihm keine Wahl. »Ich kann gar nicht stark genug betonen, wie sehr sich jeder Vulkanier — auch ich — dazu verpflichtet fühlt, die Leiche eines Artgenossen in die Heimat zu schicken.«

Kirks Miene wies darauf hin, daß er das Drängen in Spocks Stimme mit großer Überraschung zur Kenntnis nahm. Aber er gab nicht nach. »Tut mir leid. Ich benachrichtige Starfleet von der Existenz des Leichnams und füge auch Ihre Transferbitte hinzu.«

Der Erste Offizier seufzte und verließ das Quartier des Captains. Kirk hatte eine Entscheidung getroffen, und deshalb war es sinnlos, die Diskussion fortzusetzen. Unglücklicherweise befanden sich derzeit keine Starfleet-Schiffe in der Nähe von Tanis. Die Bergung des Leichnams bekam sicher geringe Priorität und würde erst in einigen Monaten stattfinden. Spock mußte sich damit abfinden. Wenn er noch einmal auf dieses Thema zu sprechen kam, warf man ihm sicher vulkanischen Mystizismus vor, musterte ihn mit hochgezogenen Brauen. Und er zog es vor, selbst die Brauen zu wölben, anstatt das Opfer einer derartigen Geste zu werden.

Adams wußte nicht mehr, wie Farben aussahen. Seine Welt bestand aus verschiedenen Grautönen. Dennoch hatte er gelernt, in der Dunkelheit Farbunterschiede wahrzunehmen: Er erkannte das Rot der Sicherheitsabteilung, das Blau der medizinischen Sektion.

Er fand keine Ruhe, obwohl er schon seit mehr als vierundzwanzig Stunden wach war. Wie sollte er schlafen, obgleich er wußte, daß Mendez jederzeit zu ihm kommen konnte? Den ganzen Tag lang starrte er an die Decke, ins Leere, lauschte dem nervenaufreibenden Kratzen des Qefla und überlegte.

Und dann, nachdem er das Zeitgefühl verloren hatte, hörte er nicht mehr nur die rigelianische Ratte, sondern auch ein leises Summen, gefolgt von einem Klicken. Das Kraftfeld wurde abgeschaltet.

Jemand schickte sich an, die Isolationskammer zu betreten.

Adams' Herz klopfte schneller, und die Furcht erfüllte ihn mit neuer Kraft.

Ihm blieben nur wenige Sekunden für ein Ablenkungsmanöver. Er riß den dünnen Schlauch aus der Armbeuge, schenkte dem Blut, das ihm über die Haut tropfte, nicht die geringste Beachtung. Rasch stand er auf und eilte zum Käfig.

Jetzt war er dankbar dafür, daß er das Zimmer mit dem Tier teilte.

Ein Mann passierte das zweite Sicherheitsschott und erreichte die Kammer, als Adams jene Taste betätigte, die den elektromagnetischen Kokon des Käfigs desaktivierte.

Ein rundes, pelziges Etwas sprang auf den Boden. Der Qefla hatte es so eilig, in die Freiheit zu entkommen, daß er Adams lange Krallen in den Arm bohrte. Der Kranke merkte es kaum. Er gab dem Geschöpf einen Stoß in Richtung des Eindringlings, duckte sich dann und kroch unters Bett. Kein besonders gutes Versteck — man würde ihn dort bald entdecken —, aber er gewann wenigstens einige Sekunden.

Der Fremde trat ein, gefolgt von einer Frau. Beide trugen Starfleet-Uniformen unter den glühenden Individualschilden. Beide hielten Phaser in den Händen.

Zweifellos von Mendez geschickt.

Der Mann ließ seinen Blick durchs Zimmer schweifen, und vom Zugang aus konnte er Adams unter dem Bett nicht sehen. »Wo, zum Teufel ...« Er wandte sich an die Frau. »Er ist geflohen.«

»Unmöglich«, erwiderte sie. »Ein Trick.«

Sie näherten sich der Liege. Der Qefla hockte dort neben Adams und trachtete danach, sich unter ihm zu verstecken. Der Kranke zog das eine Bein an, gab dem Tier einen ordentlichen Tritt.

Die rigelianische Ratte sauste dem Mann entgegen, prallte an sein Bein und krabbelte fort. Der Bewaffnete ließ den Phaser fallen, sank auf die Knie und versuchte, das Tier einzufangen. Unterdessen ging die Frau mit gezücktem Strahler tief in die Hocke. Nur noch ein oder zwei Sekunden, bis sie Adams unter dem Bett sah ...

109

Aber sie widerstand nicht der Versuchung, den Kopf zu drehen und sich zu dem Mann umzusehen. Der Kranke reagierte sofort, riß ihr den Phaser aus der Hand.

Er drückte ab, bevor sie einen Schrei von sich gab. Ihr Körper leuchtete auf und erhellte die ganze Isolationskammer, bevor er sich auflöste und verschwand. Das helle Licht bereitete Adams heftige Schmerzen, doch er durfte jetzt nicht der Pein nachgeben und legte auf den Mann an, der das quiekende Tier losließ und nach seiner Waffe tastete. Adams feuerte erneut, und diesmal kniff er rechtzeitig die Augen zu. Trotzdem sah er das grelle Funkeln des Entladungsblitzes durch die geschlossenen Lider.

Nur wenige Sekunden waren verstrichen.

Er bedauerte den Tod der beiden Menschen nicht, fühlte statt dessen Triumph und Genugtuung: Mendez hatte sie geschickt, um ihn zu töten. Weshalb war der erbeutete Phaser sonst auf tödliche Emissionen justiert und nicht etwa auf Betäubung?

Als er die Sicherheitsschleuse passierte, dachte er besorgt ans Licht. Selbst wenn ihn draußen schmerzhafte Helligkeit erwartete — er mußte die Kammer verlassen. Eher wollte er im Gleißen der Lampen sterben, als von Mendez oder seinen Leuten erwischt zu werden. Er griff nach dem Medaillon, seinem Amulett, als er durch die Schleuse trat. Um ihn herum blieb alles dunkel, und er atmete erleichtert auf. Offenbar hatte man geplant, ihn fortzubringen und woanders zu töten.

Adams zögerte und dachte nach. Auf welche Weise sollte er die Flucht fortsetzen? Er fürchtete die Helligkeit in den übrigen Bereichen der Starbase, und Mendez würde sicher überall nach ihm suchen.

Er brauchte ein Raumschiff.

Lisa Nguyen saß in einer Touristenbar der Starbase Neun und wünschte sich an einen anderen Ort. Eigentlich war die Kneipe gar nicht schlecht; vielleicht diente sie sogar als Treffpunkt für die ganze Sektion. Die Einrichtung schien neu zu sein, und nirgends hatte sich Schmutz angesammelt. Es herrschte eine angenehme Atmosphäre — zweifellos handelte es sich um eine der besten Bars, die Lisa kannte. Trotzdem litt sie an Niedergeschlagenheit.

Erneut starrte sie auf das an der Wand neben ihr lehnende Gemälde. Es zeigte wilde Pferde in der Wüste: Sie bäumten sich auf, vor dem Hintergrund eines purpurnen und orangefarbenen Himmels. Normalerweise hätte sie nicht der Versuchung nachgegeben, ein solches Bild zu kaufen, erst recht nicht von einem Starbase-Straßenhändler — solche Leute genossen einen denkbar schlechten Ruf —, aber es gefiel ihr sehr. Leider kam es dadurch zu einer Meinungsverschiedenheit: Lamia behauptete, die Tiere seien zu zart und dürr, um terranischen Ursprungs zu sein; Stanger hingegen teilte Lisas Standpunkt und meinte, es sei eine stilisierte Darstellung. Der Verkäufer konnte den Streit nicht schlichten: Er sprach gerade genug Standard, um über den Preis zu verhandeln.

Nguyen sah zu Stanger und Lamia, die auf der anderen Seite des runden Tisches saßen und sich große Mühe gaben, betrunken zu werden. Mitten auf dem Tisch standen drei Gläser, jedes mit einer anderen bernsteinfarbenen Flüssigkeit gefüllt. Stanger erklärte die verschiedenen Geschmacksrichtungen mit dem Ernst eines Dozenten, und Lamia hörte hingerissen zu. Ihre blauen Wangen schienen von innen heraus zu glühen, und die Pupillen wirkten etwas größer als sonst. Sie war bereits ziemlich beschwipst — Andorianer vertrugen nicht viel Alkohol. Zwar hatte sie nur dreimal an einem der Gläser genippt, aber wenn sie sich noch etwas tiefer hinabbeugte, mußte sie allein aufgrund des Geruchs mit einem Vollrausch rechnen. Mit jedem Schluck neigte sie sich weiter Stanger zu.

Lisa begnügte sich mit einem Orangensaft, der ihr eigentlich gar nicht schmeckte. Sie brachte dafür ebensowenig Interesse auf wie für alles andere. Eine seltsame Apathie lähmte ihr Empfinden. Sie wäre an Bord der *Enterprise* geblieben, wenn Stanger sie nicht darum gebeten hätte, ihn und die Andorianerin beim Ausflug in die Starbase zu begleiten. Wahrscheinlich benötigte er sie als eine Art Puffer zwischen sich selbst und Lamia, aber derzeit schien eine Anstandsdame weitaus nötiger zu sein.

Kann sich der Kerl nicht endlich entscheiden? fuhr es Nguyen durch den Sinn. *Im einen Augenblick verhält er sich so, als würde er Lamia am liebsten erwürgen, und im nächsten erweckt er den Eindruck, sie nach dem Zugangscode für ihre Kabine fragen zu wollen.*

Die Veränderung in der Beziehung zwischen Stanger und der Andorianerin verblüffte Lisa. Nach dem Zwischenfall im Freizeitraum hatte sie vermutet, daß Jon und Lamia die nächste Gelegenheit nutzten, um sich gegenseitig an die Kehle zu fahren. *Vermutlich liegt es an dem Gespräch, das Stanger mit ihr geführt hat, nachdem sie die Nachricht von zu Hause erhielt,* überlegte Nguyen. Lamia hatte die Mitteilung nicht nur erstaunlich gefaßt hingenommen, sondern auch zu einem neuen Respekt Jon gegenüber gefunden. Tief in ihrem Innern mißbilligte Lisa Lamias rasche emotionale Rekonvaleszenz. Sie hatte nie die Wärme einer Familie kennengelernt und war bei verschiedenen Verwandten aufgewachsen. Auch aus diesem Grund legte sie so großen Wert darauf, neue Freundschaften zu schließen. Sie konnte sich nicht vorstellen, daß es irgend jemandem leicht fiel, eine Familie aufzugeben, die aus fast fünfzig Personen bestand.

Der jähe Wandel in Lamias Gefühlen überraschte Lisa immer wieder. Einmal war sie vollkommen deprimiert, dann heiter und fröhlich. In der einen Sekunde haßte sie Stanger, und in der nächsten saß sie locker und entspannt neben ihm, ließ sich von ihm die Vorzüge bestimmter alkoholischer Getränke erklären.

»Jetzt das hier«, sagte Stanger gerade und deutete auf das mittlere Glas. »Sour Mash. Probieren Sie einen kleinen Schluck und stellen Sie einen Vergleich mit dem Bourbon an.« Er hatte zwei Drinks in sich hineingeschüttet, bevor er mit dem Großen Geschmacksexperiment begann, und er war ganz und gar nicht betrunken — obwohl seine Augen heller glänzten als sonst.

Lamia kam der Aufforderung nach und blähte die blauen Wangen auf, als sie die Flüssigkeit im Mund hin und her spülte. Sie schluckte, keuchte unwillkürlich und blies Nguyen ihren Whiskyatem ins Gesicht. Die Augen der Andorianerin wurden noch größer.

»Nicht übel. Schmeckt süßer und brennt weniger stark ...«

Stanger schien mit dieser Antwort sehr zufrieden zu sein, lächelte und zeigte weiße Zähne unter dem Schnurrbart. »Besser als der Bourbon, stimmt's?«

»Ich glaube schon.« Lamias rechter Kopffühler knickte dem linken entgegen.

Nguyen mußte sich zwingen, den Blick davon abzuwenden. »Sie sollten darauf verzichten, die Flüssigkeit so lange im Mund zu behalten.«

»Warum?« erwiderte Lamia. Lisa ignorierte ihren herausfordernden Tonfall, führte ihn auf einen weiteren Stimmungswandel zurück.

»Ihr Gaumen ist durchlässig, und dadurch gerät der Alkohol schneller in den Blutkreislauf. Wenn Sie nicht aufpassen, wird Ihnen bald übel.«

Stanger grinste. »Ich bitte Sie. Das ist bestimmt geschwindelt. Ich habe noch nie gehört, daß Andorianer ...«

»Mir wird nicht übel«, sagte Lamia mit übertriebenem Stolz. »Und selbst wenn das geschieht: Ich kann mir jederzeit eine Tablette aus der Krankenstation besorgen.«

»Trotzdem sollten Sie achtgeben«, warnte Stanger gutmütig. Nur er hatte die Uniform gegen zivile Kleidung eingetauscht, bevor er den sechsstündigen Landurlaub antrat. Nguyen verstand zunächst nicht, warum er Zeit dafür verschwendete — bis sie versuchte, die Sache aus Jons Perspektive zu sehen. Er trug nun einen sehr knapp sitzenden Pulli, der die Muskeln in Armen und Brust betonte. Lisa dachte kurz an Rajiv und unterdrückte diesen Gedanken rasch. »Wir möchten doch nicht, daß Sie die letzte Mahlzeit verlieren, wenn wir uns wieder an Bord beamen. Ich wahre dabei einen sicheren Abstand zu Ihnen.«

»Was für eine ekelhafte Vorstellung«, brachte Lamia undeutlich hervor und widersprach sich selbst, indem sie leise kicherte. »Na schön. Jetzt zum dritten Glas. Was enthält es?«

»Das letzte Glas — und der letzte Drink für Sie«, fügte Stanger hinzu. »Vielleicht wäre es besser, ihn auf den nächsten Landurlaub zu verschieben. Eine Mischung aus verschiedenen Whiskysorten. Meiner Ansicht nach ist sie schlechter als reiner Bourbon oder Sour Mash.«

»Ich möchte sie trotzdem probieren.« Lamia griff nach dem Glas und trank, bevor sie jemand daran hindern konnte.

»Das war ein großer Schluck«, sagte Nguyen.

»Aber ich habe ihn nicht im Mund hin und her gespült.«

»Gut.« Stanger schob die Gläser Lisa entgegen. »Was ist mit Ihnen? Sie sehen aus, als könnten Sie etwas Aufmunterung gebrauchen. Fast die ganze Zeit über sind Sie still gewesen.«

Sie hatte gehofft, daß niemand etwas merkte. Lamia war zu betrunken, aber Stanger konnte sie ganz offensichtlich nichts vormachen. Nguyen lehnte es ab, ausgerechnet hier und jetzt über ihr Problem reden; sie suchte nach einer glaubwürdigen Lüge.

»Ich mag keinen Whisky, danke.« Sie rang sich ein

Lächeln ab. »Nun, ich schätze, ich *bin* ein bißchen deprimiert. Mein letzter Landurlaub liegt schon eine ganze Weile zurück, und ich habe mich auf einen blauen Himmel gefreut ...«

»Hier ist der Himmel blau?« fragte Lamia. »Wie *seltsam.*«

»Nun, ich wollte über eine Wiese wandern, vielleicht ein Fußballspiel organisieren ... Mein einziger Wunsch besteht darin, Sonnenschein auf der Haut zu spüren.«

Stanger trank den Bourbon und griff nach dem Glas mit Sour Mash. Sein Gesicht verriet jene Art von besorgter Aufmerksamkeit, die auf einen Schwips hindeutete. »Besuchen Sie das Ökodeck der *Enterprise.*«

»Ich meine *echten* Sonnenschein. Ja, ich weiß, daß es eigentlich keine Rolle spielt, aber ich muß dauernd daran denken, daß eine holographische Sonne am Himmel strahlt. Ein psychologisches Problem.«

»Tut mir leid für Sie.« Stanger setzte das Glas an die Lippen, leerte es mit einem Zug und stellte es auf den Tisch. »Ich schlage vor, wir verlassen diesen Laden und vergnügen uns irgendwo. Was halten die Damen vom Tanzen? Ich glaube, Lamia braucht etwas Bewegung, damit ihr Metabolismus den Alkohol verarbeitet.«

Lamia blickte ins Leere, schmunzelte verträumt und sagte leise: »Hick.«

Das falsche Lächeln klebte auch weiterhin in Nguyens Gesicht. »Wie wär's, wenn Sie und Lamia allein gehen? Ich mache einen Spaziergang. Die Sonne ist vielleicht noch nicht aufgegangen, aber der Mond soll beeindruckend sein. Vielleicht finde ich sogar einige Bäume.«

»Wir begleiten Sie«, verkündete die Andorianerin mit schwankender Stimme. »Ich kann gar nicht tanzen.« Sie lehnte sich an Stanger. Der direkte Kontakt schien ihn zu erfreuen — und ihm gleichzeitig Unbehagen zu bereiten.

»Ja«, brummte er. »Ein Spaziergang. Gute Idee. Au-

115

ßerdem: Sie sollten nicht allein aufbrechen. Vielleicht begegnen Sie unterwegs irgendwelchen Betrunkenen, die Sie belästigen.« Er sah zu Lamia. »Was natürlich nicht für die Anwesenden gilt.«

Es bereitete Lisa erhebliche Mühe, höflich zu bleiben. »Ich habe das hier.« Sie klopfte auf den Phaser an ihrem Uniformgürtel. »Und ich möchte allein sein. Wenn's Ihnen recht ist.«

»Oh.« Stanger wirkte ein wenig verlegen. »Ich verstehe. Kein Problem.« Er deutete zum Bild. »Sie brauchen es nicht mit sich herumzuschleppen. Wir kümmern uns darum.«

»Schon gut.« Lisa klemmte sich das Gemälde rasch unter den Arm und sah Lamia an. »Sie können tanzen lernen. Wie mit dem Whisky: Bisher hatten Sie keine Ahnung davon, aber inzwischen wissen Sie weitaus mehr.«

Die Andorianerin starrte kurz ins Leere, und dann erhellte sich ihre Miene. »Ja, das stimmt.« Sie erhob sich, und Stanger streckte die Hand aus, um sie zu stützen. »Ihr seid meine Gäste, Freunde. Ich bestehe darauf.«

»Wie Sie wünschen.« Jon warf Nguyen einen kurzen Blick zu, und sein Zwinkern teilte ihr mit: *Ich bezahle die Rechnung.* »Vielen Dank dafür. Ich gebe dem Wirt Bescheid. Gehen Sie ruhig, Lisa — wir sehen uns später.«

Nguyen verließ die Bar. Als sie durch die Tür trat, hörte sie Lamias Stimme.

»Was ist *los* mit ihr?«

Als ihn der Transporterstrahl erfaßte, zitterte Panik in Adams. Welche Gefahren erwarteten ihn nach dem Retransfer? Vielleicht rematerialisierte er im Freien, im hellen Schein einer Sonne, die ihn verbrannte, bis sein Körper eine einzige Wunde darstellte. Wenn ihm niemand half, würde er unter großen Qualen sterben. Bei Mendez und seinen Leuten hingegen erwartete ihn ein rascher Tod. Vielleicht die bessere Alternative ...

Er fühlte sich desorientiert, als er wieder Gestalt annahm. Irgend etwas stimmte nicht. Jetzt erwies es sich als Nachteil, Zufallskoordinaten gewählt zu haben. Er stand nicht auf festem Boden.

Adams hatte die Augen zusammengekniffen, um auf den von Licht verursachten Schmerz vorbereitet zu sein. Doch die befürchtete Agonie blieb aus. Statt dessen nahm er nur ein unangenehmes Prickeln wahr. Vorsichtig hob er die Lider.

Das Stechen wurde etwas stärker, ließ dann wieder nach, als er einen Eindruck von der Umgebung gewann. Flüssigkeit umspülte seine Beine.

Er stand bis zur Hüfte in einem Parkbrunnen. Darüber wölbte sich ein dunkler, sternenbesetzter Himmel, an dem eine Mondsichel schimmerte.

Adams neigte den Kopf zurück und lachte. Einen halben Meter weiter rechts, und er wäre im Sprühwasser der getarnten Spritzdüsen materialisiert — das Amulett schützte ihn nach wie vor. Behutsam watete er zum Rand und gab acht, nicht auf den glatten Steinen auszurutschen. Er kletterte über die Brüstung, erreichte den Rasen, und daraufhin verschwand das Prickeln fast ganz aus ihm. Er bemerkte nun den Grund dafür: Das Wasser glühte blau.

Er sah sich um. Es handelte sich um einen echten Park, nicht um eine holographische Simulation — obwohl er annahm, daß der Mond seine scheinbare Existenz einem speziellen Projektionsverfahren verdankte. Zumindest dieser Bereich des Planeten war durch Terraforming umgestaltet und menschlichen Bedürfnissen angepaßt worden, aber die Temperatur unterlag offenbar keinen strengen Kontrollen. Ein kalter Nachtwind wehte, und Adams fröstelte. Er stampfte mit den Füßen, beugte sich übers Geländer und wrang Wasser aus der Kleidung.

Es schien niemand in der Nähe zu sein. Vielleicht ergaben sich durch die Nacht weitere Schwierigkeiten für ihn. Vermutlich hielten sich die meisten Leute in den Bars und Kneipen auf. Er mußte eine finden, in der es nicht zu hell war, dort nach jemandem Ausschau halten, der von einem Raumschiff kam.

»Wer auch immer die Transporterkontrollen bedient und Sie hierhergeschickt hat — allem Anschein braucht er eine Ernüchterungspille.«

Adams zuckte zusammen, als er die heisere Stimme einer Frau hörte. Er drehte sich um und sah eine hochgewachsene Gestalt, in einen Mantel gehüllt.

Der Umhang stammte ganz offensichtlich von Vulkan, aber die Frau darin nicht. Sie hatte braune Haut und dunkles, lockiges Haar, das der Schwerkraft trotzte und eine Art Halo bildete. Ein schiefes Lächeln umspielte die Lippen der Fremden — alles deutete darauf hin, daß sie bereits einige Bars besucht hatte.

Adams erwiderte das Lächeln in der Hoffnung, daß sich unter dem Mantel eine Uniform verbarg. Eine Uniform bedeutete, daß sie zur Besatzung eines Raumschiffs gehörte, und ›Raumschiff‹ war für ihn ein Synonym für ›Freiheit‹. Er rieb sich die Arme und hörte, wie seine Zähne klapperten.

»Ja, allerdings.« Erneut stampfte er mit den Füßen. Er trug noch immer den beigefarbenen Laboroverall — hoffentlich hielt ihn die Frau für einen Techniker oder Wartungsarbeiter. »Ich wußte nicht, daß die Nächte hier so kalt sind. Wenn ich nicht bald einen wärmeren Ort finde ...«

»Sie sollten sich zurückbeamen und die Kleidung wechseln.« Die Frau grinste noch immer und schwankte ein wenig.

»Wenn ich zurückkehre, erhalte ich irgendeinen neuen Reparaturauftrag. Es fiel mir schwer genug, Landurlaub zu bekommen.« Adams schauderte heftig. »Gibt es hier irgendwo eine windgeschützte Stelle?«

Die Fremde beugte sich vor und musterte ihn. »Sie sehen wirklich überarbeitet aus. Hier.« Sie neigte die

Schultern und streifte den Mantel ab. Darunter sah Adams einen schwarzen Pulli, eine dunkle Hose und perlgraue Cowboystiefel mit rosaroten Verzierungen. Die Scheide an dem breiten Hüftgürtel enthielt ein langes Jagdmesser. Eine Aufmachung, die kaum den üblichen Vorschriften entsprach, dachte der Kranke enttäuscht. Dann erkannte er den Starfleet-Schnitt der Hose, und am Gürtel waren auch Kommunikator, Phaser und einige andere Dinge befestigt. Grenzpatrouille. Er zwang sich, nicht triumphierend zu lächeln.

Die Frau reichte ihm den Mantel. »Ziehen Sie ihn über.« Selbst im Halbdunkel konnte man deutlich erkennen, daß der Mantel nach Maß angefertigt und sehr teuer war. Scharlachroter Samt glitzerte blau, wo das Licht der Sterne auf ihn traf.

»Nein, unmöglich«, sagte Adams. »Er ist wunderschön. Und er würde naß.«

Die Fremde zuckte mit den Schultern. »Und wenn schon. Man kann ihn trocknen. Es liegt bei Ihnen.«

Adams nahm den Mantel entgegen. Er war ein wenig zu lang — die Frau überragte ihn um fünf oder sechs Zentimeter —, aber ansonsten gab es nichts daran auszusetzen. Die große Kapuze ermöglichte es ihm sogar, sich in helles Licht zu wagen. »Jetzt fühle ich mich schon besser. Endlich friere ich nicht mehr.«

»Sind Sie schon lange hier?« Die Frau neigte den Kopf zur Seite und musterte ihn mit auffallendem Interesse. Adams ahnte, worauf sie hinauswollte — sie suchte nach männlicher Gesellschaft. Er verabscheute Betrunkene, aber die Fremde war attraktiv, und es konnte bestimmt nicht schaden, auf sie einzugehen. Vielleicht gelang es ihm, sie irgendwie abzulenken, sich den Phaser zu schnappen und sie zu zwingen, ihn an Bord ihres Schiffes zu bringen.

»Lange genug«, erwiderte er.

»Gut. Ich kenne ein Plätzchen, wo wir eine Zeitlang allein sein können. Außerdem ist es dort warm.« Sie lächelte einmal mehr und klopfte auf ein Gerät an ihrem Gürtel. »Dieses Ding sorgt dafür, daß wir ungestört bleiben. Niemand findet uns, wenn wir es nicht wollen.«

»Ausgezeichnet«, entgegnete Adams und trachtete danach, seiner Stimme einen beiläufigen Klang zu verleihen. »Ist das ein Sensorneutralisator?«

Die Frau nickte. »Solche Apparate sind recht nützlich, wenn man sich vor dem Feind verstecken muß. Oder vor Freunden. Selbst wenn jemand mit einem Scanner in der Nähe ist — das Ortungsinstrument zeigt nichts an.«

Adams spürte Euphorie. Das Amulett hatte ihm erneut Glück gebracht.

Sie wanderten über den weiten Rasen, und die Frau taumelte gelegentlich. Der Brunnen blieb hinter ihnen zurück, und nach einer Weile näherten sie sich Bäumen — sie wuchsen dort, wo der Park an die Stadt grenzte.

»Von welchem Schiff kommen Sie?« fragte die Fremde.

Adams nannte den ersten Namen, der ihm einfiel. »Von der *Enterprise*.«

»Die *Enterprise*«, wiederholte seine Begleiterin anerkennend. »Nun, es gibt schlimmere Schiffe, soweit es die Schufterei betrifft.«

»Und Sie?«

»Die *Ungewöhnlich*. Ein kleiner Scout.« Stolz erklang in diesen Worten. »Ich bin stellvertretende Kommandantin, und die Besatzung besteht aus zweiunddreißig Personen.«

Zweiunddreißig. Adams' Optimismus wich neuerlicher Enttäuschung. In einem so kleinen Schiff würde man ihn trotz des Sensorneutralisators innerhalb kurzer Zeit entdecken. Er brauchte etwas Größeres, einen Kreuzer ...

»Ich weiß nicht einmal Ihren Namen«, fuhr die Frau fort. »Meiner lautet Leland. Red Leland.«

»George Minos«, log Adams. Es hatte keinen Sinn zu versuchen, an Bord des Scouts zu gelangen. Er mußte die Frau loswerden — ohne ihr den Mantel zurückzugeben.

»George. Nicht übel. Ich kannte einmal einen Mann, der George hieß, auf Rigel Vier.«

Leland plauderte weiter, und Adams beschränkte sich darauf, dann und wann zustimmend zu brummen. Die Nacht wurde heller, als sie sich der Stadt näherten, und er dachte daran, die Kapuze über den Kopf zu ziehen, um sich vor dem Licht zu schützen. Darüber hinaus bemerkte er inzwischen einen gewissen Argwohn in den Blicken der Frau.

Sie legte ihm die Hand auf den Arm und sah ihm ins Gesicht. Ihr nach Alkohol riechender Atem widerte ihn an. »Um ganz ehrlich zu sein, George: Sie sehen ziemlich erledigt aus.«

»Wie ich schon sagte: Ich bin überarbeitet.« Er drehte den Kopf, schnappte nach frischer Luft.

»Sie scheinen krank zu sein. Himmel, Sie haben doch nichts Ansteckendes, oder?«

»Natürlich nicht.« Er ging schneller, zog die Frau in Richtung einiger Bäume.

»He, warum haben Sie's so eilig?« Leland befreite sich aus seinem Griff und schwankte. »Ich schlage vor, wir trennen uns hier, in Ordnung?«

Adams setzte den Weg fort.

»Ich begleite Sie nicht mehr. Und ich will den Mantel zurück.«

Der Mann blieb stehen und wandte sich zu ihr um. Er wäre weitergegangen, befürchtete jedoch, daß sie den Phaser zog und auf ihn schoß.

»Ich benötige ihn heute nacht. Morgen schicke ich ihn zu Ihrem Schiff.«

»Wir starten bald. Und ich weiß nicht, ob ich Ihnen vertrauen kann. Sind Sie wirklich von der *Enterprise?*«

Lelands rechte Hand tastete nach dem Messer.

Adams stellte amüsiert fest, daß sie es dem Strahler vorzog.

»Nein«, antwortete er, griff unter den Mantel und zog den erbeuteten Phaser. Ihm blieb gerade Zeit genug, die Waffe auf Betäubung zu justieren, bevor Leland das Jagdmesser aus der Scheide riß. Sie holte damit aus, doch Adams war schneller und feuerte.

Die Frau sank bewußtlos ins weiche Gras.

Der Kranke verfluchte sich stumm. Wie närrisch von ihm, eine andere Einstellung des Phasers zu wählen — es hätte ihn fast das Leben gekostet. Andererseits gab es gute Gründe dafür, Leland nicht zu desintegrieren: Er brauchte den Sensorneutralisator. Und an ihrem Gürtel sah er etwas, das er für einen kompakten Subraumsender hielt. Vielleicht genügte seine Reichweite, um Signale bis zum romulanischen Reich zu übermitteln.

Hinzu kam das Messer — es erfüllte einen ganz besonderen Zweck für ihn.

KAPITEL 7

Lisa saß auf dem Rand des Brunnens, legte das Gemälde beiseite, starrte erst ins blau glühende Wasser und sah dann zum Himmel hoch. Die Sichel am Firmament war nicht echt — sie ähnelte viel zu sehr dem irdischen Mond —, aber der Rest hatte feste, authentische Substanz. Diese Gedanke tröstete Nguyen ein wenig. Sie betrachtete natürliches, unvollkommenes Gras, das in unregelmäßigen Büscheln wuchs, fühlte kühlen Wind. Sie schloß die Augen, lauschte eine Zeitlang dem leisen Plätschern des Wassers und gab sich dem Gefühl hin, allein zu sein.

Sie hatte allein sein wollen, seit sie Rajivs Nachricht empfing. Als Lisa ihn in der aufgezeichneten Mitteilung sah, spürte sie süße Melancholie und den Wunsch, stundenlang in aller Ruhe über seine Worte nachzudenken. Immer wieder stellte sie sich seine dunklen Augen vor, sein Lächeln. Gleichzeitig zitterte fast so etwas wie Panik in ihr: Rajiv setzte sie unter Druck, zwang sie dazu, eine sehr schwierige Entscheidung zu treffen.

Eine Entscheidung, gegen die sich Lisa sträubte. Einerseits rührte es sie, daß Rajiv dieses Anliegen an sie herantrug, und andererseits weckte er damit Zorn in ihr.

Als Nguyen an ihn dachte, erinnerte sie sich auch an Paolo, Zia und Rakel. Jener Monat in den Bergen von Colorado war die glücklichste Zeit in ihrem Leben gewesen. Vor ihrem inneren Auge sah sie Wälder und Pferde, die durch den Schnee liefen. Damals hatte sie den Eindruck gewonnen, zu einer Familie zu gehören.

Lisa war nicht in einer Familie aufgewachsen. Ihre Eltern trennten sich nach dem Ablauf des zweijährigen Ehekontrakts. Sie lebte bei ihrem Vater und hörte nie wieder von der Mutter, die als Forscherin an einer Mission im All teilnahm. Als er einige Jahre später starb, verbrachte sie die nächsten Jahre bei verschiedenen Verwandten und wartete vergeblich auf das Angebot ihrer Mutter, sie bei sich aufzunehmen. Lisa wußte nicht einmal, ob sie noch lebte.

Ja, sie liebte Colorado und sehnte sich danach, in die Berge zurückzukehren. Bis sie Rajivs Video-Brief bekam.

Er verließ die Flotte, um sich der Gruppe anzuschließen, und er bat Lisa, seinem Beispiel zu folgen. Die anderen waren bereit, sie willkommen zu heißen. Eine Gemeinschaftsehe und Großfamilie. Zia erwartete ihr erstes Kind im September.

Die Einladung erfreute Lisa zunächst, doch dann begriff sie die Konsequenzen. Rajiv bat sie, nach Colorado zu kommen, auf der Ranch zu leben. Alle hatten beschlossen, daß die Familie aus permanenten Mitgliedern bestehen sollte, um der Kinder willen. Das verstand Lisa sicher.

Rajiv verlangte von ihr, Starfleet aufzugeben.

Ebensogut hätte er einen Arm oder ein Bein fordern können. Starfleet war mehr als nur die naheliegende Wahl für jemanden ohne Familie — oder für Leute, die eine ungeliebte Familie verlassen wollten. Nguyen sah darin eine Möglichkeit, stolz auf sich zu sein, etwas zu leisten, Selbstachtung zu gewinnen. Außerdem hoffte sie, bei den Reisen durch die Galaxis irgend etwas über ihre Mutter zu erfahren.

Sie schauderte. Das kalte Sprühwasser des Brunnens und der Nachtwind ließen sie frösteln. Sie brauchte Bewegung, um die Kühle aus sich zu verdrängen. Ein Spaziergang im Bereich der Bäume — vielleicht konnte sie sich dort einreden, durch einen dichten Wald zu wandern.

Sie stand auf, seufzte und griff nach dem Bild. Die Situation schien völlig aussichtslos zu sein: Sie konnte die Familie ebensowenig aufgeben wie Starfleet. Und wenn sie Rajiv darum bat, sie als unabhängiges Gemeinschaftsmitglied zu akzeptieren ... Lisa glaubte, seinen mißbilligenden Blick zu sehen. Er war bereit, die Flotte zu verlassen, und das erwartete er auch von ihr. Alles andere wäre der Familie gegenüber unfair gewesen.

Nguyen näherte sich den Bäumen und achtete darauf, nicht über die dicken Grasbüschel zu stolpern. Zwar war sie dankbar dafür, daß niemand sonst den Nachthimmel zu bewundern schien, aber sie fand es auch ein wenig seltsam, ganz allein im Park unterwegs zu sein. Vermutlich zogen alle anderen Leute die wärmeren Bars und Kneipen vor. Nach einer Weile gelangte Lisa zu dem Schluß, daß sie sich derzeit nicht zu einer Entscheidung durchringen konnte. Sollte sie zu Stanger und Lamia zurückkehren? Ja, warum nicht? Eine Zeitlang spielte sie mit dem Gedanken, Lamia alles zu erzählen. Manchmal wirkte sie recht launisch und verantwortungslos, doch das lag nur an ihrer andorianischen Biochemie. Zweifellos mangelte es ihr nicht an Intelligenz und Mitgefühl. Lisa hatte es vermieden, sie mit ihren Problemen zu belasten, weil sie annahm, daß Lamia noch immer aufgrund der *Tijra*-Mitteilung litt.

Bei den Bäumen wuchs das Gras spärlicher, und das Licht der Stadt projizierte lange Schatten. Lisa blieb stehen und berührte den ersten Baum. Die Borke fühlte sich rauh und faserig an. Sie beugte sich vor, schnupperte und nahm einen scharfen Geruch wahr, der sich vom Duft terranischer Kiefern unterschied. Nach einer Weile setzte sie den Weg fort und ging in Richtung Stadt. Der Wald wurde dichter, bis sie kaum mehr die Hand vor Augen sehen konnte. Das Gelände war uneben, und sie achtete darauf, nicht zu stolpern.

Nach einigen Schritten stieß ihr rechter Stiefel an ein Hindernis. Aus einem Reflex heraus hob Lisa den Arm, um sich an einem Baum abzustützen, und sie schnitt eine Grimasse, als das Gemälde mit einem dumpfen Krachen auf den Boden fiel. Vorsichtig streckte sie den Fuß: Das Etwas vor ihr bewegte sich, sank dann zwischen die Grasbüschel zurück.

Ein Körper. Nguyen erschrak, versuchte dann, sich wieder zu beruhigen. Wahrscheinlich ein Betrunkener. Sie überlegte, ob sie einfach weitergehen sollte, doch das erschien ihr nicht richtig. Vielleicht hatte sich der oder die Unbekannte verletzt. Vielleicht lag Lamia oder Stanger vor ihr — es ließ sich nicht ausschließen.

»Ist alles in Ordnung mit Ihnen?« Lisa lauschte vergeblich nach Atemzügen und griff nach dem Handgelenk, das einer menschlichen Frau zu gehören schien.

Kein Puls — aber dieser Umstand besorgte sie nicht zu sehr. Sie wußte, daß es manchmal schwer war, den Puls einer Frau festzustellen. Lisa ging in die Hocke und tastete nach dem Hals.

Ihre Fingerkuppen glitten sanft über die eine Seite des Gesichts, am Ohr vorbei zum Unterkiefer, entdeckten dort etwas Warmes und Feuchtes. Sie suchte nach der Ader, und plötzlich spürte sie etwas Hartes. Es lief Lisa eiskalt über den Rücken, als sie begriff, um was es sich handelte — um die offene Luftröhre.

Ruckartig und angeekelt zog sie die Hand zurück. Sie schauderte nicht etwa aufgrund des Blutes oder der klaffenden Wunde im Hals — in dieser Hinsicht neigte sie kaum zu besonderer Empfindlichkeit. Nein, sie fand es entsetzlich, daß jemand fähig war, einem anderen lebenden Wesen so etwas anzutun. Im matten Mondschein sah sie nicht, was an ihrer Hand klebte, aber sie wußte es trotzdem. *Ruhig. Sei ganz ruhig.* Lisa wischte die Finger am Gras ab und zog den Kommunikator vom Gürtel.

Ein Arm schlang sich ihr um die Kehle, bevor sie das Kom-Gerät aufklappen konnte; dies überraschte Nguyen so sehr, daß sie nicht einmal in Panik geriet. Sie versuchte, sich aus dem Griff zu befreien — bis sie etwas Kaltes an der Schläfe fühlte. Sie ließ die Hand zum Halfter sinken, und ihre Vermutung erwies sich als richtig: Jemand bedrohte sie mit ihrer eigenen Waffe. Daraufhin erstarrte Lisa.

Ein Mann sprach direkt hinter ihr, und seine Stimme klang fast freundlich.

»Sie kommen von einem Raumschiff.«

Nguyen deutete ein Nicken an — der Arm übte solchen Druck aus, daß sie keinen Ton hervorbrachte. Ihre Gedanken rasten. Wenn es ihr gelang, den Fremden aus dem Gleichgewicht zu bringen ... Doch die Beine des Mannes blieben unter einem langen Samtmantel verborgen.

»Ihr Kommunikator«, sagte er. »Setzen Sie sich mit dem Schiff in Verbindung. Bitten Sie darum, ein Paket direkt in Ihr Quartier zu beamen.«

»Welches Paket?« erwiderte Lisa und suchte verzweifelt nach einer Möglichkeit, Zeit zu gewinnen. »Man wird sofort merken, daß der Transfer kein lebloses Objekt betrifft.«

»Ihr Bild, das dort auf dem Boden liegt.« Der Mann wich ein wenig zurück, und Nguyen schwankte. »Teilen Sie dem Transporterchef mit, Sie wollten es nicht länger herumtragen. Sie möchten, daß es in Ihre Kabine gebeamt wird.« Er trat nach dem Gemälde, und Lisa hörte, wie das Bild durchs Gras rutschte, bis es direkt neben ihr lag.

Wenn du es beschädigt hast, du verdammter ... Ein zweiter Gedanke verdrängte den ersten. *Woher weiß er überhaupt davon? Wieso kann er es sehen?*

»Hier.« Er lockerte den Griff lange genug, damit Lisa den Kommunikator vor die Lippen heben konnte. »Na los.«

Gleich ist er erledigt, dachte Nguyen. *Wenn ich Wigelschewski gegenüber den Code Gelb erwähne, weiß Tomson Bescheid und schickt Sicherheitswächter in den Transporter-*

*raum. Aber der Kerl darf keinen Verdacht schöpfen. Es muß
beiläufig klingen ...*

Der Mann schien ihre Absichten zu erraten und
rammte den Phaser fest an die Schläfe. »Wenn Sie irgendeinen Hinweis geben, sterben Sie einen Sekundenbruchteil später. Keine Codes. Keine versteckten An-
deutungen. Sie sind für mich ebensowenig unersetzlich
wie die tote Frau dort drüben.«

Nguyen widerstand nicht der Versuchung, den Kopf
zu senken und zur Leiche zu blicken. Zum Glück zeigte
sie sich ihr nur als vager Schemen in der Dunkelheit.

Der Arm des Fremden an ihrem Hals drückte so fest
zu, daß ihr die Luft wegblieb. Kurz darauf ließ der
Druck ein wenig nach. »Stellen Sie jetzt einen Kontakt
her.«

Lisa klappte den Kommunikator auf. »Nguyen an *Enterprise*.«

»Hier Wigelschewski. Haben Sie schon die Lust am
Landurlaub verloren?«

»Nein, ganz und gar nicht. Ich wollte Kyle nur darum
bitten, ein Paket für mich an Bord zu beamen.« Sie
klang steif und unnatürlich, fragte sich, ob es dem
Mann hinter ihr auffiel. Er hielt den Arm nach wie vor
locker.

»Ich benachrichtige ihn. Wigelschewski Ende ...«

»Warten Sie!« rief sie fast und zwang sich, ruhiger zu
sprechen. Der Kommunikationsoffizier hatte bestimmt
ihren seltsamen Tonfall gehört: Er unterbrach die Verbindung nicht und wartete stumm auf eine Erklärung.
»Wäre ...« Sie schluckte. »Wäre Kyle vielleicht bereit,
das Paket direkt in meine Kabine zu beamen?«

»Ein ungewöhnliches Anliegen«, entgegnete Wigelschewski. Er *hatte* etwas gemerkt.

»Dadurch spare ich Zeit«, behauptete Lisa mit ge-
spielter Fröhlichkeit. »Könnten Sie ihn fragen?« *Bitte le-
sen Sie meine Gedanken, Wigelschewski. Alarmieren Sie
Tomson.*

»Na schön«, lautete die skeptische Antwort des Kommunikationsoffiziers. »Warten Sie.«

Nguyen hielt unwillkürlich den Atem an. Lieber Himmel, was mochte geschehen, wenn Kyle ablehnte? Was dann? Würde der Mann sie erschießen? Mit jeder verstreichenden Sekunde schien der Druck an ihrer Kehle zuzunehmen, bis sie zu ersticken glaubte.

»Er ist einverstanden«, meldete sich Wigelschewski schließlich. »Offenbar gibt es keine Vorschriften, die den Transfer von Objekten innerhalb des Schiffes verbieten. Aber er meint, Sie sollten keine Vorwürfe gegen ihn erheben, wenn das Ding in irgendeiner Wand rematerialisiert.«

»Ich verspreche es ihm.« Lisa fühlte sich sowohl erleichtert als auch enttäuscht. Der Arm schlang sich ihr fester um den Hals — es wurde Zeit, das Gespräch zu beenden.

»Danke, Wigelschewski. Nguyen Ende.«

Sie desaktivierte den Kommunikator und befestigte ihn wieder an ihrem Gürtel. Wenige Sekunden später hörte sie das energetische Flüstern eines Transporterfelds.

»Nehmen Sie das Bild.« Der Mann gab ihr einen Stoß, und Lisa sank auf die Knie und griff nach dem Gemälde. Hinter Nguyen ging der Fremde in die Hocke und hielt sich an ihr fest — der Transferstrahl erfaßte sie beide.

Die Blätter raschelten im kühlen Nachtwind, und es roch nach Blut.

Kirk war gerade erst eingedöst, als das Interkom summte.

»Tut mir leid, Sie zu stören, Captain. Admiral Mendez möchte Sie sprechen. Er meint, es sei sehr wichtig.«

Irgend etwas in Wigelschewskis Stimme weckte Besorgnis in Jim, und er setzte sich sofort auf. Das Gesicht des Admirals erschien auf dem Schirm.

»Gibt es ein Problem, Sir?« Kirks Tonfall war freundlicher als beim letztenmal. Zwar hielt er Mendez noch immer für arrogant und unsympathisch, aber es regte sich auch Verständnis in ihm — immerhin hatte der Admiral seinen Sohn verloren.

Der Admiral wirkte zornig, neigte die breiten Schultern nach vorn und ballte die Fäuste. »Mehr als nur ein Problem«, brachte er zwischen zusammengebissenen Zähnen hervor. »Adams ist entkommen.«

»Entkommen? Aber Dr. McCoy hat mir erklärt, die Quarantänestation sei völlig sicher.«

»Das stimmt auch.« Mendez winkte ungeduldig. »Er floh, während man ihn zu meinem Schiff brachte. Der entsprechende Bereich war abgeschirmt und dunkel — niemand konnte ihn daran hindern, den Transporter zu benutzen.« Er unterbrach sich abrupt und senkte die Stimme. »Er hat zwei Personen umgebracht. Einen Mann und eine Frau. Aus meinem Mitarbeiterstab.«

»Das bedauere ich sehr, Sir«, erwiderte Jim. Er wußte, wie man sich fühlte, wenn man ein Besatzungsmitglied verlor: Hilflosigkeit, Selbstvorwürfe ... Er spürte, wie seine Abneigung dem Admiral gegenüber nachließ.

Mendez schien ihn gar nicht zu hören. »Jacobis Vater ist mir gut bekannt. Ich muß ihn jetzt benachrichtigen ...« Er zögerte einige Sekunden lang, um sich wieder zu fassen, fügte dann etwas leiser hinzu: »Glauben Sie noch immer an Adams' Unschuld?«

»Das mit Ihren Leuten tut mir sehr leid, Admiral. Ich habe nicht an Adams' Unschuld geglaubt, sondern an sein Recht auf ...«

»Ich weiß«, knurrte Mendez verärgert und wandte sich halb ab.

Kirk suchte nach den richtigen Worten. »Kann ich Ihnen irgendwie helfen, Sir? Möchten Sie, daß wir ebenfalls nach dem Geflohenen suchen?«

Der Admiral schüttelte den Kopf, und seine Wut verwandelte sich in Resignation und Verbitterung. »Nein.«

Er sah auf. »Es hat keinen Sinn, die *Enterprise* noch mehr in diese Sache zu verwickeln. Ihre Leute sind bereits erheblichen Gefahren ausgesetzt worden — auf meinen Befehl hin.«

»Wie Sie meinen, Sir«, sagte Kirk. »Wir bleiben in Bereitschaft. Falls Sie uns brauchen.«

»Befinden sich Mitglieder Ihrer Crew auf dem Planeten?« fragte Mendez.

»Ja. Einige verbringen dort einen mehrstündigen Landurlaub.«

»Sie sollten unverzüglich zurückkehren. Adams treibt sich dort irgendwo herum. An Ihrer Stelle würde ich meine Leute an Bord holen, bevor sich die Krankheit in der Starbase ausbreitet.«

»Ich werde Ihren Rat beherzigen«, antwortete Kirk. »Wir leiten den Warptransfer ein, sobald alle Besatzungsmitglieder in der *Enterprise* sind.«

Er wußte nicht, daß es bereits zu spät war.

»Geht es Ihnen jetzt besser?« fragte Stanger besorgt. Inzwischen fühlte er sich ziemlich schuldig. Er hatte nicht gewußt, wie wenig Alkohol Andorianer vertrugen, bereute nun das Große Geschmacksexperiment in der Bar.

Die Suche nach einem Tanzsaal verlor rasch an Bedeutung, weil Lamia in erster Linie frische Luft brauchte. Sie gab nicht zu, daß ihr übel war, aber als Stanger vorschlug, einen Spaziergang zu machen und nach Lisa zu suchen, nickte sie sofort. Bei den Bäumen am Stadtrand taumelte sie hastig fort, um in der Dunkelheit ihren Magen zu entleeren.

Stanger rieb sich die Arme und versuchte, die würgenden Geräusche zu ignorieren. Es war recht kühl, aber vielleicht bekam Lamia dadurch wieder einen klaren Kopf. Leider hatte er keine Tabletten dabei, die einem Katzenjammer vorbeugten, nicht einmal ein Aspirin. *Sie könnte solche Pillen ohnehin nicht im Bauch behalten*, dachte er.

Als die Andorianerin aus den Schatten zurückkehrte, fiel ihm ihre Blässe auf. Nur mit Mühe wahrte sie das Gleichgewicht. »Kommen Sie«, sagte Stanger. »Wir beamen uns zur Krankenstation und lassen Sie dort von Dr. McCoy behandeln. Sie haben genug gelitten.«

»Nein«, erwiderte Lamia mit zittriger Stimme. »Zuerst setzen wir uns mit Lisa in Verbindung und teilen ihr mit, daß wir die Starbase verlassen. Sonst macht sie sich vielleicht Sorgen.«

Stanger hob die Brauen. »Was könnte uns hier zustoßen?«

»Keine Ahnung.« Lamia schloß die Augen und wankte leicht. Jon trat auf sie zu und griff nach ihrem Ellbogen.

»Na schön«, brummte er. »Ich gebe ihr Bescheid. Aber zuerst setzen Sie sich.«

Er half ihr dabei, neben einem Baum Platz zu nehmen, klappte dann den Kommunikator auf und wählte die richtige Frequenz. »Stanger an Nguyen ... Hören Sie mich, Lisa? Bitte kommen.«

Ein schrilles Pfeifen erklang, und er hätte das Gerät fast fallengelassen. »Was zum ...«

»Wigelschewski hier. Bitte entschuldigen Sie das Überlagerungssignal, Mr. Stanger. Alle Besatzungsmitglieder der *Enterprise* werden aufgefordert, ins Schiff zurückzukehren.«

Jon runzelte die Stirn. »Von unserem Landurlaub sind noch drei Stunden übrig. Warum die Eile?«

»Der Captain hat mir nicht den Grund genannt, aber sein Verhalten deutet auf etwas Ernstes hin.«

Stanger seufzte. Eigentlich änderte sich kaum etwas: Er hatte Wigelschewski ohnehin um einen Transfer bitten wollen. Und ganz gleich, wo er die nächsten drei Stunden verbrachte — bestimmt hielten sie nicht viel Spaß bereit. »Würden Sie bitte Fähnrich Nguyen verständigen? Wir sind zunächst gemeinsam unterwegs gewesen, haben uns jedoch getrennt. Fähnrich Lamia

fühlt sich nicht wohl, und ich möchte sie zur Krankenstation bringen ...«

»Nguyen befindet sich bereits an Bord«, erwiderte
Wigelschewski in einem so sonderbaren Tonfall, daß
Stanger sofort fragte:

»Ist alles in Ordnung mit ihr?« Als der Kommunikationsoffizier schwieg, fügte er hinzu: »Lisa und ich sind
gute Freunde. Sie können ganz offen sein.«

»Nun ...«, sagte Wigelschewski widerstrebend. »Sie
sollten mit ihr reden. Sie ist in Schwierigkeiten.«

»*Lisa?* Unmöglich. Warum?«

»Sie hat Kyle überlistet und sich direkt in ihr Quartier
beamen lassen. Dafür müssen sie *beide* mit einer Diszi-
plinarstrafe rechnen.«

Stanger schüttelte ungläubig den Kopf. »Das klingt
ganz und gar nicht nach Lisa. Sicher liegt ein Mißver-
ständnis vor.«

»Außerdem ...« Wigelschewski zögerte. »Versprechen Sie mir, mit niemandem darüber zu reden ...«

»Lisa und ich sind *Freunde*«, entgegnete Stanger empört. »Und ich gehöre nicht zu den Leuten, die ihre
Freunde verraten.«

»Eine unbefugte Person begleitete sie an Bord.« Diesen Worten folgte eine bedeutungsvolle Pause. »Wenn
das bekannt wird ...«

Jon spürte, wie seine Wangen zu glühen begannen.
»Selbst wenn Lisa hier jemanden kennengelernt hat —
sie wäre nicht so dumm, ihn in ihre Kabine mitzunehmen. Kyle sollte seine Sensoren überprüfen.«

»Ich hoffe für Fähnrich Nguyen, daß Sie recht haben.« Wigelschewski klang nicht überzeugt. »Wie dem
auch sei: Kyle möchte mit ihr sprechen. Bisher hat er sie
noch nicht gemeldet und geht von irgendeinem Verse-
hen aus.«

»Das ist bestimmt der Fall«, sagte Stanger fest und
gab dem Kommunikationsoffizier dadurch zu verstehen, daß er dieses Thema für abgeschlossen hielt. Er

133

sah zur Andorianerin, die mit dem Rücken am Baum saß, den Kopf auf die Knie gestützt. Lisas Problem mußte noch ein wenig warten. Zuerst kam es darauf an, Lamia zur Krankenstation zu bringen und dort etwas gegen ihre Alkoholvergiftung zu unternehmen. *Du schadest ihr ebenso wie sie dir. Warum ziehst du keinen Schlußstrich, bevor alles noch schlimmer wird?*

Ja, die richtige Entscheidung: Es wurde Zeit, vernünftig zu werden und zu erkennen, was sich anbahnte — so hatte es auch mit Rosa begonnen. In der Bar wurde deutlich, daß Lamia Interesse an ihm entwickelte.

Es wurde Zeit, die Sache zu beenden, bevor jemand litt.

(Du meinst, bevor Lamia Gelegenheit bekommt, dich zu verletzen, nicht wahr, Stanger?)

Ja, verdammt, genau das meine ich.

Er mußte streng mit sich selbst sein — und mit ihr. Er beschloß, Lamia darauf anzusprechen und dafür zu sorgen, daß sie sich keinen Illusionen hingab. Später natürlich, wenn es ihr besser ging.

(Feigling.)

Zu Wigelschewski: »Wir sind soweit.«

»Ich verständige Kyle.«

Nguyen und ihr Entführer materialisierten in der Kabine, die Lisa mit Lamia teilte. Das Quartier war nur matt erhellt.

»Das Licht«, sagte der Mann und stieß sie zur Kontrolltafel an der Wand. Das Gemälde rutschte ihr aus den Fingern, und fast wäre sie darüber gestolpert. »Schalten Sie es aus.«

Lisa drehte den Kopf weit genug, um festzustellen, wer hinter ihr stand: eine anonyme Gestalt, die einen scharlachroten Mantel trug und mit einem Phaser auf sie zielte. *Rotkäppchen*, dachte sie benommen. *Der Wolf kann nicht weit sein ...* Langsam näherte sie sich der Wand, dachte dabei über ihre Situation nach.

Adams. Der Mann hieß Adams. Stanger hatte ihr von den Leichen auf Tanis erzählt: aufgeschnittene Kehlen, so wie bei der Frau in Starbase Neun. Irgendwie mußte es Adams gelungen zu sein, aus der Quarantäne zu fliehen — und jetzt befand er sich wieder an Bord der *Enterprise*. Von Jon wußte sie auch, daß ihm Helligkeit starke Schmerzen bereitete.

»*Beeilen* Sie sich«, zischte der Mann. Selbst das trübe Licht schien er kaum zu ertragen.

Lisa gab absichtlich den falschen Code ein. Von einem Augenblick zum anderen *gleißte* es im Zimmer.

Adams schrie, hielt sich die Augen zu und taumelte an die Wand, tastete dort nach den Schaltern. Lisa wich zur Seite. Er erreichte die Tafel, drückte Tasten, und daraufhin wurde es plötzlich dunkel. Nguyen griff nach dem Phaser, zerrte die Waffe aus den klauenartig gekrümmten Fingern des Mannes und hörte, wie sie zu Boden fiel. Adams sank auf die Knie und suchte danach.

Lisa konnte in der Finsternis nicht annähernd so gut sehen wie er, und daher schenkte sie dem Strahler keine Beachtung. Ihre einzige Hoffnung bestand darin, das Licht einzuschalten und Adams zu blenden, bevor er Gelegenheit bekam, auf sie zu schießen.

Doch sie war nicht schnell genug. Als die Lampen wieder glühten, zuckte eine energetische Entladung durchs Zimmer. Nguyen duckte sich. Der Blitz streifte sie, schleuderte sie zu Boden.

Lisa blieb bei Bewußtsein, aber eine bleierne Schwere erfüllte ihren Leib. Hilflos beobachtete sie, wie Adams das Licht ausschaltete, hörte dann, wie er näher trat, fühlte sich von starken Armen angehoben und aufs Bett gelegt. Die Dunkelheit verbarg sein Gesicht, doch ganz deutlich spürte sie seine Präsenz.

Anschließend vernahm sie ein seltsames Geräusch: glattes Metall, das über etwas Weiches strich. Einige Sekunden später begriff sie. Adams zog ein Messer aus der Scheide.

135

Er brummte voller Vorfreude und Gier, und Lisa fühlte die Spitze der Klinge an ihrem warmen Hals, dicht unter dem linken Ohr.

Die normale Reaktion wäre Furcht gewesen, aber statt dessen regte sich Zorn in ihr, Wut darüber, nicht rechtzeitig die richtige Entscheidung getroffen zu haben. Sie hätte gestern aufbrechen können. Um zur Erde zu fliegen. Um in Colorado eine neue Heimat zu finden. Um mit Rajiv, Zia und Rakel zusammen zu sein. Statt dessen befand sie sich an Bord der *Enterprise*, in der Gesellschaft eines Mannes, der ihr nun die Kehle aufschnitt. Schuld daran war ihr Wunsch nach einer Karriere in Starfleet. Jetzt würde sie nie erfahren, was es bedeutete, in einer Familie zu leben.

Der Druck an ihrem Hals nahm allmählich zu ...

Warum läßt er sich soviel Zeit? Bringen wir es hinter uns ...

Die scharfe Klinge durchdrang Lisas Haut.

Mit ihrer ganzen geistigen Kraft konzentrierte sich Nguyen auf die Erinnerung an Pferde im Schnee. Sie schloß die Augen, verbannte Schmerz und Dunkelheit, wollte nicht daran denken, was nun mit ihr geschah.

»Wenn Sie beabsichtigten, Whisky zu trinken — warum sind Sie dann nicht vorher zur Krankenstation gekommen?« Dr. M'Bengas südafrikanischer Akzent klang mißbilligend, als er Lamia musterte, die vor ihm auf einer Diagnoseliege saß. »Andorianer sollten auf hochprozentige Getränke verzichten. Bei Ihnen geht der Alkohol so schnell in den Blutkreislauf über, daß nach einigen Gläsern Lebensgefahr besteht.«

Lamia ließ den Kopf hängen. M'Benga hatte ihr gerade eine Injektion gegeben, und der stechende Schmerz hinter ihrer Stirn ließ endlich nach. Als sie aufsah, stabilisierten sich die Konturen der Umgebung. »Es wäre besser gewesen, auf Lisa zu hören. Sie warnte mich davor, die Flüssigkeit im Mund hin und her zu spülen.«

Der Arzt blinzelte verwirrt und setzte zu einer Erwiderung an, aber Lamia kam ihm zuvor. »Ich weiß. Ich hätte mir eine Tablette holen sollen. Aber eigentlich war es gar nicht meine Absicht, Whisky zu trinken. Erst als wir die Bar besuchten ...«

»Einen Augenblick.« M'Benga holte ein Fläschchen aus dem Arzneischrank. »Hier. Nehmen Sie das bei Ihrem nächsten Landurlaub mit. Diese Pillen sorgen dafür, daß der Alkohol weniger schnell in Ihr Blut gerät.«

»Ich habe nicht vor, eine derartige Erfahrung zu wiederholen«, sagte Lamia leise, warf M'Benga und dem in der Nähe stehenden Stanger verlegene Blicke zu. Schließlich stand sie auf. »Danke für Ihre Hilfe, Doktor. Kann ich jetzt in meine Kabine zurückkehren?«

»Ja.« M'Bengas Gesichtsausdruck wirkte noch immer tadelnd. »Aber stecken Sie die Tabletten ein. Sie hätten sich im wahrsten Sinne des Wortes ins Grab trinken können, junge Dame.«

Lamia spürte die Hitze der Scham in den Wangen. »Etwas so Dummes stelle ich nie wieder an«, versprach die Andorianerin, obgleich sie wußte: Für gewöhnlich dauerte es nicht lange, bis sie sich zu irgend etwas Verantwortungslosem hinreißen ließ.

»Es ist meine Schuld«, entfuhr es Stanger bitter. Der Arzt und Lamia runzelten die Stirn. »Im Ernst. Ich habe sie zum Trinken ermutigt. Ein großer Fehler von mir. Ich wußte nicht, daß sie keinen Alkohol verträgt.«

»Sie haben mich nicht *gezwungen*, den Whisky zu probieren«, protestierte Lamia. Sie lehnte es ab, daß Stanger die ganze Schuld auf sich nahm.

M'Benga seufzte. »Wer auch immer die Verantwortung trägt: So etwas sollte nicht noch einmal passieren.«

Jon und Lamia wechselten einen schuldbewußten Blick. »Das versichere ich Ihnen«, sagte die Andorianerin und verstaute die Tabletten in der Tasche.

Sie verließen die Krankenstation, und Stanger begleitete Lamia durch den Korridor — seine Unterkunft ge-

137

hörte ebenfalls zum Deck D. Nach einer Weile erholte sich die blauhäutige Frau von ihrer Verlegenheit und merkte, daß mit Stanger irgend etwas nicht in Ordnung war. Er schwieg, starrte ins Leere.

Ist er wirklich bestürzt? überlegte Lamia. *Hat er sich solche Sorgen um mich gemacht?* Dieser Gedanke erfüllte sie mit emotionaler Wärme. Als sie in den Turbolift traten, sah sie ihn an und lächelte.

»Es geht mir jetzt *viel* besser.«

Stanger erwiderte ihren Blick, bevor er den Kopf senkte. »M'Benga meinte, Sie hätten sterben können.« Es klang gepreßt.

Sein offensichtlicher Kummer rührte Lamia. »Der Arzt hat wahrscheinlich ein wenig übertrieben«, entgegnete sie. Das stimmte zum Teil — die Alkoholmenge in ihrem Blut stellte keine unmittelbare Lebensgefahr für sie dar. Während der Akademie-Ausbildung hatte sie bei einer Party zuviel Bier in sich hineingeschüttet und wußte daher, daß sie diesmal nicht ganz so betrunken gewesen war. »Ich habe mich nur schlecht gefühlt, das ist alles. Und ich bin vernünftig genug, mich nicht umzubringen.«

»Nun, ich wußte, daß Sie aufgrund Ihrer ... familiären Situation litten. Deshalb war Ihnen vielleicht nicht klar, auf was Sie sich einließen.«

»Inzwischen habe ich alles überwunden. Sie und Lisa sind sehr nett zu mir gewesen, wie echte Freunde.« Lamia streckte die Hand aus und berührte Stanger.

Er wich so ruckartig zurück, als hätte er sich verbrannt.

»Jon!« stieß die Andorianerin verdutzt hervor. Er erweckte fast den Eindruck, sich vor ihr zu fürchten. »Was ist los? Was habe ich getan?«

Die Tür des Turbolifts öffnete sich, und Stanger verließ die Transportkapsel hastig. Er ging mit so langen Schritten durch den Korridor, daß sich Lamia beeilen mußte, um zu ihm aufzuschließen. »Oh, Sie brauchen sich nichts vorzuwerfen«, sagte er finster. »Es liegt nicht an Ihnen, sondern an mir.« Er holte tief Luft und versuchte vergeblich, den Blick der Andorianerin zu meiden. »Es ist nur ... Ich glaube, wir sollten darauf verzichten, auch ... privaten Umgang miteinander zu pflegen. In meinem Leben gibt es bereits Komplikationen genug.«

»Komplikationen?« Ein plötzlicher Adrenalinschub verdrängte die Nachwirkungen des Alkohols. Lamia verharrte abrupt und kochte innerlich. Sie ballte so fest die Fäuste, daß sich die Haut straff über den Fingerknöcheln spannte. »Dafür halten Sie mich? Für eine Komplikation?«

»Lamia, *bitte.*« Stanger sprach leise und sah sich verlegen um. »Machen Sie es nicht noch schwerer für mich. Kommen Sie.«

Er griff nach ihrem Arm, aber die Andorianerin schüttelte seine Hand ab und ging weiter. »Erst behandeln Sie mich wie jemanden, den Sie mögen, doch wenn ich ebenfalls freundlich bin, verwandeln Sie sich plötzlich in Eis.« Sie gestikulierte verzweifelt. »Was ist bloß *los* mit Ihnen?«

Stangers Schnurrbart zuckte, aber er antwortete nicht.

»Habe ich irgendein terranisches Tabu verletzt?«

»Nein.« Er blieb an einer Abzweigung stehen. »Ich möchte nicht darüber reden. Außerdem ... Es ist schon spät. Ich ziehe mich jetzt in meine Kabine zurück und schlafe einige Stunden.«

»Wollen Sie es einfach dabei belassen? Sie trösten mich in bezug auf die *Tijra,* und dann geben Sie mir zu verstehen, daß Sie nicht mein Freund sein möchten?« Daran konnte sie unmöglich glauben. Bestimmt verhielt er sich so seltsam, weil sie gegen eine menschliche Tradition verstoßen hatte, einen Brauch, von dem sie nichts wußte. Sie hielt die Vorstellung für absurd, daß er ihre Freundschaft zurückwies.

»Ja«, brummte Stanger voller Unbehagen. »Hören Sie ... Äh, Sie sollten den Türmelder betätigen, bevor Sie Lisa überraschen.«

Lamia versteifte sich. Eine Beleidigung? »Wie meinen Sie das?«

»Der Türmelder«, wiederholte Jon. »Oder klopfen Sie an.« Dann drehte er sich um und ging fort.

Menschen! hätte Lamia am liebsten geschrien. Aber sie gab keinen Ton von sich, sah Stanger stumm nach. Nein, er hatte es nicht ernst gemeint; das war völlig ausgeschlossen. Sie glaubte inzwischen, sich mit dem Verlust der andorianischen Verwandten abfinden zu können — weil Stanger und Nguyen ihr das Äquivalent einer Familie boten. Doch wenn sie für Jon nicht mehr bedeutete als irgendeine Fremde ... Seine Worte fügten ihr ebensolchen Schmerz zu wie die Nachricht der *Tijra.*

Du gehörst nicht mehr zu uns.

Lamia atmete tief durch. *Denk nicht daran. Wenigstens hast du noch Lisa. Sie ist deine Freundin und immer für dich da ...*

An diesem Gedanken klammerte sie sich fest. Ja, Lisa wies sie nie zurück ... Und es mochte besser sein, sich wieder ganz ihr zuzuwenden. Die Mitteilung der *Tijra* und Stanger hatten Lamia so sehr abgelenkt, daß sie erst jetzt begriff: Seit einer Weile war Nguyen sehr schweigsam. Wenn sie Lisa dazu brachte, über ihre Sorgen zu sprechen, so erwies sich damit als gute Freundin — und verdrängte gleichzeitig den eigenen Kummer. Mit neuer Entschlossenheit setzte sie den Weg zu ihrem Quartier fort.

Es herrschte ›Nacht‹ an Bord der *Enterprise,* und deshalb strahlte kein helles Licht in den Korridoren. Vor der Tür ihrer Kabine zögerte Lamia und betätigte den Melder, gab dann den Öffnungscode ein.

Das Schott glitt beiseite, und die Andorianerin erschrak, als sie zur Seite gestoßen wurde. Jemand sprang an ihr vorbei — eine Gestalt, die einen scharlachroten Mantel trug.

»He!« rief sie empört. Ihre menschlichen Kollegen zeichneten sich durch gute Manieren aus, und es war viele Jahre her, seit sie zum letztenmal eine derartige Unhöflichkeit erlebt hatte. Sie fand das Gleichgewicht wieder, drehte sich um und erwog die Möglichkeit, den Unbekannten zu verfolgen. Vielleicht ein Dieb ... Aber warum sollte ein Besatzungsmitglied der *Enterprise* etwas stehlen wollen? *Und warum ist es in der Kabine völlig finster?*

Leises Stöhnen veranlaßte sie dazu, das Zimmer zu betreten und nach dem Lichtschalter zu tasten.

Nguyen lag auf dem Bett, und Blut klebte an ihrem Hals.

KAPITEL 8

Kirk erwachte mitten in der Nacht. Er hatte schlecht geschlafen, erinnerte sich an unruhige Träume, in denen Mendez und Adams vorkamen. Zwar hielt er den Admiral noch immer für arrogant und anmaßend, aber er verstand jetzt sein Bestreben, sich zu rächen. Alles deutete darauf hin, daß Mendez keine Schuld traf — und Adams hatte sich als kaltblütiger Mörder entlarvt.

Aber warum dachte er noch immer an die Anklagen, die der Kranke gegen den Admiral erhob? Warum verharrte das Unbehagen in ihm?

Es dauerte noch einige Stunden, bis Jims Dienst begann, doch er stand trotzdem auf, holte eine Uniform aus dem Schrank und zog die Hose an. Zwei Personen aus Mendez' Mitarbeiterstab — tot. Zwei Forscher auf Tanis — tot. Wie viele Personen waren während der Nacht in Starbase Neun gestorben?

Warum besorgen dich die Aussagen eines Mörders?

Der eingeleitete Warptransfer erleichterte ihn. Mit jeder verstreichenden Sekunde entfernte sich die *Enterprise* weiter von der Starbase und Adams. Er wollte nichts mehr mit der Tanis-Affäre zu tun haben.

Das Interkom summte. Kirk streifte den Pulli über und aktivierte das Gerät. Ein hohlwangiger Wigelschewski erschien auf dem Bildschirm.

»Noch immer im Dienst, Lieutenant?« fragte der Captain.

»Ja, Sir«, antwortete der Kommunikationsoffizier müde. Die blassen, beigefarbenen Augen waren blutunterlaufen. »Lieutenant Uhura löst mich in einer halben Stunde ab.« Er räusperte sich und versuchte, seiner Stimme einen militärischen Klang zu verleihen. »Eine Nachricht vom Starfleet-Hauptquartier. Verschlüsselt. Eigentlich wollte ich mich dafür entschuldigen, Sie geweckt zu haben, aber das scheint nicht nötig zu sein ...«

»Danke, Lieutenant.«

Wigelschewskis bleiches Gesicht verschwand vom Monitor, wich den sonnengebräunten, schmunzelnden Zügen Waverleighs.

»Quince.« Kirk erwiderte das Lächeln des Konteradmirals. Ein Gespräch mit Waverleigh war in jedem Fall erfrischend. »Welche Neuigkeiten hast du für mich?«

»Heiße Sachen, Jimmy. *Heiße* Sachen.« Quince' graue Augen funkelten. Es ließ sich nicht feststellen, ob er wirklich etwas Wichtiges in Erfahrung gebracht hatte — oder nur versuchte, Kirk auf den Arm zu nehmen. »Aber ich muß dich enttäuschen, wenn du nach einer Möglichkeit suchst, Rod Mendez zu lynchen.«

Der Captain seufzte. »Ich weiß, was du meinst. Inzwischen sehe ich die Angelegenheit aus einer anderen Perspektive. Er hat mir gesagt, daß einer der auf Tanis getöteten Forscher sein Sohn war.«

»Zum Teufel auch!« Waverleigh gab sich verzweifelt. »Jetzt hast du mir die Schau gestohlen. Mit dieser Information wollte *ich* dich überraschen.«

»Entschuldige.«

»Nun, jetzt verstehst du wenigstens, warum Mendez so versessen darauf ist, Adams vor Gericht zu bringen. Rod hing sehr an Yoshi. Er hat die Privilegien seines Rangs genutzt, um selbst dafür zu sorgen, daß Adams zur Erde transferiert wird. Die übrigen Lamettaträger erhoben keine Einwände, als er in Richtung Starbase Neun aufbrach — immerhin steht er in dem Ruf, sehr verantwortungsvoll zu sein. Alle sind davon überzeugt, daß er nicht versuchen wird, das Gesetz selbst in die Hand zu nehmen.«

»Adams ist aus der Starbase-Quarantänestation geflohen«, sagte Kirk. »Davon hast du vermutlich noch nichts gehört. Er hat zwei von Mendez' Leuten umgebracht.«

Waverleighs stahlgraue Augen trübten sich, und er wurde ernst. Einige Sekunden lang dachte er über Jims Worte nach, und seine Stimme klang nicht mehr fröhlich, als er erwiderte: »Es dauert immer viel zu lange, bis mich solche Nachrichten erreichen.« Er zögerte. »Vermutlich sind viele Personen der Ansteckungsgefahr ausgesetzt worden. Man sollte schleunigst mit Schutzimpfungen beginnen.«

»Es gibt noch keinen Impfstoff. In unserem Laboratorium wird nach wie vor daran gearbeitet.«

Quince schüttelte den Kopf. »Ich wünsche deinen Medo-Spezialisten viel Glück. Nun, ich habe noch etwas für dich, Jimmy. Einige Hinweise in bezug auf Adams.«

»Ich bin ganz Ohr.«

»Zunächst einmal: Der Typ ist vorbestraft. Betrug, Unterschlagung, Veruntreuung und so weiter. Kein Mord oder etwas in der Art. Er benutzte einige Decknamen, setzte sich von den Denebianern ab und verschwand — offenbar in Richtung Tanis. Den Doktor in Mikrobiologie hat er nicht erfunden. Die meisten Vergehen betrafen zahlungskräftige Kapitalanleger: Er behauptete, bei seinen Forschungen irgendeinen wichtigen Durchbruch erzielt zu haben — neue Heilmittel oder Bioprodukte. Darüber hinaus kann er verdammt gut mit Computern umgehen. Das übliche Verbrechergenie.«

»Also hat er auf Tanis vielleicht mit Wissenschaftlern zusammengearbeitet, die nichts vom wahren Zweck des Projekts ahnten«, überlegte Kirk laut. »Bis etwas schiefging.« Er zögerte kurz. »Aus welchem Grund sollte Adams daran gelegen sein, ein für Vulkanier beziehungsweise Romulaner gefährliches Virus zu entwickeln?«

Waverleighs Gesichtsausdruck veränderte sich. »Seltsam, daß du mich danach fragst. Ich habe festgestellt, daß ihm einmal der Fehler unterlief, an Bord des falschen Raumschiffs zu sein: Um einige kleine Reparaturen durchführen zu lassen, flog es einen Planeten in unmittelbarer Nähe der Neutralen Zone an. Die Romulaner erhoben Anspruch darauf und unterstrichen ihn mit einem Angriff. Folge: Adams hat einen künstlichen Darm. Vermutlich mag er die Romulaner nicht sehr.«

»Vielen Dank, Quince. Wer auch immer sich vor Gericht um den Fall kümmert — könntest du ihm diese Informationen übermitteln?«

»Klar.« Waverleigh zuckte mit den Schultern. »Kein Problem, Jimmy. Ich bedaure nur, daß ich nichts Aufregenderes herausfinden konnte. Habe mir eine Verschwörung erhofft. Nun, es *gibt* eine Starfleet-Akte über Tanis, aber wahrscheinlich betrifft sie nur Adams' letzte Betrügereien. Admiral Tsebili ist befugt, die entsprechenden Unterlagen einzusehen, und deshalb habe ich sie ihm zur Verfügung gestellt.«

Kirk versteifte sich unwillkürlich. »Hältst du das für klug? Es sollte eigentlich unter uns bleiben.«

»Keine Sorge.« Quince lachte leise. »Die Sache mit Adams liegt dir wirklich schwer im Magen, wie? Du weißt doch, daß er kein Vertrauen verdient. Außerdem: Ich kenne Bili schon seit Jahren. Auf seine Diskretion ist Verlaß.«

»Hoffentlich.« Kirk versuchte, sich wieder zu entspannen, blickte dabei auf den am unteren Bildschirmrand eingeblendeten Hinweis. »Ist das alles, Quince? Ich muß jetzt Schluß machen. Die Krankenstation hat eine wichtige Mitteilung für mich.«

»Das wär's bisher. Bis heute abend oder morgen hat Bili vielleicht etwas für mich. Mit anderen Worten: In spätestens vierundzwanzig Stunden rechne ich damit, von ihm zu hören. Ich gebe dir sofort Bescheid, wenn

145

sich etwas ergibt. Schreihals läßt dich grüßen. Waverleigh Ende.«

Das Abbild des Konteradmirals verblaßte. Kirk betätigte eine Taste, und daraufhin erschien McCoy auf dem Schirm. Er trug einen glühenden Individualschild.

»Lieber Himmel, Pille — was ist passiert? Eine Kontamination?«

McCoy beantwortete die Frage nicht. »Wir haben hier ein großes Problem, Jim. Ich brauche fünf Minuten, um alles zu desinfizieren. Komm anschließend zu mir.«

»Ich will nicht fünf Minuten warten, um zu erfahren, was bei euch los ist.«

»Na schön. Fähnrich Lisa Nguyen von der Sicherheitsabteilung wurde angegriffen und wäre fast verblutet. Wir glauben, Adams steckt dahinter.«

»Adams?« wiederholte Kirk und versuchte zu verstehen, was ihm der Arzt gerade gesagt hatte. Vor seinem inneren Auge sah er Lisa Nguyen in der Starbase Neun: eine reglose Frau im Park, die Haut weiß aufgrund des Blutverlustes ... »Wer hat sie gefunden?«

»Die andorianische Sicherheitswächterin. Hab ihren Namen vergessen ...«

»Lamia«, murmelte Kirk. Und lauter: »Sie brachte Nguyen zur Krankenstation?«

»Ja, aber du brauchst keine Ansteckungsgefahr für andere Besatzungsmitglieder zu befürchten.« McCoy hob die Hand, um sich an der Nase zu kratzen, doch das Schutzfeld hinderte ihn daran. Er begnügte sich damit, den Nasenrücken zu reiben. »Lamia hat sich sofort mit uns in Verbindung gesetzt, und M'Benga traf alle notwendigen Sicherheitsmaßnahmen. Jene Krankenpfleger, die sich um Nguyen kümmerten, rüsteten sich vorher mit Energieschilden aus, und wir haben die verseuchten Korridore unverzüglich abgeriegelt. Sie werden gerade dekontaminiert.«

»Und der Transporterraum?« erkundigte sich Kirk.

McCoy blinzelte. »Der Transporterraum ...? Oh, ich

verstehe. Nein, dort ist eine Dekontamination nicht notwendig. Nguyen und Adams wurden direkt in ihre Kabine gebeamt. Auf diese Weise kam er an Bord, ohne daß jemand etwas merkte.«

Verwirrungsfalten bildeten sich in Jims Stirn. Mehrere Sekunden lang begriff er nicht, was die Ausführungen des Arztes bedeuteten — und dann ging ihm plötzlich ein Licht auf. »Soll das heißen, Adams hat Nguyen *hier* angegriffen? An Bord des *Schiffes?*«

Leonard wirkte überrascht. »Ja, natürlich. Habe ich nicht deutlich darauf hingewiesen? Es geschah in Nguyens Quartier.«

»Das höre ich jetzt zum erstenmal.«

»Ich hätte schwören können ...«

»Schon gut, Pille. Befindet sich Adams noch immer in der *Enterprise?*«

»Darauf deutet alles hin«, erwiderte McCoy und verzog das Gesicht. »Es tut mir leid, wenn ich ...«

»Ist die Sicherheitsabteilung benachrichtigt worden?«

»Nein. Deshalb mein Anruf. Erst mußte ich die Verletzte behandeln ...«

»Wie geht es ihr?«

»Sie hat noch nicht das Bewußtsein wiedererlangt und etwa ein Viertel ihres Blutes verloren. Aber bestimmt erholt sie sich wieder — es sei denn, sie ist angesteckt worden.«

»Ich spreche mit Tomson«, meinte Kirk. »Verständige mich, wenn Fähnrich Nguyen imstande ist, Fragen zu beantworten. Was die Andorianerin betrifft ...«

»Sie bleibt hier, bis wir sie gründlich untersucht haben. Vermutlich ist sie immun, aber ich möchte jeden Zweifel ausschließen.«

»Ich brauche Auskünfte von ihr. Und sicher will auch Tomson mit ihr reden. Ich werde die Sicherheitsabteilung anweisen, nach Adams zu suchen. Die Leute kommen zuerst bei dir vorbei. Erklär ihnen, wie sie sich vor der Ansteckung schützen sollen.«

»In Ordnung.«

»In fünf Minuten bin ich bei dir. Kirk Ende.« Er gab einen Code ein, löste damit ein Prioritätssignal aus, das einen Kom-Kanal zur Kabine des leitenden Sicherheitsoffiziers öffnete. Jim unterdrückte die in ihm brodelnde Wut — er mußte jetzt einen kühlen Kopf bewahren.

»Hier Tomson.« Sie reagierte sofort auf das Summen des Interkoms. Der Captain verzog andeutungsweise das Gesicht, als der Monitor die Frau zeigte. Er hatte damit gerechnet, daß sie die visuelle Übertragung blockierte: Immerhin war es mitten in der Bordnacht, und sie hatte zweifellos geschlafen. Aber Tomson wirkte hellwach und trug sogar ihre Uniform. Kirk fragte sich, ob sie damit auch unter die Decke kroch. Nur das weiße Haar ließ erkennen, daß sie derzeit keine dienstlichen Pflichten wahrnahm — es reichte offen über die Schultern hinweg, bildete nun keinen Knoten mehr.

»Ich habe einen Auftrag für Sie, Lieutenant«, sagte der Captain und gewann den Eindruck, daß es in Tomsons blassen Augen aufleuchtete.

Mit knappen Worten schilderte er ihr die Lage, benachrichtigte dann auch Spock. Im Anschluß daran schaltete er den Bildschirm aus und gab sich dem Ärger hin. Plötzlich verstand er Mendez besser als jemals zuvor, verspürte den Wunsch, Adams mit bloßen Händen zu erwürgen.

Zehn Minuten später saß McCoy an seinem Schreibtisch und beobachtete, wie die Andorianerin vor ihm auf und ab ging. *Wenn sie nicht endlich stehenbleibt, wenn sie noch einmal an mir vorbeikommt ...,* dachte er. *Dann stecke ich sie in eine Isolationskammer und fessele sie dort an die Diagnoseliege.*

Lamia setzte ihre unruhige Wanderung fort, und McCoy seufzte, ohne etwas dagegen zu unternehmen.

Diese Dienstschicht begann nicht besonders vielversprechend. Chris Chapels Zustand verschlechterte sich, und das schien überhaupt keinen Sinn zu ergeben. Adams trieb sich irgendwo in der *Enterprise* herum und griff Besatzungsmitglieder an, während Christine starb. Leonard bemühte sich, nicht an ihren bevorstehenden Tod zu denken, aber es fiel ihm schwer. Das Diagnosepult zeigte immer geringere Biowerte, und dieser Umstand ließ nur einen Schluß zu: Chapels Körper gab auf, kämpfte nicht mehr gegen das Virus an.

McCoy sträubte sich gegen diese Erkenntnis. Sicher erholte sie sich bald — sie *mußte* sich erholen. Adams, ein psychopathischer Mörder, hatte die physische Krise überwunden. Chris gehörte zu den anständigsten Menschen, die Leonard kannte; sie verdiente es, auch weiterhin am Leben zu bleiben.

Und dann Nguyen. Zum Glück war M'Benga der diensthabende Arzt gewesen, und er hatte darauf bestanden, sie selbst zu operieren. Derzeit stand dem Ersten Medo-Offizier der *Enterprise* nicht der Sinn danach, in die Rolle des Chirurgen zu schlüpfen. Derzeit ... War es noch immer mitten in der Nacht oder schon Morgen? Wie dem auch sei: Er hatte M'Benga aus reiner Dankbarkeit zu Bett geschickt, ohne daß der andere Arzt Einwände erhob.

Lamia stapfte noch immer durchs Büro. Typisch Andorianerin: Sie versuchte nicht, ihre Empfindungen zu verbergen, hielt es für ganz normal, keinen Hehl aus ihnen zu machen. Nur gelegentlich trachtete sie danach, die eigenen Gefühle zumindest teilweise zu kontrollieren — wenn sie befürchtete, ihre menschlichen Kollegen und Kameraden damit zu belasten. Diesmal jedoch war sie viel zu erregt, um auf McCoy Rücksicht zu nehmen. *Wenn sie noch einmal am Schreibtisch vorbeigeht ...*, dachte Leonard erneut und sagte: »Lieutenant Tomson ist bereits unterrichtet worden, Fähnrich. Sie versteht es sicher, wenn Sie nicht in der Lage sind, den Dienst anzutreten ...«

»Ich soll auf den heutigen Dienst verzichten?« Diese

Vorstellung schien Lamia zu entsetzen. Sie wollte noch etwas hinzufügen, klappte jedoch den Mund zu und salutierte, als Kirk hereinkam. »Sir.«

Der Captain nickte ihr kurz zu. »Rühren, Fähnrich.«

Sofort begann Lamia damit, wieder durchs Zimmer zu marschieren, neigte dabei den Oberkörper nach vorn und legte die Hände auf den Rücken. McCoy stöhnte innerlich.

Kirk setzte sich. »Wie geht es ihr?« fragte er, und Leonard vermutete, daß er Nguyen meinte.

»Schon viel besser.« Der Arzt sah zur Andorianerin. »Lamia hat ihr das Leben gerettet, indem sie rechtzeitig die Krankenstation verständigte. Sie argwöhnte, daß Adams dahinterstecken könnte, und dadurch waren wir zu den richtigen Vorsichtsmaßnahmen imstande. Sie befolgte M'Bengas Anweisungen und verhinderte, daß Nguyen verblutete.« McCoy wies extra darauf hin, um Lamia etwas aufzumuntern.

»Gute Arbeit, Fähnrich«, sagte Kirk sanft, doch die blauhäutige Frau schien ihn gar nicht zu hören. »Hat Nguyen inzwischen das Bewußtsein wiedererlangt?«

»Es dauert sicher nicht mehr lange.« McCoy ahnte, worauf der Captain hinauswollte. »Aber ich bezweifle, ob sie den Angreifer eindeutig als Adams identifizieren kann. Fähnrich Lamia meinte, er trug einen vulkanischen Mantel mit tief in die Stirn gezogener Kapuze. Außerdem war es dunkel.«

»Und die kontaminierten Bereiche?« erkundigte sich Kirk.

McCoy spürte, wie sich unter der mentalen Patina aus Kummer ein Hauch Heiterkeit regte — Jim hatte sicher bemerkt, daß alle Anwesenden Individualschilde trugen. Er bildete die einzige Ausnahme. »Keine Sorge. Ich habe mein Schutzfeld aktiviert, als Lamia und Nguyen hier eintrafen, und bisher bin ich noch nicht dazu gekommen, es auszuschalten und den Generator abzulegen. Die Krankenstation ist längst dekontaminiert.

Es besteht nicht die geringste Ansteckungsgefahr.« Demonstrativ drückte er eine Taste am Gürtel, und das ihn umhüllende energetische Glühen verschwand mit einem leisen *Plop.*

Kirk atmete erleichtert auf. »Wann kann Nguyen vernommen werden? Tomson ist wahrscheinlich schon hierher unterwegs.«

»Bestimmt fühlt sie sich sehr schwach, wenn sie erwacht. Es muß ein ziemlicher Schock für sie gewesen sein.«

»Und die Krankheit?« Kirk flüsterte fast. Vielleicht wollte er vermeiden, daß ihn die Andorianerin hörte.

»Wir haben erst in einigen Stunden Gewißheit. Die Reaktionen des Immunsystems erfolgen nicht sofort.«

Lamia unterbrach ihre Wanderung und drehte sich wie trotzig zu dem Arzt um. »Ich bin sicher nicht angesteckt, Doktor. Sie haben dem Captain gesagt, er könne mich ruhig nach Tanis schicken, weil Andorianer keine Infektion befürchten müssen.«

McCoys Mundwinkel sanken herab. »Ich habe dabei von einer *vermutlichen* Immunität gesprochen. Das Virus ist für Sie *vermutlich* weniger gefährlich als für uns.« Er änderte seine Taktik, als er Betroffenheit in Lamias Zügen erkannte. »Fähnrich …« Er rang sich ein Lächeln ab. »Die Wirkung des Sedativs, das Nguyen bekommen hat, dürfte jetzt bald nachlassen. Vielleicht sollte eine Freundin zugegen sein, wenn sie erwacht. Möchten Sie zu ihr?«

Es ist keine Lüge, dachte Leonard. *Und warum nicht zwei Fliegen mit einer Klappe schlagen?* Einerseits war es gut für die Patientin, und andererseits wurde er dadurch die nervöse Andorianerin los.

Lamias Miene erhellte sich. »Ja. Ja, bitte. Ich verspreche, ihr nichts zu sagen, das sie aufregen könnte.«

McCoy blickte zu Jim, der kurz die Schultern hob. »Wenn du das für angebracht hältst, Pille … Tomson und ich können sicher zwei oder drei Minuten warten.«

In Kirks Augen leuchtete es; er wußte genau, was McCoy bezweckte.

»Na schön«, brummte der Arzt. »Gehen Sie nur.«

Die beiden Offiziere sahen der jungen Frau nach. »Offenbar sind sie eng miteinander befreundet.« Der Captain klang geistesabwesend.

»Laß mich raten.« McCoy stand auf, streckte die steifen Arme und Beine. Er kam sich plötzlich sehr alt vor. »Du denkst an Adams.«

»Du nicht?«

Leonard knurrte leise. O ja, er dachte an Adams — und an die sterbende Chris. *Wie viele andere Personen wird er noch ins Grab bringen?*

»Welche Sicherheitsmaßnahmen können wir ergreifen?«

»Nicht viele.« Der Arzt zuckte mit den Achseln. »Seien wir ganz ehrlich, Jim: Niemand weiß, wo sich Adams versteckt. Praktisch alle Sektionen kommen in Frage. Vielleicht hat er bereits das halbe Schiff verseucht.« McCoy schauderte, als er sich vorstellte, vierhundert Besatzungsmitglieder unter Quarantäne zu stellen. »Wenn man ihn entdeckt, muß der betreffende Bereich sofort abgeriegelt und dekontaminiert werden. Doch selbst das reicht vielleicht nicht aus. Es wäre möglich, daß jemand infiziert wird, ohne etwas davon zu ahnen — und dann steckt er andere Personen an, bevor er die ersten Symptome der Krankheit bemerkt.«

»Du malst unsere Situation in ziemlich düsteren Farben.«

»Und ich habe nicht übertrieben.« McCoy seufzte. »Wir können nicht alle für unbegrenzte Zeit mit Individualschilden herumlaufen — und nur sie bieten einen guten Schutz. Was bleibt sonst übrig? Wir sollten der Crew empfehlen, hinter verschlossenen Türen zu schlafen. Nun, das Schott von Spocks Kabine läßt sich gar nicht verriegeln, aber ich glaube kaum, daß es Adams auf grünes Blut abgesehen hat.«

Kirks Lippen bildeten auch weiterhin eine gerade Linie. »Wie geht es Chapel?«

»Man sieht's mir an, stimmt's?« McCoy verschränkte die Arme und sah in eine Ecke des Zimmers. »Nicht gut. Ganz und gar nicht gut, Jim. Und es ergibt keinen Sinn.«

»Wir finden Adams«, sagte Kirk leise. Es hörte sich wie ein Schwur an. »Und dann werde ich ihn *zwingen*, uns alles zu erklären.«

Nur mattes Licht erhellte die Isolationskammer. Lisa lag mit geschlossenen Augen auf dem Bett. Früher hatte sie Lamia mit einem kraftvollen, sehnigen Erscheinungsbild beeindruckt, doch jetzt wirkte sie zart und zerbrechlich. Die normalerweise mandelfarbene Haut war aschfahl, und an der rechten Halsseite erinnerte ein dünner Striemen an die Wunde.

Es bestürzte Lamia, ihre Freundin dem Tod so nahe zu sehen. Gleichzeitig vibrierte Freude in ihr: Sie hatte Lisa gerettet, vor dem Verbluten bewahrt, damit ebensoviel Ehre erworben wie eine Schwangere, die dem Universum neues Leben hinzufügte. Dem konnte auch ihre Familie auf Andor nicht widersprechen. Sie wünschte sich eine Möglichkeit, dieses Glück mit der *Tijra* zu teilen.

»Lisa?« fragte Lamia leise und klopfte ans Fenster. Dann sah sie das Interkom darunter und schaltete es ein. »Lisa?«

Nguyen öffnete die Augen — sie hatte gar nicht geschlafen.

Die Andorianerin lächelte strahlend. Der Gedanke, Lisa zu verlieren, hatte sie an den Rand der Verzweiflung gebracht. Erst die *Tijra*, dann Stanger ... *Nein. Du hast Stanger nicht verloren. Er hat nie dein Vertrauen verdient.*

Lisa lebte. Ihre einzige wahre Freundin an Bord der *Enterprise.*

153

»Lamia?« kam es rauh von Nguyens Lippen. Ihre Augen blickten voller Furcht in die Dunkelheit. »Wo bin ich? Ist dies die Krankenstation?« Sie hob die Hand, tastete nach ihrem Hals, nach der heilenden Wunde, die keine Narbe zurücklassen würde. Von einem Augenblick zum anderen begann sie zu schluchzen; Tränen rollten ihr über die Wangen.

Die Kopffühler der Andorianerin neigten sich voller Anteilnahme nach hinten. Sie preßte eine Hand ans Glas und bedauerte, die Frau in der Isolationskammer nicht mit einer Berührung trösten zu können. »Lisa. Arme Lisa. Weinen Sie nicht. Es ist alles in Ordnung mit Ihnen. Dr. McCoy meint, Sie erholen sich bald.«

»Warum bin ich dann *hier drin*?« Nguyen schluchzte erneut, und ihre Tränen erschütterten Lamia — Andorianern fehlten entsprechende Drüsen. »Es war Adams, nicht wahr?«

»Ja.«

»Dann habe ich die Krankheit. Lüg mich nicht an, Lamia. Du bist keine gute Lügnerin.«

Das stimmte. Lamia brachte es kaum fertig, die Unwahrheit zu sagen — man merkte es ihr sofort an. Und Lisa hätte ihr ohnehin nicht geglaubt. Sie verdiente Offenheit.

Plötzlich begriff die Andorianerin: *Sie hat mich geduzt.* Ein weiterer Freundschaftsbeweis.

»Wir wissen es nicht, Lisa. Dr. McCoy wartet noch auf die Untersuchungsergebnisse vom Labor. Vielleicht sind wir beide angesteckt.« Ihre vom schützenden Kraftfeld umhüllte Hand ruhte auch weiterhin am Fenster, während Nguyen weinte.

»Es tut mir leid«, brachte Lisa hervor. »Du hast mir geholfen, nicht wahr? Wenn du jetzt krank wirst ...«

»Ich bin mit ziemlicher Sicherheit immun. Wenn ich doch krank werden sollte, so droht mir bestimmt keine große Gefahr. Sei unbesorgt, Lisa. Ich habe das Gefühl, daß du bald wieder gesund bist. Stanger und ich besuchen dich hier, bis du wieder den Dienst antreten kannst.« Stanger. Warum erwähnte sie ihn? Wahrscheinlich entschied er sich dagegen, Lisa zu besuchen — *weil er nur eine Komplikation darin sieht*, dachte Lamia bitter. »Wir sind Freundinnen, und ich kümmere mich um dich.« Sie sprach diese Worte, damit sich Lisa besser fühlte, aber das Schluchzen wurde nur lauter.

Nach einer Weile ließ der Tränenstrom nach, und mit dem Handrücken wischte sich Nguyen die Feuchtigkeit von den Wangen. »Danke, Lamia. Du hast mir sehr geholfen.«

»Sicher bist du viel eher wieder im Dienst, als du jetzt glaubst«, sagte die Andorianerin. »Und dann wünschst du dir bald Landurlaub.«

Lisa versuchte, den Kopf zu schütteln, aber sie war zu schwach. »Nein«, raunte sie und schloß die Augen.

»Das ist nicht dein Ernst. Mir liegt viel an dir. Ich möchte, daß du wieder gesund wirst. Du ...« Lamias Stimme schwankte. »Du darfst mich nicht allein lassen.«

»Nein«, wiederholte Nguyen leise und hielt die Augen geschlossen. Lamia fragte sich, ob der Schmerz in ihrem Gesicht emotionaler oder physischer Natur war. Vielleicht sowohl als auch.

Sie nahm die Hand von der Scheibe. »Bald fühlst du dich anders. Du hast einen Schock erlitten.« Mit diesem Hinweis wollte sie nicht nur Lisa beruhigen, sondern auch sich selbst. »Ich kehre zurück, wenn es dir bessergeht.«

Lisa schwieg. Lamia wandte sich ab, davon überzeugt, daß Nguyen noch immer an einem ausgeprägten Trauma litt. Sie beschloß, geduldig zu sein, Lisa täglich zu besuchen, ihr zu zeigen, daß sie nicht allein war. Sie hatte nur diese eine Freundin und wollte sie auf keinen Fall verlieren.

Kirk und Tomson sprachen mit Nguyen, und als sie gingen, verbannte McCoy die Andorianerin in eine Ecke der Krankenstation. Dann begab er sich ins Büro, um über den Grund für seine gedrückte Stimmung nachzudenken. Vielleicht hatte Kirks Mischung aus Zorn, Ärger und Besorgnis auf ihn abgefärbt. Oder es lag an folgender Befürchtung: Solange sich Adams in der *Enterprise* herumtrieb, bestand die Möglichkeit, daß es bald mehr Patienten gab als Isolationskammern. Hinzu kam Chris, deren Puls immer langsamer wurde. Anregende Mittel halfen zumindest ein wenig, aber in Hinsicht auf die bizarren Veränderungen im Hirnwellenmuster war Leonard machtlos. Er hatte das automatische Alarmsystem aktiviert, um sofort Bescheid zu wissen, falls es zu einer weiteren Verschlechterung von Chapels Zustand kommen sollte.

Niedergeschlagen saß McCoy am Schreibtisch und vermißte Christine sehr. Er rechnete fast damit, daß sie zu ihm hereinsah. Dann hätte er sie gefragt: »Warum läßt sich das Labor soviel Zeit mit dem Untersuchungsbericht? Wann erfahren wir endlich, ob sich Lisa Nguyen angesteckt hat?«

Sie wäre eine geeignete Gesprächspartnerin gewesen, um die erstaunliche Entwicklung des Komas in den frühen Stadien der Krankheit zu diskutieren. *Aber sie ist nicht hier*, erinnerte sich der Arzt. *Und ich weiß nicht genug über das Virus, um eine wirkungsvolle Behandlungsmethode zu entwickeln.* Es kannte nur eine Person, die über alle notwendigen Informationen verfügte: Adams.

McCoy schnitt eine Grimasse. Er sollte das Laboratorium aufsuchen, bei den Bluttests oder der Arbeit am Impfstoff helfen — angeblich stand man dicht vor einem Erfolg —, aber statt dessen zog er es vor, Trübsal zu blasen.

Nguyens Reaktion auf den Angriff und ihre wahrscheinliche Infektion bot ihm einen weiteren Grund, deprimiert zu sein. Sie war verzweifelt und schluchzte, noch bevor Leonard die ersten Worte an sie richtete. Ihre Tränen weckten in ihm ein Gefühl profunder Hilflosigkeit. Sie hörte nicht einmal zu, als er ihr die inzwischen schon banal gewordene Lüge präsentierte, es dauere nicht mehr lange bis zur Herstellung eines Wunderheilmittels.

Leonard beugte sich mit einem Ruck vor und schaltete das Interkom ein. »Labor! Wann bekomme ich den Bericht über Nguyen und Lamia?«

Tijeng antwortete, und ihre Stimme klang erschöpft. »In einigen Stunden, Doktor. Wir arbeiten hier rund um die Uhr, und der Impfstoff hat absolute Priorität. Oder wollen Sie riskieren, daß wir jemandem eine tödliche Dosis verabreichen?«

»Bitte entschuldigen Sie, Chen.« Viel besser konnte McCoy ihren Namen nicht aussprechen. Er winkelte die Arme an, stützte das Kinn auf die Hände. »Ich wollte Ihnen nicht auf die Nerven gehen. Wenn Sie Hilfe brauchen ...«

»Im Augenblick sind Sie sicher kaum zu genießen«, erwiderte Tijeng mit gutmütigem Spott. »Ich halte es für besser, wenn Sie in der Krankenstation bleiben und sich um Ihre Patienten kümmern. Vorausgesetzt, die können Ihre schlechte Laune überleben.«

»Na schön. Ich lasse mich erst dann bei Ihnen blicken, wenn ich in besserer Stimmung bin. Halten Sie mich auf dem laufenden.«

»Haben wir das jemals versäumt?«

»Nein, nie«, entgegnete Leonard in einem beschwichtigenden Tonfall, um Tijeng nicht zu verärgern. »McCoy Ende.«

Er hob den Kopf und sah Spock in der Tür. *Noch ein Grund mehr, um verdrießlich zu sein,* dachte der Arzt.

»Ich bin gekommen, weil ich Sie um einen Gefallen bitten möchte«, sagte der Vulkanier.

»He, diesen Tag sollte ich im Kalender rot ankreuzen«, brummte McCoy, obgleich er wußte, daß er seinen

Sarkasmus an Spock verschwendete. »Kommen Sie herein und nehmen Sie Platz.«

Der Erste Offizier betrat das Büro. »Danke, Doktor. Ich stehe lieber. Benötigen Sie Stift und Papier?«

»Wie bitte?«

»Damit Sie diesen Tag rot ankreuzen können. Sie wissen sicher, daß die Kalender an Bord der *Enterprise* elektronischer Natur sind. Daher brauchen Sie einen gewöhnlichen Schreibstift und eine Datumsübersicht aus Papier.«

McCoy starrte den Vulkanier groß an, hielt in der steinernen Miene nach Anzeichen für subtilen Humor Ausschau.

Er fand keine und antwortete: »Schon gut. Was hat es mit dem Gefallen auf sich?«

»Wären Sie bereit, einige Labortests für mich durchzuführen?«

McCoy wölbte eine Braue. »Fühlen Sie sich nicht gut?«

»Mein derzeitiger Gesundheitszustand ist einwandfrei. Ich schlage Ihnen vor, eine Viruskultur in meinem Blut anzusetzen — um festzustellen, wie die Krankheit auf Vulkanier wirkt.«

»Ich schätze, damit meinen Sie eine Blutprobe und nicht etwa die Flüssigkeit in Ihren Adern.«

»In der Tat.«

McCoy lehnte sich zurück. »Nun, selbst wenn Vulkanier immun sein sollten — vielleicht könnten Sie sich trotzdem infizieren. Immerhin sind Sie zur Hälfte Mensch.« Er erwartete, daß Spock an dieser Bemerkung Anstoß nahm und sagte: *Sie lassen nie eine Gelegenheit aus, mich daran zu erinnern.* Doch der Erste Offizier nahm die Worte mit unerschütterlicher Gelassenheit hin.

»Das stimmt. Aber Sie sind zweifellos in der Lage, alle menschlichen Faktoren herauszufiltern und das Virus allein mit den vulkanischen Blutkomponenten zu konfrontieren.«

»Warum?« McCoy runzelte die Stirn. »Wenn Sie wissen wollen, ob Sie immun sind oder auch in Ihrem Fall eine Ansteckung möglich ist ...«

»Für meine Bitte gibt es wichtigere Gründe, obwohl ich natürlich neugierig bin.« Spock zögerte, und der Arzt ahnte, daß ihm nun eine Überraschung bevorstand. »Durch eine sorgfältige Analyse der Datenfragmente aus den Tanis-Computern habe ich erfahren, daß in der Forschungsstation ein vulkanischer Wissenschaftler starb.«

»Ein vulkanischer Wissenschaftler ...« McCoy riß die Augen auf. »Himmel, Spock — Sie sind doch sicher, daß es bei den dortigen Experimenten um die Entwicklung von Biowaffen ging, oder?«

Der Erste Offizier nickte.

»Entschuldigen Sie, aber ... Halten es Vulkanier nicht für unmoralisch, Werkzeuge zu konstruieren, die zur Vernichtung von Leben dienen?«

Wenn Spock angesichts dieser Frage Unbehagen empfand, so verbarg er es gut. »Das ist richtig«, bestätigte er ruhig. »Ich weiß nicht, was den Vulkanier dazu bewogen haben mag, einen Beitrag zu den Forschungsarbeiten zu leisten. Vielleicht war er nicht unmittelbar darin verwickelt.«

»Nicht ›unmittelbar‹? Was soll er gewesen sein? Ein neutraler Beobachter? Wenn er geschwiegen hat, ist er ebenso schuldig wie die anderen.«

Spock legte die Hände auf den Rücken. »Das läßt sich nicht ausschließen. Nun, diese Angelegenheit hat inzwischen nur noch theoretische Bedeutung. Sind Sie bereit, den Test für mich durchzuführen, Dr. McCoy?«

Der Arzt winkte ab. »Sie brauchen mich gar nicht. Wenden Sie sich ans Laboratorium.«

»Das habe ich bereits. Dort bekam ich die Auskunft, daß man zu sehr mit der Entwicklung des Impfstoffs beschäftigt ist.«

»Das stimmt. Wie dem auch sei: Ihre Ausführungen

erscheinen mir nicht ganz logisch. Was hat der vulkanische Forscher mit dieser Sache zu tun?«

»Oh, ich dachte, der Zusammenhang sei offensichtlich.«

»Vielleicht ist er das«, erwiderte McCoy. »Vielleicht bin ich so dumm, daß Sie ihn mir erklären müssen.« Sofort bedauerte er diese Worte und hätte sich am liebsten die Zunge abgebissen. Spock musterte ihn ruhig. Der Gesichtsausdruck des Vulkaniers veränderte sich nicht, doch in seinen Augen blitzte es kurz.

»Ich verstehe«, sagte er, und sein unausgesprochener Kommentar lautete: *Das habe ich immer vermutet.* »Einige Anzeichen deuten darauf hin, daß sich die Leiche des Vulkaniers noch immer auf Tanis befindet, in der Stasis. Möglicherweise starb er an dem gleichen Virus, das Adams infiziert hat. Oder er fiel einem ganz anderen Mikroorganismus zum Opfer.«

Leonard beugte sich über den Schreibtisch vor. »*Zwei* Viren? Ist eins nicht schon schlimm genug?«

»Zweifellos. Nun, wenn wir verstehen wollen, was auf Tanis geschah, so verlangt die Logik, daß wir den Leichnam des vulkanischen Wissenschaftlers bergen und feststellen, welches Virus ihn umbrachte. Wenn die beiden Mikroben ähnlich beschaffen sind ...« Spock unterbrach sich plötzlich, als bereite ihm die Schlußfolgerung Unbehagen.

»Wenn sie ähnlich beschaffen sind — was dann?« drängte McCoy.

»Dann spricht noch mehr dafür, daß Starfleet direkte Verantwortung trägt.«

McCoy klappte den Mund auf, um zu fragen, was den Ersten Offizier zu einer solchen Vermutung veranlaßte, als plötzlich das Interkom summte. Er sprang auf und ignorierte Spocks erstaunten Blick.

»Doktor ...«, begann der Vulkanier, doch Leonard hatte bereits das Büro verlassen, eilte durch den Zugang der Quarantänestation und zu Chapels Isolationskammer. Er sparte etwas Zeit, weil er noch immer den Schutzfeldgenerator am Gürtel trug. Leonard aktivierte ihn, gab hastig den Öffnungscode ein und brauchte weniger als fünfzehn Sekunden, um eine Infrarotbrille aufzusetzen und Christines Diagnoseliege zu erreichen.

Schon seit achtzehn Stunden lag sie in der Dunkelheit. Über ihrem Kopf glühten die Bioindikatoren.

Sie alle zeigten Nullwerte an.

»Nein«, flüsterte McCoy, und nur er selbst hörte seine Verzweiflung. Dies durfte nicht geschehen. Adams lebte ... Adams blieb kräftig genug, um andere Leute umzubringen. Es war unfair, daß die Mikrobe jemanden wie Chapel tötete und Adams am Leben ließ. Leonard trat an den nahen Synthetisierer heran, programmierte ihn auf weitere Stimulanzien und wartete ungeduldig am Ausgabefach. Kurz darauf verabreichte er die Medikamente, und als die erhoffte Wirkung ausblieb, betätigte er weitere Tasten: Die Überlebenseinheit summte von der Decke herab und verharrte dicht über Chapels Brust.

Die komplexe Vorrichtung sorgte dafür, daß Christines Herz wieder schlug. Sie füllte die Lungen mit Luft, leerte sie wieder, reinigte das Blut.

Aber sie konnte keine Hirnwellen produzieren. Das Gehirn der Patientin war tot.

161

KAPITEL 9

Adams lehnte sich im dunklen Turbolift an die Wand und fühlte, wie die Kraft aus ihm wich. Zitternd sank er zu Boden, bis er mit angezogenen Knien hockte. Die plötzliche Schwäche überraschte ihn: Erst vor einigen Stunden hatte er das Blut der Sicherheitswächterin getrunken, vor ihr das des Patrouillenoffiziers im Park der Starbase. Vielleicht starb er jetzt.

Dieser Gedanke weckte panische Angst in ihm. Er glaubte plötzlich zu ersticken, wie ein Fisch auf dem Trockenen. Die Luft um ihn herum schien überhaupt keinen Sauerstoff mehr zu enthalten.

Adams zuckte zusammen, als das Interkom summte: Man hatte ihn entdeckt, würde ihn ins Licht bringen, damit er in gleißender Helligkeit verbrannte. Er irrte sich, hörte nur eine Computermeldung, die ihn aufforderte, den Lift wieder in Bewegung zu setzen, wenn kein Alarm erfolgen sollte. Der Kranke zog sich hoch und drückte eine Taste, ohne ein bestimmtes Ziel anzugeben.

Dann lichtete sich der Nebel aus Gier plötzlich. »Krankenstation«, wies er das Kontrollmodul an.

Wenige Sekunden später hielt die Transportkapsel auf dem richtigen Deck, und die Tür glitt auf. Licht flutete Adams entgegen, und heißer Schmerz durchzuckte ihn. Rasch zog er die Kapuze nach vorn, so daß sich sein Gesicht unter ihr verbarg, folgte dann den Markierungen an den Wänden und ging in Richtung medizinische Sektion. Das Glück blieb auf seiner Seite: Unterwegs begegnete er niemandem. Eigentlich erstaunlich, wenn man bedachte, daß eine Suche nach ihm eingeleitet worden war. Als ihn nur noch einige Meter von der Krankenstation trennten, öffnete sich ihr Zugang, und der Kranke preßte sich an ein nahes Schott.

Er sah den Captain, der ihm den Rücken zuwandte, neben ihm eine große, dünne Frau mit milchweißer Haut. Sie gingen fort, und Adams wartete, bis er das Geräusch ihrer Schritte nicht mehr hörte.

Während einer weiteren Phase geistiger Klarheit reifte die Erkenntnis in ihm heran, daß es keinen Sinn hatte, die Krankenstation ohne einen Plan zu betreten. Er verfügte über einen Phaser, doch er mußte sich auf eine ganz konkrete Absicht konzentrieren, um die Gefahren möglichst gering zu halten.

Im gleichen Korridor entdeckte er ein leeres Konferenzzimmer. Dankbar vertraute er sich der Dunkelheit an und nahm vor dem Computerterminal Platz. Er legte so die Hand darauf, als wollte er einen alten Freund umarmen, stellte eine erste Frage und dann viele andere. Die Blutgruppe von Jeffrey Adams. Eine Liste von Personen, in deren Adern das gleiche Blut floß. Ihre Kabinen.

Die medizinische Datenbank gab ihm bereitwillig Auskunft, und Adams starrte voller Sehnsucht auf den Bildschirm.

STANGER, JONATHON H.
YODEN, MARKEL
TRAKIS, EVANGELIA
ESSWEIN, ACKER M.

Er merkte sich die ersten beiden Namen, rief eine schematische Darstellung des ganzen Schiffes ab und informierte sich über die Struktur der Krankenstation — wo verstaute man dort die Geräte und Instrumente?

Adams lächelte zufrieden, und Begeisterung verdrängte die Schwäche aus ihm. Er hatte ein Versteck gefunden, und Reds Sensorneutralisator verhinderte, daß man ihn mit Scannern lokalisierte. Der Subraumsender versetzte ihn in die Lage, Hilfe anzufordern. Und er wußte auch, wo er sich noch mehr Blut beschaffen konnte.

Anschließend befaßte er sich mit den Sicherheitsprogrammen, die das elektronische Verriegelungssystem der Kabinentüren kontrollierten. Stanger. So lautete der erste Name auf der Liste. Sein erstes Ziel ...

An jenem Nachmittag saß McCoy an seinem Schreibtisch und gab sich einmal mehr Niedergeschlagenheit hin. Nacht und Morgen waren eine Katastrophe gewesen, und der Nachmittag kam dem Inferno gleich.

Nguyen befand sich noch immer in der Isolationskammer und wartete auf die Untersuchungsergebnisse. Die ständigen Fragen der Andorianerin hatten McCoy so gereizt, daß er sie in ihr Quartier schickte. Der Individualschild schützte vor dem Virus — aber nicht vor seinen Fingern, wenn die sich um Lamias Hals schließen würden.

Leonard wußte, was es bedeutete, Patienten zu verlieren. Aber für gewöhnlich litten die Betreffenden an Krankheiten, die den Körper so sehr zerfressen hatten, daß keine Chance mehr bestand. Oder es ging dabei um kritische Verletzungen beziehungsweise Verstümmelungen, vor denen selbst die moderne Medo-Technik kapitulieren mußte. In beiden Fällen wußten Arzt und Patient von der Unausweichlichkeit des Todes.

Doch Christines Körper gab einfach auf. Warum war sie ins Koma gefallen? Und weshalb folgte darauf der Tod? Aus irgendeinem unerfindlichen Grund wirkte das Virus bei ihr völlig anders als bei Adams. Es legte Chris' Körperfunktionen nacheinander still, und McCoy konnte es weder verhindern noch diesen Vorgang erklären.

Chapel erlangte das Bewußtsein nicht wieder, und

deshalb bekam Leonard nicht einmal die Möglichkeit, sich von ihr zu verabschieden.

Oh, es war ihm gelungen, sie künstlich zu beatmen, dafür zu sorgen, daß ihr Herz wieder schlug — aber der Hirnwellenmonitor zeigte nur eine flache Linie. Er gewann den Eindruck, daß ihm solche Gedanken nicht zum erstenmal durch den Kopf gingen, daß er schon mehrmals auf diese Weise mit sich gerungen hatte. Er wußte, daß es falsch war, Chris am Leben zu erhalten. Trotzdem fühlte er sich nicht dazu imstande, sie dem Tod preiszugeben.

Maschinen hielten den Tod vom Körper fern, und McCoy ließ sie eingeschaltet, ging in sein Büro und verletzte die wichtigste Regel des Arztes: Er trank im Dienst.

Es gab nur ein Problem: Er brauchte viel Alkohol, um den Kummer zu überwinden, und wegen Nguyen wollte er nicht zu betrunken werden. Sie hatte sich gut von der Operation erholt, und sicher trafen bald die Untersuchungsergebnisse ein. Wenn sich Tijeng meldete, um ihm die Resultate zu übermitteln, wenn sie hörte, wie er lallte . . .

Zwei Bourbon überzeugten Leonard davon, daß Chris unmöglich tot sein konnte. Er brauchte sie. Er vermißte sie, seit das Koma begonnen hatte; ohne sie erschien ihm die Krankenstation schrecklich leer.

Es lag schlicht und einfach daran, daß er sie liebte. Natürlich nicht in einem romantischen Sinn — dafür hatten sie beide zuviel hinter sich. Aber er fühlte sich eng mit ihr verbunden. Er liebte sie wie jemanden, der zur Familie gehörte, und auf eine Familie mußte er schon seit vielen Jahren verzichten. Nein, Chris konnte nicht tot sein. McCoy beschloß, ihren Leib auch weiterhin am Leben zu erhalten. Adams . . . Er wußte, was mit ihr geschehen war. Bestimmt schnappte ihn die Sicherheitsabteilung früher oder später, *und dann hole ich die Antworten aus ihm heraus.*

Leonard hörte Schritte vor dem Büro. Tijeng? Kam sie zu ihm, um die Untersuchungsergebnisse zu bringen? Er zog eine Schublade auf, um das Whiskyglas darin zu verstecken, ließ es jedoch stehen, als sich die Schritte wieder entfernten. *Wenn ich Adams in die Finger bekäme ...*

Das Interkom summte, und er zuckte zusammen.

Er schaltete es ein. »Hier McCoy.« Es fiel ihm schon schwer, nur diese beiden Worte zu formulieren.

»Tijeng, Doktor.« Er vernahm Mitgefühl in ihrer Stimme, eine unausgesprochene Entschuldigung dafür, ihn zu stören. Der Arzt dachte an die alte Redensart, nach der sich schlechte Nachrichten besonders schnell herumsprechen. »Stimmt es?« fragte Tijeng zögernd. »Das über Chris?«

»Ja.« Leonards Stimme klang rauh und bitter. »Ja, es stimmt. Aber sie ist noch immer mit dem Lebenserhaltungssystem verbunden. Weil ich mir nach wie vor Auskunft von Adams erhoffe. Vielleicht gibt es einige Aspekte der Krankheit und des Komas, die wir nicht kennen.«

McCoy glaubte, stumme Mißbilligung im Schweigen der Wissenschaftlerin zu erkennen. *Na los*, dachte er zornig. *Sag mir, daß ich Christine sterben lassen soll.*

»Es erscheint mir nicht ganz richtig«, sagte Tijeng leise. »Wie dem auch sei: Ich habe gute Neuigkeiten.«

Der Arzt hielt auch weiterhin den Kopf gesenkt.

»Nguyen und Lamia. Die beiden Sicherheitswächter. Sie sind seronegativ.«

»Seronegativ«, wiederholte McCoy. Auf der rationalen Ebene begriff er, daß es sich um einen begrüßenswerten Umstand handelte, aber dieses Wissen richtete nichts gegen die Verzweiflung aus.

»Ein weiterer Aufenthalt in der Quarantänestation ist unnötig. Inzwischen sind wir ziemlich sicher, daß Sie mit Ihrer Vermutung recht haben: Die Ansteckung erfordert einen direkten Kontakt. Der Austausch von Kör-

166

perflüssigkeiten wie Blut und Speichel erhöht das Infektionsrisiko. Nun, Nguyen hat ein starkes Immunsystem, und deshalb konnte sich das Virus nicht in ihr ausbreiten. Ihr droht keine Gefahr mehr.«

»Also ist die Krankheit nicht so ansteckend, wie wir zunächst befürchteten.« Leonard versuchte, die richtigen Schlüsse zu ziehen. »Gut. Ich informiere die Sicherheitsabteilung. McCoy Ende.«

»Ich habe noch eine Mitteilung für Sie, Doktor. Es ist uns inzwischen gelungen, einen Impfstoff zu entwikkeln. Ich gebe Ihnen Bescheid, wenn er in ausreichender Menge zur Verfügung steht, um die Besatzung damit zu behandeln.«

»In Ordnung«, erwiderte McCoy und unterbrach die Verbindung, bevor Tijeng noch etwas hinzufügen konnte. Er beugte sich vor, bis seine Stirn den kühlen Kunststoff des Schreibtischs berührte.

Er sollte mit Nguyen sprechen und ihr sagen, daß sie gesund war — immerhin schien sie sehr deprimiert gewesen zu sein. Aber er brachte nicht die Kraft auf; Trauer und Niedergeschlagenheit hatten ihn viel zu sehr erschöpft. Erneut hörte Leonard, wie jemand an der Tür vorbeikam, und eine mahnende Stimme verlangte von ihm, sich zusammenzureißen und aufzustehen.

Er schenkte ihr keine Beachtung. Derzeit war ihm alles gleichgültig.

Nguyen lag in der dunklen Isolationskammer und trachtete danach, nicht mehr zu weinen. Seit sie wieder zu sich gekommen war, strömten ihr Tränen über die Wangen — was sie sowohl erstaunte als auch verlegen stimmte. Eigentlich neigte sie zu optimistischen Einstellungen: Sie überwand Pech und Schicksalsschläge, ohne sich davon bedrücken zu lassen. Doch nun litt sie an tiefen Depressionen und wußte nicht, wie sie damit fertig werden sollte.

Nach der anfänglichen Hektik wurde es still in der

Krankenstation. McCoy zeigte Nguyen, wie sie sich mit ihm in Verbindung setzen konnte, und dann ließ er sie allein. Sie fand dadurch Zeit genug, gründlich nachzudenken und zu versuchen, ihre Reaktionen zu verstehen.

Das Ausmaß der ursprünglichen Angst verblüffte sie geradezu. Die Furcht war nicht ganz aus ihr gewichen, lauerte noch immer in einem verborgenen Winkel ihres Selbst, wartete auf eine Chance, wieder ins Bewußtsein zu kriechen, alles andere zu verdrängen.

Lisa fühlte sich dadurch beschämt, bis sie erkannte, daß sie nicht etwa Adams oder die Infektion an sich fürchtete.

Nein, die Angst betraf den unmittelbar bevorstehenden Tod, die Erkenntnis, daß sich ihr Leben auf Erinnerungen reduzierte. Hielt es wirklich nichts mehr für sie bereit? Gab es keine Zeit mehr für sie, neue Erfahrungen zu sammeln?

Unmittelbar nach dem Erwachen weinte sie aufgrund des Schocks und der Erleichterung darüber, noch am Leben zu sein. Doch diese Gefühle wichen rasch aus ihr, als sie eine mögliche Ansteckung in Erwägung zog. Eine Krankheit, für die es kein Heilmittel gab, die sie langsam dahinsiechen ließ. Keine besonders angenehme Vorstellung. Trotzdem klammerte sich Nguyen an ihre Hoffnung. Vielleicht blieb ihr noch eine Chance. Vielleicht erzielten die Wissenschaftler und Ärzte rechtzeitig einen Durchbruch, um ihr zu helfen ...

Dann starb Chapel. Lisa überlegte, wann sich Chris infiziert hatte, wann sie selbst mit dem Tod rechnen mußte ...

Eine Zeitlang ließ sie die Gedanken treiben, erinnerte sich an Rajiv und die anderen. Sie verspürte den Wunsch, ihm zu schreiben, ihm ihre Lage zu schildern und zu versprechen: Wenn ich überlebe, verlasse ich Starfleet und komme zu dir. Aber wenn sie einen Brief begann, klang er immer zu melodramatisch. (*Lieber Ra-*

jiv, wenn du diese Zeilen liest, bin ich wahrscheinlich tot ...)
Außerdem schmerzte das Glühen des Bildschirms in ihren Augen. Schließlich streckte sie sich wieder auf der Diagnoseliege aus und senkte die Lider.

Irgendwann hörte sie ein leises Zischen außerhalb der Quarantänestation: Ein Schott glitt auf. Nguyen öffnete die Augen nicht. Ganz gleich, wer sich nun der Isolationskammer näherte — es interessierte sie kaum. Sie wußte, daß man ihr bald die Untersuchungsergebnisse mitteilen würde, aber sie hatte sich bereits davon überzeugt, seropositiv zu sein. Dann war die Enttäuschung nicht so groß.

Leise Schritte im Vorzimmer. Jemand ging am isolierten Bereich vorbei zum Medo-Lager, hantierte dort mit verschiedenen Instrumenten. Die Geräusche klangen irgendwie verdächtig, und schließlich hob Nguyen die Lider.

Stille. Um wen auch immer es sich handelte — offenbar hatte er gefunden, was er suchte. Die Schritte kehrten in Richtung Quarantänesektion zurück.

Der in einen Mantel gehüllte Mann zögerte. Im Licht sah Lisa zum erstenmal die Farbe des Umhangs: Opaleszierendes Silber schimmerte auf dunkelrotem Samt. Der Geist bewunderte die Schönheit, doch im Körper zitterte Furcht.

Aus einem Reflex heraus wollte Nguyen den Alarmknopf am Bettrand drücken, doch sie widerstand der Versuchung. Wenn McCoy sofort kam, brachte Adams ihn vielleicht um. Zumindest riskierte der Arzt eine Infektion. Falls es ihr gelang, das nahe Interkom zu aktivieren und eine Warnung zu flüstern, ohne daß Adams etwas merkte ...

Der Mann stand am Fenster, drehte langsam den Kopf und blickte in die Isolationskammer. Nguyen erstarrte, und das Herz hämmerte ihr bis zum Hals empor.

Finger tasteten unter den glockenförmigen Ärmeln

des Mantels hervor, berührten kurz das Interkom und verschwanden wieder.

Es lief Lisa heiß und kalt über den Rücken. Wenn Adams jetzt hereinkam, konnte sie sich nicht gegen ihn wehren. *Der Öffnungscode ist ihm unbekannt*, dachte sie wie im Gebet. *Die Schleuse stellt ein unüberwindliches Hindernis für ihn dar.*

»Möchten Sie mir Gesellschaft leisten?« höhnte der Kranke und lachte leise. Er wußte, daß es Nguyen nicht wagte, McCoy zu benachrichtigen. Einige Sekunden später wandte er sich abrupt um und verließ den Raum. Hinter ihm glitt das Schott zu.

Lisa stemmte sich unsicher hoch und betätigte die Interkomtaste. »Doktor! Nein, bleiben Sie, wo Sie sind. Adams war gerade hier ...«

Bestimmt fragen Sie sich, warum ich Sie hierherbestellt habe, formulierte Lieutenant Ingrit Tomson in Gedanken. Sie stand im Besprechungszimmer und musterte achtzehn Männer und Frauen — die Angehörigen der Sicherheitsabteilung; die eine Hälfte von ihnen wirkte noch immer schlaftrunken, die andere wach. Natürlich sprach Tomson ihren Gedanken nicht laut aus. Wer von ihrer kalten Heimatwelt Walhalla stammte, galt als frostig, argwöhnisch und noch humorloser als Vulkanier. Sie war tatsächlich von Natur aus mißtrauisch — ein Vorteil in ihrem Beruf —, und was den Humor betraf: Sie hielt ihren ständig unter Kontrolle. Insbesondere jetzt. Sie sah keinen Sinn darin, die Wachsamkeit ihrer Untergebenen zu beeinträchtigen. Einige von ihnen, die sie aus dem Bett geholt hatte — Snarl und mehrere andere —, wirkten bereits verwirrt genug. Abgesehen von Stanger. Er richtete einen erwartungsvollen Blick auf Tomson.

Sie räusperte sich, trat zum Podium und legte eine weiße Hand darauf. »Der Captain hat mir mitgeteilt, daß sich ein Eindringling an Bord befindet: ein Mann namens Jeffrey Adams.«

Als das überraschte Murmeln verklang, fuhr sie fort: »Adams hat Fähnrich Lisa Nguyen angegriffen und ist dann geflohen. Der Transporterraum und das Hangardeck sind bereits alarmiert worden, aber bisher hat er keinen Versuch unternommen, das Schiff zu verlassen.« Tomson unterbrach sich kurz, um ihren Leuten Gelegenheit zu geben, über diese Informationen nachzudenken. Stanger hob den Kopf und schien etwas fragen zu wollen, überlegte es sich jedoch anders und schwieg. »Nguyen wurde zwar schwer verletzt, aber Fähnrich Lamia bewahrte sie vor dem Tod. Derzeit befinden sie sich beide in der Krankenstation und bleiben dort, bis sich herausstellt, ob Adams sie infiziert hat.«

Tomson sprach in einem neutralen Tonfall, doch sie bedauerte den Zwischenfall. Sie beobachtete Lisa Nguyen schon seit einigen Jahren, brachte ihr großes Vertrauen entgegen und beabsichtigte, sie zum Lieutenant zu befördern, zu ihrer Stellvertreterin. Diese Entscheidung basierte auf reiflichen Überlegungen. Tomson mochte Nguyen und dachte mit Sorge an sie.

Adams' Präsenz an Bord verursachte ein zusätzliches Problem: Wer sollte die Nachtschicht leiten? Tomson fühlte sich zwar versucht, ihre eigene Dienstzeit auf vierundzwanzig Stunden auszudehnen, aber sie begriff die Notwendigkeit, Verantwortung zu delegieren. Unglücklicherweise beschränkte sich ihr Vertrauen in erster Linie auf Nguyen.

»Wie üblich bilden wir zwei Gruppen. Ich führe die erste an. Für jene von Ihnen, die jetzt im Dienst sind: Man wird Ihnen bestimmte Suchbereiche zuweisen. Doch zuerst begeben Sie sich in die Krankenstation, um von Dr. McCoy zu hören, welche Schutzmaßnahmen es zu ergreifen gilt.« Eine neuerliche Pause. »Das wär's. Das dienstfreie Personal kann jetzt in die Quartiere zurückkehren. Aber ich möchte, daß Sie fünfzehn Minuten vor Beginn Ihrer Schicht hierherkommen. Dann bleibt Ihnen Zeit, sich zuerst in der Medo-Sektion zu melden.«

Die Männer und Frauen der Tagschicht verließen den Raum. Ihre Kollegen blieben, um detaillierte Einsatzorder entgegenzunehmen. Stanger trat zur einen Seite des Podiums und blieb dort stehen.

Tomson sah ihn aus zusammengekniffenen Augen an. »Möchten Sie etwas fragen, Fähnrich?«

»Ja, Sir.« Er sprach so leise, daß ihn die anderen nicht hörten. »Wer koordiniert die Suche der Nachtschicht?«

Tomson preßte die Lippen noch fester zusammen. Sie ärgerte sich über diese Frage, hoffte nach wie vor, daß McCoy anrief und von einer plötzlichen Erholung Nguyens berichtete. Reines Wunschdenken. Ihr blieb keine andere Wahl, als unter einigen unerfahrenen Fähnrichen zu wählen, die erst seit kurzer Zeit zur Besatzung der *Enterprise* und ihrer Sicherheitsabteilung gehörten. »Ich habe noch keine Entscheidung getroffen.«

»Ich wäre Ihnen dankbar, wenn Sie mich dafür in Betracht ziehen würden, Lieutenant.« Falls sich Stanger aufgrund der Zurechtweisung an jenem Morgen gekränkt fühlte, so ließ er sich nichts anmerken. *Ein attraktiver Mann,* dachte Tomson und betrachtete die dunklen, markanten Züge, die nun Respekt und Verantwortungsbewußtsein zum Ausdruck brachten. Für einen Sekundenbruchteil sah sie al-Baslama vor ihrem inneren Auge. Sofort verdrängte sie das Bild aus sich, spürte jedoch einen seltsamen Haß auf Stanger. *Du möchtest Mohs Platz einnehmen, nicht wahr?* fuhr es ihr mit irrationalem Zorn durch den Sinn.

»Mir ist klar, daß Sie aufgrund meiner Verspätung keinen sehr guten Eindruck von mir gewonnen haben, Lieutenant«, sagte der Mann. »Vielleicht sind Ihnen gewisse Gerüchte zu Ohren gekommen, aber ich versichere Ihnen, daß ich sehr tüchtig bin. Man hat mich mehrmals mit Fahndungen beauftragt, und daher weiß ich, worauf es dabei ankommt. Bitte geben Sie mir Gelegenheit, Ihnen meine Kompetenz zu beweisen, Sir.«

Tomson starrte ihn wortlos an. Oft benutzte sie das Schweigen als eine Waffe, um andere Leute zu verunsichern. Doch Stanger erwiderte ihren Blick ruhig.

»Ich brauche jemanden, der die Nachtschicht leitet«, entgegnete sie schließlich. »Sie sind für die Tagschicht eingeteilt.« Er setzte zu einer Erwiderung ab, doch ein eisiger Blick veranlaßte ihn dazu, keinen Ton von sich zu geben. »Ich weiß nicht, wann Nguyen und Lamia wieder ihren Dienst antreten können, und deshalb ist niemand aus der Tagschicht abkömmlich.«

»Ich bin bereit, sowohl den Tagdienst zu übernehmen als auch am Abend zu arbeiten. Was halten Sie davon, wenn ich Essweins Platz einnehme? Er kann sich ausruhen und mich morgen vertreten.«

Tomson wußte Stangers Entschlossenheit zu schätzen, aber sie verbarg ihre Empfindungen. »Entweder meinen Sie es ernst, oder Sie sind sehr clever.«

»Beides, Sir«, sagte der Mann aufrichtig. »Außerdem bin ich mit Nguyen und Lamia befreundet. Ich möchte Adams finden. Bitte denken Sie über meinen Vorschlag nach.«

Erneut begegnete sie ihm mit kühlem Schweigen, doch auch diesmal ließ er sich davon nicht aus der Ruhe bringen. Als Tomson schließlich Antwort gab, dachte sie nicht an Stanger und seine Gefühle, sondern mehr an Mohammed al-Baslama und seine makellose Personalakte. »Ich ernenne Acker Esswein vorübergehend zu meinem Stellvertreter«, sagte sie abrupt. »Um ganz offen zu sein, Mr. Stanger: Ich bin keineswegs sicher, ob auf Sie Verlaß ist.«

Seine Miene veränderte sich nicht. Doch als er sich umdrehte, sah Tomson, wie ein Schatten auf seine Züge fiel.

Sulu saß vor der Navigationskonsole im Kontrollraum der *Enterprise* und versuchte, sich auf seine Arbeit zu konzentrieren. Es fiel ihm nicht leicht. Chekov hatte den

Kurs programmiert, und dem Steuermann blieb kaum etwas anderes zu tun, als die Anzeigen im Auge zu behalten und sich zu vergewissern, daß alle Systeme einwandfrei funktionierten. Wenn sie ihr Ziel im Sagittariusarm erreichten, bestand Sulus Aufgabe nur darin, den Warptransfer zu unterbrechen und die Geschwindigkeit auf Sublicht herabzusetzen, um die Kartographierung der nächsten Sonnensysteme zu erleichtern. Eine derart langweilige Tätigkeit war unter gewöhnlichen Umständen schon schlimm genug, aber jetzt existierten noch andere Faktoren, die zu Sulus Ruhelosigkeit beitrugen: die Präsenz eines Eindringlings an Bord, Gerüchte über einen Angriff auf Nguyen und Chris Chapels kritischen Zustand. Niemand kannte die Wahrheit. McCoy zog nur wenige Personen ins Vertrauen, und niemand von ihnen verriet etwas.

Der Steuermann hätte darüber gern mit Chekov gesprochen, der neben ihm saß — um festzustellen, ob der Navigator mehr wußte. Doch die gedrückte Stimmung des Captains sorgte für Schweigen auf der Brücke.

Dann meldete sich der Bordarzt per Interkom. Sulu hörte genug, um zu wissen, daß man Adams in der Krankenstation gesehen hatte. Kirk überließ das Kommando Spock. Der Vulkanier blieb an der wissenschaftlichen Station und spähte in den Sichtschlitz des Scanners. Sulu fragte sich müßig, was ihm die Sensoren zeigten.

Chekov warf seinem Freund und Kollegen einen Blick zu, der ein Gespräch in Aussicht stellte. Der Steuermann sah besorgt zum Ersten Offizier. Dem vulkanischen Gehör entging nicht einmal ein geflüstertes Wort, aber es bestand kaum die Gefahr, Spock zu verärgern.

Sulu wandte sich an den Navigator. »Nun, offenbar haben wir einen ungebetenen Gast an Bord. Wie lange dauert's wohl, bis wir umkehren und zur Starbase Neun fliegen?«

Die Mundwinkel des Russen wölbten sich nach oben

und verliehen dem breiten, jungenhaften Gesicht einen schelmischen Ausdruck. »Ich wette fünf Credits, daß ich die neuen Kursdaten bis zum Mittag eingegeben habe.«

Sulu dachte darüber nach. »Meinetwegen.« Er zuckte mit den Schultern. »Uns scheint nichts Aufregenderes zu erwarten.«

»Vielleicht stattet uns Dr. Adams einen Besuch ab«, sagte Chekov geheimnisvoll, und seine dunklen Augen leuchteten auf eine Weise, die Sulu gut kannte. Vermutlich schickte er sich an, eine weitere russische Legende zu erzählen ...

Sulu lächelte schief. »Meine Kabinentür ist jetzt immer verriegelt. Außerdem: Was könnte Adams von mir wollen?«

»Haben Sie die beiden toten Tanis-Forscher und den Angriff auf die Sicherheitswächterin vergessen?« Chekov beugte sich etwas näher zu Sulu heran und hauchte: »Er giert nach Blut.«

»Ich bitte Sie, Pavel.« Der Steuermann lachte laut und sah sich dann schuldbewußt um. Spock ignorierte ihn, starrte auch weiterhin in den Sichtschlitz des Scanners, doch Uhura wandte sich vom Kommunikationspult ab und schüttelte mißbilligend den Kopf.

»Entschuldigung.« Sulu schmunzelte. Die dunkelhäutige Frau erwiderte das Lächeln nicht und drehte sich wieder um — vermutlich machte sie sich Sorgen um Christine Chapel und lehnte Humor in dieser besonderen Situation ebenso ab wie der Captain. Sulu wurde ernst und richtete seine Aufmerksamkeit auf den Navigator. »Um Himmels willen, Pavel, seien Sie nicht so theatralisch. Wir alle wissen, daß Adams ein Psychopath ist, aber bestimmt findet ihn die Sicherheitsabteilung bald, und dann ...«

»Die Sicherheitsabteilung kann überhaupt nichts gegen ihn unternehmen«, raunte Chekov, und Sulu vernahm einen immer stärker werdenden russischen Akzent. »Tomson und ihre Leute haben keine Ahnung, wie man gegen ...« Ein kurzes Zögern unterstrich die nächsten Worte. »... *Vampire* vorgehen muß.«

»Vampire?« wiederholte der Steuermann verwirrt. Er runzelte die Stirn. »Handelt es sich dabei nicht um eine terranische Fledermausart in Südamerika?«

Chekov schnitt eine Grimasse. »Ich spreche nicht von Fledermäusen.« Plötzlich griff er unter den Kragen seines Pullis. »Hier. *Das* meine ich.« Er zog an einer Halskette, zeigte ein goldenes Kruzifix.

»Hübsch.« Sulu pfiff leise durch die Zähne. »Obwohl es sich nur schwer mit den Vorschriften vereinbaren läßt. Woher haben Sie das Ding?«

»Ein Erbstück der Familie.« Chekov ließ das Kreuz wie ein hypnotisches Pendel vor Sulus Augen hin und her baumeln. »Sehr nützlich gegen Vampire.«

»Gegen Fledermäuse?«

»Untote. Geschöpfe, die aus dem Grab zurückkehren, um das Blut der Lebenden zu trinken.«

Sulu grinste schief. »Meine Güte, Pavel, man könnte wirklich glauben, daß Sie solchen Unsinn ernst meinen.«

»Ich *meine* es ernst«, betonte Chekov und ließ das goldene Kruzifix unterm Pulli verschwinden. Das Funkeln des Geschichtenerzählers in seinen Augen verblaßte nicht. »Wer gebissen wird, ist dazu verurteilt, ebenfalls ein Vampir zu werden. Warten Sie's nur ab, Sulu. Vielleicht bitten Sie mich bald um Hilfe.«

Der Steuermann grinste nach wie vor, und die an der Kommunikationsstation sitzende Uhura schnaufte abfällig. Spock gab keinen Kommentar ab, beobachtete noch immer die Anzeigen des Scanners.

»Adams hat eine von diesen mobilen Transfusionseinheiten und verschiedene Arzneien gestohlen.« Mit zitternden Händen hob McCoy eins der Geräte. Zusammen mit Kirk und Tomson stand er im Vorzimmer der Krankenstation. »Keine Sorge, hier sind wir sicher.

Nach dem Laborbericht kann das Virus nur durch direkten Kontakt übertragen werden.«

»Freut mich, das zu hören.« Kirk musterte den Arzt. Eigentlich war es gar nicht nötig gewesen, daß er zum zweiten Mal an diesem Tag die Medo-Sektion aufsuchte, aber er wollte feststellen, wie McCoy mit Chapels Tod fertig wurde. Leonard wirkte sehr erschöpft, und ein schwacher Whiskygeruch ging von ihm aus. Nebenan summten die Lebenserhaltungssysteme in Christines dunkler Isolationskammer.

»Dadurch wird die Suche einfacher«, sagte Tomson. »Ich teile meinen Leuten mit, daß sie auf die Individualschilde verzichten können.«

»Da fällt mir ein...« McCoy rieb sich die Schläfen, schien zu versuchen, Benommenheit abzustreifen. »Die Untersuchungsberichte in bezug auf Nguyen und Lamia sind eingetroffen. Beide Frauen sind gesund. Ich schätze, die Andorianerin tritt gerade ihren Dienst an.«

»Gut.« Tomsons Lippen zuckten kurz — der Hauch eines Lächelns? —, doch die für sie völlig untypische emotionale Wärme verflüchtigte sich sofort wieder. »Und Nguyen? Wie geht es ihr?«

McCoy seufzte müde. »In physischer Hinsicht ist sie völlig in Ordnung. Heute abend kann sie in ihre Kabine zurück. Aber sie braucht mindestens drei Tage, um sich zu erholen. Offenbar leidet sie noch immer an den Nachwirkungen des Schocks. Bisher gelang es ihr nicht, sich von den Depressionen zu befreien. Selbst als ich ihr die gute Nachricht brachte... Nun, sie atmete auf, aber ihre Stimmung verbesserte sich kaum. Sie ist noch immer voller Kummer, und der Grund dafür bleibt mir ein Rätsel.« McCoy erweckte den Eindruck, die Niedergeschlagenheit seiner Patientin zu teilen.

»Darf ich zu ihr?« fragte Tomson plötzlich. »Vielleicht bin ich imstande, sie ein wenig aufzumuntern.«

McCoy warf ihr einen ungläubigen Blick zu, der Kirk unter anderen Umständen amüsiert hätte. Tomsons

Kühle deprimierte auch die hartnäckigsten Optimisten. »Na schön«, antwortete Leonard nach einer Weile. »Es schadet sicher nicht.« Er winkte. »Sie liegt dort drüben und ist wach.«

Tomson schritt durch die Tür, und der Arzt wandte sich Kirk zu. »Mehr weiß ich nicht, Jim. Du hörst von mir, wenn sich etwas Neues ergibt.«

»Was ist mit dem Impfstoff?«

McCoy zuckte wie gleichgültig mit den Schultern. »Bis morgen nachmittag verabreichen wir ihn allen Besatzungsmitgliedern.«

»Gut.« Kirk verließ das Zimmer nicht, blieb stehen und überlegte, wie er das Thema Chapel anschneiden sollte.

Das Interkom an der Wand summte. »Brücke an Captain.«

Er schaltete das Gerät ein. »Hier Kirk. Was ist los, Lieutenant?«

Uhuras Stimme klang verwirrt. »Eine seltsame Sache, Sir. Ich habe Signale aus dem Innern der *Enterprise* empfangen.«

Adams! Aber mit wem wollte er Kontakt aufnehmen? »Ausgangspunkt?«

»Die Koordinaten müssen noch ermittelt werden, Captain. Inzwischen wird nicht mehr gesendet. Von wem die Signale auch stammten: Der Betreffende könnte sich jetzt in einer anderen Sektion des Schiffes aufhalten.«

»Verständigen Sie mich trotzdem, wenn Sie herausgefunden haben, wo der Sender aktiviert worden ist. Kirk Ende.« Er drehte sich zu McCoy um.

»Bestimmt willst du mit Tomson darüber reden.« Leonard schwankte ein wenig, als er sich in Bewegung setzte. »Ich bin in meinem Büro.«

»Pille ...«

Der Arzt blieb stehen, kehrte Jim den Rücken zu. »Ja?«

»Was plagt dich so sehr?«

»Wie meinst du das?« brummte McCoy mürrisch, ohne den Captain anzusehen.

»Christine Chapel, nicht wahr? Irgendeine Veränderung?«

»Noch nicht.« Leonard versuchte, die Tür zu erreichen, aber Kirk versperrte ihm den Weg.

»Ich bedauere es ebensosehr wie du, aber...« Der Captain holte tief Luft. Er stand Chapel nicht so nahe wie McCoy, doch ihr Tod bestürzte auch ihn. »Vielleicht solltest du ihren Körper nicht um jeden Preis am Leben erhalten.«

Er rechnete mit einer scharfen Antwort. Zum Beispiel: *Adams weiß mehr über die Symptome als wir.* Oder: *Das Virus muß noch gründlicher untersucht werden.* Oder: *Möglicherweise wirkt sich die Krankheit bei Chapel anders aus.* Und so weiter. Kirk kannte alle Hinweise dieser Art. Und er war davon überzeugt, daß Leonard sie ebenfalls für unsinnig hielt.

McCoy protestierte nicht. Statt dessen brachte er heiser hervor: »Gib mir noch etwas Zeit, Jim.«

Der Captain zögerte. »Na schön, einverstanden.« Er sah dem Arzt nach, als dieser sich in sein dunkles Büro zurückzog.

Lisa ritt auf einem Pferd. Sie beugte sich im Sattel vor, legte die Hand aufs kastanienbraune Fell und fühlte feste, starke Muskeln darunter. Sie spürte den warmen Atem des Tiers, atmete frische Colorado-Luft.

»Fähnrich?«

Das Pferd stolperte. Nguyen zuckte zusammen, als sie Tomsons Stimme vernahm, öffnete die Augen und wollte aufstehen. Sofort drehte sich alles vor ihr, und sie hob die Hand zum Kopf.

»Schon gut, Fähnrich. Bleiben Sie liegen.«

Der Schwindelanfall ließ nach. »Lieutenant...«, begann Nguyen. »Sir, ich habe Sie hier nicht erwartet.«

179

»Bis eben wußte ich selbst nichts davon, daß ich zu Ihnen kommen würde.« Tomson zog einen Stuhl heran und nahm Platz. Wenn sie saß und Lisa stand, befanden sich ihre Augen auf einer Höhe. »Dr. McCoy hat mir gesagt, daß Ihre Genesung gute Fortschritte macht.«

»Ja, Sir.« Nguyen hörte das Zögern in ihrer eigenen Stimme. Sie erholte sich, und es war eine Erleichterung, die Isolationskammer bald zu verlassen ... Aber in ihrem derzeitigen Zustand konnte sie unmöglich ihren Dienst wieder antreten. Sie wollte allein sein, für immer in der Krankenstation bleiben und von Colorado träumen. Alles in ihr sträubte sich gegen die Entscheidung.

»Er meinte auch, daß Sie seit dem Zwischenfall gewisse ... emotionale Probleme haben.« Tomson verlagerte das Gewicht, und die nächsten Worte schienen ihr recht schwer zu fallen. »Hoffentlich ist es nichts Ernstes. Ich brauche Sie.«

Nguyen schwieg. *Es steckt wesentlich mehr dahinter als nur ein ›emotionales Problem‹. Ich muß den richtigen Weg in meine Zukunft wählen.*

»Ich beobachte Sie, seit Sie an Bord gekommen sind.« Tomson verschränkte ihre langen, dünnen Arme, formte eine Art Schutzbarriere aus ihnen. »Um ganz ehrlich zu sein ... Zuerst habe ich nicht viel von Ihnen gehalten, aber Sie erwiesen sich als guter Offizier. Ich werde Sie für eine Beförderung vorschlagen, und glauben Sie mir: Normalerweise spreche ich keine solchen Empfehlungen aus. Wenn der Captain sie befürwortet, ernenne ich Sie zu meiner Stellvertreterin.«

Lieber Himmel, dachte Lisa verdutzt. *Soll das heißen, sie mag mich?* Tomsons Miene wirkte plötzlich nicht mehr steinern und kühl; die blassen, schmalen Augen zeigten echte Besorgnis. Nguyen hatte immer angenommen, daß ihre Vorgesetzte sie verachtete. Andererseits: Ihr kühles Gebaren schien darauf hinzudeuten, daß sie *alle* Leute verachtete. »Danke, Lieutenant«, brachte sie hervor. »Aber Sie sollten wissen, daß ich überlege, meine berufliche Laufbahn bei Starfleet zu beenden.«

»Oh.« Tomsons Züge verhärteten sich; Kälte und Argwohn kehrten in ihr Gesicht zurück.

Sag ihr, daß du es nicht ernst meinst, flüsterte eine Stimme in Lisa. *Sei nicht dumm. Warte, bis du ganz sicher bist.*

Aber Nguyen *war* sicher. Sie atmete tief durch. »Nein, ich denke nicht nur daran. Ich bin entschlossen, den Dienst zu quittieren.«

»Wann haben Sie diese Entscheidung getroffen?«

»Schon vor einer Weile.«

»Fähnrich ...« Tomsons Stimme klang bemerkenswert sanft. »Adams' Angriff hat Sie erschüttert. Das ist völlig normal. Sie werden den Schock bald überwinden, und bestimmt ändern Sie dann Ihre Meinung. Sie brauchen nur etwas Zeit.«

Lisa schüttelte den Kopf, und es erstaunte sie, daß sie die Kraft hatte, Tomson zu widersprechen. »Nein, Sir. Ich habe gründlich darüber nachgedacht. Ich ... bekam die Einladung, mich einer Gruppenehe anzuschließen. Die entsprechenden Personen liegen mir sehr am Herzen, doch sie verlangen, daß ich auf meine Starfleet-Karriere verzichte.« Verlegenheit erfaßte sie — Tomson verstand so etwas sicher nicht. Für sie gab es nur die Pflicht. Lisa bereitete sich innerlich auf eine entsprechende Bemerkung vor.

Doch sie blieb aus. »Fähnrich ...« Die eisblauen Augen des leitenden Sicherheitsoffiziers musterten Nguyen. »Bitte nehmen Sie sich eine Woche Zeit. Anschließend reden wir noch einmal darüber.«

»Sir, ich ...«

»Eine Woche, Fähnrich.« Tomson richtete einen durchdringenden Blick auf Lisa.

Sie seufzte. »Ja, Sir.« *Aber meine Entscheidung steht fest,* dachte sie.

»Es ist sechs Uhr zehn.« Der Computer erhöhte die Lautstärke der Sprachprozessorstimme um ein Dezibel und wiederholte dann: »Es ist sechs Uhr zehn.«

Stanger öffnete ein Auge und versuchte, seine Gedanken aus einem wirren Traumgespinst zu lösen. Zehn Minuten nach sechs. Es bedeutete, daß der Computer schon seit sechshundert Sekunden versuchte, ihn aus dem Bett zu locken. Die künstlich modulierte Frauenstimme wurde immer lauter, bis sie Jons Trommelfelle erzittern ließ.

»Es ist sechs Uhr elf.«

»Schon gut«, krächzte Stanger, und daraufhin wurde es still. Sein Gaumen schien völlig ausgedörrt zu sein, als litte er an einem Kater, aber er hatte am vergangenen Abend nichts getrunken. Langsam setzte er sich auf, und es kostete ihn große Mühe: Die Arme und Beine waren schwer, viel zu schwer, um sie zu bewegen. Einigen Sekunden lang glaubte er, wieder auf Vulkan zu sein, dort in hoher Schwerkraft und dünner Luft ausgebildet zu werden.

Er saß auf der Bettkante, und sein Herz klopfte heftig von der Anstrengung. Einige Fragmente der Träume kehrten in den Fokus seines Bewußtseins zurück: Finsternis auf Tanis, Lara Krowozadnis trübe Augen, die blind zu ihm emporstarrten, eine andere Leiche auf ihrem leblosen Körper. Ihr Gesicht veränderte sich, gewann Lisa Nguyens Züge. Verblüfft richtete Stanger das Lampenlicht auf Jeffrey Adams' blasses, verzweifeltes Gesicht …

Die Träume hatten ihn erschöpft. Müde ließ er den Kopf hängen und fragte sich, ob er zu spät dran war. Nein. Seit Tomsons Zurechtweisung programmierte er den Kabinencomputer an jedem Abend darauf, ihn eine halbe Stunde vor der üblichen Zeit zu wecken. Er hatte noch zwanzig Minuten, und angesichts seiner Schwäche brauchte er sie bestimmt.

Er taumelte zur Hygienezelle. Vielleicht die Grip-

pe ... Er beschloß, vor dem Dienstantritt die Krankenstation aufzusuchen und dort um eine Arznei zu bitten.
Vermutlich hatte er bereits Fieber — das Licht schmerzte ihn in den Augen.

Stanger benutzte die Toilette, und anschließend trat
er unter die Dusche. Diesmal wählte er nicht die Ultra-
schalljustierung, sondern genoß es, heißes Wasser auf
sich herabprasseln zu lassen. Normalerweise leistete er
sich diesen Luxus nur selten, um keine Zeit zu verschwenden, aber heute kam er einer Therapie gleich.
Mehrere Minuten lang stand er unter den Düsen, neigte
ihnen das Gesicht entgegen, um die Benommenheit aus
sich zu vertreiben.

Das Wasser half tatsächlich, zumindest ein wenig.
Nach einer Weile ging es ihm gut genug, um sich an den
vergangenen Tag zu erinnern, doch ein Teil der Schwäche klebte in ihm fest. *Mehr als nur eine schlechte Nacht,
Jon, dachte er. Du hast dich erkältet.*

Stanger hoffte, die Kabine zu verlassen, bevor Acker
vom Dienst zurückkehrte. Er schien noch immer eine
Chance zu haben, sich diesen Wunsch zu erfüllen. Ak-
ker traf natürlich keine Schuld, aber an diesem Morgen
war Jon nicht in der Stimmung, mit ihm zu reden. Noch
immer sah er Tomsons mißtrauisches Gesicht und hörte
ihre Worte: *Ich bin keineswegs sicher, ob auf Sie Verlaß ist.*

Er zischte leise. *Sie können auch gar nicht sicher sein,*
fuhr es ihm verärgert durch den Sinn. *Ich bin viel zu
dumm, zu leichtgläubig, zu sehr bereit, mich Leuten anzuvertrauen, die ich zu kennen glaube.* Tomson achtete die richtigen Prinzipien. Warum den Untergebenen Vertrauen
schenken? Warum sollte sie ihnen die Möglichkeit geben, ihr in den Rücken zu fallen, ihrer Karriere zu schaden?

Er versuchte, diese Gedanken aus sich zu verdrängen. Seit einiger Zeit fiel es ihm leichter, der eigenen
Verbitterung vorzubeugen — weil er genug Gelegenheit
bekam, sich in dieser emotionalen Disziplin zu üben. Er

war sich ganz deutlich der Tatsache bewußt, daß er *nicht* an Rosa dachte ...

Stanger desaktivierte die Wasserdüsen und schaltete auf Trocknen um, zuckte nur leicht zusammen, als ihm warme Luft über die Haut strich und alle Tropfen verdunsten ließ.

Als er unter der Dusche hervortrat, fühlte er sich erneut müde und ohne Hoffnung. Tomson erlaubte es ihm nicht, seine Tüchtigkeit unter Beweis zu stellen. Sie wollte kein Risiko eingehen. *Vielleicht ist es richtig so,* überlegte Stanger. *Vielleicht habe ich diese Lektion verdient.*

Er blickte in den Spiegel, und sein eigenes Erscheinungsbild erschreckte ihn. Graue Haut unter den Augen! Er entschied sich gegen ein Bartentfernungsmittel und ging zum Schrank, um eine frische Uniform zu holen.

Er hielt es für richtig, alle Beziehungen zu der Andorianerin abgebrochen zu haben. (Die Andorianerin ... Es war leichter, auf diese Weise an sie zu denken. Wenn er ihren Namen formulierte, wurde es schwerer, Distanz zu wahren.) Nein, es hatte keinen Sinn, sich mit ihr einzulassen. Tomson begegnete ihm mit offensichtlicher Ablehnung, und daher wußte er nicht, wie lange er an Bord der *Enterprise* — oder in Starfleet — bleiben konnte. Wenn er dieses Schiff verlassen mußte, blieb ihm kaum etwas anderes übrig, als den Dienst zu quittieren. Auf diese Weise war es besser für Lamia. (Verdammt. Jetzt dachte er ihren Namen, und dadurch formte sich das Gesicht vor seinem inneren Auge ...)

Es gab keine größere Dummheit, als sich unter den gegenwärtigen Umständen an jemanden zu binden, auch wenn es dabei nur um eine platonische (und einseitige) Freundschaft ging wie in Rosas Fall. Außerdem: Lamia war keine menschliche Frau. Innerhalb der eigenen Spezies entstanden schon Probleme genug, und Stanger wollte sich die zusätzlichen interkulturellen Schwierigkeiten ersparen.

Du Narr, raunte es in ihm. *Du vermißt sie bereits, nicht wahr? Um so besser, daß du einen Schlußstrich gezogen hast, bevor es noch ernster wurde.*

Er streifte Uniform und Stiefel über, spürte dabei, wie sich die Schwäche weiter in ihm ausbreitete. Als er in den Korridor trat, fiel Stangers erstaunter Blick auf das neutralisierte elektronische Schloß. Er aktivierte es wieder und beschloß, Acker danach zu fragen.

KAPITEL 10

Quince Waverleigh schritt durchs Vorzimmer des Büros und stellte geistesabwesend fest, daß die Adjutantin bereits am Terminal saß. Dumpfer Schmerz pochte hinter seiner Stirn, und bestimmt verdankte er ihn dem Tequila am vergangenen Abend — und dem Umstand, daß er keine Tabletten geschluckt hatte, um dem Katzenjammer vorzubeugen. Diese Erfahrungen wiederholten sich nun schon seit Tagen. Quince nahm sich jedesmal vor, nichts zu trinken, und deshalb waren die Pillen eine unnötige Vorsichtsmaßnahme. Aber an jedem Abend leerte er die eine oder andere Flasche und bedauerte, nicht darauf vorbereitet zu sein.

Er mußte sich endlich eingestehen, daß er in Hinsicht auf Ke die Hilfe des Abteilungspsychologen brauchte. Vielleicht bat er Rhonda an diesem Morgen, einen Termin für ihn zu vereinbaren. Sie hatte ihn schon mehrmals aufgefordert, sich nicht mehr einzureden, die Trennung sei nur vorübergehender Natur.

»Morgen, Rhonda«, brummte er, ohne sie anzusehen. Quince entschied, sie später auf den Termin beim Psychologen anzusprechen. Zuerst wollte er sich vom Synthetisierer im Büro einen Becher mit starkem Kaffee besorgen — sein Rang bot ihm gewisse Privilegien.

»Guten Morgen, Admiral.«

Waverleigh blieb stehen und drehte den Kopf — ganz langsam, um die Schmerzen unter Kontrolle zu halten. Seine Adjutantin hatte ihm gerade mit einem ungewöhnlichen Bariton geantwortet.

»Sie sind nicht Rhonda.«

Der Mann vor dem Terminal sah ihn an. »Fähnrich Sareel, Admiral.« Ein Vulkanier, ziemlich jung, wenn der Eindruck nicht täuschte — alle Vulkanier wirkten jung, bis ihr dunkles Haar zu ergrauen begann —, mit breiten, kantigen Wangenknochen und spitzem Kinn. Die Augen waren fast schwarz. »Ich vertrete Lieutenant Stein.«

»Hat sie sich krank gemeldet?« fragte Quince verblüfft. Gestern schien mit ihr alles in Ordnung gewesen zu sein.

»Soweit ich weiß, ist sie versetzt worden.«

»*Versetzt?* Sind Sie sicher?« Welchen Unsinn hatte die Personalsektion *diesmal* angestellt? Rhonda war seinem Büro nur vorübergehend zugewiesen worden, aber Waverleigh hatte darauf bestanden, daß sie bei ihm blieb, bis seine reguläre Adjutantin wieder den Dienst antreten konnte. »Ich verlange, daß sie sofort zurückkehrt!«

Er hörte sich selbst schreien und klappte den Mund zu. Der Vulkanier blinzelte zweimal, und sein Gesicht war völlig ausdruckslos, als er erwiderte: »Vielleicht sollten Sie mit Admiral Tsebili darüber sprechen.«

»Das werde ich.« Quince stapfte ins Büro und spürte, wie sein Blutdruck stieg, wodurch auch die Kopfschmerzen zunahmen. Er nahm am Schreibtisch Platz, wandte sich zur Seite und betätigte mehrere Tasten des Synthetisierers.

Großartig. Einfach großartig. Erst verlor er Ke, und jetzt auch Rhonda. Das Ausgabefach öffnete sich, und er griff nach dem Becher, hielt ihn in beiden Händen. Zuerst schnupperte er an dem Kaffee, trank dann einen Schluck und seufzte.

Rhonda ... Die beste Adjutantin, die jemals für ihn gearbeitet hatte. Himmel, nach nur einem Monat war sie ebenso tüchtig wie seine Reguläre, die Aurelianerin Bazir-om. Quince hätte sie fast darum gebeten, auch weiterhin bei ihm zu bleiben, aber das wäre nicht fair gewesen. Jeder Offizier durfte Anspruch auf Elternurlaub erheben und sicher sein, nachher die gleiche Stellung zu bekleiden. Aber inzwischen hockte Baz schon seit drei Monaten auf den verdammten Eiern.

Quince spielte mit dem Gedanken, Rhonda auch nach Bazirs Rückkehr zu behalten, und dabei ging es ihm nicht nur um ihre Kompetenz. Er kam gut mit Stein zurecht, und sie hatte immer ein offenes Ohr für ihn. Himmel, er benötigte jemanden, mit dem er auch über private Dinge reden konnte. Lautlos verfluchte er die Personalabteilung und sah in Richtung Vorzimmer.

»Fähnrich ...« Er hatte bereits den Namen des jungen Mannes vergessen. »Wissen Sie, ob Admiral Bili bereits eingetroffen ist?«

»Ja«, lautete die Antwort.

Einen Augenblick ... Quince rieb sich die Schläfen. Vulkanier verstanden alles wortwörtlich. Bedeutet es *Ja, Bili befindet sich in seinem Büro* oder *Ja, ich weiß, ob er mit dem Dienst begonnen hat?* Waverleigh ächzte leise. Ein Kater und ein Vulkanier am gleichen Morgen — das war entschieden zuviel.

Der Fähnrich schien sein Dilemma zu erkennen. »Admiral Tsebili ist im Haus. Soll ich eine Verbindung zu ihm herstellen?«

»Das kann ich auch selbst.« Viele Lamettaträger legten großen Wert auf solche Förmlichkeiten, aber Quince verabscheute sie. Bili zum Beispiel ... Eigentlich ein guter Mann, aber auch er hing zu sehr an Pomp und Prunk. *Wenn ich herausfinde, wohin man Stein versetzt hat ...,* dachte Quince. *Vielleicht ist Bili bereit, Freund Spitzohr in seinem Büro unterzubringen.*

»Admiral Tsebili«, wies er den dunklen Computerschirm an.

Fast sofort erschienen Bilis runder Kopf und Schultern auf dem Monitor. So früh am Morgen hatten noch keine Besprechungen und Konferenzen begonnen.

»Admiral Tsebili«, sagte Quince ehrerbietig — immerhin war Bili voller Admiral und stand somit zwei Ränge über ihm. Waverleigh musterte ein schwammiges, rosarotes Gesicht mit Dreifachkinn und unschuldig blickenden blauen Augen, über denen grauweißes Haar glänzte. Tsebili sah eher wie ein Säugling aus und wirkte nicht wie jemand, der die Verantwortung für alle Starfleet-Basen im All trug. Aus diesem Grund neigten viele Leute dazu, seinen Rang zu vergessen und ihn nicht sehr ernst zu nehmen. Doch Bili fand immer eine Möglichkeit, sich Respekt zu verschaffen. Er stand in dem Ruf, streng auf die Vorschriften zu achten: Erst in der vergangenen Woche hatte er seinen Adjutanten gefeuert, weil der Typ romulanisches Bier zu einer Party mitbrachte.

Quince hatte seine Lektion gelernt: Wenn er Bili einmal am Tag an seinen höheren Rang erinnerte und es nicht versäumte, sich zum richtigen Zeitpunkt den Wünschen des Admirals zu fügen — dann kam er mit allem durch.

»Quincy. Es scheint Ihnen nicht besonders gut zu gehen.«

»Habe ziemliche Kopfschmerzen. Und außerdem sitzt ein Fremder auf Rhondas Stuhl. Wissen Sie etwas darüber, Admiral?«

»Lieutenant Stein, ja.« Bili strich sich über eine Wange und schien zu versuchen, sich zu erinnern. »Ihre Adjutantin. Sie bat um eine Versetzung.«

»Sie *bat* darum?« entfuhr es Waverleigh scharf. Sofort senkte er die Stimme und betonte noch einmal Bilis Rang, um nicht seinen Unwillen zu erregen. »Admiral ... Sind Sie *sicher*? Rhonda hat mir nichts davon gesagt ...«

»Ja, ich bin sicher. Ich habe den Antrag für sie weitergeleitet. Sie fängt heute in der Personalabteilung an.«

»In der Personalabteilung«, wiederholte Quince benommen. Seit Ke ihn mit den Kindern verlassen hatte, war er ziemlich launisch, aber das verstand Rhonda sicher, oder? *Habe ich einen völlig falschen Eindruck von ihr gewonnen? Meine Güte, gestern abend hat sie sich ganz normal von mir verabschiedet.* Bestimmt wußte sie, wie sehr er ihre Arbeit schätzte. Erst in der letzten Woche hatte er ihr mitgeteilt: Wenn sich Baz mit dem Ausbrüten der Eier noch mehr Zeit läßt ...

»Seien Sie unbesorgt, Quincy. Viele Aushilfsadjutanten bitten darum, versetzt zu werden. Da wir gerade dabei sind: Haben Sie etwas dagegen, wenn ich mir Ihren Vulkanier ab und zu ausleihe? Solche Leute sind außerordentlich tüchtig ...«

Das galt auch für Rhonda.

»... und ich bin noch nicht imstande gewesen, einen Ersatz für meinen Adjutanten zu finden.«

»Kein Problem«, erwiderte Waverleigh ohne große Begeisterung. »Rufen Sie ihn zu sich, wann immer es Ihnen beliebt. Wenn ich den Kerl sehe, kriege ich Zustände.« Typisch für Bili, daß er eine Ewigkeit brauchte, um einen neuen Mitarbeiter zu finden. Bestimmt empfing er wochenlang Personen zu Vorstellungsgesprächen, bis er jemanden entdeckte, der genauso pedantisch war wie er. »Wenn Sie ihn in Ihrem Vorzimmer möchten ...«

»Dann wären Sie ohne einen Sekretär.«

»Nun, er ist nur zur Aushilfe hier, Bili.« Quince versuchte, seiner Stimme einen altruistischen Klang zu verleihen. »Ich bin daran gewöhnt, hier dauernd neue Leute anzutreffen. Und früher oder später kehrt Baz zurück.«

»Danke für das Angebot. Vielleicht greife ich darauf zurück.« Tsebilis Wangen gerieten in Bewegung, als er lächelte, und seine Augen bildeten dabei schmale Schlitze. »Übrigens ... Gut, daß Sie angerufen haben. Ich wollte ohnehin mit Ihnen sprechen. Das fürs Wochenende geplante Symposion ist abgesagt worden.«

»Oh.« Waverleigh fühlte sich ein wenig enttäuscht. Als Ke und er noch zusammenlebten, hatte er Symposien am Wochenende gehaßt, aber nun sah er eine willkommene Abwechslung in ihnen. Zwar waren sie meistens sehr langweilig, doch sie bewahrten ihn vor der Einsamkeit. Worum ging es bei diesem? Mendez stand damit in irgendeinem Zusammenhang ... Ja: Installation eines neuen Sensor- und Waffensystems für Raumbasen. Natürlich diente es rein defensiven Zwecken. Starfleet würde nie offensive Waffen entwickeln. »Warum, Bili? Irgendein Konstruktionsfehler?«

»Nein. Wir möchten nur einen zusätzlichen Test durchführen. Rod wird mir die Funktionsweise in der Praxis demonstrieren.«

»Nun, das müßte doch recht interessant sein. Warum findet das Symposion nicht in der betreffenden Starbase statt?«

»Jetzt ist es zu spät, den Terminplan zu ändern. Außerdem wollen wir sicher sein, daß alles klappt — bevor wir die hohen Tiere an der Show teilnehmen lassen.«

»Klingt vernünftig. Wohin fliegen Sie?«

»Wahrscheinlich zur Starbase Dreizehn.« Bili lächelte erneut. »Hören Sie ... Geben Sie dem Vulkanier eine Chance. Sie können von Glück sagen, daß Sie einen haben.«

Eine Chance? Am liebsten hätte Quince den jungen Mann am goldgelben Uniformpulli gepackt und hinausgeworfen. »Ja.« Plötzlich fiel ihm die Tanis-Akte ein. Sollte er den Admiral fragen, ob er bereits Gelegenheit gefunden hatte, sich damit zu befassen? Nein. Bili wäre bestimmt darauf zu sprechen gekommen. Er mochte es nicht, von Untergebenen bedrängt zu werden, und außerdem hatte er hart gearbeitet, um das Symposion vorzubereiten. Da es jetzt nicht mehr stattfand ... Vielleicht fand er heute Zeit, sich mit den Unterlagen zu beschäftigen. »Ja, das stimmt vielleicht. Besten Dank, Admiral.«

Er wartete noch, bis Tsebili die Verbindung unterbrach, öffnete dann einen Kom-Kanal zur Personalabteilung.

Einige Sekunden später zeigte der Bildschirm Steins Züge. »Personalsektion. Admiral Noguchis Büro.«

Dadurch wurde alles einfacher. Wenigstens brauchte er nicht mit mehreren Idioten zu reden, die noch nie von Rhonda gehört hatten und gar nicht wußten, daß sie jetzt in ihrer Abteilung tätig war. Quince öffnete den Mund — und merkte, daß ihm die Worte fehlten. Er starrte nur.

Stein erwiderte den durchdringenden Blick. »Admiral ...«, sagte sie. Eine junge Frau, erst vierundzwanzig, attraktiv, mit dunklem Haar, am Hinterkopf zusammengesteckt. Ohne Make-up. Personifizierte Unschuld und Jugend. Ging ihre Freundschaft vielleicht *zu* tief? Hatte sie irgendeine seiner Bemerkungen falsch interpretiert und daraus geschlossen, daß er sich zu ihr hingezogen fühlte?

Waverleigh musterte sie und ahnte, daß sie mit einer solchen Vermutung gar nicht so falsch lag.

Zum Teufel auch, was machen Sie dort? wollte er fragen. *Warum haben Sie nichts davon erwähnt?*

»Nun, Lieutenant ...«, begann er. »Wie ich sehe, sind Sie jetzt in der Personalabteilung.«

»Ja.«

»Glauben Sie nicht, daß Sie als Empfangsdame überqualifiziert sind?«

»Ja.« Stein gab nur knapp Antwort, und anschließend bildeten ihre Lippen wieder einen dünnen Strich. Ihre Miene erinnerte Quince an den Vulkanïer im Vorzimmer.

Verdammt! Genug damit, um den heißen Brei herumzureden. Dazu fehlte Waverleigh ohnehin die Geduld. »Sie sind sauer auf mich, Stein. Warum?«

»Ist das nicht *offensichtlich*, Admiral?« Mühsam unterdrückter Ärger vibrierte in Rhondas Stimme.

Quince fühlte sich von ihr verletzt, aber gleichzeitig bewunderte er sie. Nur Stein hatte genug Mumm, um einem vorgesetzten Offizier gegenüber kein Blatt vor den Mund zu nehmen. In der Bürokratie verschwendete sie ihr Talent; sie wäre eine ausgezeichnete Raumschiff-Kommandantin gewesen. »Vielleicht bin ich ein wenig schwer von Begriff. Mit welchen Worten habe ich Sie beleidigt?« Er wollte die Sache unbedingt in Ordnung bringen. Ganz gleich, um was es sich auch handelte — er würde sich entschuldigen.

»Sie haben mich nicht mit *Worten* beleidigt, sondern mit *Taten*.« Waverleighs Beschränktheit schien sie noch mehr zu verärgern. Stein blickte sich um, als fürchtete sie, daß jemand mithörte. Dann beugte sie sich vor, und auf Quince' Bildschirm schwoll ihr Gesicht an. »Ich dachte, Sie seien zufrieden mit meiner Arbeit. Sie haben sich nie darüber beklagt.«

»Natürlich bin ich zufrieden damit. Das wissen Sie doch.« Die Verwirrung des Konteradmirals wuchs.

»Nun, warum bin ich dann heute morgen in der Personalabteilung?« Rhondas Züge offenbaren eine Mischung aus Verlegenheit und Zorn. Sie erweckte den Eindruck, Tränen nahe zu sein.

»Bei allen Raumgeistern, *deshalb* rufe ich an«, platzte es aus Quince heraus. »Um eine Antwort auf diese Frage zu bekommen. Weshalb *sind* Sie in der Personalabteilung, Stein?«

Einige Sekunden lang starrten sie sich stumm an, und Rhonda war ebenso frustriert wie Waverleigh. Ihre Augen wurden größer und größer, und schließlich lachte sie. »Die Versetzung geht *nicht* auf Ihre Anweisung zurück?« brachte sie hervor.

»Himmel, nein, natürlich nicht«, entgegnete Quince sofort. Und dann begriff er plötzlich, was Steins Worte bedeuteten. Er lachte ebenfalls, nicht amüsiert — die Situation erschien ihm alles andere als lustig —, sondern aus Erleichterung. »Soll das heißen, Sie haben keinen entsprechenden Antrag gestellt?«

»Nein.« Rhonda grinste vom einen Ohr bis zum anderen. »Darf ich zurück?«

»Das befehle ich Ihnen.« Zum erstenmal seit Wochen schöpfte Quince Hoffnung. »Aber zuerst möchte ich feststellen, wer für Ihre Versetzung verantwortlich ist — um dem Betreffenden das Fell über die Ohren zu ziehen. Wer hat behauptet, daß ich Sie loswerden möchte?«

»Admiral Tsebili.«

»Unmöglich«, schnaufte Waverleigh. »Er sagte mir ...« Er unterbrach sich abrupt, um zu vermeiden, Bili einem Junioroffizier gegenüber als Lügner zu bezeichnen.

»Was hat er Ihnen gesagt?« hakte Rhonda nach.

»Schon gut.« Quince richtete einen neugierigen Blick auf die junge Frau. Stein log ihn bestimmt nicht an. Sie mochte bereit sein, für ihn zu lügen — kleine Notlügen, um ihn vor zu vielen Anrufen zu schützen, wenn er zu tun hatte —, aber die Erleichterung in ihrem Gesicht war echt. Aber wenn er von ihr die Wahrheit hörte ... Dann log Tsebili.

Andererseits: Warum sollte Bili in Hinsicht auf Steins Versetzung lügen? Es gab keine Kontroverse zwischen ihnen. Vermutlich wußte der Admiral nicht einmal, daß ihn genug mit Rhonda verband, um nachzuforschen, warum sie es ablehnte, auch weiterhin für ihn zu arbeiten. Darüber hinaus hielt Waverleigh es für absurd anzunehmen, daß Bili die tüchtige Rhonda in den eigenen Mitarbeiterstab aufnehmen wollte. Aufgrund seines höheren Rangs konnte er sich Stein ohne den Umweg über die Personalabteilung holen.

»Nun, Lieutenant ...«, sagte er schließlich. »Bleiben Sie, wo Sie sind. Und machen Sie sich keine Sorgen. Ich lasse meine Beziehungen spielen und hole Sie hierher zurück — sobald ich weiß, was passiert ist. Alles klar?«

Stein nickte militärisch knapp und schenkte ihm noch ein wundervolles Lächeln. »Danke, Quince.«

»Gern geschehen, Teuerste.« Er schloß den Kanal und forderte die Konsole auf, ihn erneut mit Tsebili zu verbinden. Waverleigh war fest entschlossen, dieser Sache auf den Grund zu gehen, aber er mußte dabei sein Temperament im Zaum halten. Er stand zu dicht vor einer Beförderung zum Vizeadmiral, um sie mit achtlosen, zornigen Worten zu riskieren.

Der Bildschirm blieb dunkel. »Admiral Tsebili ist derzeit nicht erreichbar«, verkündete die Sprachprozessorstimme.

Mist. Bili hatte keine Nachricht im Computer hinterlassen, und es fehlte ein Adjutant, der Auskunft darüber geben konnte, wann er wieder in seinem Büro eintraf.

Quince sah zum Vorzimmer. *Welchen Namen nannte mir der Vulkanier? Irgend etwas mit Sal. Saloon. Saleen.* »Fähnrich!« rief er.

»Ja, Admiral.« Der junge Mann trat in die Tür. *Sareel. Ja, genau. Hallo, Sareely.*

»Wissen Sie, wohin Admiral Tsebili verschwunden ist?«

»Ja, Sir. Vielleicht sollte ich die Anrufe für ihn auf mein Terminal umleiten, da er keinen Adjutanten hat ...«

»Eine tolle Idee, Fähnrich. Geradezu super.«

Der Vulkanier blinzelte kurz. »Ich nehme an, ›toll‹ und ›super‹ sind Synonyme für ›gut‹.«

»Etwas in der Art, ja.« *Ob ich es schaffe, die vulkanische Engstirnigkeit zu überleben?* dachte Quince. Sareel glaubte offenbar, die Frage beantwortet zu haben. *Warum verlangt man von Starfleet-Vulkaniern nicht, einen Lehrgang zu besuchen, der ihnen die Bedeutung von umgangssprachlichen Ausdrücken erklärt?* »Wo befindet sich der Admiral jetzt?«

»In einer Besprechung. Es ist nicht bekannt, wann er in sein Büro zurückkehrt.«

»Ich verstehe. Danke, Sareel.«

Der Vulkanier nickte und nahm wieder im Vorzimmer Platz.

Quince starrte auf den dunklen Bildschirm. Steins Versetzung erschien ihm immer seltsamer ...

Nach einer Weile bekam Waverleigh soviel zu tun, daß er vergaß, Bili anzurufen. Er erinnerte sich nicht einmal mehr daran. Er empfing die Delegation von Znebe — ein Planet, der erst seit kurzer Zeit zur Föderation gehörte — und begleitete sie durchs Starfleet-Hauptquartier. Die Delegierten erwiesen sich als recht freundlich, aber sie teilten gewisse physische Charakteristiken mit Hortas, und Quince wußte nie genau, auf welchen Körperteil er den Blick richten sollte, wenn er mit den Znebenern sprach. Die Besichtigungstour dauerte mehrere Stunden und ging erst am Nachmittag zu Ende.

Anschließend bearbeitete er einen Antrag, der die Umwandlung der Starbase Zwanzig in ein Lager für Getreide und andere landwirtschaftliche Produkte vorsah. Nummer Zwanzig war ursprünglich eine Wachstation gewesen. Jetzt gab es mehrere Föderationswelten in jenem Sektor, und die Grenzen des interstellaren Völkerbundes hatten sich um ein Dutzend Parsec verschoben. Deshalb hielten es einige Leute für angemessen, die Raumbasis mit neuen Aufgaben zu betrauen. Da es auf einigen Planeten in der Nähe immer wieder zu Hungersnöten kam, erfüllte Starbase Zwanzig als Agrikulturstation einen weitaus besseren Zweck.

Die Zeit verstrich überraschend schnell. Als Quince einen Blick aufs Chronometer warf, wölbte er erstaunt die Brauen: schon nach neunzehn Uhr. Die Abendschicht war bereits im Dienst. Der neue Adjutant hatte das Vorzimmer sicher längst verlassen. *Und vermutlich ist auch Bili nicht mehr im Haus. Mist.*

»Datei schließen«, sagte er und gähnte, als die Datenkolonnen auf dem Schirm verblaßten. Eine Nachricht wurde eingeblendet:

AN DAS PERSONAL: MORGEN UM EIN UHR WIRD DER ZENTRALE TRANSPORTER WEGEN NOTWENDIGER WARTUNGSARBEITEN STILLGELEGT. BITTE TREFFEN SIE VORBEREITUNGEN FÜR ALTERNATIVE BEFÖRDERUNGSMITTEL.

Waverleigh rieb sich die Augen, prägte sich die Mitteilung ein und beschloß, morgen früh den Gleiter zu benutzen. Eine zweite Botschaft ersetzte die erste:

QUINCE: SIE KOMMEN MORGEN MIT DEM GLEITER, NICHT WAHR? KÖNNEN SIE MICH AM NACHMITTAG MITNEHMEN? TSEBILI.

Noch immer kein Hinweis auf die Tanis-Akte, stellte Waverleigh enttäuscht fest. Ihm blieb nichts anderes übrig, als Bili morgen daran zu erinnern — obwohl der Admiral nicht dazu neigte, etwas zu vergessen. Erst recht dann nicht, wenn die Sache einen Kollegen betraf, der an illegalen Forschungen beteiligt sein mochte. Erneut dachte er an Steins Versetzung. Wie sollte er Tsebili darauf ansprechen?

Warum hast du gelogen, Bili? Welche Vorteile versprichst du dir davon, Rhonda aus meinem Büro zu entfernen?

Sicher lag irgendeine Art von Irrtum vor. Vielleicht eine falsch verstandene Bemerkung ... *Morgen kommt bestimmt alles in Ordnung.*

Quince stand auf und streckte sich. Es wurde Zeit, nach Hause zurückzukehren. Obwohl ihm dort die Decke auf den Kopf fiel. Die Stille im Apartment bedrückte ihn. Als noch die Kinder zugegen gewesen waren, hatte er sich oft über den Lärm beschwert, doch jetzt entsann er sich voller Sehnsucht daran. Geistesabwesend griff er nach dem Holobild, wollte Nikas seidenes Haar berühren. Doch seine Finger glitten hindurch.

Ich vermisse dich sehr. In vier Monaten kamen Nika und ihr Bruder zu ihm, für ein halbes Jahr, aber dieses

Wissen verdrängte nicht das Gefühl aus ihm, völlig allein zu sein. Der mit Ke geschlossene Ehevertrag enthielt folgende Klausel: Nika und Paul sollten immer zusammensein, auch wenn sich ihre Eltern trennten.

Wenn die Kinder nicht gekommen wären ... Dann hätte sich Quince zum Captain degradieren lassen, um ins All zu fliehen, wieder ein Raumschiff zu kommandieren. Er seufzte und verdrängte diesen Gedanken, der Schuldgefühle in ihm weckte. Nika und Paul verdienten es, daß er ein Opfer für sie brachte.

Er nahm wieder Platz, schnitt eine Grimasse bei der Vorstellung, sich auf den Heimweg zu machen. *Ich sollte die Ruhe in meiner Abteilung nutzen, um einige Nachforschungen in Hinsicht auf Mendez anzustellen.*

Etwas hatte den Tag über sein Unterbewußtsein beschäftigt — eine von Kirks Informationen über Tanis.

Quince blickte zum Vorzimmer, in dem völlige Stille herrschte. Er wußte nicht, wann der Vulkanier die Arbeit beendet hatte, fand es jedoch sonderbar, daß Sareel ohne ein Wort gegangen war.

»Computer«, sagte er. »Datenbank Sternenkarten. Zeig mir den Sektor der Starbase Dreizehn, Maßstab ein Kiloparsec.«

Die Karten erschienen im Projektionsfeld, und Waverleigh betrachtete sie eine Zeitlang. »Position des Forschungslabors auf Tanis in bezug auf Starbase Dreizehn.«

Zwei helle Punkte leuchteten. Von der Starbase aus ließ sich Tanis mit einem Warptransfer innerhalb einer Stunde erreichen.

Jetzt wird's langsam interessant, dachte Quince. Mendez konnte unter dem Vorwand zur Dreizehn fliegen, Tsebili das neue Waffensystem vorführen, und wenn er Tanis besuchte, würde niemand etwas merken. Waverleigh lächelte grimmig. Falls Mendez beabsichtigte, die Viren in Sicherheit zu bringen und belastende Beweise zu vernichten ...

Quince gab seiner Intuition nach, rief Adams' elektronische Akte auf den Schirm und ›blätterte‹ darin. Er las über die Schulzeit des Wissenschaftlers (erstklassige Noten) und seine berufliche Laufbahn als Genetiker und Mikrobiologe, bei der sich erste Charakterfehler herausstellten: In finanzieller Hinsicht war Adams ausgesprochen verantwortungslos: Betrügereien, Unterschlagungen und so weiter, um hohe Schulden zu bezahlen. Waverleigh überflog diese Daten, bis er zur Krankengeschichte des Mannes gelangte. Der Angriff eines romulanischen Schiffes auf einen Passagierliner, der sich zu weit in die Neutrale Zone wagte — Adams kam dabei fast ums Leben. Quince erinnerte sich vage an den Zwischenfall, obgleich er schon zwanzig Jahre zurücklag. Er hatte ziemlich viel Staub aufgewirbelt, und die Romulaner erklärten sich dadurch endlich bereit, dem mit der Föderation abgeschlossenen Vertrag eine neue Klausel hinzuzufügen: Es sollte auf offensive Maßnahmen verzichtet werden, wenn eindeutige Beweise dafür existierten, daß ein Raumschiff unabsichtlich die Grenzen verletzte. Wie lautete der Name jenes Liners? *Messingring*. Ja, durch die *Messingring*-Krise brach zwischen der Föderation und dem romulanischen Reich fast ein neuer Krieg aus.

Eine mentale Alarmsirene schrillte in Quince. Irgendwo gab es eine Verbindung zu Mendez. Er forderte den Computer auf, Adams' Datei zu schließen und ihm die des Admirals zu zeigen.

Es fiel ihm ein, noch bevor er die betreffende Information sah. Mendez' Frau gehörte zu den Passagieren der *Messingring,* die bei dem Angriff getötet worden waren. Waverleigh ging die elektronische Akte durch und fluchte leise, als jede Seite etwas länger als sonst auf dem Bildschirm verharrte. *Warum ist die verdammte Maschine heute abend so langsam? Finden auch Wartungsarbeiten am Computersystem statt?* Der Sohn des Admirals — Yoshi Takumara — war ebenfalls an Bord des Passagierschiffes gewesen, hatte jedoch überlebt. *Yoshi. Der Mann, den Adams angeblich ermordet hat.*

Aufregung erfaßte ihn. Mendez, Yoshi, Adams. Ganz deutlich spürte er einen Zusammenhang zwischen ihnen, der sich nicht nur auf Verwandtschaft oder ein traumatisches Erlebnis beschränkte.

Alle drei hatten Grund, die Romulaner zu hassen.

Plötzlich dachte Waverleigh: *Bili hat in der letzten Woche seinen Adjutanten gefeuert, weil* ... Nein, absurd. Er schob diesen Gedanken beiseite, doch ein Rest von Zweifel schlug Wurzeln in ihm.

Er wollte sich auch Lara Krowozadnis Datei ansehen, aber das Terminal wurde noch langsamer. Quince beschloß, es mit der Konsole in Steins Büro zu versuchen. (*Jetzt ist es Sareels Zimmer,* berichtigte er sich. *Aber er wird es bald aufgeben müssen.*) Vielleicht war nicht das ganze Computersystem betroffen, sondern nur dieser eine Anschluß. Er erhob sich, hielt mit langen, federnden Schritten auf die Tür zu.

Sareel hatte ganz offensichtlich nicht mit ihm gerechnet. Der Vulkanier saß nach wie vor an seinem Schreibtisch, und als Quince hinter ihn trat, schaltete er das Terminal ab und drehte sich um.

Waverleigh erhaschte nur einen kurzen Blick auf die Bildschirmdarstellung, bevor der Monitor dunkel wurde. Jetzt wußte er, warum seine Konsole nicht mit der üblichen Geschwindigkeit funktionierte: weil Sareel ein Prioritätsprogramm für den Computer im Vorzimmer aktiviert hatte.

»Seit wann überwachen Sie mein Terminal?« fragte Quince scharf.

Der Vulkanier sah ihn stumm an.

»Mendez hat Sie hierhergeschickt, nicht wahr?«

Er interpretierte das Schweigen des jungen Mannes als Bestätigung. *Er streitet es nicht ab, weil ihm als Vulkanier Lügen zuwider sind.* »Ich entlasse Sie hiermit.«

Sareel musterte ihn aus dunklen, ruhig blickenden

Augen. Wenn er so etwas wie Scham empfand, so ließ er sich nichts anmerken. Welche Lügen hatte Mendez erzählt, um einen Vulkanier zu bewegen, einen vorgesetzten Offizier auszuspionieren? »Sie können mich nicht entlassen, Admiral. Dazu fehlt Ihnen die Befugnis.«

»Hinaus mit Ihnen!« donnerte Quince. »Das ist ein Befehl, Fähnrich!«

Offenbar glaubte Sareel, daß Waverleigh genug Befugnisse hatte, um ihm eine solche Anweisung zu erteilen. Kommentarlos stand er auf und verließ den Raum. Quince bebte am ganzen Leib, als er in Rhondas Sessel sank.

Er verstand nun, warum Tsebili in Hinsicht auf Steins Versetzung gelogen hatte.

Schreihals begleitete Quince nach Hause. Er hatte es sich angewöhnt, das ausgestopfte Gürteltier mitzunehmen — um daheim jemanden zu haben, mit dem er sprechen konnte. Daheim? In der Wohnung. Die Bezeichnung ›Heim‹ paßte nicht. Abgesehen von den dikker werdenden Staubschichten auf den Möbeln war das Apartment viel zu aufgeräumt. Es lagen keine Kinderspielzeuge auf dem Teppich; alles stand an seinem Platz. Waverleigh benutzte den Transporter, rematerialisierte im Wohnzimmer, vor dem Fenster, das einen Blick auf die Bucht von San Francisco gewährte. Ziemlich dichter Nebel wogte heran, aber darunter sah Quince dunkle Wellen. Oben spannte sich ein Himmel, an dem erste Sterne leuchteten.

Nach der Konfrontation mit Sareel fiel es ihm schwer, einen klaren Gedanken zu fassen. Nur in einem Punkt war er sicher: Er mußte Jim Kirk verständigen. Ein direkter Kontakt kam aus Sicherheitsgründen nicht in Frage. Gab es eine andere Möglichkeit, ihn zu benachrichtigen, um von seinem Verdacht in bezug auf Mendez zu berichten? Er betrat das Arbeitszimmer, setzte

Schreihals auf den Schreibtisch und wandte sich ganz automatisch dem Terminal zu. Dann zögerte er.

Dummkopf, tadelte er sich. *Wenn man deine Konsole im Starfleet-HQ überwacht hat, so wird bestimmt auch dieser Anschluß kontrolliert.* »Hilf mir, Schreihals«, murmelte er. »Was rätst du mir?«

Das kleine Tier schüttelte sich. »Ich mag dich auch, Quince.« Schade, daß es mit Waverleighs Stimme sprach. Er hätte es vorgezogen, diese Worte von jemand anders zu hören.

Dann fiel ihm etwas ein. Wenn er Schreihals umprogrammierte und ihn Jimmy schickte … Ja, das klappte vielleicht.

Kurz darauf wich die Hoffnung aus ihm. Die *Enterprise* war weit von der Erde entfernt, und es dauerte mindestens einige Tage, bis Schreihals sie erreichte. Nein, er mußte Jim eher warnen.

Ein öffentlicher Kommunikator. Quince bewegte sich wie in Trance, verließ das Arbeitszimmer und schritt durchs Wohnzimmer, an dem großen Fenster vorbei. Die Positionslampen von Gleitern glühten im Nebel, und darunter schimmerte das Licht von Segelschiffen.

»Öffnen«, wies er das Kontrollmodul der Tür an. Sie glitt sofort auf und schloß sich hinter ihm. Im Verrieglungsmechanismus klickte es leise.

Waverleigh trat direkt auf die Straße. Sein Apartment — *mein Apartment,* fuhr es ihm durch den Sinn, *nicht mehr unseres —* gehörte zu einem kleinen Gebäude an der Bucht; er lehnte es ab, in einer der großen Mietskasernen zu wohnen. Frische, feuchte Luft wehte ihm entgegen, und er atmete sie tief ein.

Es war kühl genug, um zurückzukehren und eine Jakke zu holen, aber die niedrige Temperatur erleichterte es ihm auch, konzentriert nachzudenken. Bis zum nächsten öffentlichen Kommunikator brauchte er nicht weit zu gehen. Die Installation befand sich in der Altstadt von San Francisco, am Fuß eines Hügels. Ein gut erhalten gebliebener, mehrere hundert Jahre alter Bürgersteig führte dorthin. Als Quince den Apparat erreichte, wurde der Nebel so dicht, daß die Sichtweite nur noch wenige Meter betrug.

Einige Minuten lang überlegte er, wie er die Nachricht formulieren sollte, und schließlich verschwand der Ernst aus dem Gesicht des Konteradmirals. Ein breites Grinsen lockerte seine Miene.

Ich habe mir doch Aufregung und ein Ende der Langeweile erhofft, nicht wahr? Jetzt ging sein Wunsch in Erfüllung. Trotzdem zögerte er, als er sich zu dem Kommunikator vorbeugte.

Sah er vielleicht nur Gespenster? Fühlte er sich morgen wie ein Narr, wenn ihm Bili alles erklärte? Wie sollte er dann die Mitteilung für Kirk begründen? Lieber Himmel, seit Ke und die Kinder fort waren, kam er mit sich selbst nicht mehr ins reine. Lag es daran? Spielte ihm die Phantasie einen Streich?

Nun, alter Knabe, was kann dir schlimmstenfalls passieren? Ein Verfahren vor dem Kriegsgericht? Wäre gar nicht mal so übel, wenn es mit einer Degradierung endet.

Eins stand fest: Der Vulkanier *hatte* sein Terminal überwacht. Jemand kontrollierte ihn — vielleicht mit Bilis Zustimmung. Das bildete er sich nicht nur ein.

»Subraum-Kommunikation«, sagte Quince. Der Kom-Computer identifizierte ihn mit einer Netzhaut-Sondierung, und im Anschluß daran nannte Waverleigh die Codenummer der *Enterprise*. Ein schriftliches Telegramm, weder Stimme noch Video. Und Kirk mußte vom Wortlaut auf den Absender schließen können.

JIMMY: WO RAUCH IST, BRENNT EIN FEUER. HIER WIRD'S ALLMÄHLICH ZU HEISS.

Quince verzichtete darauf, seinen Namen zu erwähnen. Als Ursprung der Nachricht würde der Computer einen öffentlichen Kom-Anschluß in San Francisco nen-

nen, und das bot Hinweis genug. Außerdem: Wie viele
Leute wagten es, Kirk Jimmy zu nennen?

Mendez und Bili durften keinen Verdacht schöpfen —
damit dem Captain der *Enterprise* Schwierigkeiten er-
spart blieben.

Waverleigh wanderte eine Zeitlang durch den Nebel
und hielt sich vom Apartment fern, um nicht in Versuchung zu geraten. Wenn er jetzt wieder die Wohnung
aufsuchte, griff er vermutlich nach der Flasche, und er
wollte an diesem Abend nüchtern bleiben, um gründlich über alles nachzudenken. Handelte es sich nur um
miteinander verkettete Zufälle?

Aber von wem war der Vulkanier beauftragt worden,
ihn auszuspionieren? Und warum hatte sich Tsebili
nicht mit der Tanis-Akte befaßt? *Eine solche Angelegenheit müßte sofort seine Neugier wecken.* Nein, zu viele Zufälle: Sareel; Bilis Lüge in Hinsicht auf Stein; Bili und
Mendez, die beide zur Starbase Dreizehn flogen. Die
Messingring . . .

*Ich habe in ein verdammtes Wespennest gestochen, als ich
Bili bat, sich die Tanis-Unterlagen anzusehen . . .* Er hatte
ihm vertraut — ein Fehler. Die Frage lautete nun: Gab es
noch andere Leute im Starfleet-Hauptquartier, die mit
Mendez und Tsebili unter einer Decke steckten? An wen
konnte er sich um Hilfe und Schutz wenden?

Quince schauderte unwillkürlich. *Wenn die Sache wirklich so ernst ist, wie ich glaube . . . Dann stehe ich bereits mit
einem Bein im Grab.*

Als er das Apartment erreichte, lichtete sich allmählich der Nebel. Kalter Schweiß brach ihm aus, und To-
desahnungen krochen in seine Gedanken . . . Gleichzeitig fühlte er eine angenehme Erregung — er hatte einen
Plan.

Selbst wenn auch das Terminal im häuslichen Arbeitszimmer überwacht wurde: Vielleicht konnte es ihm
einige wichtige Daten liefern. Er beschloß, sich mit dem

Starfleet-Computersystem in Verbindung zu setzen und eine Liste der Personen anzufordern, die Zugang zur Tanis-Datei hatten.

Die entsprechenden Personen wußten zumindest *etwas*. Wenn er einen Admiral fand, dem solche Informationen nicht zur Verfügung standen, so war er einen wichtigen Schritt weiter. *Dann habe ich einen Beweis dafür, daß mehr notwendig ist als ein hoher Rang, um in das Tanis-Projekt eingeweiht zu sein — Komplizenschaft.*

Quince würde den betreffenden Admiral anrufen und ihn besuchen. Jetzt, mitten in der Nacht — ohne daß Mendez etwas dagegen unternehmen konnte. *Ich beame mich zu ihm, bevor Rod begreift, was sich anbahnt.*

Aber vorher mußte er sich noch um etwas anderes kümmern. Wenn ihn sein Instinkt nicht trog, wenn ihm tatsächlich irgend etwas zustieß ... Dann machte sich Jimmy bestimmt heftige Vorwürfe. Und falls er nicht starb — nun, dann erfuhr niemand etwas davon. Quince brauchte nur einige Minuten, um Schreihals neu zu programmieren. Kirk sollte ihn ohnehin nach seinem Tod bekommen; das Testament lag bereits bei Waverleighs Anwalt.

Vor dem Terminal im Arbeitszimmer blieb er eine Zeitlang stehen und atmete mehrmals tief durch. Eile war geboten — um Mendez und seinen Helfern keine Gelegenheit zu geben, rechtzeitig zu reagieren. Er lächelte plötzlich. Wenn er sich irrte, geriet er in Teufels Küche. Einen Admiral aus dem Schlaf zu reißen, ihm von einer angeblichen Verschwörung in der Flotte zu erzählen ...

Wenn sich das als Unsinn herausstellt, bin ich bald wieder Captain.

»Computer: die Namen aller Personen mit Zugang zur Tanis-Datei.«

Nur wenige Personen. Natürlich Mendez. Tsebili. Und mehrere andere Admiräle. Einige kannte er, die übrigen nicht.

Noguchis Name fehlte auf der Liste. Quince rief ihn zu Hause an und versuchte, nicht zu schmunzeln, als er das verdrießliche, schlaftrunkene Gesicht des Admirals sah.

»Waverleigh? Ich hoffe, Sie haben einen guten Grund, mich um diese Zeit zu stören.«

»Ja, Sir«, erwiderte Quince ernst. »Ich muß Sie dringend sprechen, Sir. Es geht dabei um eine Verschwörung in Starfleet.«

Noguchi blinzelte kurz. »Ich erwarte Sie hier«, sagte er dann. »Einen Augenblick ... Der Transporter ist außer Betrieb. Sie müssen einen Gleiter benutzen. Kennen Sie den Weg?«

»Die Daten sind im Autopiloten gespeichert, Sir.« Der Transporter. *Hölle und Verdammnis — ich habe die Wartung vergessen.* Dadurch ergab sich ein zusätzliches Gefahrenelement. *Na schön, mein Lieber. Schon seit Monaten sehnst du dich nach Aufregung. Jetzt ist es endlich soweit.*

Sollten die Verschwörer ruhig versuchen, ihn zu schnappen. Er entkam ihnen bestimmt.

Quince nahm den Lift zum Dach und setzte sich an die Kontrollen des Gleiters — eine schnittige, sportliche Maschine, kaum für eine Familie geeignet. Ke hatte nichts davon gehalten. Er schaltete auf manuelle Steuerung um und startete.

Na, wie wollt ihr mich jetzt erwischen, ihr Hurensöhne?

Er lachte laut. Zum erstenmal seit zwei Jahren fühlte er sich richtig lebendig.

Die alte Abenteuerlust erwachte in ihm.

Er stieg über der Bucht auf, und der Nebel verflüchtigte sich jetzt schnell. Waverleigh hätte auch das Radar auf manuelle Kontrolle justieren können, aber er entschied, es dem Computer zu überlassen. Wenn ihn jemand verfolgte, so wollte er sofort Bescheid wissen.

Doch es zeigten sich keine anderen Gleiter in der Nähe. Er rief die Daten aus dem Autopiloten ab: Noguchis Haus befand sich auf der anderen Seite der Bucht, nur etwas mehr als eine Flugminute entfernt.

Als er sich dem Ziel näherte, wich das Erregungsprikkeln in ihm neuerlicher Enttäuschung. Niemand versuchte, ihn daran zu hindern, den Admiral zu erreichen. Es war alles viel zu leicht.

Quince bereitete sich auf die Landung vor, reduzierte den Schub und sah bereits die Lichter auf dem Dach der Villa. Das Lächeln in seinem Gesicht verblaßte. Nichts und niemand stellte seine Sicherheit in Frage. »Soviel zur Aufregung«, sagte er. Überrascht lauschte er dem niedergeschlagenen Klang der eigenen Stimme.

Er flog noch immer über der Bucht, doch nun wurde es Zeit, mit dem Landeanflug zu beginnen. Erneut betätigte er den Schubregler, und der Bug des Schwebers neigte sich nach unten.

Noch immer keine Verfolger in Sicht.

Der Gleiter sank langsam tiefer, und die Entfernung zum Anwesen des Admirals schrumpfte. Plötzlich erzitterte der Regler. Quince starrte verblüfft darauf hinab, blickte dann zu den Kontrollen — sie bestätigten die manuelle Steuerung.

Aber der Schubregler bewegte sich dennoch von ganz allein. Das Triebwerk stotterte mehrmals, und die Maschine wurde langsamer, verlor an Höhe. Waverleigh zerrte am Hebel und fluchte, als der Schweber über der Bucht ins Trudeln geriet.

Quince saß wie erstarrt, fühlte nicht etwa Furcht, sondern eine sonderbare Mischung aus Begeisterung und Ärger. Begeisterung, weil er recht behielt, weil wirklich Gefahr bestand. Und Ärger darüber, nicht mehr imstande zu sein, Noguchi zu warnen. Vor dem tödlichen Absturz gingen ihm noch zwei Gedanken durch den Kopf. Erstens: Er war froh, Jim die Nachricht geschickt zu haben. Und zweitens: Bestimmt kam es im Hauptquartier von Starfleet zu einem enormen Aufruhr; er bedauerte zutiefst, ihn nicht miterleben zu können.

KAPITEL 11

McCoy stand in der halbdunklen Isolationskammer, sah auf Chris Chapel hinab und versuchte, genug Mut für das Unvorstellbare zu sammeln. Diesmal trug er keinen Individualschild. Tijeng hatte ihr Versprechen eingelöst und den Impfstoff in ausreichender Menge hergestellt, und Leonard war als einer der ersten damit behandelt worden. Eine Untersuchung bewies, daß sein Blut nun die richtigen Antikörper produzierte, und inzwischen verabreichte man das Schutzmittel auch den übrigen Besatzungsmitgliedern.

Für Christine kam das neue Medikament einen Tag zu spät: Schon seit vierundzwanzig Stunden zeigten die Bioindikatoren keine Hirnaktivität mehr an. Das Lebenserhaltungssystem beatmete sie, und Leonard sah, wie sich Chapels Brust langsam hob und senkte. Er trachtete danach, dieser Bewegung keine Beachtung zu schenken, denn dadurch wirkte Chris viel zu lebendig. *Sie ist tot*, sagte er sich immer wieder.

Doch ein anderer Teil seines Bewußtseins lehnte diese Erkenntnis hartnäckig ab, klammerte sich an unsinniger Hoffnung fest.

Seltsamerweise bemerkte er erst jetzt, wie hübsch die Krankenschwester war. Eine elegante, klassische Schönheit: das Gesicht ruhig und entspannt, die makellosen weißen Züge von aschblondem Haar gesäumt. Die Wangen waren sogar ein wenig gerötet — *aber die Rose verblüht trotzdem*, dachte McCoy bitter und wußte, daß es sich um das Ergebnis der letzten Transfusion handelte. Der Computer überwachte den Hämoglobinspiegel: Wenn er unter ein bestimmtes Niveau sank, bekam Chapel neues Blut.

Maschinen ersetzten die vitalen Funktionen des Gehirns. Der Leib akzeptierte das Blut, und ein künstlich stimuliertes Herz pumpte es durch die Adern.

McCoy konnte sich nicht länger belügen: Eine leere Hülle lag vor ihm. Es hatte keinen Sinn, den Körper noch länger am Leben zu erhalten.

Das nützte Christine ebensowenig wie ihm selbst. Gestern abend hatte er soviel getrunken, daß er sich jetzt ziemlich schlecht fühlte, aber nicht genug, um zu schlafen. Als er schließlich zu Bett ging, wälzte er sich von einer Seite zur anderen, starrte stundenlang an die Decke und dachte: *Morgen solltest du das Lebenserhaltungssystem ausschalten; gönn ihr den letzten Frieden.*

Er hatte viel nachgedacht, und dabei gingen ihm seltsame Gedanken durch den Kopf. Zum Beispiel: Warum hast du dich nie in Chris verliebt? Oder: Wieso fällt dir erst jetzt auf, wie attraktiv sie war?

McCoy erinnerte sich an das erste und einzige Mal, als er sie zu einem Drink in sein Quartier eingeladen hatte. Chapel befand sich erst seit kurzer Zeit an Bord der *Enterprise*, und Leonard wollte sie seinen übrigen Mitarbeitern vorstellen. Doch die meisten von ihnen mußten sich an jenem Abend um andere Dinge kümmern, und Unbehagen entstand in dem Arzt, als er allein mit einer hübschen Frau in seiner Kabine saß. Er holte eine Flasche Old Weller hervor, füllte zwei Gläser und dachte plötzlich daran, daß Christine vielleicht einen Annäherungsversuch erwartete. Diese Vorstellung weckte seltsame Furcht in ihm, und dadurch trank er mehr, als er eigentlich beabsichtigte — obwohl er einen guten Eindruck machen wollte.

Chris bekam ebenfalls einen Schwips, und vermutlich regte sich die gleiche Unsicherheit in ihr. Später hatte McCoy nie wieder beobachtet, daß sie Alkohol trank.

Als sie eintraf, wirkte sie zwar sehr attraktiv, aber auch kühl und distanziert. Zum Glück trug sie eine Uniform — andernfalls wäre McCoy wahrscheinlich das Glas aus der Hand gefallen.

Zunächst tranken sie recht hastig, doch beim zweiten Drink gelang es ihnen allmählich, sich zu entspannen. Irgend etwas an Chris teilte Leonard mit, daß sie sich nur Freundschaft von ihm erhoffte, mehr nicht: ihr Blick, der Tonfall, ihre Haltung ...

Beim dritten Drink erfuhr er, daß sie verlobt gewesen war, doch der entsprechende Mann wurde vermißt, galt bereits als tot. Chris weigerte sich zu glauben, daß er nicht mehr lebte, hoffte nach wie vor, daß er irgendwann zurückkehrte. McCoys emotionale Reaktion bestand aus Mitgefühl — und Erleichterung. Sie hatten beide sehr gelitten und lehnten neue Beziehungen ab. Die Besorgnis wich aus ihm, und er erzählte von Jocelyn und der Scheidung, von seiner Tochter Joanna und den Schuldgefühlen, weil er kaum einen Beitrag zu ihrer Erziehung geleistet hatte.

Später verblüffte es ihn, daß er mit Chapel über so private Dinge gesprochen hatte, aber sie gab ihm nie Anlaß, es zu bedauern. Sie bot ihm etwas, das er dringend brauchte: Freundschaft, eine Möglichkeit, über Dinge zu reden, die ihn belasteten, die er nicht einmal Jim anzuvertrauen wagte. Christine hörte ruhig zu und schüttete ihm ebenfalls ihr Herz aus.

McCoy gehörte nicht zu den Personen, denen es leicht fiel, ihre persönlichen Probleme zu diskutieren, und seine Offenheit an jenem Abend erstaunte ihn. Vielleicht hatte er instinktiv erkannt, daß ihn Chapel verstehen würde, daß auch sie das Bedürfnis verspürte, mit jemandem zu sprechen.

Irgendwann erörterten sie die Epidemie des ansteckenden Wahns, die auf Psi 2000 ausgebrochen war — eine Krankheit, an der auch einige Besatzungsmitglieder litten. Chris errötete und erklärte, daß sie Spock infiziert hatte. Sie schilderte, wie der Vulkanier in die Krankenstation kam, auf der Suche nach dem Captain ...

»Ich ergriff seine Hand und gestand ihm unsterbliche Liebe. Ist das nicht schrecklich?« Sie lachte kurz, und ihre Mundwinkel wölbten sich mißbilligend nach oben. »Um ehrlich zu sein: Ich war ebenso überrascht wie er. Seitdem werde ich in seiner Nähe immer nervös. Vielleicht glaubt er, ich hätte es ernst gemeint. Es erstaunt mich, daß er nicht um eine sofortige Versetzung gebeten hat.«

»*Haben* Sie es ernst gemeint?« Die Kühnheit, eine solche Frage zu stellen, verdankte McCoy in erster Linie dem Bourbon.

Chris nippte an ihrem Glas, verschluckte sich und hustete. »Natürlich *nicht*«, keuchte sie, holte mehrmals tief Luft und ließ sich von McCoy nachschenken. »Warum sollte sich irgend jemand in Spock verlieben?«

Leonard zuckte mit den Schultern. »Ich kenne viele Frauen an Bord, die ihn attraktiv finden. Sie wären sicher nicht die erste, die ihr Herz an ihn verliert.«

Chapel stöhnte ein wenig zu laut — inzwischen war sie mehr als nur beschwipst. »Das Herz an ihn verlieren? Soll das ein Witz sein?« Sie hob den Kopf. »Ich halte ihn nicht für besonders attraktiv. Jedenfalls nicht für attraktiv genug, um ihn in einem Brief nach Hause zu erwähnen.« Sie trank noch etwas mehr Whisky, ohne zu husten. »Ich bitte Sie, Leonard. Warum sollte sich eine Frau in einen so ... kühlen Mann verlieben? Für eine Terranerin ist das völlig unmöglich, und was Vulkanierinnen betrifft ...«

»Unmöglich?« McCoy schüttelte den Kopf. »Das bezweifle ich. Spocks Mutter stammt von der Erde.«

»Nun, das ist ihr Problem. Arme Frau. Wie wird sie nur damit fertig?«

»Ziemlich gut, glaube ich. Und soweit ich weiß, ist sie noch nicht zu Eis erstarrt.«

Chapel schmunzelte unwillkürlich.

McCoy lächelte ebenfalls und überlegte, was Chris veranlassen könnte, sich in Spock zu verlieben. Er hatte eine bestimmte Theorie: Wenn sie ihre Gefühle auf den Vulkanier fixierte, blieb sie dem verlorenen Verlobten treu. Er konnte ihre Empfindungen nicht erwidern, und daher bestand keine Gefahr, sich emotional an ihn zu binden.

Leonard dachte an sich selbst. War Chapels hoffnungslose Liebe Spock gegenüber der Grund, warum er sich darauf konzentrierte, nicht mehr als eine gute Freundin in Chris zu sehen?

Er widerstand der Versuchung, diese Gedanken in Worte zu kleiden, sagte jedoch mit einem Hauch Ironie: »Die Dame protestiert zu sehr.« Er füllte sein Glas und starrte dabei ins Leere. Einige Sekunden lang lauschte er dem Gluckern, stellte dann die Flasche beiseite.

Chapel schnaufte abfällig und wechselte das Thema.

Sie hatte *tatsächlich* zu sehr protestiert, und später wurden McCoys Ahnungen bestätigt. Christine verbarg ihre Gefühle gut, aber manchmal, wenn sie sich unbeobachtet glaubte ... Dann musterte sie den Vulkanier auf eine Weise, die dem Arzt gewisse Schlußfolgerungen ermöglichte. Er erinnerte sich daran, wie sie Spock Suppe brachte, als der Erste Offizier keine Nahrung mehr zu sich nahm. Damals hatte er sie aufgezogen, während Jim zugegen war ...

Das bedauerte er nun. Das Gedächtnis zeigte ihm eine Chapel, die errötete und verlegen erwiderte: »Nun, ich konnte Mr. Spock doch nicht verhungern lassen, Doktor.«

McCoy kehrte ins Hier und Heute zurück, schauderte und atmete tief durch, um Kraft zu schöpfen — Kraft dafür, an seiner Entschlossenheit festzuhalten.

Langsam streckte er die Hand aus, um die Transfusionsnadel aus Christines Arm zu ziehen. Als er sich vorbeugte, rollte ihm eine Träne über die Wange und tropfte auf Christines Nasenrücken.

Er entsann sich an ein Märchen aus seiner Kindheit: eine Prinzessin, die wieder zum Leben erwachte, als sie die Tränen des Geliebten spürte.

Leonard warf einen hoffnungsvollen Blick auf die Bioindikatoren, aber die Anzeigen veränderten sich nicht. Vorsichtig wischte er die Träne fort. Wenigstens konnte er Chapel jetzt berühren — der Impfstoff schützte ihn vor der Ansteckung. Er hätte es bestimmt nicht fertiggebracht, auf der anderen Seite des Fensters zu verharren und von dort aus dem Computer die Anweisung zu geben, das Lebenserhaltungssystem zu desaktivieren. Dies mußte er selbst erledigen.

Christines Haut fühlte sich warm und sehr weich an.

McCoy preßte die Lippen zusammen und löste die Transfusionsnadel aus der Armbeuge. Weitere Tränen strömten ihm über die Wangen, und plötzlich bemerkte er eine Bewegung außerhalb der Isolationskammer. Er begriff, daß jemand zusah, und jäher Ärger brodelte in ihm.

Zornig drehte er den Kopf. Wer störte ihn ausgerechnet jetzt?

Spock stand am Fenster.

Mit dem Handrücken wischte sich Leonard die Nässe aus den Augen. »Was wollen Sie?« In seiner Stimme erklang wesentlich mehr Kummer, als er erwartet hatte.

Der Vulkanier schwieg einige Sekunden lang, blickte an dem Arzt vorbei zu Chapel. Sein Gesicht war sehr ernst. »Es tut mir leid, Doktor. Ich wollte nicht Ihre Gefühle verletzen.« Der verblüffend sanfte Tonfall wies Leonard darauf hin, daß Spock verstand. Der Erste Offizier zögerte und schien mit sich selbst zu ringen, bevor er schließlich vom Fenster forttrat.

»Warten Sie«, stieß McCoy heiser hervor. Der Ärger über die Störung verflüchtigte sich. Die Vorstellung, sich ganz allein dem Unvermeidlichen zu stellen, erschien ihm jetzt unerträglich.

Der Vulkanier wölbte erstaunt eine Braue. »Meine

Frage kann warten, Doktor.« Er nickte in Richtung Chapel.

»Spock ...« Leonard schritt hoffnungsvoll zum Fenster. Die Präsenz jenes Mannes war wie eine Rettungsleine für ihn, gab ihm die Möglichkeit, der heranrückenden Schwärze zu entkommen. »Wußten Sie, was Christine für Sie empfand?« Zuerst wollte er noch etwas hinzufügen, entschied sich jedoch dagegen, um Chapels Vertrauen in Hinsicht auf den Psi 2000-Zwischenfall nicht zu mißbrauchen.

»Ja«, antwortete Spock gefaßt und gleichzeitig wachsam.

Leonard brauchte ihm die Situation nicht zu erklären. Sein Verhalten deutete darauf hin, daß er sich ihrer Bedeutung durchaus bewußt war. »Sie sind immun«, sagte Leonard. »Ich habe heute die Untersuchungsergebnisse bekommen. Das Virus mag kein vulkanisches Blut.« Er zögerte. »Wären Sie bereit ... hereinzukommen? Und mir Gesellschaft zu leisten, während ich ... es hinter mich bringe?« Ein Kloß entstand in seinem Hals, und er schluckte, kämpfte gegen die Tränen an. »Christine ... Chris hätte es sicher zu schätzen gewußt.«

Spock richtete einen durchdringenden Blick auf ihn. »Natürlich, Doktor«, erwiderte er dann. »Ich stehe nach wie vor in Schwester Chapels Schuld.«

McCoy tastete den Öffnungscode in die Kontrolleinheit und rieb sich die feuchten Augen, als der Vulkanier die Schleuse erreichte. Zum Teufel mit ihm — warum verzichtete er jetzt auf die üblichen, von Logik und Rationalität geprägten Bemerkungen? Sie hätten es Leonard ermöglicht, sich zu beherrschen, die Tränen zurückzuhalten.

Spock trat in die Isolationskammer, blieb neben dem Arzt stehen und legte die Hände auf den Rücken. McCoy gab sich einen inneren Ruck und schaltete die ersten Instrumente aus.

Eigentlich hätte Chapels Herz noch eine Zeitlang

schlagen sollen, aber es pochte nur dreimal, rührte sich dann nicht mehr. Der Mediziner in Leonard hielt das für seltsam, doch Niedergeschlagenheit und Verzweiflung lenkten ihn so sehr ab, daß er Spock nicht darauf ansprach.

Er desaktivierte das Beatmungsgerät. Christines Lungen füllten sich noch einmal mit Luft, und dann wich der letzte Atem mit einem leisen Seufzen aus ihr. Die Brust hob und senkte sich nicht mehr. Spock und McCoy beobachteten, wie die Bioindikatoren der Körperfunktionen zu den Nullmarken sanken.

Mehrere Minuten lang schwiegen sie, und McCoy schämte sich nicht der Tränen, die ihm aus den Augen flossen.

»Sie war ein tüchtiger Offizier«, sagte der Vulkanier nach einer Weile.

Leonard hörte Anerkennung, doch das Feuer der Wut kehrte trotzdem in ihn zurück. *Tüchtigkeit!* Das war alles? Mehr fiel dem Vulkanier nicht ein? Er sah in dieser wundervollen, intelligenten Frau, die ihn geliebt hatte, nur einen *tüchtigen Offizier?* McCoy setzte zu einer Antwort an, doch irgend etwas schnürte ihm die Kehle zu. Dann erkannte er für einen Sekundenbruchteil echtes Mitgefühl in den vulkanischen Zügen — und verstand.

Spock hatte das für ihn größte Lob ausgesprochen.

»Ja«, flüsterte Leonard. »Das war sie. Und noch mehr.«

»Ich nehme Anteil an Ihrem Leid, Doktor«, fügte der Erste Offizier leise hinzu und ging fort, um McCoy seinem Kummer zu überlassen.

Am gleichen Morgen. Tomson öffnete einen Kom-Kanal zu Kirks Kabine, als sich der Captain anzog. Er streifte den Uniformpulli über, bevor er das Interkom einschaltete.

»Hier Kirk.«

»Tomson, Sir.« Ihre Stimme klang etwas rauher als sonst, und die eisblauen Augen waren blutunterlaufen

215

— die einzige Farbe in ihrem weißen Gesicht. Jim vermutete, daß sie in der vergangenen Nacht nicht geschlafen hatte. »Ich möchte über die bisherigen Ergebnisse der Suche Bericht erstatten.«

»Ich nehme an, es liegen keine konkreten Resultate vor.«

Tomson seufzte leise. »Ich fürchte, da haben Sie recht, Sir. Allerdings hat man Adams gestern abend auf dem Deck D gesehen, unweit der Junioroffizier-Quartiere.«

»Ach?« Kirk fühlte vage Hoffnung.

»Eine falsche Spur, wie sich später herausstellte.« Tomson schien zu müde zu sein, um ihre Enttäuschung zu verbergen. »Ich verspreche Ihnen, Sir: Früher oder später werden wir ihn finden.«

»Halten Sie es für möglich, daß er sich nicht mehr an Bord des Schiffes aufhält?«

Die Leiterin der Sicherheitsabteilung schüttelte den Kopf. »Das bezweifle ich, Captain. Der Transporter und die Shuttles sind nicht benutzt worden. Auf eine andere Weise kann Adams die *Enterprise* kaum verlassen haben.«

»Spüren Sie ihn auf, Lieutenant.« Eine lächerliche Bemerkung — Spock hätte sicher kommentiert, daß er auf etwas Offensichtliches hinwies. Aber Jim scherte sich nicht darum; derzeit war er viel zu frustriert. »Ein Besatzungsmitglied ist tot, und ein weiteres wurde schwer verletzt.«

Tomsons Pupillen weiteten sich, und sie erweckte den Eindruck, noch blasser zu werden. »Jemand ist gestorben, Captain?«

»Vielleicht.« Verdammt, damit förderte er neue Gerüchte. Im Augenblick stand ihm nicht der Sinn danach, über Christine Chapel zu sprechen, und deshalb wechselte er das Thema. »Wann haben Sie sich zum letztenmal ausgeruht, Lieutenant?«

»Sir?« Tomson blinzelte überrascht.

»Seit wann sind Sie im Dienst?«

Kirk entnahm ihrem Gesichtsausdruck, daß sie zunächst mit dem Gedanken spielte, ihm eine Lüge zu präsentieren, doch dann beschloß sie, ehrlich zu sein. »Seit zwei Tagen, Sir.«

»Alle Offiziere an Bord dieses Schiffes sind kompetent. Warum überlassen Sie die Nachtschicht nicht jemand anders?«

»Sir ...« Tomson seufzte erneut. »Ich wollte Fähnrich Nguyen zu meiner Stellvertreterin ernennen, aber sie mußte in der Krankenstation behandelt werden. Dr. McCoy hat noch nicht ihre Diensttauglichkeit bescheinigt.«

Kirk wußte, daß Ingrit Tomson ihre Pflichten sehr ernst nahm und nichts mehr fürchtete, als einen Mißerfolg melden zu müssen. Aber wenn sie sich nicht bald dazu durchrang, Verantwortung zu delegieren, wurde sie wertlos für ihn. »Ich verstehe. Und wer kommt in der Kommandohierarchie Ihrer Abteilung an dritter Stelle?«

Die dünnen Lippen im schneeweißen Gesicht zitterten kurz. »Sir ... In dieser Hinsicht habe ich noch keine Entscheidung getroffen.«

Der Captain dachte an die verschiedenen Angehörigen der Sicherheitsabteilung. »Wie wär's mit Stanger? Er ist alles andere als unerfahren.« *Und er verdient eine neue Chance,* dachte Jim.

»Sir ...« Tomson wirkte schockiert. »Von *ihm* möchte ich mich auf keinen Fall vertreten lassen.«

»Er hat mehr Kommandoerfahrung als alle Ihre Leute zusammen«, stellte Kirk fest. Als seine Gesprächspartnerin die Stirn runzelte, fügte er hinzu: »Natürlich abgesehen von Ihnen.«

»Er steht in keinem guten Ruf ...«

Jim musterte Tomson. »Sie geben doch nichts auf Gerüchte, oder?«

Sie errötete. Kirk beobachtete fasziniert, wie sich zuerst der Hals verfärbte, dann auch die Wangen. »Nein, Sir.«

»Dann beauftragen Sie Stanger, die Nachtschicht zu leiten, Lieutenant. Und ruhen Sie sich aus. Ein guter Offizier sollte wissen, wann es erforderlich ist, die Verantwortung zu teilen.«

»Das ist vermutlich ein Befehl«, sagte Tomson steif. Kirk sah, daß er sie verärgert hatte, aber es war ihm gleich. Wichtigere Dinge erforderten seine Aufmerksamkeit.

»Wenn Sie es so verstehen wollen, Lieutenant — meinetwegen.« Er unterbrach die Verbindung.

Jim schritt zur Tür, als das Interkom erneut summte. *Wenn's so weitergeht, schaffe ich es nie zur Brücke.* Er betätigte eine Taste. »Krisenzentrum.«

McCoy erschien auf dem Bildschirm, und das faltige Gesicht des Arztes trug einen gefaßten Ausdruck. Kirk musterte einen ruhigen, resignierten Leonard; er ähnelte nicht mehr dem verbitterten Mann, mit dem der Captain gestern gesprochen hatte. Doch in den trüben Augen des Arztes glitzerten unvergossene Tränen.

»Guten Morgen, Jim«, grüßte McCoy monoton.

»Guten Morgen«, entgegnete Kirk, und in seiner Magengrube krampfte sich etwas zusammen — er ahnte, was ihm Leonard mitteilen wollte.

»Drei Viertel der Besatzung sind inzwischen geimpft«, begann der Bordarzt. »Den Rest behandeln wir heute morgen. Dann sollte die ganze Crew vor einer Infektion geschützt sein.« Er legte eine kurze Pause ein und schnappte nach Luft, als hätten ihn die wenigen Worte erschöpft.

»Du rufst auch wegen Christine an, nicht wahr?« fragte Kirk leise. Er hoffte inständig, sich zu irren — und gleichzeitig wußte er, daß ihn seine Ahnungen nicht täuschten. Auch er hatte sich der Illusion hingegeben, daß Chapel durch irgendein Wunder die Krankheit überlebte.

McCoy seufzte tief und nickte.

Jim war bestürzt. Seine Beziehungen zu Christine beschränkten sich immer nur aufs Berufliche, aber er hatte sie sehr gemocht. Und natürlich wußte er von der Freundschaft zwischen ihr und Leonard. Sein Kummer galt sowohl dem Doktor als auch Chapel. Er empfand es immer als schweren Schlag, ein Besatzungsmitglied zu verlieren, ganz gleich, um wen es sich handelte. Doch Christines Tod ging ihm besonders nah.

»Ich verstehe«, sagte er, um McCoy eine Erklärung zu ersparen.

Leonard nickte traurig. »Ich bin in der Krankenstation, falls du mich brauchst.« Der Schirm wurde dunkel.

Kirk verließ sein Quartier und erreichte die Brücke in ziemlich gedrückter Stimmung. Die übrigen Offiziere hatten ein Recht darauf, von Chapels Tod zu erfahren, aber er schauderte innerlich bei der Vorstellung, die schlechte Nachricht zu verkünden.

Als er den Kontrollraum betrat, wandte sich Uhura von der Kommunikationskonsole ab. »Guten Morgen, Captain.« Sie begrüßte ihn mit melodischer Stimme und einem heiteren Lächeln. »Ich habe gerade versucht, Sie ...« Die dunkelhäutige Frau unterbrach sich, als sie Kirks Gesichtsausdruck bemerkte.

»Guten Morgen«, erwiderte Jim knapp. Die stumme Frage in Uhuras Augen weckte Unbehagen in ihm. Sulu und Chekov warfen ihm ebenfalls neugierige Blicke zu. Spock stand an der wissenschaftlichen Station, spähte in den Sichtschlitz des Scanners und sah nicht auf.

Kirk nahm im Kommandosessel Platz.

»Eine Prioritätsmitteilung für Sie, Captain«, sagte Uhura und klang nun ernst.

Jim drehte den Kopf und hob die Brauen.

»Von der Erde, San Francisco, Sir.«

»Das Starfleet-Hauptquartier?«

»Nein, Sir.« Uhura runzelte verwirrt die Stirn. »Von einem öffentlichen Kommunikator. Die Botschaft wurde auf einer privaten Frequenz übermittelt.«

»Von einem öffentlichen Kommunikator?« wiederholte Kirk verdutzt. *Lieber Himmel, wer benutzt einen öffentlichen Kom-Anschluß in San Francisco, um ...* Natürlich. Quince. Die Bekanntgabe von Chapels Tod konnte noch etwas warten. Wenn sich Waverleigh auf einer privaten Frequenz mit ihm in Verbindung setzte, so deutete alles darauf hin, daß Quince in Schwierigkeiten geraten war. Jim spürte, wie sich sein Pulsschlag beschleunigte.

»Eine schriftliche Nachricht, Sir.«

Gut. Dann konnte er sie entgegennehmen, ohne daß jemand etwas hörte. Selbstverständlich vertraute Kirk seinen Brückenoffizieren, aber je weniger Personen von dieser Sache erfuhren, desto besser. »Auf meinen Schirm, Lieutenant.« Er zog den Kom-Monitor des Befehlsstands etwas näher heran und hörte, wie Tasten unter Uhuras Fingern klickten. Kurz darauf las er:

JIMMY: WO RAUCH IST, BRENNT EIN FEUER.
HIER WIRD'S ALLMÄHLICH ZU HEISS.

Eine Unterschrift fehlte, doch Kirk zweifelte nicht daran, daß die Mitteilung von Waverleigh stammte. Einige Sekunden lang starrte er wie benommen darauf hinab. *Meine Güte, Adams hat recht. Es gibt tatsächlich eine Verschwörung in Starfleet. Und Quince hat nun Probleme, weil ich ihn um Ermittlungen gebeten habe.* Jim fröstelte, und es lag nicht an einer zu niedrigen Temperatur auf der Brücke.

Er las die Nachricht noch einmal, löschte sie dann und stand auf. »Uhura, öffnen Sie einen abgeschirmten Kom-Kanal zu meiner Kabine.«

»Ja, Sir. Mit wem soll ich Sie verbinden?«

»Das erledige ich selbst.« Uhuras Blick ließ ihn zögern. *Was ist mit Christine, Captain? Haben wir es nicht verdient, Bescheid zu wissen?* Oder existierten diese Fragen nur in seiner schuldbewußten Phantasie?

Er kehrte in die Kabine zurück, und unterwegs dachte er ständig an Quince. Es wurde ›zu heiß‹ für ihn. Anders ausgedrückt: Er hatte etwas entdeckt und hielt es für zu riskant, auf einer Flottenfrequenz davon zu berichten.

Herr im Himmel, ist Mendez vielleicht nur einer von vielen? Sind auch noch andere Admiräle darin verwickelt? Diese Vorstellung entsetzte Jim. Vielleicht befand sich Quince in Gefahr ...

Wenn ihm etwas zustößt, so bin ich schuld daran.

Unsinn. Ihm wird nichts passieren. Du weißt doch, daß Quince zum Dramatisieren neigt. Wahrscheinlich hat er herausgefunden, daß Mendez' Steuererklärungen nicht in Ordnung sind. Und bestimmt liegt Admiral Farragut bereits eine entsprechende Meldung vor.

Uhura schaltete den Kom-Konal zum Terminal in Jims Quartier. Kirk hatte Quince schon seit vielen Monaten nicht mehr zu Hause angerufen und mußte den Computer nach der Nummer des Privatanschlusses fragen.

Was mochte geschehen, wenn die Verschwörer herausfanden, daß er hinter Waverleighs Nachforschungen steckte? Mendez würde natürlich sofort eine Beteiligung Kirks wittern, selbst wenn Quince nichts verriet. Der Kanal war abgeschirmt, aber Mendez hatte sicher die Möglichkeit, ihn trotzdem anzuzapfen und alle gesprochenen Worte zu entschlüsseln.

Es spielte keine Rolle. Auch wenn er den Verdacht des Admirals bestätigte — Jim mußte unbedingt mit Quince reden.

Einige Minuten verstrichen, und schließlich gab ihm der Computer die Auskunft, daß in Waverleighs Apartment niemand auf das Rufsignal reagierte. *Habe ich mich in der Zeit geirrt?* Er vergewisserte sich — in Nordkalifornien war es vier Uhr morgens.

Keine voreiligen Schlußfolgerungen, ermahnte sich der Captain. *Quince ist nicht mehr an eine Familie gebunden. Vielleicht verbringt er die Nacht woanders.*

Oder sein Dienstplan hatte sich geändert. Kirk nahm

seinen ganzen Mut zusammen, stellte eine Verbindung zum Hauptquartier von Starfleet her und erkundigte sich nach Admiral Waverleigh.

Es dauerte zwei lange Minuten, bis er Antwort bekam. Der Admiral trat seinen Dienst erst in fünf Stunden an.

Kirk schloß den Kanal. Es blieb ihm nichts anderes übrig, als zu warten, Quince irgendwie darauf hinweisen zu können, daß er die Nachricht bekommen hatte — in der Hoffnung, später mehr von ihm zu erfahren.

Bis dahin mußte er sich in Geduld fassen, ohne dauernd darüber nachzudenken, was seinem alten Freund zugestoßen sein mochte. Er entschied, sich mit Arbeit abzulenken.

Unglücklicherweise bedeutete das auch, erneut die Brücke aufzusuchen und die Offiziere von Chapels Tod zu informieren.

An jenem Morgen hatte Stanger einen weiteren Traum, ebenso düster wie die anderen. Darin sah er Lieutenant Ingrit Tomson, die wie eine unheilvolle Schneekönigin vor ihm aufragte, während er wie ein ungezogenes Kind vor ihr stand und beschämt den Kopf senkte. Sie trug keine Uniform, sondern einen langen, weiten Umhang, und in dieser Aufmachung beeindruckte sie ihn sehr. Unter dem einen dunklen Samtärmel ragten alabasterweiße Finger hervor und deuteten direkt auf ihn.

Um ganz offen zu sein, Mr. Stanger: Ich bin keineswegs sicher, ob auf Sie Verlaß ist.

Er war so nervös, daß er seine Tasche fallen ließ. Einige Gegenstände rutschten daraus hervor: mehrere kleine aldebaranische Statuen, die er während des Landurlaubs gekauft hatte, Münzen, eine Jacke, für Rosa bestimmt. Und ein klingonischer Brandphaser. Er glitt über den Boden, stieß an einen Tisch — Stanger merkte plötzlich, daß Tomson und er in der Offiziersmesse standen; überall erklangen Stimmen —, und entlud sich. Ein greller Strahl blitzte, kochte über die Wand und zerstörte einige Schaltkreise darin.

Stanger riß die Augen auf.

Wie ich es mir dachte, sagte Tomson.

Ich ... ich sehe diese Waffe jetzt zum erstenmal, erwiderte Stanger. Dann schloß er den Mund, und seine Lippen bildeten einen dünnen Strich. Er sah den Strahler tatsächlich zum erstenmal, wußte jedoch, woher er kam.

Von Anfang an war mir klar, daß man Ihnen nicht vertrauen kann, zischte Tomson. Der dunkle Umhang schien vor Stanger anzuschwellen. *Nun haben Sie sich auch als Narr entlarvt.*

Ein Narr. Er war ein Narr. Doch er brauchte nur ein Wort zu sagen, um seine Unschuld zu beweisen.

Rosa.

Kann ich etwas in deiner Tasche verstauen? Ich hätte selbst eine mitnehmen sollen.

Eine Einkaufstour durch den Basar. Landurlaub auf ... Himmel, er erinnerte sich nicht einmal an den Namen des Planeten. Er *wollte* sich nicht daran erinnern.

Aus Liebe deckte er Rosa, verriet sie nicht. Aus Liebe hatte er ihre Beziehung geheimgehalten, damit sie nicht versetzt wurde. Sie gehörte zu seinem Kommando, und man sah es nicht gern, wenn sich Vorgesetzte auf Affären mit ihren Untergebenen einließen.

Aus Liebe verzichtete er darauf, die Wahrheit zu enthüllen: *Es ist nicht meine Waffe. Rosa muß sie in die Tasche gelegt haben.* Sein Wort hätte gegen ihres gestanden, und bestimmt wäre man bereit gewesen, ihm zu glauben — immerhin bekleidete er einen höheren Rang.

Statt dessen schwieg er, nahm die ganze Schuld auf sich. Ständig hoffte er, daß Rosa vortrat und sagte: *Es ist mein Phaser. Jon hat überhaupt nichts damit zu tun. Ich habe den Strahler in die Tasche geschoben. Er hatte keine Ahnung davon.*

Stanger wartete bis zum Schluß, bis zu jenem Tag, an

dem Rosa ihre Sachen packte und die *Columbia* verließ. Als sie auch weiterhin still blieb, fiel es ihm erstaunlich leicht, sie nicht mehr zu lieben. Er hätte sie melden sollen — offenbar erwarb sie Strahler auf dem Schwarzmarkt und erzielte mit ihrem Verkauf einen hohen Gewinn. Er kannte sie gut genug, um zu wissen, daß sie keine Waffen sammelte.

Aber er wußte auch, daß sie das Geld wahrscheinlich nach Hause schickte. Rosa stammte aus einer großen Familie.

Tomson hatte recht. Er war ein Narr.

Langsam kam die Frau im Umhang näher, bis sie sein ganzes Blickfeld ausfüllte. Kaltes Metall berührte sein Gesicht — eine Halskette. Stanger blinzelte, und die Züge vor ihm zerflossen, veränderten sie. Plötzlich sah er Jeffrey Adams.

Er versuchte, Widerstand zu leisten und zu schreien, aber irgend etwas lähmte ihn. Er konnte sich nicht bewegen. Und dann verblaßten die Traumbilder, wichen Schwärze.

Einige Stunden später erwachte Stanger mit der Überzeugung, an Grippe erkrankt zu sein. Oder vielleicht lag es am Impfstoff. Man hatte ihm gestern nachmittag eine Dosis verabreicht. Ja, das war der Grund: Sein Körper reagierte auf den Impfstoff. Wenigstens ein Zeichen dafür, daß er nicht völlig wirkungslos war. Mehrere Minuten lang saß er auf der Bettkante und versuchte, Kraft genug zu finden, um aufzustehen. Doch es gelang ihm nicht, die Schwäche zu überwinden. Schließlich erhob er sich trotzdem. Die Suche nach Adams dauerte an, und Tomson würde es ihm bestimmt nicht verzeihen, wenn er sich jetzt krank meldete. Sie hatte deutlich genug darauf hingewiesen, daß sie alle ihre Leute brauchte.

Um ganz offen zu sein, Mr. Stanger: Ich bin keineswegs sicher, ob auf Sie Verlaß ist.

Gräßliche Erinnerungsbilder des Alptraums zogen an

seinem inneren Auge vorbei, und er zwang sie fort. Es war schon schlimm genug, daß er von Rosa träumte — er wollte nicht auch jetzt an sie denken.

Es bereitete ihm erhebliche Mühe, sich anzuziehen, und ein schweres Gewicht schien auf ihm zu lasten, als er zur Tür wankte.

Stanger merkte nicht einmal, daß jemand die elektronische Verriegelung neutralisiert hatte. Das Schott glitt vor ihm beiseite, und helles Korridorlicht flutete ihm entgegen, schmerzte in den Augen. *Ich habe die Uniform im Dunkeln übergestreift,* stellte er erstaunt fest.

Irgendwie schaffte er es bis zur Sicherheitsabteilung. Unterwegs befürchtete er immer wieder, daß die Knie nachgaben, daß er einfach zu Boden sank und liegenblieb. Die Luft erschien ihm wie Melasse, und jeder Schritt kam einer enormen Anstrengung gleich.

Vielleicht lag es doch nicht am Impfstoff. Eine neue Art von Grippe ... Möglicherweise hatte er sich in Starbase Neun angesteckt. Stanger fragte sich, wie es Nguyen und Lamia ging.

Es grenzte an ein Wunder, daß er sich rechtzeitig zum Dienst meldete. Tomson saß hinter ihrem Schreibtisch und warf ihm einen finsteren Blick zu, als bedauerte sie, daß er sich nicht erneut verspätete.

Sie stand auf und trat näher, um mit ihm zu reden. Er nahm Haltung an und lauschte aufmerksam — die Krankheit beeinträchtigte auch sein Gehör, und er mußte sich konzentrieren, um Tomson zu verstehen. Jon sah zu ihrem verkniffenen Gesicht auf und spürte, wie ihm die Knie immer weicher wurden.

»Ich habe mit dem Captain gesprochen«, begann Tomson. Sie wirkte müde — aber nicht so müde, wie sich Stanger fühlte. »Da Sie viel Erfahrung haben, hält er es für angebracht, daß ich Sie vorübergehend zu meinem Stellvertreter ernenne. Ich beherzige seinen Rat — aber nicht gern, und das sollen Sie ruhig wissen. Ihre Beförderung tritt sofort in Kraft.«

»Der Captain«, sagte Stanger langsam. Tief in seinem Innern regte sich staunende Dankbarkeit.

»Ja.« Tomson musterte ihn, und Falten bildeten sich in ihrer Stirn. »Ist alles in Ordnung mit Ihnen?«

»Der Captain«, wiederholte Jon und kippte nach hinten.

Die Leiterin der Sicherheitsabteilung bewahrte Stanger vor dem Fall, indem sie ihn an sich drückte. Unmittelbar darauf beendete sie die peinliche Umarmung, griff anders zu und hob den bewußtlosen Mann hoch.

Zum Teufel auch, fluchte Tomson stumm. *Wen soll ich jetzt zu meinem Stellvertreter machen?*

KAPITEL 12

Lamias Universum kollabierte wie ein schwarzes Loch. Zuerst verlor sie die *Tijra* und ihre Familie, dann auch Nguyen, wenn auch auf eine andere Weise. Seit sie von Adams verletzt worden war, hüllte sich Lisa in einen Kokon aus Depressionen. Zwar sprach sie mit Lamia und hörte ihr zu, aber es existierte nun eine seltsame Distanz zwischen ihnen, als sei Nguyen in Gedanken bereits nach Colorado zurückgekehrt. Offen und unverblümt erwähnte sie ihre Absicht, den Dienst zu quittieren und die *Enterprise* so bald wie möglich zu verlassen. Was für Lamia bedeutete: Sie mußte ihre beste Freundin aufgeben.

Kurze Zeit später gab der Captain Christine Chapels Tod bekannt, und man munkelte über Stangers Erkrankung. Lamia wußte, daß sie nicht mehr auf Jons Freundschaft zählen konnte, aber es stimmte sie trotzdem traurig zu erfahren, daß er sich infiziert hatte und vielleicht starb. Seltsamerweise war Stanger — ebenso wie die übrigen Besatzungsmitglieder — erst am vergangenen Nachmittag geimpft worden, und dieser Umstand führte zu neuen Gerüchten:

Der Impfstoff schützt nicht vor der Infektion. Und wir suchen Adams ohne Individualschilde.

Haben Sie gehört? Er fiel Tomson bewußtlos in die Arme.

Bestimmt hat sie sich ebenfalls angesteckt ...

Lamia wanderte durch den Korridor und blieb vor dem Zugang zur Krankenstation stehen. Ihr Dienst dauerte noch etwa dreieinhalb Stunden, doch die Medo-Sektion gehörte zu ihrem Suchbereich. Natürlich war es

227

extrem unwahrscheinlich, daß sich Adams irgendwo in der Krankenstation verbarg, und eigentlich hätte sie die Suche woanders fortsetzen sollen, aber sie konnte der Versuchung nicht widerstehen. Lamia hatte Snarl allein losgeschickt und wußte, daß sie ihrem Kollegen vertrauen konnte: Snarl würde Tomson selbst dann nichts verraten, wenn sie ihn verhörte.

Lamia *mußte* herausfinden, wie es Jon ging.

Sie holte tief Luft und trat ein. Zuerst war sie verwirrt: Stanger lag keineswegs dort, wo sie ihn erwartet hatte — auf einer der Diagnoseliegen für weniger ernste Fälle. Die Andorianerin erzitterte innerlich, als sie begriff, wo man ihn untergebracht hatte: in einer Isolationskammer.

Einige Schritte nach links ... Plötzlich sah sie McCoy und Tomson, die vor einer der Kammern ein ernstes Gespräch führten. Die Leiterin der Sicherheitsabteilung hatte die Arme verschränkt und bückte sich ein wenig, um McCoy besser zu verstehen. Der Arzt blickte zu Tomson auf, sprach ruhig und erwähnte die neutralisierten Schlösser von Kabinentüren.

Lamia war ganz sicher, daß Stanger in der Isolationskammer lag. Trotzdem näherte sie sich dem Fenster. Sie hielt es ohnehin für sinnlos, die Krankenstation wieder zu verlassen — Tomson hatte sie bereits gesehen.

Also stimmten die Gerüchte: Der Impfstoff nützte tatsächlich nichts. Alles in ihr verlangte nach einem ungläubigen, zornigen Schrei. Wenn Adams jetzt vor ihr gestanden hätte, wäre sie fähig gewesen, ihn mit bloßen Händen zu erwürgen. *Du hast Lisa auf dem Gewissen*, dachte sie. *Und jetzt auch Stanger? Nein!*

Äußerlich blieb Lamia so gelassen wie ein Vulkanier. Sie verharrte am Fenster, direkt neben Tomson, und es erforderte überhaupt keinen Mut. Sie war viel zu niedergeschlagen, um Gedanken an etwas so Banales wie einen Tadel zu vergeuden.

Diffuses Zwielicht erhellte die Kammer, eine farblose

Gräue. Stanger schien bewußtlos zu sein, und trotz der dunkelbraunen Haut wirkte sein Gesicht unnatürlich blaß. In der einen Armbeuge steckte eine Transfusionsnadel.

Er sah aus wie ein Sterbender.

Tomson wandte den Blick von McCoy ab und richtete ihn auf Lamia. Als sie sprach, klang ihre Stimme nicht annähernd so scharf wie sonst. Sie schien ebenfalls sehr erschüttert zu sein. »Fähnrich«, sagte sie sanft, als sei es völlig normal, daß sich die Andorianerin in der Krankenstation befand. Vielleicht hatte sie vergessen, daß die Medo-Sektion bereits durchsucht worden war.

Der Arzt schwieg nun und senkte den Kopf.

»Lieutenant ...«, begann Lamia. »Hat sich Fähnrich Stanger ... angesteckt?«

»Ja«, antwortete McCoy schlicht.

Lamia hatte es sofort gewußt, als sie Jon in der Kammer sah, und deshalb konnte sie nun das verzweifelte Stöhnen unterdrücken. Sie drehte sich zu Tomson um. »Bitte um Erlaubnis ...« Sie suchte nach den richtigen Worten. »Fähnrich Stanger ist mein Freund, Sir. Ich würde gern ein oder zwei Minuten bei ihm bleiben, wenn Sie gestatten.« Das widersprach den Vorschriften — immerhin war sie noch im Dienst. Sie rechnete damit, daß Tomsons Gesicht rot anlief, wie immer, wenn sie sich über etwas ärgerte. Sie erwartete einen Hinweis darauf, daß alle Sicherheitswächter für die Suche nach Adams gebraucht wurden — erst recht nach Stangers Infektion.

Statt dessen beobachtete sie so etwas wie Mitgefühl in Tomsons Zügen.

»Melden Sie sich um dreizehn Uhr zurück.« Aus irgendeinem Grund mied die hochgewachsene Frau den Blick der Andorianerin.

In einer halben Stunde. Lamia mußte sich dazu zwingen, ihre Vorgesetzte nicht verblüfft anzustarren. Eine halbe Stunde? Sie hatte kaum zu hoffen gewagt, daß ihr Tomson eine Minute zugestand. Ein Gefühl tiefer Dankbarkeit durchströmte sie.

Tomson wandte sich wieder an McCoy. »Wir setzen unser Gespräch zu einem späteren Zeitpunkt fort.«

Der Arzt nickte, und die Leiterin der Sicherheitsabteilung verließ den Raum.

»Eigentlich ist sie ganz in Ordnung, nicht wahr?« sagte er zu Lamia. Sie antwortete nicht, starrte in die Isolationskammer.

»Wie geht es ihm?«

McCoy blieb so lange still, daß Lamia schließlich den Kopf drehte und ihn ansah. Für einige Sekunden ließ er die mimische Maske fallen, und darunter kam tiefer Kummer zum Vorschein. Die Andorianerin ahnte, was er ihr jetzt mitteilen wollte, und hilflose Wut entstand ihr. Sie ballte die Fäuste so fest, daß sich ihre Fingernägel in die Handballen bohrten, hob sie dann drohend. Ihr Zorn suchte nach einem Ventil, fokussierte sich auf den Arzt.

Er wich nicht zurück, griff stumm nach den Armen der blauhäutigen Frau und drückte sie behutsam nach unten. Lamia lehnte sich an ihn, viel zu traurig und deprimiert, um einen Ton von sich zu geben.

Wie konnte das geschehen? Erneut vibrierte ein Schrei in ihrer Kehle, aber sie brachte nur hervor: »Wie ...«

»Das Krankheitsbild deutet darauf hin, daß er am Tag vor der Impfung infiziert worden ist. Der Impfstoff hat die Sache nur noch etwas beschleunigt.« McCoy zögerte, als bereite ihm das Sprechen große Mühe. »Er befindet sich in der Isolationskammer, weil wir zunächst befürchteten, daß die Impfsubstanz eine Gefahr darstellt. Aber das ist nicht der Fall.«

»Wir sind also ganz sicher«, sagte Lamia leise und blickte wieder zu dem reglosen Mann auf der Diagnoseliege. *Wir*, wiederholte sie in Gedanken. *Aber er ...* Es war einfach nicht fair. Nichts schien mehr fair zu sein.

Das Universum enthielt nur noch kalte Ungerechtigkeit.

Ihr fiel auf, daß in Stangers entspannter Miene die frühere Bitterkeit fehlte. Ganz deutlich spürte sie nun: Er hütete ein Geheimnis, das ihn von ihr trennte. Lamia bedauerte, daß er sie nicht gut genug kennengelernt hatte, um es ihr anzuvertrauen.

»Es tut mir leid«, murmelte McCoy.

Lamia straffte die Schultern. Sie war aus reinem Egoismus zornig gewesen, aus Sorge darüber, was nun mit ihr geschehen mochte, ohne Familie und Freunde. *Das ist Jon gegenüber unfair.* Eine Zeitlang stand sie wie erstarrt, beobachtete Stanger, dachte dabei an ihn und nicht mehr an sich selbst. Was mit ihr geschah, spielte keine Rolle mehr. Sie verzichtete auf das traditionelle Klagen — damit hätte sie den Arzt bestimmt beunruhigt, und Jon wäre beschämt gewesen. Er wollte sicher, daß sie gefaßt blieb, und deshalb stand sie steif, starrte in die Kammer. Lamia wußte nur wenig von den Vorstellungen, die Menschen mit dem Tod verbanden, aber ganz gleich, wo sich die Essenz seines Selbst nun befand — Lamia hoffte, daß sich Stangers Ich dort wohler fühlte als im Diesseits.

Sie merkte gar nicht, daß McCoy sie allein ließ. Bis um dreizehn Uhr stand sie an Jons Bett, und dann meldete sie sich wieder zum Dienst.

Eine Stunde später beauftragte Leonard einen Assistenten damit, Stanger in die Stasis zu bringen. Er hatte den Mann gemocht, trotz der Gerüchte, die über ihn kursierten, und er ertrug es einfach nicht, ihn noch länger in der Krankenstation zu sehen. Er befürchtete, durch den Anblick des zweiten Leichnams allmählich den Verstand zu verlieren.

Er überlegte, auch Chris fortbringen zu lassen — um der Verwesung vorzubeugen; außerdem kam die Präsenz ihrer Leiche einem stummen Vorwurf gleich —, doch vorher mußte er eine Autopsie durchführen. Chapel hätte sich bestimmt nicht gewünscht, daß sie jemand anders vornahm.

Hinzu kamen die übrigen Pflichten. Sie brauchten möglichst viele Informationen über die Krankheit. Impfstoff oder nicht: Es war noch immer weitgehend unklar, welche Wirkungen das Virus auf den menschlichen Organismus entfaltete. Die Untersuchungen im Reagenzglas ermöglichten viele Aufschlüsse, aber das reichte nicht aus. Wenn Christine darüber Bescheid gewußt hätte, wäre sie zweifellos bereit gewesen, sich freiwillig für eine Autopsie zur Verfügung zu stellen. Sie leistete damit einen letzten Beitrag für die medizinische Forschung und das Überleben der anderen Besatzungsmitglieder; eine solche Chance durfte man ihr nicht vorenthalten.

Es dauerte einige Stunden, bis McCoy genug Mut fand, um das Zimmer zu betreten, in dem Chapel unter einem weißen Tuch lag. Leonard zog es beiseite, und Christines Schönheit überraschte ihn einmal mehr. Ihre Wangen waren noch immer von der letzten Transfusion gerötet. Erstaunlicherweise fehlte ihrer Haut die wächserne Blässe einer Leiche. McCoy hatte zunächst gehofft, sich mit ihrem Tod abfinden zu können, wenn er den leblosen Körper sah. Statt dessen fiel es ihm noch schwerer. Er schwankte und spürte, wie sich neue Tränen in seinen Augen bildeten, fühlte sich versucht, Chris zu umarmen.

Ruckartig wandte er sich ab und forderte den Assistenten auf, auch Chapel in die Stasis zu bringen.

Fünf Stunden nach seinem letzten Versuch begab sich Kirk erneut in sein Quartier, um einen Kontakt mit Waverleigh herzustellen.

Während der vergangenen dreihundert Minuten hatte er darauf gewartet, daß sich Quince mit ihm in Verbindung setzte. Sicher schickte er keine besorgniserre-

232

gende Mitteilung, um Jim anschließend im eigenem Saft schmoren zu lassen.

Allem Anschein nach steckte der Admiral in so großen Schwierigkeiten, daß er keine Kommunikation mit der *Enterprise* wagte.

Kirk rang mit sich selbst: War es falsch, Waverleigh im Starfleet-Hauptquartier anzurufen? Vielleicht bescherte er ihm dadurch weitere Probleme.

Andererseits: Quince sollte wissen, daß er die Nachricht bekommen hatte. Und wenn er wirklich in Schwierigkeiten war, so machte es kaum einen Unterschied, ob Jim jetzt mit ihm sprach oder nicht. Es mußte *irgendeine* Möglichkeit geben, dem Admiral aus der Patsche zu helfen.

Uhura öffnete einen Kom-Kanal, doch es erschien nicht etwa das breite, lächelnde Gesicht Waverleighs auf dem Schirm, sondern die Züge eines uniformierten Andorianers. »Hier ist Admiral Zierhopfs Büro.« Die Entfernung zur Erde war inzwischen nicht mehr so groß, und deshalb beschränkten sich die Verzögerungen bei der Signalübermittlung auf wenige Sekunden.

»Zierhopf? Ich möchte mit Admiral Waverleigh sprechen.«

»In seinem Büro scheint sich niemand aufzuhalten.« Der Andorianer zeigte ein ungewöhnliches, gezwungenes Lächeln und offenbarte dabei gelbe Zähne. »Wenn der Admiral und sein Adjutant nicht zugegen sind, werden die Anrufe für ihn zu diesem Terminal weitergeleitet. Wollen Sie eine Nachricht hinterlassen?«

Kirk sah auf die Rangabzeichen am goldgelben Uniformpulli des Andorianers. »Nein, danke, Lieutenant. Ich versuche es später noch einmal.«

»Um diese Zeit befindet sich Admiral Waverleigh häufig in einer anderen Abteilung. Bitte warten Sie.«

Die Bildschirmdarstellung flackerte kurz und veränderte sich. »Admiral Tsebilis Büro«, sagte ein junger Mann. Er sah wie der typische Vulkanier aus: lange, ge-

233

rade Nase, spitz zulaufende Ohren und perfekte Pony-
fransen, die eine hohe Stirn säumten. Trotz seiner Jugend wirkte das Gesicht sehr ernst und streng; die
Brauen neigten sich in einem noch spitzeren Winkel
nach oben als bei Spock. Er erinnerte Kirk an ein Gemälde des Reformers Surak, das er in einem Museum
gesehen hatte. »Ich heiße Sareel. Wie kann ich Ihnen zu
Diensten sein?«

»Ich möchte mit Admiral Waverleigh sprechen«, sagte
Kirk, davon überzeugt, sich auf die Kompetenz des Vulkaniers verlassen zu können.

»Dies ist Admiral Tsebilis Büro. Ich verbinde Sie mit
dem von Admiral Waverleigh.«

»Nein«, erwiderte Kirk hastig, aber der Vulkanier war
zu schnell und tüchtig, verschwand bereits vom Schirm.
Der Captain starrte ins leere Projektionsfeld, und Ärger
regte sich in ihm, als das Rufsignal unbeantwortet blieb.
Himmel, wie sehr er die Bürokratie haßte!

Was sollte er unternehmen, wenn er Quince nicht erreichte? Hatte sich Waverleigh einfach in Luft aufgelöst?
Oder erlaubte er sich einen seiner Streiche?

Jim wollte den Kanal bereits schließen, als sich ein
neues Bild formte. »Admiral Waverleighs Büro. Lieutenant Stein.« Die Adjutantin war ganz offensichtlich Terranerin und strahlte die Würde einer wesentlich älteren
Frau aus. Sie stand an Quince' Terminal, beugte sich
über den Schreibtisch vor und lehnte es ganz offensichtlich ab, in seinem Sessel Platz zu nehmen — vielleicht
hielt sie das für eine Art Sakrileg.

»Gott sei Dank«, seufzte Kirk. »Endlich bin ich an der
richtigen Adresse. Ist Quince da?«

»Nein«, entgegnete Stein. Ihre trüben braunen Augen
warfen Kirk einen sonderbaren Blick zu; sie schien den
Sinn der Frage nicht zu verstehen.

Jim fühlte neuerlichen Ärger. *Meine Güte, was für Ty-
pen arbeiten in Starfleet Command?* »Lieutenant, ich muß
den Admiral *jetzt* sprechen. Wie und wo kann ich ihn er-

reichen? Irgend jemand sollte eigentlich wissen, wo er sich aufhält.«

Die Lippen der Frau bewegten sich stumm, und einige Sekunden später schloß sie den Mund. Kirk gewann den Eindruck, daß sie sich sehr bemühte, ein Kichern zu unterdrücken.

Nein, kein Kichern ... Etwas anderes. Plötzlich verstand er, neigte sich mit einem jähen Ruck nach vorn und ahnte, was geschehen war. »Was ist passiert, Stein? Heraus damit!«

Die Muskeln im Gesicht der Adjutantin zitterten. »Es kam zu einem Unfall, Sir. Admiral Waverleigh verlor die Kontrolle über seinen Gleiter. Ich ... ich habe gerade ...« Sie unterbrach sich und schluckte. Eine Träne löste sich aus ihrem Auge und fiel auf den Schreibtisch, ohne die Wange zu berühren. »Bitte entschuldigen Sie, Sir. Ich habe es eben erst erfahren.« Sie sank in Quince' Sessel, legte den Kopf auf die Arme und schluchzte. Ihr Ellbogen stieß an den goldenen Rahmen des Holobilds, das Ke und die Kinder zeigte, kippte es um.

Am späten Abend rief M'Benga McCoy an.

»Doktor? Hoffentlich habe ich Sie nicht geweckt. Ich weiß, daß Sie manchmal früh zu Bett gehen.« Seine Stimme vibrierte ein wenig, als hätte ihn irgend etwas verblüfft.

»Schon gut. Ich bin noch auf.« McCoy hatte auf der Koje gelegen und an die Decke gestarrt, spürte dabei gelegentlich, wie eine Träne über die Schläfe zum Ohr rollte. Er rechnete nicht damit, in dieser Nacht Ruhe zu finden.

»Nun, es klingt verrückt, aber ...« M'Benga zögerte, lachte nervös und verlegen. »Hier scheint etwas durcheinandergeraten zu sein. Haben Sie bereits eine Autopsie an Stanger vorgenommen?«

»Nein. Ich wollte heute mit Chris beginnen ...« McCoys Stimme verklang. Er brachte es nicht fertig, darüber zu reden, und glücklicherweise stellte M'Benga keine entsprechenden Fragen.

Eine kurze, von Unbehagen geprägte Stille folgte, und dann erkundigte sich der andere Arzt: »Haben Sie aus einem anderen Grund Anweisung gegeben, die Leiche fortzubringen? Ich wollte mir eine Gewebeprobe besorgen und sie untersuchen.«

Unmutsfalten bildeten sich in McCoys Stirn. »Kenzo bekam von mir die Anweisung, sie in die Stasis zu bringen — wenn Sie das meinen.« War es nicht schon schlimm genug, daß er einen Patienten verloren hatte? *Muß ich jetzt auch noch in allen Einzelheiten schildern, was mit dem Leichnam geschehen ist?* Warum ging M'Benga nicht einfach in den Stasisbereich, um dort nachzusehen?

»Ich weiß, daß die Leiche in der Stasis sein sollte, Doktor. Ich habe Sie danach gefragt, als Sie den Dienst beendeten ...« M'Bengas Tonfall veränderte sich plötzlich. »Tut mir leid, Leonard. Sicher erinnern Sie sich nicht daran. Christines Tod bedrückt Sie sehr. Ich vermisse sie ebenfalls.«

McCoy brauchte mehr als zehn Sekunden, um genug Kraft für eine Antwort zu sammeln. »Sprechen Sie mit Tijeng ...«

»Sie hat keine Ahnung«, betonte M'Benga. »Leonard, so unglaublich es Ihnen auch erscheinen mag: Ich habe alle Leute gefragt — das Personal des Laboratoriums, unsere Assistenten in der Krankenstation, die Stasistechniker und so weiter. Überall bekam ich die gleiche Auskunft: Der Leichnam müßte in der Stasis liegen. Sie sind meine letzte Hoffnung. Lieber Himmel, ich arbeite schon seit vielen Jahren an Bord dieses Raumschiffs, und es passierte noch nie, daß eine Leiche verlorenging.«

McCoy runzelte die Stirn und vergaß seinen Kummer. »Sind Sie selbst in der Stasissektion gewesen?«

»Ja. Die Kammer mit Stangers Namen war geöffnet.

Als hätte der Assistent beabsichtigt, den Körper dort unterzubringen — um dann durch irgend etwas daran gehindert zu werden.«

»Was sagt Kenzo dazu?«

»Er versichert, Stanger gegen siebzehn Uhr in die Kammer gelegt zu haben.«

»Nun, der Tote ist wohl kaum aufgestanden, um einfach fortzuspazieren«, brummte McCoy. »Jemand aus einer anderen Abteilung hat sich die Leiche geholt, ohne es zu melden.«

»Aber wer?« erwiderte M'Benga trocken. »Halten Sie es für notwendig, den Captain zu informieren?«

»Nein. Warten Sie bis morgen früh. Wenn der Leichnam bis dahin nicht wieder aufgetaucht ist, spreche ich mit Kirk. Ich sehe keinen Sinn daran, schon jetzt irgend jemanden zu beunruhigen.«

»Vielleicht haben Sie recht«, sagte M'Benga skeptisch. »Aber erscheint Ihnen das alles nicht *seltsam?*«

McCoy seufzte. »Um ehrlich zu sein: Seit einigen Tagen kommt mir *alles* an Bord seltsam vor, Geoffrey.«

Am nächsten Morgen beschloß Tomson, mit Lisa Nguyen zu sprechen. Es war noch so früh, daß in den Korridoren nur die matten Nachtlichter glühten. Trotzdem glaubte die Leiterin der Sicherheitsabteilung, daß Nguyen nicht mehr schlief, und sie behielt recht. Als sich der Kom-Schirm erhellte, sah sie eine blasse, aber recht wache Nguyen.

Tomson verabscheute es, mit Plaudereien Zeit zu vergeuden, und sie kam sofort zur Sache. Sie hielt es für sinnlos zu fragen, ob sie Lisa geweckt hatte — das war ganz offensichtlich nicht der Fall. Und es widersprach ohnehin ihrem Wesen, sich für so etwas zu entschuldigen. »Fähnrich ... Dr. McCoy teilte mir mit, daß Sie heute den Dienst antreten können.«

»Ja, Sir.«

»Soweit ich weiß, beabsichtigen Sie noch immer,

Starfleet zu verlassen. Wie dem auch sei: Derzeit brauche ich dringend jemanden, der die Suche während der Nachtschicht koordiniert.« Insbesondere jetzt, nach Stangers Tod. Tomson rief sich innerlich zur Ordnung. Sie hatte sich vorgenommen, nicht mehr an ihn zu denken.

Er ist praktisch in deinen Armen gestorben.

Doch während der vergangenen Nacht kehrten ihre Gedanken immer wieder zu ihm zurück, begleitet von einem Empfinden, das für sie völlig neu war: Sie fühlte sich schuldig.

Nguyen wurde noch blasser, und dadurch schienen die dunklen Ringe unter ihren Augen anzuschwellen. »Sir, ich könnte nicht ...«

»Es geht keineswegs darum, was Sie können oder nicht. Es handelt sich um einen Notfall. Hiermit ernenne ich Sie zu meiner Stellvertreterin.«

Lisa starrte ihre Vorgesetzte unsicher an, schluckte ihre Antwort hinunter und begnügte sich mit einem schlichten »Ja, Sir.«

Eigentlich wollte Tomson das Gespräch damit beenden, aber sie überraschte sich selbst, indem sie sagte: »Ich brauche Sie, Nguyen.« Ihr Tonfall blieb unverändert. »Im Gegensatz zu mir fällt Ihnen der Umgang mit anderen Leuten nicht schwer. Ich benötige eine Stellvertreterin, die meinen Leuten sympathisch ist, der sie vertrauen. Eine Vermittlerin, die dafür sorgt, daß meine Befehle ausgeführt werden — ohne jemanden zu verärgern.«

»Sie verärgern niemanden, Sir.« Nguyen klang nun besorgt. Sie dachte nicht an sich selbst, sondern an Tomson. »Sie sind nur ein wenig schroff, das ist alles. Und wir vertrauen Ihnen.«

»Ich habe nicht um Ihre Meinung gebeten, Fähnrich, sondern die aktuelle Situation geschildert.«

»Ja, Sir.«

»Ich erwarte Sie einige Minuten früher als sonst in

meinem Büro — damit ich Sie über die bisherige Suche nach Adams informieren kann.«

Lisa erbleichte, als sie diesen Namen hörte. Und wenn schon. Bestimmt überwand sie ihren Schock, wenn es ihr gelang, den Mann zu finden. Kein Wunder, daß sie nicht schlafen konnte, solange er sich an Bord der *Enterprise* herumtrieb. Tomson litt ebenfalls an Schlaflosigkeit. Drei Tage waren vergangen, und noch immer fehlte jede Spur von Adams! *Ich hätte ihn innerhalb von drei Stunden finden sollen,* dachte sie und überlegte einmal mehr, wo und wann ihr ein Fehler unterlaufen sein mochte. Wenn ein Erfolg ausblieb, glaubte sie immer, selbst dafür verantwortlich zu sein.

»Ja, Sir«, flüsterte Nguyen.

»Tomson Ende.« Sie unterbrach die Verbindung mit einem Tastendruck und drehte den Sessel zur Seite, um ihre langen Beine auszustrecken. Die normalen Starfleet-Möbel waren zu klein, aber sie lehnte es ab, eine bequemere Einrichtung anzufordern.

Eigentlich erschien es ihr lächerlich, sich in bezug auf Stanger schuldig zu fühlen. Schließlich konnte sie nicht gewußt haben, daß ihm der Tod bevorstand.

Nein. Aber du hast deine eigene Regel mißachtet, dich von Gerüchten beeinflussen lassen.

Vielleicht. Doch immerhin wurde Stanger degradiert. Und bestimmt nicht ohne Grund.

Warum mußtest du es ihm unbedingt unter die Nase reiben?

Genug. Stanger war tot, und jetzt ließ sich nichts mehr ändern. Nun, eine posthume Belobigung ...

Weshalb?

Es fiel ihm sicher nicht leicht, dich zu bitten, mit der Leitung der Nachtschicht beauftragt zu werden. Er bot an, zwei Schichten hintereinander zu arbeiten, erinnerst du dich?

Ja, sie erinnerte sich und traf eine Entscheidung. Abrupt wandte sie sich dem Terminal zu, gab eine Anweisung ein und verifizierte sie mit einer Netzhaut-Sondie-

239

rung. Kurz darauf summte der Türmelder. Esswein? Kam er, um Adams' Verhaftung zu melden? »Herein«, sagte sie und desaktivierte die elektronische Verriegelung. Das Schott glitt beiseite.

Jonathon Stanger stand auf der Schwelle.

»*Stanger!*« entfuhr es Tomson erleichtert. Sie stand auf und merkte kaum, daß sie erfreut lächelte. »Sie sind also *nicht* tot.«

Der Mann starrte sie aus fiebrig glänzenden Augen an. Die Uniform war zerzaust, seine Haut so leichenhaft grau wie am vergangenen Tag in der Krankenstation. »Bitte ...« Er trat ein, und hinter ihm schloß sich die Tür. Stanger wankte näher, bis er vor dem Schreibtisch stand.

Tomson kniff die Augen zusammen, und der für sie charakteristische Argwohn regte sich in ihr. »Sie *sind* gestorben«, hauchte sie, schauderte unwillkürlich und wich zurück, bis sie mit dem Rücken an die Wand stieß.

Plötzlich sah sie das kleine Messer in Stangers rechter Hand. In seinen Augen irrlichterte Gier. »Ich möchte Sie nicht verletzen«, sagte er ernst und hob die Klinge.

Tomson spannte die Muskeln und bereitete sich auf die Verteidigung vor. »Dazu bekommen Sie auch gar keine Gelegenheit«, zischte sie.

240

KAPITEL 13

McCoy erreichte die Krankenstation, als M'Benga die Schnittwunde in Tomsons Hand mit Synthohaut versiegelte. Während des kurzen Kom-Gesprächs hatte M'Benga keine Einzelheiten genannt, nur darauf hingewiesen, daß es Tomson gutging. Leonard musterte sie und stellte fest, daß ihr äußeres Erscheinungsbild auf einen Kampf hinwies: Der rote Uniformpulli war im Bereich der Schulter zerrissen, und darunter zeigte sich so transparente Haut, daß der Arzt blaugrüne Adern sah.

»Keine Sorge«, sagte M'Benga zu ihr. »In einigen Tagen ist Ihre Hand wieder völlig in Ordnung.«

»Ein ziemlich tiefer Schnitt.« Leonard deutete auf Tomsons Wunde. Die Leiterin der Sicherheitsabteilung hob ihre verletzte Hand und betrachtete sie so kritisch wie eine frische Maniküre.

M'Benga blickte von seiner Arbeit auf. »Tut mir leid, daß ich Sie noch einmal stören mußte. Eine ziemlich aufregende Nacht.«

»Schon gut.« McCoy hatte tatsächlich keine Ruhe gefunden, sich immer wieder gefragt, ob er irgendwie imstande gewesen wäre, Chapel und Stanger zu retten. »Mein Dienst beginnt ohnehin bald.« Eine große Übertreibung.

M'Benga nickte seiner Patentin zu. »Lieutenant Tomson hat eine interessante Geschichte zu erzählen. Sie erklärt jenes Problem, über das wir vor einigen Stunden gesprochen haben.«

Stangers Leiche. »Mein Gott«, brachte McCoy er-

241

schrocken hervor. »Adams hat sie *gestohlen?* Was ist mit Chris?«

»Immer mit der Ruhe.« M'Benga legte ihm sanft die Hand auf den Arm. Leonard bemerkte ein kurzes Zukken in den Mundwinkeln seines Kollegen, als versuchte er, ein Lächeln zu unterdrücken. »Adams hat nichts gestohlen. Und ich habe spezielle Sicherheitsmaßnahmen für den Stasisbereich angeordnet. Chapel droht überhaupt keine Gefahr.«

Chapel droht überhaupt keine Gefahr, wiederholte McCoy in Gedanken. Chapel — nicht Chapels *Leiche.* Irrationale Hoffnung erfaßte Leonard.

»Sagen Sie es ihm«, wandte sich M'Benga an Tomson.

Die hochgewachsene Frau sah den Arzt aus kühlen, humorlosen Augen an. »Bestimmt halten Sie mich für verrückt.«

»Um Himmels willen, berichten Sie mir, was geschehen ist«, erwiderte McCoy scharf. Er wollte endlich Bescheid wissen.

»Fähnrich Stanger griff mich an.« Tomson formulierte diese Worte mit so unerschütterlich fester Gewißheit, daß niemand an ihrer Wahrheit zweifeln konnte. »Er lebt, Doktor. Ich bin nicht übergeschnappt. Ich habe auch nichts getrunken oder irgendwelche Drogen genommen. Er wirkte ... verzweifelt. Irgend etwas schien ihn zu zwingen, das Messer auf mich zu richten, obwohl er es nicht wollte. Ich habe vergeblich versucht, ihn festzuhalten.« Jemand anders wäre froh gewesen, mit dem Leben davongekommen zu sein. Aber Tomson fühlte sich offenbar verpflichtet zu erklären, warum sie den Gefangenen nicht persönlich zur nächsten Arrestzelle gebracht hatte. »Meine Leute suchen nach ihm.«

McCoy starrte sie sprachlos an. Es ergab nicht den geringsten Sinn. Stanger war *tot.* Leonard hatte selbst gesehen, wie die Bioindikatoren auf die Nullmarken sanken. So wie bei Chris ...

M'Benga bemühte sich, nicht breit zu grinsen. »Wissen Sie was? Wir sollten uns die Abbaustoffe in Chapels und Stangers Blut ansehen. Ich schätze, dabei erwarten uns einige Überraschungen — zum Beispiel ein hohes Magnesiumniveau.«

»Mein *Gott!*« platzte es aus McCoy heraus. Natürlich! Aus Tijengs Untersuchungen ging hervor, daß es sich um ein ›intelligentes‹ Virus handelte. Wenn M'Benga recht hatte ... Leonard packte seinen Kollegen an den Schultern, fürchtete sich vor der Hoffnung und genoß sie gleichzeitig. »Lieber Himmel, Geoffrey, ich hätte eine genaue Blutanalyse vornehmen sollen ...«

»So etwas konnte niemand von uns ahnen. Normalerweise finden Blutanalysen bei Leichen erst während der Autopsie statt.«

»Mein Gott«, wiederholte McCoy. Es fiel ihm schwer, einen klaren Gedanken zu fassen. »Ich muß sofort zu Chris!«

»Mit einer solchen Bemerkung habe ich gerechnet.« M'Benga lachte leise und klopfte ihm fröhlich auf den Rücken. »Suchen Sie ruhig den Stasisbereich auf — ich gebe Ihnen den Zugangscode. Es dauert noch eine Stunde, bis Ihr Dienst beginnt, und wenn's nötig ist, vertrete ich Sie gern.«

McCoy eilte bereits durch die Tür und hörte die letzten Worte gar nicht.

»Er scheint ziemlich leicht erregbar zu sein«, kommentierte Tomson.

Leonard mußte zurückkehren, um sowohl den Zugangscode in Erfahrung zu bringen als auch einen Tricorder und die Medo-Tasche zu holen. Als er schließlich die Stasissektion erreichte, bebte er am ganzen Leib.

Und wenn ich mich irre? Wenn sie nicht reagiert? Denk nicht darüber nach. Führe einen Test durch, ohne an irgend etwas zu denken.

Er gab den Code ein, und die Tür öffnete sich. Das Schott des Stasisbereichs — verriegelt.

Warum? Um Unbefugte am Zutritt zu hindern? Oder um zu verhüten, daß jemand die Sektion verließ?

Die Systeme in zwei Kammern waren vor kurzer Zeit aktiviert worden. Eine stand offen, und das Namensschild darüber verkündete: STANGER, JONATHON, FÄHNRICH. In der dunklen Nische lag kein Körper. Daneben glühte es in Christine Chapels Einheit.

McCoy hielt den Atem an und zögerte eine Zeitlang vor Chris' Kammer, bevor er sich dazu durchrang, sie zu öffnen.

Ein Stasisfeld umhüllte den reglosen Leib, und das blaue Leuchten verlieh der Frau eine ätherische Schönheit. Mit zitternden Fingern schaltete McCoy die Geräte ab. Das trübe Schimmern verblaßte, und im normalen Licht sah Christine lebendig aus.

Leonard holte den Tricorder hervor, justierte ihn auf die Sondierung von Biofunktionen und hielt das Gerät über Chapel.

Nichts.

Damit hatte er gerechnet. McCoy erinnerte sich an eine halb vergessene Zoologie-Vorlesung an der Universität und beugte sich vor. Er behielt die Anzeigen des Tricorders im Auge, als er der Frau ins Ohr schrie.

»CHRISTINE!«

Es piepte leise, und das Instrument registrierte Hirnwellen. Chapel lebte.

Leonard schluchzte vor Freude und preßte die Stirn an Chris' Schulter.

Quince Waverleigh war tot, und dafür trug Kirk die Verantwortung. Das glaubte er jedenfalls. Ein schlimmer Nachmittag und eine schlaflose Nacht lagen hinter ihm. Stundenlang starrte er an die weiße Decke über seinem Bett.

Hier wird's allmählich zu heiß.

Zuerst hoffte er, daß es sich um einen Streich handelte, aber so geschmacklose Scherze leistete sich nicht einmal Quince. Außerdem: Der Kummer seiner Adjutantin bot einen eindeutigen Hinweis. Er war tot.

Und Jim gab sich die Schuld dafür.

Wenn ich nur nicht so dumm gewesen wäre. Bestimmt hat Mendez unsere Kom-Frequenzen überwacht, um festzustellen, ob ich Adams' Vorwürfe ernst nehme.

Warum habe ich die erste Nachricht nicht auf einer privaten Frequenz übermittelt — und direkt in Quince' Apartment?

Der rationale Aspekt in Kirks Ich wußte: Wenn Mendez *alle* Kom-Signale von und zur *Enterprise* kontrolliert hatte, so konnte ihm eine Kontaktaufnahme mit Waverleigh in keinem Fall entgehen.

Weshalb hast du dich überhaupt mit Quince in Verbindung gesetzt? Ist dir nicht klar gewesen, daß du ihn dadurch in große Gefahr brachtest?

Er hatte ihn angerufen, weil er ihm vertraute. *Und zu jenem Zeitpunkt habe ich noch nicht geahnt, was auf dem Spiel stand.*

Kirk beschloß, aufzustehen und seinen Dienst drei Stunden früher als sonst zu beginnen. Er schwang die Beine über den Rand der Koje und fühlte sich sonderbar steif, als sei er in dieser Nacht um viele Jahre gealtert. Er brauchte Bewegung, mußte aktiv werden, um den Trauerschmerz aus sich zu verdrängen. Jim überlegte, was es nun zu unternehmen galt, und dabei spürte er, wie der Kummer dem Verlangen nach Rache wich.

Er erhob sich und streifte die Uniform über. Jetzt sah er Mendez nicht mehr als einen Vater, der seinen Sohn verloren hatte und Mitgefühl verdiente. In seiner Vorstellung wurde der Admiral zu einem kaltblütigen Mörder. Ganz gleich, welche persönliche Tragödie er hinter sich hatte — sie gab ihm nicht das Recht, Leben zu vernichten.

Diese Gedanken und Kirks Wunsch, Mendez zu töten, standen in einem Widerspruch. Ein Teil von Jims Bitterkeit basierte auf der Erkenntnis, daß er es nie fertigbringen würde, sich seinen Wunsch zu erfüllen. Aber er konnte trotzdem für Gerechtigkeit sorgen: indem er Mendez und seine Komplizen als Verschwörer entlarvte.

Die Frage lautete — *wie?*

Es gab Zeit genug, eine Antwort darauf zu finden. Vielleicht plante Mendez schon, auch Kirk zu eliminieren, aber dabei bekam er es mit erheblichen Problemen zu tun. In Jims Fall genügte es nicht, einen Gleiter zu sabotieren — er befand sich an Bord eines Starfleet-Raumschiffs, das über ein erhebliches defensives und offensives Potential verfügte. Dadurch bekam der Captain ausreichend Zeit, ebenfalls Pläne zu schmieden.

Die Rache ist eine Mahlzeit, die man am besten kalt genießt ...

Kirk blickte in den Spiegel und versuchte, den Zorn aus seinem Gesicht zu verbannen, bevor er die Kabine verließ.

Lieutenant Sulu saß an der Navigationskonsole und unterdrückte ein Gähnen. Alle Anzeichen von Entspannung waren fehl am Platz; seit der Nachricht von Chapels Tod gewannen Trauer und Niedergeschlagenheit auf der Brücke eine fast greifbare Qualität.

Das galt heute in einem ganz besonderen Maß. Der Captain saß bereits im Kommandosessel, als Sulu eintraf — fünfzehn Minuten zu früh —, starrte mit finsterer Miene ins Leere. Christines Tod ging allen Brückenoffizieren sehr nahe, aber Sulu ahnte, daß der Captain einen noch größeren Verlust erlitten hatte.

Die Angehörigen der Tagschicht trafen nacheinander ein und murmelte leise Grüße, als sie ihre Kollegen vom Nachtdienst ablösten. *Wie bei einer Beerdigung*, dachte Sulu. Er warf Chekov einen kurzen Blick zu, doch der Navigator beobachtete die Sterne auf dem Wandschirm.

Ein schrecklich langer Tag steht uns bevor. Sulu seufzte und blickte auf die Anzeigen seiner Konsole. Alles nor-

Zwischendurch: ▬▬▬▬▬▬▬▬▬▬▬▬▬▬
▬▬▬▬▬▬▬▬▬▬▬▬▬▬▬▬▬▬▬▬▬▬
▬▬▬▬▬▬▬▬▬▬▬▬▬▬▬▬▬▬▬▬▬▬
▬▬▬▬▬▬▬▬▬▬▬▬▬▬▬▬▬▬▬▬▬▬
▬▬▬▬▬▬▬▬▬▬▬▬▬▬▬▬▬▬▬▬▬▬
▬▬▬▬▬▬▬▬▬▬▬▬▬▬▬▬▬▬▬▬▬▬
▬▬▬▬▬▬▬▬▬▬▬▬▬▬▬▬
▬▬▬▬▬▬▬▬▬▬▬▬▬▬▬▬▬▬▬▬▬▬

„Die Rache ist eine Mahlzeit, die man am besten kalt genießt…"
Dieser Satz mag stimmen – doch Rachsucht gehört nicht zu den
Tugenden. Außerdem sollte man nicht im Zorn handeln…

▬▬▬▬▬▬▬▬▬▬▬▬▬▬▬▬▬▬▬▬▬▬
▬▬▬▬▬▬▬▬▬▬▬▬▬▬▬▬▬▬▬▬▬▬
▬▬▬▬▬▬▬▬▬▬▬▬▬▬▬▬▬▬▬▬▬▬
▬▬▬▬▬▬▬▬▬▬▬▬▬▬▬▬▬▬▬▬▬▬
▬▬▬▬▬▬▬▬▬▬▬▬▬▬▬▬▬▬▬▬▬▬
▬▬▬▬▬▬▬▬▬▬▬▬▬▬▬▬
▬▬▬▬▬▬▬▬▬▬▬▬▬▬▬▬▬▬▬▬▬▬
▬▬▬▬▬▬▬▬▬▬▬▬▬▬▬▬▬▬▬▬▬▬
▬▬▬▬▬▬▬▬▬▬▬▬▬▬▬▬▬▬▬▬▬▬
▬▬▬▬▬▬▬▬▬▬▬▬▬▬▬▬▬
▬▬▬▬▬▬▬▬▬▬▬▬▬▬▬▬▬▬▬▬▬▬
▬▬▬▬▬▬▬▬▬▬▬▬▬▬▬▬▬▬▬▬▬▬

▬▬▬▬▬▬▬▬▬▬▬▬▬ Es ist doch besser,
erst einmal zwischendurch zu entspannen und die Lage zu
analysieren. Entspannung aber kommt am leichtesten durch
eine kleine Mahlzeit, die man am besten heiß genießt. Worauf
wir anspielen? Natürlich auf die… ▬▬▬▬▬▬▬▬
▬▬▬▬▬▬▬▬▬▬▬▬▬▬▬▬▬▬▬▬▬▬
▬▬▬▬▬▬▬▬▬▬▬▬▬▬▬▬▬▬▬▬▬▬
▬▬▬▬▬▬▬▬▬▬▬▬▬▬▬▬

▬▬▬▬▬▬▬▬▬▬▬▬▬▬▬▬▬▬▬▬▬▬
▬▬▬▬▬▬▬▬▬▬▬▬▬▬▬▬▬▬▬▬▬▬
▬▬▬▬▬▬▬▬▬▬▬▬▬▬▬▬▬▬▬▬▬▬
▬▬▬▬▬▬▬▬▬▬▬▬▬▬▬▬▬▬▬▬▬▬

Zwischendurch:

Die kleine, warme Mahlzeit in der Eßterrine. Nur Deckel auf, Heißwasser drauf, umrühren, kurz ziehen lassen und genießen.

Die 5 Minuten Terrine gibt's in vielen leckeren Sorten – guten Appetit!

mal. Alles in Ordnung. *Abgesehen davon, daß Christine tot ist und irgend etwas im Captain kocht ...*

Es war so still im Kontrollraum, daß Sulu unwillkürlich zusammenzuckte, als das Interkom des Befehlsstands summte. Es lag keineswegs in seiner Absicht, das Gespräch zu belauschen. Aber angesichts der allgemeinen Stille konnte er es gar nicht ignorieren. Neben ihm versteifte sich Chekov — ein Hinweis darauf, daß er ebenfalls zuhörte.

Der Captain drückte eine Taste. »Hier Kirk.«

»McCoy. Jim, du wirst es mir nicht glauben ...« Die Stimme des Arztes schwankte — aus Kummer oder Freude?

»Stell mich auf die Probe«, brummte Jim.

»Heute morgen hat Fähnrich Stanger Lieutenant Tomson angegriffen.«

Kirk setzte sich auf. »Stanger ist *tot*, Pille«, erwiderte er scharf. »Willst du mich auf den Arm nehmen? Derzeit bin ich nicht in der richtigen Stimmung für solche Scherze.«

»Stanger ist *nicht* tot.« McCoy jubelte fast. »Ebensowenig wie Chris.«

Christine *lebte*? Sulu gab jetzt ganz deutlich zu erkennen, daß er zuhörte. Er grinste breit, drehte den Sessel und sah zum Befehlsstand. Chekov und Uhura folgten seinem Beispiel. Selbst Spock sah von der wissenschaftlichen Station auf.

»Im Ernst, Jim«, fuhr McCoy fort. »Und es ergibt durchaus einen Sinn. Wir wissen, daß der Mikroorganismus seine Existenz einer genetischen Manipulation verdankt. Es handelt sich um ein ›intelligentes‹ Virus, das versucht, den Wirtskörper so lange wie möglich am Leben zu erhalten. Adams hat das wahrscheinlich ganz vergessen — deshalb sprach er nicht davon. Und woher sollten wir Bescheid wissen? Hibernation, Jim. Ich hätte es gleich zu Anfang vermuten sollen. Und ich nehme an, unterbewußt war das der Fall.«

Die gerunzelte Stirn des Captains glättete sich wieder. «Du bist völlig aufgedreht, Pille.«

»Aufgedreht?« McCoy lachte. »Aufgedreht! Himmel, und ob ich aufgedreht bin. Und ich will es auch den ganzen Tag über bleiben.«

Kirk lächelte dünn. »Vielleicht sollte ich dir in der Krankenstation einen Besuch abstatten. Möglicherweise fällt es mir dort leichter zu verstehen, was du mir mitteilen möchtest.«

Leonard nickte eifrig. »Ja, Jim. Gute Idee. Komm hierher, und zwar fix. McCoy Ende.«

Kirk stand auf, und seine Stimmung schien sich verbessert zu haben. »Mr. Spock — bitte begleiten Sie mich zur Medo-Sektion.«

Der Vulkanier sah ihn an, und für einen Sekundenbruchteil leuchtete eine stumme Frage in seinen dunklen Augen. »Ja, Captain.«

»Ich brauche jemanden, der mich vor Dr. McCoy schützt«, fügte Jim hinzu, als sei eine Erklärung notwendig. »Mr. Sulu, Sie haben das Kommando.«

»Ja, Sir«, antwortete der Steuermann und nahm bereits die notwendigen Schaltungen vor, um von seiner Konsole aus Kommando-Anweisungen zu geben. Seltsam, daß Kirk seinen Ersten Offizier bat, mit ihm die Krankenstation aufzusuchen. Dafür bestand gar keine Notwendigkeit. Nun, der Captain hatte eben gewisse Privilegien. Und außerdem bekamen die Brückenoffiziere dadurch Gelegenheit, sich ungezwungen zu unterhalten.

Die Tür des Turbolifts schloß sich hinter Kirk und Spock.

»Christine *lebt!*« entfuhr es Uhura erleichtert, und alle sprachen zugleich. »Aber warum ...?«

»Wie ist das möglich ...?«

»Vielleicht lebt sie nicht *wirklich*«, intonierte Chekov düster. »Vielleicht ist sie nur von den Toten zurückgekehrt.«

248

»Seien Sie nicht makaber«, erwiderte Uhura. »Dr. McCoy hat von Hibernation gesprochen.«

»Ich freue mich für Christine«, meinte der Navigator. »Aber Stanger ... Angeblich hat er Lieutenant Tomson angegriffen.« Seine Lippen verzogen sich zu einem hintergründigen Lächeln. »Und *ich* weiß, worauf er es dabei abgesehen hatte.«

Sulu lachte leise. »Bei Lieutenant Tomson? Soll das ein Witz sein?«

Chekov schüttelte den Kopf. »Ich meine etwas anderes. Erinnern Sie sich nicht daran, was ich Ihnen gesagt habe?« Seine Stimme gewann einen übertrieben dramatischen Klang. »Der Vampir kehrt aus dem Reich der Toten zurück, um das Blut der Lebenden zu trinken.«

Uhura schnaufte abfällig. »Wie können Sie sich über so etwas lustig machen, obgleich wir alle glaubten, Chris sei *gestorben*? Warum versuchen Sie, uns die Freude zu verderben?«

»Ich mache mich über nichts lustig.« Chekov wandte sich wieder der Navigationskonsole zu. »*Ich* bin wenigstens geschützt. *Ich* habe nichts zu befürchten, während Stanger und Adams das Schiff durchstreifen, auf der Suche nach unschuldigen Opfern.«

Uhura kniff die braunen Augen zusammen. »Das einzige Opfer an Bord sind *Sie*, wenn Sie nicht sofort aufhören.«

»Schenken Sie ihm einfach keine Beachtung«, warf Sulu ein. »Er redet nur solchen Unsinn, weil er nicht zugeben will, wie glücklich er ist.«

Trotzdem fragte sich der Steuermann, ob Pavel ein zweites Kruzifix hatte ...

McCoy hielt den Laborbericht über Chapel wie eine Trophäe in der Hand, sah Kirk an und strahlte. Jim rang sich ein schiefes Lächeln ab. Auch er freute sich, daß Chapel und Stanger am Leben waren, daß er die beiden

Besatzungsmitglieder nicht verloren hatte. Aber Kummer und Zorn verharrten in ihm. Quince Waverleigh blieb tot; es gab keine Chance, ihn ins Leben zurückzubringen.

Leonard schien sich viel zu sehr der eigenen Freude hinzugeben, um die Zurückhaltung des Captains zu bemerken. »Ich hätte eine Blutanalyse durchführen sollen, bevor ich sie für tot erklärte!« begann er begeistert und ohne Einleitung. »Dann wäre mir sofort das hohe Magnesiumniveau im Blut aufgefallen.«

»Doktor...«, sagte Spock ruhig. »Um Sie besser zu verstehen, schlage ich vor, daß Sie uns alles der Reihe nach berichten.«

»Oh. Nun, offenbar ist das ›intelligente‹ Virus tatsächlich ziemlich schlau. Chris wird gerade untersucht. Sie ist bewußtlos, aber vielleicht dauert es nicht mehr lange, bis sie zu sich kommt. Ihr Hirngewebe ist mit einem hypothalamischen Sekret gesättigt, das erstaunliche Ähnlichkeiten mit Substanzen aufweist, die man normalerweise in hibernierenden Tieren findet. Stell dir das vor, Jim! Das Virus erhält sich selbst *und* den Wirtskörper am Leben, indem es den Infizierten zu einer Hibernation veranlaßt.«

Kirk runzelte die Stirn. »Aber wenn Christine und Stanger nur schliefen, warum ließen sich dann keine Hirnwellen feststellen? Ich dachte...«

McCoy unterbrach ihn fröhlich. »Das ist es ja gerade, Jim! Bei einigen hibernierenden Tieren sinkt die Hirnaktivität fast auf Null. Mit anderen Worten: nur ein elektrischer Impuls in etwa vierundzwanzig Stunden. Nun, ein starker Reiz — zum Beispiel ein lautes Geräusch — ruft meßbare kortikale Reaktionen hervor. Das Problem bei Stanger und Chris bestand darin, daß ich die Diagnosemonitore desaktiviert habe, als der Hirntod einzutreten schien. Sie waren nur einige Stunden lang eingeschaltet...«

»Ich verstehe es noch immer nicht«, sagte Kirk. »Warum sollte das Virus überhaupt eine Hibernation verursachen?«

»Weil ...« McCoy unterbrach sich und holte tief Luft. »Es ist wie ein symbiotischer Parasit. Anders ausgedrückt: Das Virus hält den Wirtskörper möglichst lange am Leben, damit es sich vermehren kann. Auf diese Weise versetzt es den Infizierten auch in die Lage, andere Personen anzustecken.«

»Hm.«

»Wir wissen inzwischen, daß der Mikroorganismus die Eisenbestandteile im Hämoglobin braucht. Nun, wenn wir aktiv sind, sinkt der Hämoglobinspiegel in unserem Blut ...«

»Biologieunterricht für die vierte Klasse«, kommentierte Kirk.

»Entschuldigung. Ich warte noch auf die Ergebnisse, vermute jedoch folgendes: Wenn der Hämoglobinspiegel im Blut des Wirtskörpers hoch ist, legt das Virus den Körper mit einer Hibernation still. Ihm steht mehr Bluteisen zur Verfügung, wenn sich der Infizierte nicht rührt, und diese Phase nutzt es zur eigenen Reproduktion.«

»Aber Adams fiel nicht in ein Koma«, wandte Kirk ein.

»Vielleicht doch: bevor er das Notsignal sendete, bevor sein Hämoglobinspiegel auf ein niedriges Niveau sank. Vielleicht brachte er deshalb Yoshi und Lara um.«

»Während er im *Koma* lag?« fragte der Captain skeptisch.

»Beziehungsweise in der Hibernation. Das ist ein wichtiger Unterschied. Wie dem auch sei: Vielleicht erwacht der Kranke aus der Hibernation, wenn der Hämoglobinspiegel im Blut *zu sehr* sinkt. Das Virus weckt den Wirt, damit er nicht stirbt, schickt ihn auf die Suche nach neuen Eisenkomponenten.«

»Es zwingt den Infizierten, andere Leute zu töten und ihr Blut zu trinken«, murmelte Kirk voller Abscheu.

251

»Obwohl eine Transfusion viel wirkungsvoller wäre«, sagte der Vulkanier.

»Da haben Sie völlig recht, Spock.« McCoy lächelte noch immer, war viel zu glücklich, um sich von dem schaurigen Thema bedrücken zu lassen. »Die Gier nach Blut ist ziemlich sonderbar ... Eine Art Pika* aufgrund der Anämie. Das Trinken von Blut erhöht den Hämoglobinspiegel zwar ein wenig, aber nicht so wie bei einer Transfusion. Wenn das Opfer zu dumm ist, um sich dieser Erkenntnis zu stellen ... Dann stirbt es bald.«

Kirk schauderte. »Und *jemand* — vielleicht Adams — hat das Virus auf diese Weise geplant? Damit es sich so und nicht anders verhält?«

McCoys Lächeln verblaßte, und er nickte.

»Ebenso genial wie heimtückisch«, sagte Spock. »Das Werk einer überaus kreativen, aber fehlgeleiteten Intelligenz. Das Virus fördert die eigene Ausbreitung, indem es den Infizierten dazu treibt, nach Hämoglobin zu suchen. Dadurch werden mehr Personen angesteckt. Die Blutgier gewährleistet den für die Infektion notwendigen physischen Kontakt.«

Leonard nickte erneut. »Wie in Adams' Fall kommt es dabei zu einer gewissen Demenz: Durch die Pika entsteht eine Neigung zu irrationalen Phasen. Allerdings spielt dabei auch die jeweilige Persönlichkeit eine erhebliche Rolle.«

Das hofft er, weil er dabei an Chapel denkt, vermutete Kirk.

»Tomsons Schilderungen deuten darauf hin, daß Stanger gegen den Drang ankämpfte, sie mit dem Messer zu verletzen«, fuhr der Arzt fort. »Allem Anschein nach braucht er eine Transfusion. Wir müssen ihn so schnell wie möglich finden. Wenn er nicht bald Blut erhält, droht ihm der Tod.«

»Also könnte Adams längst gestorben sein«, sagte der Captain.

---

* Pika: ungewöhnliches Eßgelüst. — *Anmerkung des Übersetzers*

McCoy verzog das Gesicht. »Der Kerl kommt auch allein ganz gut zurecht. Stanger ist erkrankt, weil ihm Adams Blut für eine Transfusion abzapfte.«

»Wie hat er das angestellt?« erkundigte sich der Captain verwirrt.

»Keine Ahnung.« Leonard zuckte mit den Schultern. »Es muß ihm irgendwie gelungen sein, das Schloß der Kabinentür zu neutralisieren. Ich habe Tomson gebeten, sich darum zu kümmern. Sie meinte, wenn sich Adams auf diese Weise Zugang verschafft hat, wird Stanger sein erstes und letztes Opfer sein.«

»Nach Stangers Infektion sucht Adams sich bestimmt gesündere Opfer«, bemerkte Spock. »Übrigens: Ich halte eine Neutralisierung des elektronischen Verriegelungssystems für ausgesprochen unwahrscheinlich. Nur wenige Personen sind dazu in der Lage …«

McCoy wartete nicht, bis der Vulkanier den Satz beendete. »Und Sie gehören sicher dazu. Nun, es bleibt die Tatsache, daß Stanger angesteckt wurde.«

Kirk strich sich mit der Hand über die Stirn und versuchte, seine Gedanken zu ordnen. »Einen Augenblick. Vielleicht wäre Adams doch dazu fähig gewesen. Waverleigh bezeichnete ihn als Computerspezialisten.«

»Na bitte. Ich habe gerade Spocks Logik übertroffen.« McCoy grinste zufrieden. Das ernste Gespräch vertrieb nicht die Freude über Chapel aus ihm. Kirk trachtete danach, ebenfalls zu lächeln, aber ihm fehlte die Kraft.

Spock seufzte und sah kurz zur Decke, als wollte er mit den Augen rollen. Dann überlegte er es sich anders, hielt eine derartige Reaktion für unter seiner Würde und beschloß, die Bemerkung des Arztes zu ignorieren. »Gibt es sonst noch etwas, Captain?«

»Da Sie mich schon danach fragen …« Kirk zögerte. Durch die Schuldgefühle in Hinsicht auf Quince' Tod fiel es ihm alles andere als leicht, dieses Thema anzuschneiden, aber ihm blieb nichts anderes übrig, wenn er Mendez zur Rechenschaft ziehen wollte.

253

Der Ernst kehrte in McCoys wässrige Augen zurück, und er musterte Jim. »Irgend etwas belastet dich, nicht wahr?«

Spock wartete. Vielleicht hatte der Vulkanier schon die ganze Zeit über etwas geahnt und sich in Geduld gefaßt — bis der Captain schließlich bereit war, darüber zu sprechen.

Kirk atmete tief durch. »Du weißt sicher, daß ich mich mit Admiral Waverleigh in Verbindung gesetzt und ihn gebeten habe, Nachforschungen in Hinsicht auf Mendez anzustellen.«

»Lieber Himmel.« McCoy beugte sich vor. »Er hat etwas entdeckt, stimmt's?«

»Er schickte mir eine Nachricht«, sagte Jim. Er wünschte sich nichts sehnlicher, als sie zu vergessen, doch am vergangenen Tag hatte er sie tausendmal in Gedanken wiederholt, jedes einzelne Wort analysiert. Er wiederholte die Mitteilung nun.

Spock schwieg, doch McCoy schnitt eine skeptische Miene. »Du hast mehrmals über Quince gesprochen, Jim. Bist du sicher, daß es kein Scherz ist?« Er sah den Vulkanier ein. »Quince Waverleigh steht in dem Ruf, ein Witzbold zu sein.«

Der Erste Offizier nahm diese Information mit ausdruckslosem Gesicht entgegen. Er beobachtete Jim und rechnete ganz offensichtlich mit weiteren Auskünften.

»Pille ...«, begann Kirk hilflos und brach ab. Er bemühte sich, einfach nur die Worte zu sprechen und den sie begleitenden Bildern keine Beachtung zu schenken: *Quince' Gleiter platzt auseinander, als er in die Bucht von San Francisco stürzt ...* »Quince Waverleigh ist tot.« Seine Stimme klang rauh und heiser.

Spock zuckte nicht einmal mit der Wimper.

»Mein Gott.« McCoy erbleichte. »Wann geschah es, Jim?«

»Gestern. Er stürzte mit seinem Gleiter ab.« Jetzt war es heraus. Kirk atmete noch einmal tief durch, um sich zu beruhigen. Der Rest bereitete ihm keine so großen Schwierigkeiten. »Eine lange Freundschaft hat mich mit Quince verbunden, und daher bin ich voreingenommen. Für eine objektive Einschätzung dieser Ereignisse wäre ich sehr dankbar.«

»Ich weiß nicht, ob ich Anspruch auf Objektivität erheben darf, Jim«, entgegnete McCoy. »Auch ich kannte Waverleigh, wenn auch nicht so gut wie du. Aber mir scheint, es existiert ein direkter Zusammenhang zwischen der Nachricht und seinem Tod. Himmel, vielleicht haben Adams' Behauptungen Hand und Fuß.«

»Spock?« fragte Kirk leise. Er schätzte Leonards Meinung, doch ihm ging es in erster Linie um die Ansicht des Vulkaniers. »Deshalb habe ich Sie gebeten, mich zu begleiten.«

Der Erste Offizier nickte ernst. »Ich fürchte, ich muß Dr. McCoy zustimmen.«

»Sie glauben, Mendez hat Quince umgebracht?« vergewisserte sich der Captain.

»Ja. Und wenn nicht Mendez, dann jemand, der sich durch die Ermittlungen bedroht fühlte.« Spock zögerte kurz. »Captain, inzwischen weiß Mendez sicher, daß Sie mit Admiral Waverleigh in Verbindung standen. Und er weiß auch, daß Sie versuchen werden, den Tod Ihres Freundes zu rächen.«

In der Tat, dachte Kirk. *Genau das ist meine Absicht. Ich bin fest entschlossen, Quince' Tod zu rächen.*

»Diese Sache gefällt mir ganz und gar nicht«, brummte McCoy.

Spock fuhr ungerührt fort: »Es ist nur eine Frage der Zeit, bevor Mendez etwas unternimmt, um Sie zum Schweigen zu bringen, Captain. Oder um Sie zu diskreditieren.«

»Ich habe darüber nachgedacht«, erwiderte Kirk. »Meine größte Sorge gilt der *Enterprise*.« Es ist wirklich schlimm genug, daß ich für Quince' Tod verantwortlich bin ...

»Vermutlich hat Mendez schon erste Schritte gegen Sie eingeleitet« sagte Spock.

»Natürlich würde er mich am liebsten sofort aus dem Verkehr ziehen«, entgegnete Kirk. »Aber er will auch seine eigene Haut retten. Es dürfte nicht gerade einfach für ihn sein, ein Raumschiff wie die *Enterprise* zu vernichten, ohne den Grund dafür zu nennen. Ich bezweifle, daß Mendez genug Macht hat, um einen Angriff auf uns zu befehlen.«

»Aber es wäre nicht so problematisch für ihn, Sie persönlich anzugreifen, Captain.« Spocks ruhige Gewißheit ließ Jim erschauern. »So wie bei Waverleigh. Da er vielleicht über Ihren Kontakt mit dem Admiral informiert ist, halte ich es für ratsam, ihn zum Handeln zu zwingen.«

»Wie?« fragte McCoy. »Sollen wir einfach mit ihm reden und sagen: ›Wir wissen, daß Sie schuldig sind?‹ Welche Beweise haben wir gegen ihn?«

»Derzeit keinen einzigen«, murmelte Kirk. »Abgesehen von Adams' Aussage. Und er versteckt sich noch immer irgendwo an Bord.«

»Das braucht Mendez nicht zu erfahren«, fügte Spock mit vulkanischer Gelassenheit hinzu. »Vielleicht gelingt es uns, ihn vom Gegenteil zu überzeugen. Noch fehlen uns konkrete Anhaltspunkte für seine Schuld, aber möglicherweise liefert er sie uns selbst, wenn wir ihn zu einem entsprechenden Verhalten veranlassen.«

McCoy musterte ihn mit gerunzelter Stirn. »Schlagen Sie vor, Mendez mitzuteilen, daß wir ihn belastendes Beweismaterial haben?«

»Oder Zugang dazu. Auf Tanis gab es solche Beweise. Und vielleicht gibt es sie noch immer — in Form von Sepeks Leiche.«

»Sepek?« wiederholte Leonard verwundert.

»Der vulkanische Forscher, den ich schon einmal erwähnte, Doktor. Er starb am ursprünglichen R-Virus.«

»Und dann?« fragte Kirk. »Wir locken Mendez nach

Tanis — in der Hoffnung, dort ein Geständnis von ihm zu bekommen?«

»In der Hoffnung, daß sich der Admiral durch seine Reaktionen verrät. Wenn er glaubt, daß die Forschungsstation Beweise enthält, die seine Schuld bestätigen, so wird er nach Tanis fliegen. Und wenn er das Beweismaterial nicht entdeckt, so greift er vielleicht zu verzweifelten Maßnahmen, um es zu finden.«

McCoy schien kaum überzeugt zu sein. »Und falls Mendez die Leiche des vulkanischen Forschers bereits geborgen und fortgebracht hat?«

»Diese Möglichkeit läßt sich nicht ausschließen«, räumte Spock ein. »Deshalb verzichten wir darauf, ihm Aufschluß über die *Art* des Beweismaterials zu geben.«

»Aber wenn er entscheidet, sich Jim vorzuknöpfen ...«

»Ich bin bereit, ein Risiko einzugehen, um Mendez in die Falle zu locken«, sagte Kirk rasch.

Spock rieb sich nachdenklich das Kinn. »Vielleicht reduzieren wir das Risiko, wenn Sie dem Admiral zu verstehen geben, daß die Beweise *jemand anders* in Starfleet betreffen.«

Kirk nickte. »Zum Beispiel Quince' Vorgesetzten Tsebili. Wenn ich andeute, daß ihn die Schuld trifft und irgendwelche Dinge auf Tanis die ganze Angelegenheit klären ...«

»Eine geeignete Taktik«, meinte der Vulkanier.

»Und dann?« erkundigte sich McCoy.

Kirk drehte den Kopf und musterte ihn. »Dann hoffen wir, Tanis zuerst zu erreichen, Pille.«

KAPITEL 14

Kirk saß vor dem Bildschirm in seiner Kabine und bemühte sich um einen respektvollen Gesichtsausdruck. Er brauchte sein ganzes schauspielerisches Talent, um den Haß nicht offen zu zeigen.

Mendez hockte an seinem Schreibtisch im Starfleet-Hauptquarter und wirkte so hohlwangig, als hätte er eine schlaflose Nacht hinter sich.

Gewissensbisse, Admiral? Ich hoffe, die Schuldgefühle fressen Sie innerlich auf.

»Was ist los, Kirk?«

»Admiral ...«, sagte Jim glatt. Es erstaunte ihn, daß er tatsächlich fähig war, in einem freundlichen Tonfall zu sprechen. »Commodore Mahfouz hat Ihnen vermutlich mitgeteilt, daß Adams geflohen ist und sich wieder an Bord der *Enterprise* befindet.«

»Ja«, erwiderte Mendez müde. Die Falten unter seinen Augen erinnerten Kirk an einen Bluthund. »Ich nehme an, Sie haben ihn gefaßt — oder suchen nach einem neuen Leiter für Ihre Sicherheitsabteilung.«

»Es ist uns tatsächlich gelungen, ihn zu finden.« Es fiel Kirk überhaupt nicht schwer, diesen Mann zu belügen. »Adams beschloß, mit uns zu kooperieren. Er hat mir einige recht interessante Dinge über die Tanis-Station erzählt und unsere Annahmen bestätigt: Die Forschungsstation diente zur Entwicklung von Biowaffen, und die entsprechende Arbeit wurde von einer geheimen Gruppe in der Flotte finanziert.«

Der Captain beobachtete Mendez und wartete auf eine Reaktion. Dünne Unmutsfalten formten sich in der Stirn des Admirals, aber sein kühler Blick blieb unverändert. »Ein lächerlicher Vorwurf, finden Sie nicht?«

»Das möchte ich auch gern glauben, Admiral. Aber Adams behauptet, in der Basis gäbe es eindeutige Beweise.«

»Ich verstehe.« Mendez nickte. »Es überrascht mich nicht. Wir ermitteln schon seit einer ganzen Weile, Kirk, und ich bin nach wie vor davon überzeugt, daß nur Privatpersonen in diese Sache verwickelt sind. Wir überprüfen Adams' Angaben. Was Sie betrifft ... Bringen Sie ihn unverzüglich zur Starbase Neun.«

Ein hervorragender Schauspieler, dachte Jim. Mehrere Sekunden lang erwog er die Möglichkeit, daß Adams gelogen, alles erfunden hatte, doch sofort verdrängte er diesen Gedanken. Sein Instinkt sagte ihm, daß Mendez der Lügner war. Er zwang sich zu einem Lächeln. »Nun, Admiral, ich wollte vorschlagen, das Beweismaterial für Sie sicherzustellen. Kein anderes Starfleet-Schiff kann Tanis so schnell erreichen wie die *Enterprise.* Wir sind sicher in der Lage, die Beweise zu finden — bevor jemand Gelegenheit erhält, sie zu beseitigen.« *Zum Beispiel Sie ...*

»Das Laboratorium ist gefährlich, Kirk. Zwar sind Sie gut ausgerüstet, aber ich möchte weitere Risiken für Ihr Schiff und die Besatzung vermeiden. Es wäre besser, Spezialisten zu schicken.«

»Mit allem Respekt, Sir: Inzwischen sind wir Spezialisten im Umgang mit dem genetisch manipulierten Virus. Meine Crew ist bereits geimpft worden.« Jims Lächeln wuchs ein wenig in die Breite. »Niemand ist besser geeignet als wir, um ...«

Mendez rieb sich die haarlosen Schläfen; das Gespräch mit dem Captain schien ihm Kopfschmerzen zu bereiten. »Sie haben Ihre Befehle, Kirk. Fliegen Sie zur Starbase Neun und übergeben Sie Adams Commodore Mahfouz' Obhut. Mendez Ende.«

259

Der Bildschirm wurde dunkel. Jim drehte seinen Sessel herum, sah Spock und McCoy an.

»Was nun?« fragte der Arzt und klang enttäuscht. »Was hast du jetzt vor.«

Kirks Gesicht trug noch immer das falsche Schmunzeln. »Ich halte mich an den Befehl. Wir bringen Adams zur Starbase Neun.« Er zögerte, und das Lächeln verblaßte. »Doch vorher statten wir Tanis einen Besuch ab.«

Stangers Gedanken glitten dem Wahnsinn entgegen. Die meiste Zeit über erinnerte er sich kaum daran, warum er nicht länger Fähnrich Jonathon Stanger war, Sicherheitswächter an Bord der *Enterprise*, warum er sich in ein Schattenwesen verwandelt hatte, das Licht fürchtete.

Gier zitterte in ihm. Ein unerträglicher Hunger, der jedoch keiner Nahrung galt. Manchmal verglich er sich mit einem Ertrinkenden, der verzweifelt nach Luft schnappte, sich irgendwo festzuklammern versuchte, um nicht zu sterben.

Düstere Reminiszenzen wogten vor seinem inneren Auge. Als er zu sich gekommen war, hatte er Schwärze gesehen, ein mattes blaues Glühen in der Finsternis. Ruhige Neugier wich Panik, als er begriff, daß er in einem Stasisbehälter lag. Er kam sich wie jemand vor, den man lebendig begraben hatte und der voller Grauen danach trachtete, den zugenagelten Sargdeckel aufzustoßen.

Kurz darauf verschwanden Angst und Entsetzen aus ihm. Das blaue Kraftfeld ließ ihn passieren, und die Klappe des Behälters öffnete sich problemlos. Neben ihm schimmerte eine zweite Kapsel in der Dunkelheit, und selbst ihr trübes Licht brannte ihm in den Augen. Er erkannte die Frau darin: Chris Chapel. Stanger dachte daran, den anderen Behälter zu öffnen und zu fragen: *Hat man sich auch bei Ihnen geirrt?* Aber vage Furcht hielt ihn davon ab. Chapel war tatsächlich gestorben, er nicht ...

Oder? Die Gier hinderte ihn daran, einen klaren Gedanken zu fassen. Er entkam in den Korridor, fühlte sich dort vom Licht durchbohrt und aufgespießt.

Heißes Verlangen führte ihn zur ersten Person, an die er sich entsann: Ingrit Tomson. Zunächst wußte er nicht, was er sich von ihr erhoffte — bis er das Messer zog. Die letzten Ichfragmente des alten Stanger hatten es vielleicht die ganze Zeit über geahnt und sich für Tomson entschieden, weil sie Rache anstrebten.

Oder sein altes Selbst wollte sich stellen, wozu ihm letztendlich die Kraft fehlte.

Schwach. Zu schwach.

Um ganz offen zu sein, Mr. Stanger: Ich bin keineswegs sicher, ob auf Sie Verlaß ist.

Wie dem auch sei: Er hatte die Leiterin der Sicherheitsabteilung nicht getötet. Diese Erkenntnis erfüllte ihn mit Zufriedenheit — und verstärkte gleichzeitig seine Gier. Er war verrückt und krank, aber er wurde nicht zu einem Mörder wie Adams.

Er verließ Tomsons Quartier, wankte wie im Delirium durch die Korridore und blieb wachsam genug, um Besatzungsmitgliedern aus dem Weg zu gehen.

Auf dem Beobachtungsdeck fand er Ruhe und Dunkelheit, obgleich der Hunger noch immer an ihm nagte. Eine Dienstschicht ging gerade zu Ende, und um diese Zeit hielt sich niemand in dem großen Raum auf. Stanger empfand das Leuchten der Sterne über der transparenten Decke als unangenehm, aber es belastete ihn nicht zu sehr. Neben einer Meditationsnische brach er zusammen und verharrte einige Minuten lang am Boden, bis er sich wieder hochstemmte, die Tür öffnete und das kleine Zimmer betrat. Vielleicht fand er hier, was er brauchte — wenn er sich in Geduld faßte und lange genug wartete.

Am anderen Ende des Decks bewegte sich etwas. Stanger duckte sich, spähte in die Finsternis und stellte überrascht fest, wie gut er in der Schwärze sehen konnte.

261

Eine Gestalt näherte sich, jemand, der einen dunklen Mantel trug. Stanger hielt unwillkürlich den Atem an und beugte sich vor, doch das Gesicht des Fremden blieb für ihn verborgen. Trotzdem wußte er, um wen es sich handelte. Adams hielt eine mobile Transfusionseinheit in seinen blutleeren weißen Hände, schlich in eine andere Nische und zog die Tür hinter sich zu.

Adams ... Er versteckte sich auf dem Beobachtungsdeck.

Unmöglich. Während der vergangenen Tage hatte Stanger diesen Raum zweimal kontrolliert, ohne daß der Tricorder etwas anzeigte.

Andererseits: Tricorder empfingen nur die Biosignale von Lebenden.

Du müßtest eigentlich tot sein ...

Er schluckte krampfhaft und spürte neuerlichen Schmerz dabei. Sein Mund war knochentrocken.

*Knochen*trocken ...

Mein Gott! dachte er. *Adams und ich ... Wir sind wandelnde Leichen.* Stanger schauderte.

Plötzlich glaubte er, Tomson vor sich zu sehen. *Sie Narr, wachen Sie endlich auf!* Adams befand sich hier, jener Mann, den er seit Tagen suchte, dem er seine Schattenexistenz verdankte. *Der auch Lisa Nguyen angegriffen hat, wodurch sie fast verblutet wäre,* fuhr es Stanger mit einer Mischung aus Aufregung und Abscheu durch den Sinn. Jetzt bekam er die Chance, es dem Mistkerl heimzuzahlen. Zorn verdrängte Furcht und Verlangen, nährte den heißen Wunsch, sich an Adams zu rächen, der ihm das Leben genommen hatte.

Er durfte nicht zulassen, daß der Tanis-Forscher noch jemanden umbrachte.

Gleichzeitig leckte sich Stanger die Lippen, als er an die mobile Transfusionseinheit dachte. Er versuchte, sich zu beherrschen, seine Überlegungen auf Adams zu konzentrieren.

Ich bin dein letztes Opfer, versprach er sich stumm und

holte mehrmals tief Luft, suchte nach der Kraft, um zu töten.

Lisa Nguyen, jetzt stellvertretende Leiterin der Sicherheitsabteilung, stand vor dem Zugangsschott des Beobachtungsdecks, rieb sich den Nacken und runzelte die Stirn. Sie fühlte beginnende Kopfschmerzen, und Fähnrich Essweins Ärger schuf zusätzliche Probleme. *Es ist wohl kaum meine Schuld, daß Tomson mich wählte und nicht Sie. Glauben Sie mir: Sie können meinen Posten gern haben. Und vielleicht bekommen Sie ihn auch, sobald ich den Dienst quittiere.*

Esswein deutete zum Deck und zuckte mit den Schultern. *Hellblaue Augen in einem Meer aus Sommersprossen,* dachte Nguyen. Ackers borstiges, kastanienbraunes Haar hatte die gleiche Farbe wie die vielen Sommersprossen in seinem Gesicht. »Wie oft sollen wir diesen Raum noch durchsuchen? Lieber Himmel, wir haben mehrmals das ganze Schiff durchkämmt. Ich glaube, Adams hat die *Enterprise* längst verlassen.«

Lisa seufzte, mied den vorwurfsvollen Blick ihres Kollegen und starrte auf die Anzeigen des Tricorders. »Und wie erklären Sie sich das mit Stanger?«

Es gefiel ihr nicht, darüber zu reden. Sie war froh, daß Jon noch lebte, aber wenn er ebenso wurde wie Adams ... Nguyen erschauerte bei dieser Vorstellung. Sie wollte ihn als freundlichen, zuvorkommenden Mann in Erinnerung behalten — nicht als eine Art Ungeheuer.

»Vielleicht hat er sich schon vor zwei Tagen angesteckt«, beharrte Acker. »Ich bin nach wie vor davon überzeugt, daß es Adams gelungen ist, die *Enterprise* zu verlassen.«

Wie? Lisa verzichtete darauf, dieses eine Wort laut auszusprechen — um eine Wiederholung des Gesprächs zu verhindern, das sie in der vergangenen Nacht geführt hatten. Sie sah keinen Sinn darin, noch einmal alles durchzukauen, wollte nicht darüber nachdenken, was mit Jon geschehen war. Als sie Acker musterte, bemerkte sie erneut Verdrießlichkeit in seinen Zügen. »Sie brauchen mich nicht zu begleiten. Nehmen Sie sich inzwischen den Frachtbereich vor.«

»Ist es nicht sicherer, wenn wir zusammenbleiben?« fragte Esswein, und seine blauen Augen blickten unschuldig.

Wovor haben Sie Angst, wenn Sie so fest daran glauben, daß sich Adams nicht mehr an Bord befindet? Lisa behielt auch diesen Gedanken für sich und widerstand der Versuchung, eine scharfe Antwort zu geben. Statt dessen nutzte sie ihre neue Autorität, nahm sich ein Beispiel an Tomson und richtete einen eisigen Blick auf Acker.

»Ich habe Ihnen gerade einen Befehl gegeben, Esswein.« Nguyen kniff die Augen zusammen, bis sie nur noch schmale Schlitze bildeten.

»Ja, Sir«, erwiderte er und betonte dabei das ›Sir‹. Lisa ignorierte den Trotz und sah ihm nach, als er ging.

Dann betrat sie das leere Beobachtungsdeck und seufzte, als sich hinter ihr die Tür schloß. Der Raum war herrlich dunkel und still. Am liebsten hätte sie sich in eine der Meditationsnischen zurückgezogen und die *Enterprise* einfach vergessen. Ein anstrengender Tag mit gemischten Gefühlen lag hinter ihr: Unzufriedenheit darüber, noch immer eine Starfleet-Uniform zu tragen, Unbehagen angesichts ihrer Entscheidung, die Flottenkarriere aufzugeben, Furcht davor, Adams zu finden.

Trotz der Finsternis schaltete sie nicht ihre Lampe ein. Sternenlicht und das Glühen der Tricorder-Anzeigen genügten ihr, um sich zu orientieren. Außerdem ließen in der Schwärze ihre Kopfschmerzen nach.

Lisa setzte sich in Bewegung, schritt an den Nischen vorbei und behielt den Tricorder im Auge. Sie rechnete nicht damit, Adams hier zu entdecken: Erst gestern hatte sie zusammen mit Acker eine Sondierung auf dem Beobachtungsdeck vorgenommen — ohne Erfolg. *Viel-*

*leicht hat Esswein recht. Vielleicht ist es dem Tanis-Forscher
wirklich gelungen, das Schiff zu verlassen.* Und selbst wenn
er sich hier verbarg: Sie war mit einem Phaser bewaffnet, und der Kommunikator versetzte sie in die Lage,
Hilfe anzufordern.

Nguyen erreichte das Ende einer Nischenreihe und
spürte den Wunsch, die Augen zu schließen und sich
auf dem kühlen Boden auszustrecken. Niemand würde
etwas davon erfahren; sie war hier völlig allein. *Außerdem: In einer Woche gehörst du nicht mehr zu Starfleet. Wie
sollte man dich bestrafen — mit einer Degradierung?*

Aber natürlich nahm sie ihre Pflicht viel zu ernst. Lisa
wandte sich der nächsten Nischenreihe zu, ging daran
entlang und behielt den Tricorder im Auge.

Als sich die Anzeigen plötzlich veränderten, wäre sie
fast gestolpert. Nguyen sah auf, doch in der Dunkelheit
konnte sie nichts erkennen. Nervös tastete sie nach der
Lampe.

*Immer mit der Ruhe. Es besteht kein Anlaß, irgend etwas
zu befürchten. Wahrscheinlich ein Besatzungsmitglied, das
sich hier entspannt. Um Himmels willen, dreh nicht sofort
durch.*

Sie schaltete die Lampe ein. »Wer ist da?«

Keine Antwort. Und dann bewegte sich ein Schatten
in der Finsternis.

Das Licht fiel auf den geduckten Jon Stanger.

Helles Gleißen erfaßte Stanger, und er schrie voller Pein
— bis Lisa die Lampe sinken ließ. Daraufhin verschwand zumindest ein Teil des Schmerzes aus ihm.
Auf unangenehme Weise fühlte er sich an eine andere
Begegnung dieser Art erinnert — mit Adams in der Forschungsstation von Tanis.

Jetzt bin ich genauso wie er, dachte Stanger voller Kummer und wich vor dem Licht zurück.

»Jon«, brachte Nguyen leise hervor. In ihrem Gesicht
zeigte sich eine Mischung aus Sorge und Abscheu. *Viel-*

leicht habe ich so Adams angesehen. »Es ist alles in Ordnung. Bleiben Sie dort. Kommen Sie nicht näher.« Sie hielt den Blick auf ihn gerichtet, als sie den Kommunikator vom Gürtel nahm, ihn vor die Lippen hob und einige Worte sprach.

Dann trat sie auf ihn zu, ging an der Meditationsnische vorbei, in der sich Adams verbarg.

Ihr Tricorder reagierte nicht. Es stimmte also: Bei ihm ließen sich keine Biosignale feststellen. *Aber warum hat das Gerät mich entdeckt?* überlegte Stanger.

Lisa war jetzt so nahe, daß er sie ganz deutlich sah, selbst den dünnen Striemen der verheilten Halswunde. Jon schloß die Augen und schauderte, als er den süßen, verlockenden Ruf des Blutes vernahm. Die rechte Hand tastete nach dem Messer.

Nach einigen Sekunden hob er die Lider, setzte einen Fuß vor den anderen und verharrte erneut. Er brauchte jetzt nur den Arm auszustrecken, um Nguyen zu berühren.

»Stanger«, flüsterte Lisa. Sie schluchzte fast. Aus Kummer oder Furcht?

Adams verließ seine Nische, ohne ein Geräusch zu verursachen. Der scharlachrote Mantel breitete sich hinter der Frau aus, wie dunkle, unheilvolle Schwingen.

»Lisa! Nein!«

Sie drehte den Kopf und wich zur Seite, als Stanger vorsprang und den für Nguyen bestimmten Hieb empfing. Das Messer kratzte ihm über beide Arme. Jon kämpfte gegen die Gier an, die der Geruch des eigenen Blutes in ihm weckte, ignorierte den scharfen Stahl in Adams' Hand und packte ihn an der Kehle. Wahnsinn und Zorn erfüllten ihn mit brodelnder Kraft. Fest schloß er die Finger um den Hals des leichenhaft blassen Mannes, hob ihn hoch und rammte seinen Kopf an die Wand.

Das dumpfe Pochen hallte in Stangers Gedanken wider.

Ich bin dein letztes Opfer, klar? Dein letztes Opfer, dein letztes Opfer...

Der Schädel stieß einmal, zweimal, hundertmal an die Wand, während Lisa und Acker riefen, mit ihren Phasern anlegten, während Adams schrie...

Schließlich wogte barmherzige Schwärze heran, verschlang alles.

Kirk griff nach einer Infrarotbrille und betrat den dunklen Bereich der Krankenstation, wo sich Adams und Stanger befanden. Es gab keinen Grund mehr, sie in einer Isolationskammer unterzubringen, und außerdem glaubte McCoy an die Notwendigkeit einer direkten, unmittelbaren Behandlung. Gurte fesselten sie an die Diagnoseliegen, und neben ihnen stand Fähnrich Nguyen.

Fast-Lieutenant Nguyen, verbesserte sich der Captain in Gedanken. Inzwischen lag ihm Tomsons Antrag auf eine besonders schnelle Beförderung vor. Die Konfrontation mit Adams hatte Lisa offenbar zutiefst erschüttert, und sie dachte daran, Starfleet zu verlassen. Tomson wollte sie auf der Karriereleiter nach oben schieben, um zu verhindern, daß sie den Dienst quittierte — eine Art Bestechung, um einen guten Offizier zu behalten. Kirk hatte durchaus Verständnis dafür und den Antrag bereits genehmigt.

Aber es erstaunte ihn, daß die Leiterin der Sicherheitsabteilung ausgerechnet Nguyen damit beauftragte, jenen Mann zu bewachen, der sie beinah umgebracht hätte. Wollte sie Lisa damit zwingen, sich ihrer Furcht zu stellen und sie zu besiegen? Vielleicht. Doch ein Blick in Lisas Gesicht genügte, um die Weisheit einer solchen Entscheidung in Frage zu stellen. Nguyen mußte nicht etwa Furcht überwinden, sondern Haß.

Jim setzte die Infrarotbrille auf und lächelte.

»Captain...«, sagte die junge Frau mit ruhigem Ernst.

Kirk schritt zu Adams' Bett. Einige Meter entfernt zitterte Stanger und stöhnte, schien in einem Alptraum gefangen zu sein.

Beide Männer erhielten Transfusionen, doch nach Stangers wütendem Angriff schien Adams apathisch geworden zu sein. Er drehte den Kopf, um Kirk anzusehen, und seine Miene veränderte sich nicht.

Er wirkte sehr schwach, und das lag nicht etwa an der Gehirnerschütterung. McCoy hatte darauf hingewiesen, daß seine Krankheit nun in eine neue Phase überging: Allem Anschein nach war das Virus nicht mehr imstande, eine gewisse metabolische Stabilität zu gewährleisten. Adams starb, und Jim musterte ihn ohne Mitgefühl.

»Mendez weiß, daß Sie an Bord sind«, sagte Kirk. Er drohte nicht, nannte nur eine Tatsache. »Wenn Sie sich weigern, mir offen Auskunft zu geben ... Dann überlasse ich Sie ihm, sobald wir Tanis erreichen.«

»Tanis?« In Adams' Augen glitzerte sowohl Hoffnung als auch Furcht. Er starrte an die Decke. »Was möchten Sie wissen?«

»Ich brauche ... Beweise, die Mendez belasten. Oder wollen Sie die ganze Schuld auf sich nehmen?«

»Nein«, hauchte der Kranke. Er schloß die Augen. »Nein.«

Kirk wartete, aber es blieb alles still. »Spock rechnet damit, auf Tanis die Leiche eines vulkanischen Forschers zu finden, der dem ursprünglichen Virus zum Opfer fiel.«

Adams schwieg zunächst. »Sepek«, sagte er dann, und es klang so, als erinnerte er sich an etwas sehr Unangenehmes. »Er starb als erster. Zu jenem Zeitpunkt war das Virus bereits mutiert.«

Jim beugte sich über die Diagnoseliege. Es stimmte also. Spock hatte recht. »Es gibt zwei Virusarten?«

»Es *gab* sie. Ich weiß nicht, ob die R-Variante ...«

»Wirksam gegen Romulaner«, sagte Kirk. *Ganz offen-*

sichtlich wünschten sich einige hochrangige Flottenoffiziere
mehr als nur konventionelle Waffen gegen ihre Feinde.

Adams widersprach ihm nicht. »Ich habe keine Ahnung, ob sie noch existiert. Sepek ist tot, das Laboratorium dekontaminiert. Alle Proben wurden vernichtet. Allerdings ... Sepeks Leiche enthält vermutlich einige abgestorbene Mikroorganismen.«

»Das dürfte genügen«, erwiderte der Captain.

»Solange Sie mich haben«, fügte Adams hinzu und grinste. Sein Kopf schien sich dadurch in einen Totenschädel zu verwandeln. »Sie können nicht auf mich verzichten, oder?«

Kirk bedachte ihn mit einem durchdringenden Blick. »Sie benötigen unsere Hilfe weitaus dringender als wir Ihre. Nun, ich habe noch mehr Fragen. Ich halte es für recht sonderbar, daß ein für Romulaner tödliches Virus so mutiert, daß es für Menschen gefährlich wird.«

Adams schüttelte andeutungsweise den Kopf und antwortete als Wissenschaftler: »Eine Mikrobe, die sich so schnell vermehrt, durchläuft mehr als hundert Generationen pro Tag. Daher ist es nicht überraschend, daß eine Variante entstand, die andere Lebensformen bedroht.«

Kirk blieb skeptisch. »Der wichtigste Punkt: Wie können wir Sepeks Leiche bergen? Während der ersten Suche haben wir sie nicht entdeckt.«

»Weil sie in einer speziell abgeschirmten Stasiskapsel liegt. Ein gewöhnlicher Stasisraum wie hier in der *Enterprise* war bei uns unmöglich. Angesichts unserer Arbeit mußten wir von einer Kontamination des Leichnams ausgehen.«

»Seltsam, daß ein Vulkanier an illegalen Forschungen teilnahm«, murmelte Kirk mehr zu sich selbst.

»Sepek ... hat Mendez getäuscht. Er spielte die Rolle des Abtrünnigen und Ausgestoßenen.« Adams sah zum Captain auf. »Es *gibt* solche Vulkanier.«

»Das habe ich gehört«, entgegnete Kirk trocken.

»Doch nach einer Weile wurde klar, daß er für Starfleet arbeitete und versuchte, unser Projekt zu sabotieren. Als Mendez dahinterkam, arrangierte er einen ›Unfall‹. Das war ganz einfach, denn damals stellte das R-Virus nur für Vulkanoiden eine Gefahr dar. Im Gegensatz zur mutierten Form führt es innerhalb kurzer Zeit zum Tod.« Adams legte eine kurze Pause ein. »Es wäre imstande, in wenigen Monaten einen großen Teil der romulanischen Bevölkerung umzubringen.«

Kirk schüttelte den Kopf. Was veranlaßte Mendez dazu, alles zu riskieren — die Karriere in der Flotte, den Sohn, seine Freiheit —, um sich an den Romulanern zu rächen? »Womit könnten wir sonst noch beweisen, daß Mendez in diese Sache verwickelt ist?«

»Es genügt nicht, daß ein Vulkanier einem genetisch manipulierten Virus zum Opfer fiel, wie?« Adams wiederholte das gespenstische Grinsen. »Nun, mehr haben Sie nicht — abgesehen von mir.«

Stanger ächzte im Schlaf, und Kirk wandte sich ab. Er wußte, daß der kranke Sicherheitswächter Adams am Hals gepackt und ihn fast erwürgt hätte.

Jim beneidete ihn darum. Er ging an Fähnrich Nguyen vorbei und nickte ihr kurz zu. Sie erwiderte den stummen Gruß, und in ihren Augen hinter der Infrarotbrille sah er Haß — einen Haß, der auch in ihm brannte.

Kirk verließ den Raum, und Lisa stand in der Dunkelheit, allein mit den beiden Kranken.

Adams schloß die Augen und schien zu schlafen, aber trotzdem fiel es Nguyen schwer, länger als für einige Sekunden den Blick auf ihn zu richten. Sie haßte ihn mit einer Bitterkeit, die sie selbst verblüffte. Durch seine Schuld hatte sie geglaubt, dem Tod nahe zu sein, und das verzieh sie ihm nicht. Sie war zu jung, um an so etwas zu denken. Weder Adams noch jemand anders war berechtigt, sie mit dem Schrecken der eigenen Sterblichkeit zu konfrontieren.

Gleichzeitig hatte sie dadurch Gelegenheit gefunden, gründlich zu überlegen — was sie mit einer gewissen Dankbarkeit erfüllte. Unter anderen Umständen wäre sie vielleicht nicht bereit gewesen, Rajivs Angebot anzunehmen.

Bis zu diesem Abend hielt sie an der Entschlossenheit fest, sich in Colorado der Gemeinschaftsehe anzuschließen. Doch nun entstanden Zweifel in ihr — was sie Lieutenant Tomson ›verdankte‹. *Tomson hat mich beauftragt, die Suche während der Nachtschicht zu koordinieren. Tomson hat mir trotz meiner Einwände befohlen, Adams zu bewachen.* Damit zwang sie Nguyen, sich noch einmal mit den jüngsten Ereignissen zu befassen.

Die Tatsache, daß Tomsons Strategie funktionierte, verärgerte Lisa. Trotz des Zorns auf Adams stellte sie nun fest, daß sie sich beherrschen konnte. Sie widerstand der Versuchung, ihn mit bloßen Händen zu erdrosseln. Noch immer haftete Furcht in ihr, doch sie wurde nun besser damit fertig. Ja, zugegeben, sie wäre fast gestorben — aber eben nur *fast*. Sie lebte und hatte eine neuerliche Begegnung mit Adams überstanden.

Allmählich erinnerte sie sich daran, warum es ihr so sehr gefiel, eine Starfleet-Uniform zu tragen.

»Rosa«, stöhnte Stanger leise. McCoy hatte ihm ein Beruhigungsmittel verabreicht, und jetzt ließ die Wirkung des Sedativs nach.

Lisa sah zu Adams — er schlief. Sie behielt ihn im Auge, als sie sich Jon näherte. »Es ist alles in Ordnung«, sagte sie leise.

Stanger starrte sie an, und in seinen Augen flackerte es. Er spannte die Muskeln, kämpfte gegen die Gurte an. Es brach Nguyen fast das Herz. Jon war ein anständiger, guter Mann. Er litt an der gleichen Krankheit, durch die Adams zu einem Mörder wurde, aber er hatte ihr das Leben gerettet. Nguyen spürte, wie ihr Tränen in die Augen quollen.

»Rosa«, wiederholte Stanger mitleiderregend.

Lisa legte ihm die Hand auf den Arm. »Ich bin hier.«

Er schien sich ein wenig zu entspannen. Kurz darauf schnitt er eine Grimasse und wimmerte. »Rosa ... Warum hast du nichts gesagt?«

»Was sollte ich sagen?« fragte Lisa.

»Daß der Phaser dir gehörte.« Jon drehte den Kopf von einer Seite zur anderen. »Selbst mir gegenüber hast du geschwiegen. Das verdammte Ding fiel aus der Tasche, und der Entladungsblitz traf die Wand. Alle sahen es. Und ich *wußte* überhaupt nichts davon.«

Der Entladungsblitz traf die Wand ... Wie lauteten Ackers Worte? Lisa erinnerte sich daran, wie sie mit ihm im Aufenthaltsraum der Sicherheitsabteilung saß: Er ließ seinen Blick durchs Zimmer schweifen und vergewisserte sich, daß Stanger nicht zugegen war. *Die Waffe fiel aus der Tasche und entlud sich. Der Strahl traf die Wand der Offiziersmesse — in Gegenwart des stellvertretenden Kommandanten! Wenn das kein Pech ist ...*

Nguyens Kinnlade klappte nach unten. »Jon ... Soll das heißen, der Phaser gehörte *jemand anders?*«

»Ich habe auf dich gewartet«, raunte Stanger heiser. »Ich nahm die Schuld auf mich, in der Hoffnung, daß du dich als Verantwortliche zu erkennen gibst. Aber du hast geschwiegen. Ich dachte, daß dir etwas an mir liegt, Rosa ...«

»Pscht.« Lisa strich mit den Fingerkuppen über Jons dunkle Stirn, fühlte warme und feuchte Haut. *Er ist unschuldig,* dachte sie. *Die ganze Zeit über hat er eine Frau namens Rosa geschützt, seine Karriere für sie aufs Spiel gesetzt ...*

Von einem Augenblick zum anderen hegte sie nicht mehr den geringsten Zweifel in Hinsicht auf Colorado. Plötzlich war alles klar.

»Du hast geschwiegen«, wisperte Stanger.

Lisa berührte ihn erneut an der Stirn. »Jetzt bin ich hier, um zu sagen, daß dich keine Schuld trifft«, erwiderte sie und fand die Kraft, um zu lächeln.

272

KAPITEL 15

Chris Chapel sträubte sich gegen das Erwachen. Sie schwebte in dunkler Ruhe — wie lange? Seit einer Ewigkeit. Zeit spielte keine Rolle. Sie gab sich der Schwärze bereitwillig hin und wollte den Frieden für immer genießen, für immer ...

Sie leistete inneren Widerstand, aber allmählich verschwand der mentale Dunst, und daraufhin erweiterte sich ihre Wahrnehmung. Zuerst spürte sie den eigenen Atem, das langsame Heben und Senken der Brust. Dann fühlte sie die Kühle im Zimmer, das weiche Polster einer Diagnoseliege. Schließlich Geräusche: zunächst dumpf und wie aus weiter Ferne, dann deutlicher, näher. Chapel lauschte mit geschlossenen Augen, starrte in graues Nichts, vernahm einen Bariton, den sie kannte. Sie erinnerte sich an das Gesicht, aber nicht an den Namen.

Die Bioindikatoren zeigen jetzt fast normale Werte an, und der Hämoglobinspiegel steigt. Sie kommt zu sich. Sagen Sie Tijeng, daß es funktioniert!

Christine verstand jedes Wort, aber aneinandergereiht ergab das keinen Sinn. Widerstrebend hob sie die Lider und blickte in das Gesicht, das sie sich gerade vorgestellt hatte. Nun fiel ihr auch der Name ein. »M'Benga.« Der Gaumen war trocken, und deshalb konnte sie kaum sprechen.

M'Bengas Lächeln reichte vom einen Ohr bis zum anderen. »Christine! Sie ahnen gar nicht, wie sehr ich mich freue, daß Sie wieder bei uns sind!« Er reichte ihr ein Glas Wasser, ohne daß sie darum bat.

»Danke«, krächzte Chapel. Sie stemmte sich auf einem Ellbogen hoch, setzte das Glas an die Lippen und trank, langsam und vorsichtig. Ein seltsamer Geschmack im Mund — wie Eisen. Als hätte sie sich auf die Zunge gebissen ...

Ein schrecklicher Gedanke ging ihr durch den Kopf. »Habe ich mich ...« Die Vorstellung war entsetzlich, und sie schauderte heftig. »Habe ich mich in einen zweiten ... Adams verwandelt?«

M'Benga lächelte auch weiterhin. »Bei Ihnen hatte die Krankheit keine Chance, sich bis zu jener Phase zu entwickeln. Außerdem sind Sie nicht der richtige Typ dafür.«

Chapels Lippen deuteten ein Schmunzeln an. »Wie lange bin ich im Koma gewesen?« Dutzende von Fragen verlangten Antwort. Wenn ihr das Sprechen nur etwas leichter gefallen wäre ...

»Einige Tage.«

»Meine Güte!« Kein Wunder, daß sie sich so schwach fühlte. Christine sah sich um und stellte erleichtert fest: Das Licht bereitete ihr keine Schmerzen. Trotzdem — irgend etwas stimmte nicht.

»Wo ist Leonard?« erkundigte sie sich und versuchte, die Enttäuschung aus ihrer Stimme zu verbannen. Wenn sie wirklich so krank gewesen war ... Unter normalen Umständen hätte es McCoy bestimmt nicht versäumt, bei ihrem Erwachen zugegen zu sein.

M'Bengas Lächeln verblaßte, und er seufzte. »Sie werden es nicht glauben, Christine ...«

Wieso gerate ich immer wieder in solche Situationen? überlegte McCoy, öffnete die zusammengekniffenen Augen und sah eine Dunkelheit, in der er nur das matte Glühen seines Individualschilds wahrnahm. Es handelte sich um eine rhetorische Frage. Er wußte ganz genau, was ihn in diese besondere Situation gebracht hatte: die Entscheidung, sich freiwillig zu melden. Um Jim zögerte natürlich nicht, ihn in den Einsatz zu schicken. Immerhin kannte er die Forschungsstation auf Tanis bereits.

Neben ihm schimmerte etwas in der Finsternis, und Leonard bemerkte die leuchtenden Konturen von Spocks Gestalt. Der Transfer des Vulkaniers ergab nicht den geringsten Sinn, aber offenbar hatte er einige Worte an den Captain gerichtet, die Jim überzeugten, seinen Ersten Offizier der Landegruppe zuzuteilen. Irgendein Unsinn über vulkanische Verantwortung und Bestattungsrituale. Spocks steinerner Gesichtsausdruck hatte McCoy darauf hingewiesen, daß es besser war, nicht nach Einzelheiten zu fragen.

Der Vulkanier hob seine Lampe, und das Licht glitt in einem gleichmäßigen Bogen durchs Zimmer, strich über kahle Wände und die Kristallbarriere der Isolationskammer. Das Loch darin erinnerte den Arzt an eine ziemlich unangenehme Muskelzerrung.

»Dies ist das Laboratorium«, sagte McCoy. Das Kraftfeld dämpfte seine Worte, und er hörte die eigene Stimme wie aus weiter Ferne, als trüge er Wattestopfen im Ohr. Trotz der Impfung hielt er es für besser, einen Individualschild zu benutzen — vielleicht hatte ihnen Adams nicht alle Überraschungen verraten, die sie hier unten erwarteten. In Spocks Fall war das Schutzfeld obligatorisch, denn das R-Virus stellte eine große Gefahr für ihn dar. McCoy seufzte und wünschte sich an einen anderen Ort. Zum Beispiel in die Krankenstation, wo M'Benga der erwachenden Chris Chapel Gesellschaft leistete. Tijengs Labor hatte eine Möglichkeit gefunden, die Anämie zu stabilisieren, und bevor Leonard die *Enterprise* verließ, beschloß er, das neue Mittel an Christine auszuprobieren. Die Ethik verbot, Adams oder Stanger als Versuchskaninchen zu verwenden, doch Chapel gehörte zum medizinischen Personal. Darüber hinaus hätte sie sich bestimmt zu einem derartigen Experiment bereit erklärt.

275

Niemand erhob Einwände, doch Tijeng lächelte wissend, als Leonard vorschlug, Chris zu behandeln.

Vielleicht bin ich deshalb so unruhig. Weil ich mir Sorgen um sie mache. Eigentlich gibt es gar keinen Grund für mich, hier nervös zu sein.

Nun, ihr Auftrag bestand natürlich darin, eine Leiche zu bergen. Spock winkte mit der Lampe. »Die Stasiskammer müßte sich dort drüben befinden«, sagte er. McCoy folgte ihm und blieb dicht hinter dem Vulkanier, während das Licht durch die Schwärze schnitt. Sie verließen das Laboratorium und wanderten durch einen schmalen Korridor, der klaustrophobische Ängste in dem Arzt weckte.

Leonard kannte jetzt die Wirkung des Virus, und daher wußte er: Der vulkanische Forscher konnte unmöglich für längere Zeit in der Stasis überlebt haben. Wenn Adams' R-Virus ebenso wirkte wie die mutierte M-Variante, dann war der arme Sepek zwischen zehn und achtundvierzig Stunden nach Beginn des Komas in der abgeschirmten Kapsel erwacht. Die genaue Zeitspanne hing vom Ausmaß der Anämie ab. Wenn sie ein kritisches Niveau erreichte, sorgte das Virus für ein Ende des Komas, damit der Wirt nach — vorzugsweise transfundiertem — Blut suchte. Aber Sepek konnte den versiegelten Stasisbehälter nicht verlassen. McCoy stellte sich vor, wie der Mann mit den letzten Resten vulkanischer Kraft an den Innenwänden der Kapsel kratzte, in dem vergeblichen Versuch, sich daraus zu befreien ... Zweifellos war er schon seit Wochen tot.

Angenommen natürlich, daß die R-Form ebensolche Wirkungen hervorruft wie der mutierte Mikroorganismus. Die Alternative ließ Leonard erschauern.

Sie kamen an der Krankenstation vorbei, und das Licht fiel durch die offene Tür, auf dunkle Flecken am Boden. Spock blieb stehen, und McCoy vermied es im letzten Augenblick, gegen ihn zu stoßen.

»Die Stasiskammer«, sagte der Erste Offizier und

deutete zu einem massiven Schott. Daneben zeigte sich eine Schalttafel.

Bist heute ziemlich gesprächig, wie? Plötzlich vermißte Leonard den Sicherheitswächter Stanger; einige Scherze hätten die Anspannung etwas gelockert. Derzeit sah er keinen Sinn darin, Spock aufzuziehen und zu verspotten, ihn zu einem der üblichen verbalen Duelle herauszufordern. Er wartete stumm, während der Vulkanier den Öffnungscode eingab, rechnete damit, das leise Summen eines Servomotors zu hören und zu beobachten, wie das Schott nach oben glitt.

Nichts dergleichen geschah.

Sind Sie sicher, daß Sie den richtigen Code eingegeben haben? Leonard verschluckte diese Worte gerade noch rechtzeitig. Solche Fragen stellte man keinem Vulkanier.

Aber offenbar entstanden auch Zweifel in Spock. Er betätigte die Tasten noch einmal, drehte sich dann um und runzelte die Stirn.

»Entweder hat uns Adams den falschen Code genannt, oder ...«

»Oder das Computersystem funktioniert nicht mehr richtig«, beendete McCoy den Satz.

Der Erste Offizier nahm den Kommunikator vom Gürtel. »Spock an *Enterprise*.«

»Hier Kirk. Irgendwelche Probleme?«

»Ja, Captain. Die Stasiskammer läßt sich nicht öffnen.«

Kurze Stille folgte, während Kirk über die verschiedenen Möglichkeiten der Landegruppe nachdachte. »Können Sie sich mit den Phasern Zugang verschaffen?«

Spock richtete einen abschätzenden Blick auf Schott und Wand. »Vielleicht. Bei dem Metall scheint es sich um eine Berylliumlegierung zu handeln, doch die Dicke ist mir unbekannt. Um mit den Phasern einen Teil der Wand zu zerstrahlen und ins Innere des Stasisbereichs zu gelangen, brauchen wir wesentlich mehr Zeit als ursprünglich geplant.«

Großartig, dachte McCoy. *Einfach großartig.*

Wieder eine Pause. »Wir halten hier oben Ausschau«, erwiderte Kirk schließlich. »Wenn sich jemand nähert, beamen wir Sie sofort an Bord. Haben Sie verstanden, Spock?«

Ohne die Leiche, fuhr es Leonard durch den Sinn. Er musterte den Vulkanier, doch Spocks Gesicht blieb ausdruckslos. »Ja, Sir.«

»Kirk Ende.«

Der Erste Offizier steckte den Kommunikator wieder an den Gürtel.

»Nun, es könnte schlimmer sein«, verkündete McCoy mit einer gewissen Schroffheit.

Spock wölbte fragend eine Braue.

»Zumindest einer von uns hat einen Phaser dabei.« Der Arzt zeigte auf seinen eigenen Gürtel, an dem mehrere medizinische Instrumente befestigt waren, aber kein Strahler. Er verabscheute es, Waffen zu tragen, hatte nicht die geringste Absicht, eine zu benutzen.

Auf wen sollte er hier unten schießen? Etwa auf Sepeks Leiche? *Himmel,* denk *nicht einmal daran ...*

»Dadurch kommen wir langsamer voran«, gestand Spock ein. »Aber einem letztendlichen Erfolg steht nichts im Wege.«

»Müssen Sie in diesem Zusammenhang ausgerechnet von ›Erfolg‹ sprechen?« brummte McCoy. Der Vulkanier setzte zu einer Antwort an und klappte den Mund dann wieder zu. Seine Züge veränderten sich auf subtile Weise.

Leonard fragte sich, was Spock abgelenkt haben mochte, und einige Sekunden später hörte er es ebenfalls: Schritte im dunklen Korridor.

Lieber Himmel, Sepek hat die Stasiskapsel irgendwie verlassen!

Aber es klang nach mehr als nur einer Person.

Spock versteifte sich und griff nach seinem Phaser. McCoy hätte am liebsten die Augen geschlossen, doch statt dessen riß er sie auf und sah zwei schemenhafte Gestalten. Sie kamen näher und offenbarten sich als Menschen in Starfleet-Uniformen. Den hochgewachsenen Blonden kannte Leonard nicht, aber der untersetzte Mann erschien ihm irgendwie vertraut. Er versuchte, sich an den Namen zu erinnern.

Der Bildschirm im Konferenzzimmer... McCoy schnappte unwillkürlich nach Luft.

»Admiral Mendez«, sagte Spock höflich und nickte, als sei er ihm gerade während einer Cocktailparty vorgestellt worden. Seine rechte Hand berührte noch immer den Kolben des Phasers.

Doch der Blonde — er trug einen goldgelben Uniformpulli — hatte seine Waffe bereits gezogen.

»Bitte lassen Sie den Strahler los«, meinte der Admiral im Plauderton und hielt seine Lampe so, daß ihr Licht die beiden *Enterprise*-Offiziere blendete. »Sonst befehle ich dem Lieutenant, Sie zu erschießen. Ich nehme an, Sie sind Commander Spock, Kirks Stellvertreter. Wir warten schon seit einer ganzen Weile auf Sie.«

Spocks Finger wanderten von dem Strahler an seinem Gürtel fort.

»Ach, ist das nicht nett«, knurrte McCoy spöttisch und blinzelte im hellen Licht. Er hatte sich eine Gelegenheit erhofft, Mendez die Meinung zu sagen, jedoch nicht damit gerechnet, daß sein Wunsch hier in Erfüllung ging. »Sie sind also der Mann, der die Tanis-Forscher auf dem Gewissen hat und für die Infektion einiger Besatzungsmitglieder unseres Schiffes verantwortlich ist.«

Er konnte Mendez' Gesicht nicht sehen, hörte aber den Ärger in der Stimme des Admirals. »Da irren Sie sich, Doktor. Die Schuld trifft allein Jeffrey Adams.«

»Er arbeitete in Ihrem Auftrag.«

Mendez ignorierte diesen Hinweis. »Adams entwickkelte das R-Virus ebenso wie die M-Variante.« Haß vibrierte in den Worten.

279

»Das M-Virus stellt eine zufällige Mutation dar«, sagte Spock so ruhig, als diskutierte er eine wissenschaftliche Theorie.

»Nein. Adams schuf jenen Mikroorganismus, um ihn den Romulanern zu verkaufen.«

»Das behaupten *Sie*«, warf McCoy ein.

»Ja, das behaupte ich. Weil ich Jeffrey Adams gut kenne.« Mendez' Tonfall veränderte sich abrupt und deutete darauf hin, daß er dieses Thema für abgeschlossen hielt. »Ihre Kommunikatoren, meine Herren. Und auch Ihren Phaser, Mr. Spock.«

Der Vulkanier reichte ihm die Waffe wortlos, und Leonard bedachte ihn mit einem mißbilligenden Blick.

»Wollen Sie sich ihm *einfach so* fügen?« zischte er.

»Haben Sie einen besseren Vorschlag?« fragte Spock gelassen.

Nein, leider nicht, dachte McCoy und blinzelte erneut im Licht. Er seufzte und hob seinen Kommunikator. Der blonde Lieutenant riß ihm das Gerät aus der Hand und tastete ihn recht unsanft ab.

»He!« beschwerte sich der Arzt. »Was soll das? Es ist keineswegs meine Angewohnheit, mit versteckten Waffen herumzulaufen.«

Mendez antwortete nicht. Der Lieutenant beendete die Durchsuchung McCoys und wandte sich Spock zu. Schließlich sagte er zum Admiral: »Sie haben nichts dabei, Sir.«

Mendez hatte offenbar etwas anderes hören wollen. »Na schön«, stieß er verärgert hervor. »Wo ist es?«

Wo ist was? fragte McCoy stumm und sah Spock an. Der Vulkanier blieb stumm, und Leonard nahm sich ein Beispiel an ihm.

»Das R-Virus. Wo ist es?« Mendez trat einen drohenden Schritt näher. »Ich versichere Ihnen: Ich schrecke vor nichts zurück, um es zu bekommen.«

McCoy runzelte die Stirn. Hatte es der Admiral gar nicht auf Sepeks Leiche abgesehen?

Mendez nickte seinem Adjutanten zu, der daraufhin den Phaser hob und bereit zu sein schien, von der Waffe Gebrauch zu machen.

»Hier existieren keine Viren mehr«, platzte es aus Leonard heraus. *Himmel, bei einem Verhör braucht man sich dir gegenüber kaum Mühe zu geben.* »Und wenn das doch der Fall sein sollte, so wissen wir nichts davon ...«

Er vernahm Sarkasmus in der Stimme des Admirals. Und auch Verzweiflung. »Was führt Sie dann nach Tanis? Nur ein kleiner Ausflug?« Mendez nickte dem Blonden zu. »Also los, Jase. Schießen Sie.«

»Einen Augenblick!« McCoy hob abwehrend die Hände und spürte den unausgesprochenen Tadel des Vulkaniers. »Wir sind hier, um die Leiche eines vulkanischen Forschers zu bergen.« Er hielt die Hände hoch erhoben, als er Spock ansah. »Nennen Sie ihm den Namen.«

»Sepek«, sagte der Erste Offizier ruhig, ohne seine Empörung über die Feigheit des Arztes zu verbergen.

»Ich fürchte, da kommen Sie zu spät«, entgegnete Mendez kühl. »Der Leichnam ist längst beseitigt worden.«

Spock schloß die Augen.

Mendez trat noch einen Schritt vor. »Das R-Virus. Ich frage Sie zum letztenmal danach.«

»Aber es gibt doch gar kein ...«, begann McCoy.

Mendez unterbrach ihn zornig. »Halten Sie uns für so dumm? Adams ist krank, und bestimmt versucht er mit allen Mitteln, sich am Leben festzuklammern. Zweifellos hat er Ihnen von unserer Vereinbarung erzählt: Wenn irgend etwas schiefgeht, sollte er unbedingt eine Probe in Sicherheit bringen und sie irgendwo auf Tanis verstecken, damit sie später abgeholt werden kann. Aber sie ist *zu gut* versteckt; bisher sind wir nicht in der Lage gewesen, sie zu finden. Doch *Sie* wissen bestimmt, wo er die Viruskultur untergebracht hat.«

Spock und McCoy starrten den Admiral nur stumm an.

»Wir haben Waffen hier unten«, fuhr Mendez fort. »Sie sind bereit, ehrenvoll zu sterben, um Ihr Schiff und den Captain zu schützen. Aber wenn Sie mir nicht das Virus geben, zerstöre ich die *Enterprise*, bevor ich Sie beide ins Jenseits schicke.«

»Mein *Gott*«, hauchte McCoy und erblaßte. Er hatte keine Möglichkeit, Jim zu warnen ...

»Unsere Absicht bestand darin, Sepeks Leiche zu bergen«, betonte Spock. »Das ist alles.«

Der Lieutenant sah seinen Vorgesetzten an. »Sie scheinen die Wahrheit zu sagen, Admiral.«

Mendez musterte Spock und den Arzt eine Zeitlang, und McCoy glaubte, in seinem Gesicht so etwas wie Bedauern zu erkennen. »Ich wollte es eigentlich vermeiden«, sagte er leise und klappte Spocks Kommunikator auf. »*Enterprise*, bitte kommen.«

Kirks scharfe Stimme drang aus dem kleinen Lautsprecher. »Admiral, wenn meinen Leuten irgend etwas zugestoßen ist ...«

»Sparen Sie sich Ihre Drohungen, Kirk«, kam Mendez dem Captain zuvor. »Die beiden Offiziere sind wohlauf, und ihnen wird nichts geschehen, wenn Sie sich an meine Anweisungen halten.«

»Wird ihnen ebensowenig geschehen wie Quince Waverleigh?«

»Davon weiß ich nichts«, erwiderte Mendez. »Wie dem auch sei: Wenn Sie wollen, daß Ihre Leute am Leben bleiben, so sollten Sie auf Vorwürfe jeder Art verzichten.«

Eine kurze Pause, und dann brummte Kirk widerstrebend: »Was verlangen Sie?«

»Das R-Virus. Sie haben es. Überlassen Sie es mir.«

»Sie irren sich, Admiral. Das R-Virus wurde vom Dekontaminationssystem auf Tanis eliminiert.«

»Wenn Sie das glauben, sind Sie ein noch größerer Narr, als ich dachte«, fauchte Mendez. »Nein, Kirk, Sie wissen ganz genau Bescheid. Adams ist an Bord Ihres

Schiffes, und inzwischen hat er Ihnen bestimmt von der versteckten Probe berichtet. Er mußte damit rechnen, daß ich es auf die Viruskultur *und* auf ihn abgesehen habe, und sicher hat er ausgepackt, um sich zu schützen.«

Der Captain schwieg einige Sekunden lang. McCoy beschloß, sich nie wieder freiwillig für irgendeinen Einsatz zu melden — falls er diesen überlebte. »Admiral ...«, sagte Kirk schließlich. Sein Tonfall hatte sich verändert, signalisierte jetzt Verhandlungsbereitschaft. »Ich habe keine Ahnung, ob tatsächlich eine versteckte Probe existiert. Geben Sie mir fünf Minuten, um Adams danach zu fragen.«

»Ich gebe Ihnen sogar sechs«, lautete die Antwort. »Im Anschluß daran sind Ihre Männer tot.«

Wie großzügig von Ihnen, hätte McCoy am liebsten kommentiert. Aber unter den gegenwärtigen Umständen erschien es ihm angeraten, den Mund zu halten.

»Captain.« Im Hintergrund erklang die klare, deutliche Stimme des Steuermanns Sulu. »Der Wandschirm zeigt eine visuelle Verzerrungszone.«

»Auf Vergrößerung umschalten.« Kurzes Schweigen, und dann zwei Befehle: »Alarmstufe Rot. Schilde hoch.«

Sirenen heulten. »Aye, Sir.«

»Kirk!« donnerte Mendez. »Keine Tricks. Oder Ihre Offiziere sterben.«

»Von irgendwelchen Tricks kann überhaupt nicht die Rede sein, verdammt«, entgegnete der Captain. »Wir bekommen gerade Besuch. Erwarten Sie jemanden?«

Es klickte, als Mendez die Verbindung unterbrach und den Kommunikator zuklappte. Er senkte die Lampe, doch das Nachbild auf der Netzhaut blendete McCoy auch weiterhin. Ein Arm schlang sich ihm um den Hals, und er fühlte einen Phaser am Rücken.

Unmittelbar darauf hörte er das Summen eines Transporters. *Jetzt ist es soweit.* Jim ging ein großes Risiko ein, indem er sie an Bord beamte — ein größeres Risiko als es Leonard lieb war. *Mendez zögert bestimmt nicht, uns*

283

zu erschießen. McCoy fragte sich plötzlich, wie es sein mochte, von einer Phaserentladung zerstrahlt zu werden. Entfaltete der Blitz selbst dann eine tödliche Wirkung, wenn sich das Ziel in einem Transferfeld auflöste?

Eine technologische Zwickmühle. *Ich wußte, daß mich der verdammte Transporter irgendwann erwischen würde.* McCoy kniff die Augen zu, was kaum etwas nützte, da er ohnehin nichts sehen konnte. Entweder spürte er gleich die fatale Hitze eines Phaserstrahls oder die Benommenheit des Transfers. Vermutlich war der Mann mit dem Phaser schneller als Kyle an den Kontrollen des Transporters.

Überraschende Desorientierung folgte. *Es ist schon schlimm genug, sterben zu müssen — warum ausgerechnet als energetische Matrix?* Leonard spannte Muskeln, die nur noch in Form einer molekularen Erinnerung existierten, doch der befürchtete Strahlblitz blieb aus. Statt dessen hallte das Summen durch seine ganze Egosphäre, und das Leuchten um ihn herum ließ nach. Er rechnete damit, im Transporterraum der *Enterprise* zu rematerialisieren, in Gegenwart mehrerer schwerbewaffneter Sicherheitswächter, stellte sich vor, zusammen mit Spock hilflos ins Kreuzfeuer zu geraten ...

Es waren tatsächlich Sicherheitswächter zugegen, aber ihre Uniformen hatten die falsche Farbe, glänzten in einem matten Silbergrau. McCoy blinzelte verblüfft, als er merkte, daß er an Bord eines romulanischen Schiffes war.

Der Griff an seiner Kehle lockerte sich, als der blonde Lieutenant den Phaser abfeuerte und einen der romulanischen Soldaten nur knapp verfehlte. Alle anwesenden Rihannsu hoben ihre Waffen und zielten auf den Adjutanten des Admirals — ganz offensichtlich spielte es für sie überhaupt keine Rolle, wenn zufälligerweise auch McCoy getroffen wurde. Leonard holte tief Luft, sammelte seine ganze Kraft und riß sich los.

Der Lieutenant war viel zu überrascht, um ihn festzuhalten. McCoy ließ sich fallen und rollte über den Boden. Zwar hielt er die Augen geschlossen, aber das Gleißen der Energiestrahlen durchdrang die Lider; sengende Hitze strich ihm über den Rücken. Er hörte einen entsetzten Schrei: Mendez.

Der Arzt blieb liegen, bis ihn ein unglaublich kräftiger Arm auf die Beine zerrte. *Spock*, dachte er, öffnete die Augen und sah Schultern, die sich unter einer silbrig glänzenden Uniform spannten.

Er widerstand der Versuchung, den Kopf zu drehen und in Richtung des Lieutenants zu sehen. Bestimmt war überhaupt nichts mehr von ihm übrig.

Der Mann auf dem Wandschirm hatte ein langes, ovales Gesicht und dunkles Haar. Er wirkte recht elegant. Nicht nur die nach oben geneigten Brauen erinnerten Kirk an seinen Ersten Offizier. Hinzu kamen der Glanz in den dunklen Augen und die gerade Nase — er hätte Spocks Vetter sein können.

»Captain Kirk«, sagte der Mann höflich, und in seinen vom automatischen Translator übersetzten Worten kam großes Selbstbewußtsein zum Ausdruck. Er sprach mit einem fast perfekten Akzent. Nur die besondere Betonung beim *K* sowie das rollende *R* verrieten ihn als Romulaner. Und natürlich die silberne Uniform mit der schwarzen Schärpe. »Ich bin Subcommander Khaefv.«

Kirk verschwendete keine Zeit mit Diplomatie. Sein Puls raste noch immer angesichts der Erkenntnis, daß sich McCoy und Spock an Bord eines romulanischen Raumers befanden. Er mußte sich sehr beherrschen, um nicht sofort zu fragen, ob sie noch lebten. »Subcommander, Ihnen ist sicher der Vertrag in Hinsicht auf die Neutrale Zone bekannt. Sie verstoßen gegen seine Bestimmungen, und die Entführung meiner Männer weist auf Ihre feindlichen Absichten hin. Wenn ihnen etwas zustößt, so wird die Föderation ...«

Khaefv lächelte ungerührt. »Ihre Offiziere sind un-

285

verletzt, Captain. Es steht nicht fest, daß dieser Raumsektor zur Föderation gehört, und davon einmal ganz abgesehen: Wir verstoßen wohl kaum gegen den Sinn des Vertrages. Wir sind keine Aggressoren. Eine Rettungsmission brachte uns hierher.«

Die Falten fraßen sich tiefer in Kirks Stirn, als er über Khaefvs Intentionen und Motive nachdachte. Wahrscheinlich wußte der romulanische Geheimdienst, daß die Föderation eine Biowaffe gegen das Reich entwickelt hatte. Khaefv wirkte ruhig und gelassen, aber Jim vermutete, daß er ein Himmelfahrtskommando leitete, mit dem Auftrag, den gefährlichen Mikroorganismus zu erbeuten oder zu vernichten. »Wir orten keine havarierten romulanischen Schiffe in der Nähe. Hier gibt es niemanden, der gerettet werden muß.«

»Ganz im Gegenteil. Wir wollen einen politischen Gefangenen des repressiven Föderationsregimes befreien. Jemanden, der sich in Ihrem Schiff aufhält — einen gewissen Dr. Jeffrey Adams.«

Kirk lachte laut. »Dr. Adams soll ein politischer Gefangener sein? Man wirft ihm Mord vor, und das ist wohl kaum eine politische Anklage. Darüber hinaus bezweifle ich, ob er von Ihnen ›gerettet‹ werden möchte.«

»Da muß ich Ihnen leider widersprechen, Captain. Dr. Adams hat uns ausdrücklich um Hilfe gebeten.«

»Es fällt mir sehr schwer, das zu glauben.«

»Nun, es gibt eine Möglichkeit, Gewißheit zu erlangen. Fragen Sie den Mann.«

M'Benga stand im Vorzimmer der Krankenstation und war so euphorisch, daß er weder den blinkenden Warnlichtern der Alarmstufe Gelb noch Kirks finsterer Miene Beachtung schenkte.

»Captain.« Es klang so, als freute er sich über einen glücklichen Zufall. »Ich wollte mich gerade mit Ihnen in Verbindung setzen. Ich habe es während der Alarmstufe Rot versucht, bekam jedoch keinen freien Kom-Kanal.

Christine Chapel hat das Serum bekommen, und dadurch stabilisierte sich ihre Anämie.«

»Ein Heilmittel?« Kirk runzelte noch immer die Stirn. Natürlich freute er sich für Chapel und Stanger — ein humanitärer Aspekt in ihm dachte dabei sogar an Adams —, aber derzeit fehlte ihm die Zeit, um es deutlich zu zeigen.

»So gut wie«, erwiderte M'Benga und strahlte. »Eine Dosis genügt nicht; es sind mehrere Behandlungen erforderlich. Aber das Serum hindert den Mikroorganismus fast sofort daran, die uns bekannte Wirkung zu entfalten.«

»Die Romulaner haben McCoy und Spock«, sagte Kirk. »Adams hat sie hierhergerufen. Um sich von ihnen retten zu lassen. So heißt es jedenfalls.«

Das Lächeln verschwand aus M'Bengas Gesicht. Er klappte den Mund zu und starrte den Captain groß an. Kirk bedauerte, den Arzt auf diese Weise zu schockieren, aber jede Sekunde war kostbar. Er hatte nicht gewußt, wie er Adams zwingen konnte, ihm Auskunft zu geben — bis jetzt.

»Hat Dr. Adams das Mittel bereits erhalten?« fragte er.

M'Benga schüttelte den Kopf. »Nein, noch nicht. Ich wollte es ihm und Stanger gerade verabreichen. Keine Sorge: Sie können ihn trotzdem vernehmen.«

»Behandeln Sie Stanger damit. Zuerst möchte ich Adams einige Fragen stellen.«

M'Benga reagierte sofort. Kirk kannte den Arzt als freundlichen, gutmütigen Mann, doch jetzt verhärteten sich seine Züge, und die Stimme klang plötzlich scharf. »Er ist dem Tode nahe, Captain. Und er leidet sehr. Es wäre alles andere als ethisch, ihm das Serum vorzuenthalten.«

»Lassen Sie mich zuerst mit ihm reden«, beharrte Kirk und unterdrückte seinen Ärger. *Himmel, er ist genauso schlimm wie Pille.*

»Nein.« In M'Bengas rechter Wange zuckte ein Muskel.

»Ich könnte Ihnen einen entsprechenden Befehl erteilen«, sagte Kirk leise. Es gefiel ihm nicht, mit so etwas zu drohen, aber er durfte keine Zeit mit Diskussionen über Ethik verlieren.

»Ich vertrete Dr. McCoy als Leiter der Medo-Sektion und bin daher nicht an Ihre Anweisungen gebunden.«

»Fünf Minuten«, bat Kirk etwas freundlicher. »Hält er noch fünf Minuten durch? Immerhin geht es darum, zwei Offiziere der *Enterprise* aus romulanischer Gefangenschaft zu befreien.«

M'Benga seufzte und rieb sich unsicher das Kinn. »Ich verstehe, Captain. Fünf Minuten — mehr nicht. Anschließend gebe ich ihm das Serum.«

»Noch etwas, Doktor. Ich verspreche Ihnen, Adams keinen physischen Schaden zuzufügen, doch ich muß ihm Angst einjagen.« Kirk blickte in M'Bengas schwarze Augen. »Das Leben von Spock und McCoy steht auf dem Spiel.«

Der Arzt seufzte. »Na schön, ich greife nicht ein. Es sei denn, sein Zustand wird kritisch.«

Er nahm zwei Infrarotbrillen, setzte eine auf und reichte die andere dem Captain. Kirk folgte ihm durch das Büro zum dunklen Behandlungsbereich, wo Stanger und Adams auf Diagnosebetten lagen. Diesmal hielt dort die Andorianerin Lamia Wache. Besorgt beobachtete sie Stanger, der sich inzwischen beruhigt zu haben schien. *Offenbar hat er viele Freunde*, dachte Jim.

Das Gesicht des zweiten Kranken war grau und verschrumpelt.

»Adams«, sagte Kirk, als M'Benga fortging und neben Stangers Liege stehenblieb. Der Arzt erzählte Lamia von dem Serum, und Jim hörte ihren erfreuten Ausruf.

Adams öffnete ein trübes Auge und schloß es wieder, nachdem er kurz aufgesehen hatte.

»M'Benga behandelt Mr. Stanger mit einem Heilmittel«, fuhr der Captain wie beiläufig fort. »Es stabilisiert die Anämie.«

Daraufhin hob Adams beide Lider. »Ein Heilmittel?« flüsterte er.

Kirk packte den kranken Forscher am Kragen und zog ihn hoch. Er empfand es als herrlich, den Mann voller Haß anzuschreien. »Ihre Freunde sind eingetroffen!«

Adams wimmerte leise.

»Sie elender Lügner!« rief der Captain, spürte dabei Lamias und M'Bengas Blicke. »Von Anfang an haben Sie es geplant, nicht wahr? Die Romulaner verlangen das R-Virus. *Wo ist es?*« Er schüttelte Adams so heftig, daß seine Zähne klapperten.

»Hören Sie auf!« krächzte der Mann.

»Na schön, gehen Sie ruhig zu den Rihannsu! Verkaufen Sie ihnen das R-Virus. Und auch die M-Variante — warum nicht? Sie tragen den Mikroorganismus in sich. Nun, uns steht inzwischen ein Heilmittel zur Verfügung. Pech für Sie, daß Sie mit den Romulanern aufbrechen müssen. Bin gespannt, ob es Ihren Freunden gelingt, *Sie* von der Krankheit zu befreien.«

Adams keuchte, schien gleichzeitig zu stöhnen und zu schluchzen.

Kirk senkte die Stimme. »Morgen sind Sie tot.«

Das Grauen in Adams' Augen erfüllte ihn mit Genugtuung. »Nein ...«

Der Captain zwang sich, ruhig zu sprechen. Alles in ihm drängte danach, den Mann auch weiterhin zu schütteln, ihm die Hände um den Hals zu legen und langsam zuzudrücken. »Die Romulaner haben zwei meiner Offiziere. Wenn Sie nicht *alle* meine Fragen beantworten, und zwar *sofort*, schicke ich Sie ohne das Serum zu den Rihannsu.« Er zögerte kurz. »Mit ziemlicher Sicherheit bringen Ihre ›Freunde‹ Sie um, sobald sie eine Blutprobe von Ihnen haben.«

Das stimmte — und vermutlich hatte auch Adams an

diese Möglichkeit gedacht. Kirk drehte den Kopf und bemerkte, daß M'Benga die Stirn runzelte; der Arzt schien sich nur mit Mühe zurückzuhalten.

Ebenso schlimm wie Pille.

Adams wimmerte erneut, zog das Medaillon von der Halskette und reichte es dem Captain. »Hier. *Nehmen Sie.*«

»Was soll ich damit?« stieß Kirk hervor.

»Das R-Virus«, raunte Adams. »Im Amulett. Das wollen Sie doch, oder? Nehmen Sie es. Weisen Sie den Arzt an, mich mit dem Heilmittel zu behandeln.«

M'Benga stand auf, aber Kirk schüttelte den Kopf und gab ihm das Medaillon. »Ich möchte, daß Sie mit den Romulanern reden«, sagte er zu Adams. »Angeblich streben Sie politisches Asyl im Reich an. Teilen Sie ihnen mit, es liege ein Irrtum vor.«

»Einverstanden. Das Serum . . .«

»Sie sind für den Tod der anderen Forscher verantwortlich, nicht wahr?«

»Ja«, zischte Adams. Seine grauen, rissigen Lippen bebten. »Ich habe sie umgebracht. Erst Lara und dann Yoshi. Als ich Sepeks ›Unfall‹ arrangierte, geriet ich in Kontakt mit dem mutierten Virus. Sepek starb schnell, aber ich hatte nicht soviel Glück. Die Gier . . .« Adams schauderte schmerzerfüllt. »Sie quälte mich noch immer, als meine beiden Kollegen tot waren. In der Hoffnung, neues Blut zu bekommen, sendete ich den Notruf. Ich konnte nicht anders. Geben Sie mir jetzt das Heilmittel.«

Kirk beugte sich etwas näher. »Ihre Vorwürfe in bezug auf Mendez . . . Ist alles wahr?«

»Ja.« Adams zitterte heftiger. »Bitte . . .«

Kirk musterte ihn ohne Mitleid, dachte dabei an Yoshi, Lara Krowozadni, Lisa Nguyen, Chapel und Stanger. »Erst sprechen Sie mit den Romulanern.«

Sie benutzten den Kom-Anschluß in McCoys Büro, und Uhura öffnete einen Kanal. Adams war so schwach, daß er kaum aufrecht sitzen konnte. M'Benga stand neben ihm und hielt einen Injektor bereit.

Verzweiflung veranlaßte den Kranken, überzeugende Worte zu formulieren. Subcommander Khaefv hörte ruhig zu. »Das ist alles sehr interessant«, sagte er schließlich. »Allerdings glaube ich, daß Dr. Adams gezwungen wurde, sich anders zu besinnen. Da Sie ganz offensichtlich nicht beabsichtigen, ihn uns zu überlassen, bleibt mir keine andere Wahl, als die Hinrichtung der Gefangenen zu befehlen.« Er bedeutete seinem Kommunikationsoffizier mit einem Wink, die Verbindung zu unterbrechen.

»Warten Sie!« Kirk beugte sich zum Bildschirm vor. »Es hat keinen Sinn mehr zu bluffen, Subcommander. Warum beginnen wir nicht mit ehrlichen Verhandlungen?«

Khaefv faltete geduldig die Hände und wartete.

»Wir haben das R-Virus«, fuhr Kirk fort und hoffte inständig, daß er den Subcommander richtig einschätzte. Khaefv war jung, hatte seinen hohen Rang wahrscheinlich mit Schläue und Gerissenheit erreicht. »Darum geht es Ihnen, stimmt's? Sie wollen ein Serum entwickeln und die Gefahr neutralisieren.« Er hob das Medaillon. »Allerdings versichere ich Ihnen, daß dies die einzige Kultur ist.«

Khaefvs Miene blieb völlig unbewegt. »Wir wollen sowohl das Virus als auch Dr. Adams.«

»Weil sein Körper die mutierte und für Menschen tödliche Variante enthält. Aber als Biowaffe läßt sich damit nicht viel anfangen. Wir haben inzwischen ein Heilmittel entwickelt.«

»Dr. Adams sieht nicht wie jemand aus, der sich von einer schweren Krankheit erholt«, erwiderte der Subcommander trocken.

»Das stimmt«, stöhnte Adams. »Der Captain hat

mich aufgefordert, erst mit Ihnen zu reden. Ich werde nach diesem Gespräch behandelt.«

Khaefv warf Kirk einen anerkennenden Blick zu, schien nun einen würdigen Gegner in ihm zu sehen.

»Inzwischen dürfte Ihnen klar sein, daß Adams ein Verbrecher ist. Die Föderation hat ihre Gesetze in Hinsicht auf Biowaffen nicht gebrochen. Das R-Virus verdankt seine Existenz illegalen Forschungen, und ich versuche, den angerichteten Schaden in Grenzen zu halten.« Jim gab sich alle Mühe, aufrichtig zu wirken. Er wünschte sich eine Möglichkeit, in das Bewußtsein des Romulaners vorzudringen, um ihn davon zu überzeugen, daß er die Wahrheit sagte. »Glauben Sie mir, Subcommander: Wir beide haben das gleiche Ziel. Ich möchte ebenfalls die vom R-Virus drohende Gefahr beseitigen.«

»Tatsächlich?« murmelte Khaefv. Er trachtete danach, gleichgültig zu klingen, doch in seiner Stimme erklang ein Hauch Neugier.

»Was halten Sie davon, wenn wir uns an einem neutralen Ort treffen, um das R-Virus zu eliminieren?«

»Dazu sind wir auch an Bord unseres Schiffes imstande«, entgegnete Khaefv.

Kirk lächelte schief und zuckte kurz mit den Schultern. »Sie verstehen sicher die Besorgnis der Föderation: Immerhin haben wir es mit einem Mikroorganismus zu tun, der auf Vulkanoiden tödlich wirkt.« Damit gab er sicher keine wichtigen Informationen preis. Bestimmt planten die Romulaner ein Experiment, um festzustellen, ob durch das Virus auch Vulkanier in Gefahr gerieten. Und Vulkan galt als ein wichtiger Stützpfeiler der Föderation. »Ein neutraler Ort erscheint mir angemessener.«

»Zum Beispiel die *Enterprise*?« fragte Khaefv mit unüberhörbarer Ironie.

»Ich dachte dabei an Tanis.«

Der Subcommander überlegte einige Sekunden lang.

»Offen gestanden, Captain Kirk: Wir können keineswegs sicher sein, ob die von Ihnen gebrachte Probe das R-Virus enthält. Und ob wirklich keine anderen Kulturen existieren. Es wäre denkbar, daß es an Bord Ihres Schiffes — oder irgendwo in der Föderation — Hunderte von Phiolen mit dem Krankheitserreger gibt.« Khaefv lächelte humorlos. »Es wäre sehr dumm von mir, Ihr Angebot anzunehmen.«

»Dr. Adams und ich sind bereit, uns einem Verifikationstest zu unterziehen«, sagte Jim hastig. Doch die Kühle in den Augen des Romulaners deutete darauf hin, daß keine Hoffnung mehr bestand.

»Ich bin sicher, daß Sie ein ehrenhafter Mann sind.« Bei diesen Worten fehlte jede Andeutung von Sarkasmus in Khaefvs Tonfall. »Aber wie Sie selbst erwähnten: Dr. Adams ist ein Verbrecher, und vielleicht hat er Sie getäuscht. Darüber hinaus bieten Verifikationstests bei gewissen Personen keine hundertprozentige Sicherheit.« Er zögerte, und sein Gesicht brachte nun subtile Härte zum Ausdruck. »Nein, Captain, ich muß Ihren Vorschlag zurückweisen. Die Gefangenen werden verhört und anschließend hingerichtet. Ich bedauere sehr, daß wir keine Vereinbarung treffen konnten.« Erneut bedeutete er seinem Kommunikationsoffizier, den Kanal zu schließen, und diesmal ignorierte er Kirks Proteste; der Bildschirm wurde dunkel.

KAPITEL 16

Spock lag ausgestreckt auf dem kalten Boden. Die Zelle sollte offenbar sensorische Deprivation bewirken: keine Einrichtung, kahle Wände in einem einheitlichen, monotonen Grau. Bei anderen Gefangenen mochte der Aufenthalt in diesem Raum erst zu Langeweile und dann zu einem Furchtsyndrom führen, aber Spock verharrte auch weiterhin in unerschütterlicher Gelassenheit.

Er konzentrierte sich auf die beiden kräftig gebauten Rihannsu-Wächter jenseits der Kraftfeldbarriere. Ihre Bewußtseinsstrukturen hatten große Ähnlichkeiten mit denen von Vulkaniern, obwohl die romulanischen Selbstsphären nach vulkanischen Maßstäben recht undiszipliniert waren. Dennoch fiel es dem Ersten Offizier der *Enterprise* in diesem Fall wesentlich schwerer als bei Menschen, einen behutsamen mentalen Kontakt herzustellen.

Er entschied sich für den weniger intelligenten Mann, um die Erfolgsaussichten seines Plans zu erhöhen. Manche Vulkanier hätten Spocks Absichten als unmoralisch bezeichnet, aber er glaubte sein Verhalten durch die vom R-Virus ausgehende Gefahr gerechtfertigt. Unter den gegenwärtigen Umständen erschien ihm jedes Mittel recht, um Leben zu retten. Außerdem übte er keinen Zwang auf das Ich des Wächters aus, ließ dort nur eine bestimmte Vorstellung entstehen.

Das psychische Bild zeigte einen Spock, der auf dem grauen Zellenboden starb. Er fixierte seine ganze geistige Energie auf diese imaginäre Szene, bis sie so real wurde, daß er nicht mehr an ihr zweifelte. Anschließend projizierte er sie ins Bewußtsein des Wächters.

Der Rihannsu spähte durch die energetischen Schlieren. Spock wußte es ganz genau, obgleich seine Augen geschlossen blieben. Er konzentrierte sich auch weiterhin auf das Todesbild und spürte, wie die Gesichtsmuskeln erschlafften.

Nach einigen Sekunden gab der Wächter seiner Besorgnis nach. Er rief dem anderen Mann einige Worte zu, teilte ihm mit, daß er den Gefangenen untersuchen wollte. Spock hörte zu, ohne das Todesbild aus dem geistigen Fokus zu verlieren. Er verstand die Rihannsu-Worte, denn es handelte sich um eine modifizierte Form des Altvulkanischen.

Das leise Summen des Kraftfelds verklang. Schritte. Der zweite Wächter wartete am Zugang, den Phaser in der Hand. Spock teilte seine Konzentration lang genug, um beiden Romulanern zu suggerieren, ihre Waffen auf Betäubung einzustellen. Dann richtete er seine volle Aufmerksamkeit wieder auf den Mann, der sich über ihn beugte.

Der Rihannsu folgte mentalen Anregungen, ohne etwas davon zu ahnen. Er kam noch etwas näher, um den Puls des Vulkaniers zu fühlen ...

Dabei bot er dem Gefangenen die empfindliche Stelle am Halsansatz dar. Spock streckte ruckartig die Hand danach aus und griff fest zu. Der Romulaner wurde sofort bewußtlos und fiel so, daß ihm der Erste Offizier die Waffe aus den Fingern ziehen konnte. Er benutzte den Reglosen als Schild, und der zweite Wächter zögerte lange genug, um Spock Gelegenheit zu geben, auf ihn zu schießen. Ein blasser Strahl umhüllte ihn, und er sank zu Boden. Der Vulkanier lehnte den ersten Rihannsu vorsichtig an die Wand und nahm auch den Phaser des zweiten.

Bisher war alles einfach gewesen. Doch Spock wußte, daß nun der schwierige Teil begann.

»Wie können wir sie befreien?« Kirk sprach schneller als sonst. *Die Zeit ist knapp,* dachte er. *Wie lange brauchen die Romulaner, um ihre Gefangenen zu verhören und alle gewünschten Informationen von ihnen zu bekommen?* Der Instinkt beruhigte ihn: *Entspann dich. Khaefv wagt es bestimmt nicht, Spock und McCoy hinzurichten. Er will das Virus, und sie sind sein einziges Druckmittel.* Aber es stand soviel auf dem Spiel, daß die Unruhe in Jim immer heftiger prickelte. Er saß in einem Konferenzzimmer unweit der Brücke und trommelte mit den Fingern auf den Tisch. In dieser besonderen Situation stellte die Abwesenheit seines Ersten Offiziers und des Bordarztes eine zusätzliche Belastung für ihn dar — während einer Krise legte er großen Wert auf ihren Rat. Kirk musterte die drei anderen Personen, die ihm Gesellschaft leisteten: Uhura, Scotty und Sulu.

»Der Einsatz des Transporters kommt nicht in Frage«, erwiderte Chefingenieur Scott knapp. Auch er hielt sich nicht mit unnötigen Worten auf, faltete die Hände auf dem Tisch und fügte hinzu: »Ein Transfer ist erst möglich, wenn das romulanische Schiff die Schilde senkt.«

»Aber selbst dann müssen wir mit Problemen rechnen.« Uhuras Stimme klang ruhig und gefaßt. Sie wandte sich von Scott ab und sah den Captain an. »Wahrscheinlich sind die Arrestzellen mit Störsendern ausgestattet, um eine stabile Fokussierung des Transporterstrahls zu verhindern.«

»Aye.« Scott warf ihr einen kritischen Blick zu, und die stumme Botschaft lautete: *Darauf wollte ich gerade hinweisen.* »Wenn wir trotzdem versuchen, die Gefangenen an Bord zu beamen, kämen sie nur stückchenweise bei uns an.«

Ein gräßliches Vorstellungsbild entstand vor Kirks innerem Auge, und er verdrängte es sofort. »Eins nach dem anderen. Zuerst müssen wir die Romulaner irgendwie dazu bringen, ihre Deflektoren zu desaktivieren.«

Scott wirkte pessimistisch. »Dazu sind sie sicher nur

dann bereit, wenn sie mit der Notwendigkeit konfrontiert werden, ihr eigenes Transportersystem einzusetzen.«

»Falls Dr. McCoy und Mr. Spock noch in ihren Zellen sind ...«, begann Sulu.

»Vergessen Sie nicht Admiral Mendez«, erinnerte ihn Uhura.

»Wir veranlassen die Romulaner dazu, ihren Transporter zu verwenden *und* alle drei Gefangenen aus den Zellen zu holen.« Es schien unmöglich zu sein, aber Kirks Bemerkung hörte sich wie eine Feststellung an. Es *mußte* geschehen, und damit hatte es sich.

»Mir wäre es lieber, wenn der Admiral an Bord des Rihannsu-Kreuzers bleibt«, murmelte Scott bitter.

Kirk seufzte. Seit dem Gespräch mit Khaefv hatte er mindestens hundertmal daran gedacht. »Ich weiß, Scotty. Aber Mendez leitet die Starfleet-Abteilung für Waffenentwicklung. Er weiß über Dinge Bescheid, von denen die Romulaner besser nichts erfahren sollten.«

»Aye.« Der Chefingenieur schüttelte den Kopf. »Wirklich schade. Andernfalls hätten wir jetzt eine gute Möglichkeit, ihn und Adams loszuwerden.«

Sulu beugte sich aufgeregt vor. »Captain, vielleicht können wir tatsächlich dafür sorgen, daß die Romulaner sowohl den Transporter benutzen *als auch* ihre Gefangenen aus den Zellen holen.«

Kirk verstand den Steuermann sofort. »Indem wir auf Khaefvs Forderungen eingehen.«

Uhura runzelte die Stirn. »Wir behaupten, ihm Adams und das Virus zu geben — wenn er dafür Spock, McCoy und den Admiral freiläßt? Und der Austausch findet auf Tanis statt?«

»Ja und nein.« Kirk wandte sich an Scott. »Der Subcommander muß die Schilde senken, bevor der Transfer zum Planeten stattfinden kann. Sind Sie imstande, den Erfassungsfokus auf zwei Menschen und einen Vulkanier zu richten, während sie noch im romulanischen

297

Transporterraum sind, um sie von dort aus an Bord der *Enterprise* zu beamen?«

Die Falten in Scottys Stirn vertieften sich. »Eine ziemlich riskante Sache, Captain. Es müßte alles bis auf die letzte Millisekunde abgestimmt sein. Wenn die Gefangenen in zwei Transferstrahlen geraten ...« Er beendete den Satz nicht, und seine Miene verfinsterte sich.

Einige Sekunden lang herrschte bedrücktes Schweigen.

»Hat jemand einen besseren Vorschlag?« fragte Kirk.

Niemand antwortete.

McCoy lag bäuchlings auf dem kalten Boden und wartete. Der Rücken schmerzte noch immer stark genug, um ihn abzulenken. Bisher hatte er die meiste Zeit damit verbracht, nicht über seine Situation nachzudenken, doch einige Male reagierte er nicht rechtzeitig genug, um betreffende Überlegungen aus sich zu verbannen. Bei solchen Gelegenheiten kam er zu dem Schluß, daß sich seine unmittelbare Zukunft auf folgende Alternativen beschränkte:

Erstens: Die Romulaner ließen ihn frei, weil Jim eine Übereinkunft mit ihnen traf. Zweitens: Die Romulaner töteten ihn, weil Kirk *keine* Übereinkunft mit ihnen traf. Drittens (und dieser Punkt weckte die größte Besorgnis in ihm): Die Romulaner begannen mit einem Verhör. Über die entsprechenden Methoden war nur wenig bekannt — abgesehen davon, daß bisher noch niemand ein romulanisches Verhör überlebt hatte. Allein diese Tatsache genügte, um McCoys Phantasie zu stimulieren.

Natürlich hoffte er entgegen aller Vernunft, daß — viertens — Jim irgendeinen Weg fand, um die Romulaner zu überlisten und ihn zu befreien, bevor sich Alternative Nummer drei in entsetzliche Wirklichkeit verwandelte.

Verdammt, hör endlich damit auf, deiner aktuellen Lage ausschließlich mit Logik zu begegnen. Willst du für den Rest

*deines Lebens wie Spock klingen? Gib es zu: Du hast Angst,
und durchs Nachdenken wird's noch schlimmer.*

Leonard zweifelte nicht daran, daß Spock und Mendez rechts und links von seiner Zelle untergebracht waren. Ob sich der Vulkanier fürchtete? *Das sollte er eigentlich, wenn er auch nur einen Funken Verstand hat ...*

McCoy versuchte, nicht daran zu denken, welche Foltermethoden die Romulaner beim Verhör zur Anwendung brachten — wahrscheinlich würde er es früh genug erfahren. Er schloß die Augen, konzentrierte sich auf das Stechen im Rücken. Ein Fehler, wie sich sofort herausstellte. *Nutze deine Zeit in dieser Zelle, um geringen Schmerz zu genießen. Dann hast du eine angenehme Erinnerung, wenn das Verhör beginnt.*

Das Herz des Arztes pochte schneller, als er im Korridor Schritte hörte. *Immer mit der Ruhe. Der Wächter geht nur auf und ab. Er kommt nicht, um dich zu holen.*

Er hielt die Augen geschlossen. *Denk an nichts. Atme ruhig und gleichmäßig.* Nach mehreren Sekunden sank sein Puls. Das dumpfe Klacken der Schritte verklang, und McCoy seufzte erleichtert.

Dann schaltete jemand das Kraftfeld im Zugang der Zelle ab. Tief in Leonard krampfte sich etwas zusammen, und er erstarrte. Er brauchte seine ganze Kraft, um ein Lid zu heben.

Er war viel zu erschrocken, um sofort zu begreifen, daß der vermeintliche romulanische Wächter eine blaue Starfleet-Uniform trug.

»Spock!« McCoy öffnete auch das andere Auge, und seine Lippen teilten sich zu einem breiten Grinsen. »Wie in Gottes Namen ...?«

Der Vulkanier vollführte eine knappe Geste. »Bitte beherrschen Sie sich, Doktor«, flüsterte er. »Wir müssen uns beeilen, wenn unser Fluchtversuch erfolgreich sein soll.« Er griff nach Leonards Arm und zog ihn mühelos auf die Beine. »Können Sie gehen?« Er blickte skeptisch auf McCoys Rücken.

»Kein Problem«, erwiderte der Arzt und grinste noch immer. »Es ist nur ein Ärgernis, weiter nichts.«

Spock reichte ihm einen romulanischen Phaser, und Leonard nahm den Strahler voller Unbehagen entgegen. Das medizinische Personal Starfleets war nicht verpflichtet, den Umgang mit Waffen zu erlernen. In seinem ganzen Leben hatte McCoy nur zwei- oder dreimal einen Phaser abgefeuert, aus reiner Notwehr. Er blickte nun darauf hinab und schnitt eine Grimasse. Das Ding gefiel ihm nicht, aber in der derzeitigen Situation konnte er wohl kaum darauf verzichten.

»Wohin gehen wir?« fragte er leise. Spock eilte bereits zur nächsten Zelle.

Dort sah McCoy den Admiral. Der Vulkanier wollte Mendez freilassen. »Warten Sie!« zischte Leonard empört. Zorn zitterte in ihm. »Wie sollen wir fliehen und gleichzeitig Mendez im Auge behalten? Haben Sie vergessen, daß er versucht hat, uns zu töten?«

Sie standen nun vor dem Kraftfeld der Zelle. Der Admiral hockte in einer Ecke, die Arme um die Knie geschlungen. Er hob den Kopf und schien noch verblüffter zu sein als vorher der Arzt. Sein Gesicht offenbarte auch andere Gefühle: Argwohn und Erleichterung.

Spock streckte die Hand nach der kleinen Kontrolltafel aus. »Wenn wir ihn hierlassen, wissen die Romulaner bald über alle Starfleet-Waffen Bescheid, Doktor. Mendez verfügt über zu viele wichtige Informationen.« Der Tonfall des Vulkaniers machte deutlich, daß seine Entscheidung feststand.

»Er ist ein Verbrecher«, stieß McCoy wütend hervor. Er wußte, daß ihm Spock keine Beachtung mehr schenkte; seine Worte galten in erster Linie Mendez. »Er wollte uns umbringen und die *Enterprise* vernichten, erinnern Sie sich? Er verdient es, bei den Romulanern zu bleiben.« Entrüstung ersetzte die Erleichterung in den Zügen des Admirals.

Spock betätigte die Kontrollen, und das Glühen der

energetischen Barriere im Zugang verschwand. Mendez stand rasch auf, verließ seine Zelle und warf McCoy einen finsteren Blick zu.

»Sie widern mich an«, sagte der Admiral mit fester, befehlsgewohnter Stimme. »Sie und Kirk. Sie glauben, alles ganz genau zu wissen, verurteilen sofort.« Er trat so nahe an den Arzt heran, daß sich fast ihre Nasen berührten.

McCoy wich nicht zurück. »Vielleicht halten Sie es für seltsam«, erwiderte er so kühl wie möglich, »aber ich bin der Ansicht, daß es kaum eine Rechtfertigung für Mord gibt.«

»Ich habe niemanden getötet.«

»Wer entsprechende Befehle erteilt, ist ebenfalls schuldig.«

»Meine Herren«, sagte Spock mit einem für ihn ungewöhnlichen Mangel an Geduld. »Jetzt ist nicht der geeignete Zeitpunkt, um dieses Thema zu erörtern. Die Romulaner werden bald feststellen, daß wir entkommen sind.«

McCoy und Mendez wandten sich widerstrebend voneinander ab und sahen den Vulkanier an.

»Unsere Kommunikatoren müßten sich in der Nähe befinden, im Sicherheitsbüro. Wir brauchen sie. Anschließend benötige ich Ihre Hilfe, um zum Maschinenraum zu gelangen und dort die Konsole für manuelle Kontrolle zu erreichen.«

»Warum?« erkundigte sich Leonard.

»Wenn die romulanischen Deflektoren aktiviert sind — und das halte ich für sehr wahrscheinlich —, so müssen wir sie ausschalten, bevor wir uns zur *Enterprise* beamen können. Ich beabsichtigte, unserem Schiff ein Signal zu übermitteln, sobald wir die Schilde senken. Hoffentlich ist der Captain imstande, unseren Transfer einzuleiten, bevor die Romulaner reagieren.«

»Also los«, knurrte Mendez, und es klang wie ein Befehl.

301

Spock zögerte, und McCoy glaubte, im Gesicht des Vulkaniers so etwas wie Ärger zu erkennen. »Damit Sie sich keinen Illusionen hingeben, Admiral ...«, entgegnete er ruhig. »Sie sind nun *mein* Gefangener. Ich habe hier das Kommando.«

»So ist es richtig, Spock«, kommentierte Leonard anerkennend.

Mendez schien sich nur mit Mühe zu beherrschen. »Was werfen Sie mir vor, Commander?«

»Sie haben gegen das Föderationsgesetz I-745.G2 verstoßen, das Forschungen in Hinsicht auf Biowaffen verbietet. Wie dem auch sei: Einwände Ihrerseits sind ohnehin sinnlos — wir sind bewaffnet, Sie nicht. Ich rate Ihnen, uns beim Fluchtversuch keine Hindernisse in den Weg zu legen.« Spock richtete den Phaser auf die Brust des Admirals. »Doktor, ich schlage vor, daß Sie unseren Gefangenen nicht aus den Augen lassen. Sie haben durchaus recht mit der Annahme, daß er uns töten würde, wenn er eine Chance dazu bekäme.«

McCoy lächelte grimmig, als er mit seinem Strahler anlegte und darauf wartete, daß Mendez irgend etwas über Nötigung oder Entführung eines vorgesetzten Offiziers erwähnte, Spock vielleicht mit einem Kriegsgerichtsverfahren drohte. Aber der Admiral schwieg. Er schluckte seinen Zorn hinunter und bedachte den Vulkanier mit einem durchdringenden Blick. »Wir klären diese Angelegenheit später.«

»Wie Sie meinen.« Spock winkte mit dem Phaser. »Zur Sicherheitsabteilung.«

Kirk war immer stolz auf seine Fähigkeit gewesen, jemanden zu bluffen. Tatsächlich fanden sich nur wenige Personen bereit, mehr als einmal mit ihm Poker zu spielen. Doch als er Khaefv auf dem Wandschirm sah, verflüchtigte sich seine Zuversicht. Diesmal ging es nicht um einige Credits, sondern um das Leben von zwei guten Freunden.

Bestimmt spürt er, daß ich lüge.

»Subcommander Khaefv«, sagte er und hoffte, daß es ruhig klang. Bildete er sich das Vibrieren in seiner Stimme nur ein?

»Ja, Captain?« erwiderte der Romulaner — selbstgefällig, glaubte Jim.

»Ich habe noch einmal über Ihr Angebot nachgedacht.«

Khaefv wartete.

Kirk rutschte im Kommandosessel ein wenig zur Seite. »Ich bin bereit, es anzunehmen.«

Die rechte Braue des jungen Romulaners wölbte sich einige Millimeter weit nach oben. »Das R-Virus *und* Dr. Adams im Austausch gegen die drei Gefangenen?« Es gelang ihm nicht ganz, die Überraschung zu verbergen. Vermutlich hatte er überlegt, ob er ohne das R-Virus ins Reich zurückkehren sollte.

Kirk nickte. »Unter einer Bedingung: Der Austausch findet an einem neutralen Ort statt — in der Forschungsstation von Tanis.«

»Natürlich«, sagte Khaefv. »Ein gleichzeitiger Einsatz der Transportersysteme gibt eine Garantie dafür, daß sich beide Seiten an die Vereinbarung halten.«

Himmel, er klang wie Spock. Kirk beugte sich hoffnungsvoll vor. »Sie sind also einverstanden?«

Auf der Brücke des romulanischen Schiffes ertönte die Stimme des Kommunikationsoffiziers. Er sprach Rihannsu, aber der automatische Translator übersetzte seine Worte. »Subcommander, eine wichtige Nachricht von der Sicherheitsabteilung. Die Gefangenen sind geflohen.«

Khaefv wandte sich vom Bildschirm ab, doch bevor er den Kopf drehte, sah Jim den Ärger in seinen Zügen — Zorn darüber, daß durch die unvorsichtige Mitteilung auch der Gegner Bescheid wußte. Er unterbrach die akustische Verbindung, damit Kirk nicht die wütenden Worte hörte, die er an den Kom-Offizier richtete. Kurz

303

darauf blickte er wieder in den visuellen Übertragungs-
fokus.

»Captain Kirk ...« Er versuchte, sich zu fassen. »Sie
haben es bestimmt gehört. Vielleicht sprechen wir noch
einmal miteinander, wenn Ihre Männer den Fluchtversuch überleben.« Er schloß den Kommunikationskanal.

Wenn Ihre Männer überleben ... »Mr. Chekov«, sagte
Jim scharf.

»Ja, Sir.« Pavel saß an der Navigationskonsole und
straffte ruckartig die Schultern. Neben ihm zuckte Sulu
zusammen.

»Achten Sie auf die Deflektoren des romulanischen
Schiffes. Wenn es die Schilde senkt ... Versuchen Sie
dann, unsere Leute zu lokalisieren — damit meine ich
auch Mendez. Übermitteln Sie die Koordinaten dem
Transporterraum.«

»Ja, Captain.«

Kirk schaltete das Interkom an. »Transporter.«

»Hier Kyle.«

»Seien Sie bereit, drei Personen an Bord zu beamen.
Vielleicht dauert es noch eine Weile.«

»Aye, Sir.«

Kirk desaktivierte den Kommunikator, lehnte sich zurück und haßte seine Hilflosigkeit. Jetzt konnte er nur
noch warten und hoffen, daß es Spock gelang, die Schilde zu senken — bevor ihn die Romulaner erwischten.

McCoy schloß die Augen und feuerte.

»Sie können die Lider jetzt wieder heben, Doktor«,
sagte der neben ihm stehende Spock. »Vielleicht wäre
es besser, wenn Sie in Zukunft mit geöffneten Augen
zielen.«

Leonard hielt Ausschau. Die beiden Wächter im —
verglichen mit der *Enterprise* — kleinen Sicherheitsraum
lagen bewußtlos auf dem Boden. »Sie haben keinen
Grund, sich zu beschweren, Spock. Es hat geklappt,
oder? Außerdem: Es liegt mir fern, noch einmal einen

Phaser zu benutzen, sobald wir von Bord dieses Schiffes verschwunden sind.«

»Nun, Doktor ...« Spocks Stimme brachte fast so etwas wie menschlichen Sarkasmus zum Ausdruck. »Bisher hatte ich keine Ahnung, daß Sie Pazifist sind.«

Warum müssen Sie mich ausgerechnet jetzt beleidigen? wollte Leonard erwidern, aber Spock hatte bereits die Kommunikatoren und Starfleet-Strahler gefunden. Der Arzt drehte sich um und winkte den Gefangenen ins Zimmer. Der Admiral zeigte ein überraschendes Maß an Kooperationsbereitschaft, und allein das nahm Leonard zum Anlaß, ihm zu mißtrauen. Interessiert trat Mendez auf Spock zu.

»Doktor.« Der Vulkanier reichte McCoy seinen Kommunikator und ignorierte Mendez' sehnsüchtigen Blick auf die eigene Waffe. »Ich behalte sowohl das Kom-Gerät als auch den Phaser des Admirals.«

»Wohin jetzt?« fragte Leonard und sah sich nervös um.

»Im Maschinenraum müßte es eine Konsole mit manuellen Prioritätskontrollen geben«, antwortete Spock.

»Ja.« Mendez nickte. »Der Maschinenraum. Aber er befindet sich einige Decks tiefer. Der sicherste Weg dorthin führt durch den Notschacht.«

Der Vulkanier musterte ihn einige Sekunden lang. »Ja, natürlich.«

»Wie bitte?« entfuhr es McCoy. Spocks Bereitwilligkeit, dem Admiral zu vertrauen, bestürzte ihn. »Und wenn uns der Kerl in eine Falle lockt?«

Mendez' buschige Brauen bildeten ein verärgertes V. »Halten Sie mich wirklich für *so* dumm?«

»Der Admiral ist genauso wie wir daran interessiert, dieses Schiff zu verlassen«, sagte Spock. »In dieser Hinsicht bin ich tatsächlich geneigt, ihm zu vertrauen. Angesichts seines hohen Rangs in der Flotte hat er Zugang zu aktuellen Informationen in bezug auf die innere Struktur von romulanischen Kreuzern.«

McCoy preßte mißbilligend die Lippen zusammen. »Vielleicht. Aber die Sache gefällt mir trotzdem nicht.«

»Mir geht es ebenso, Doktor. Doch uns bleibt keine Wahl.« Der Vulkanier drehte sich halb um. »Sie gehen voraus, Admiral.«

Mendez spähte durch die offene Tür und deutete nach links. »Dort entlang.«

Sie schritten nebeneinander: der Admiral zwischen Spock und McCoy, die ihre Strahler schußbereit hielten.

»Der Schacht ist nicht weit entfernt«, versicherte Mendez, doch in dem breiten Korridor fühlte sich Leonard schutzlos.

Aus gutem Grund: Nach einigen Dutzend Metern erschien ein uniformierter Zenturio vor ihnen. Er verharrte abrupt und starrte die drei Männer groß an, griff dann nach seiner Waffe. Er bekam keine Gelegenheit, sie aus dem Halfter zu ziehen. Spock und McCoy feuerten ihre Phaser ab. Die beiden Entladungen trafen den Romulaner, schleuderten ihn zu Boden.

Besorgt lief Leonard zu dem reglosen Wächter und sank neben ihm auf die Knie. *Ein Königreich für meine Medo-Tasche ...* Er tastete nach dem Puls des Mannes. »Ich weiß nicht ... Er wurde von zwei Betäubungsstrahlen erfaßt, und das könnte ihn in ernste Schwierigkeiten bringen.«

Mendez schnaufte abfällig. »Soll das ein Witz sein? Lassen Sie uns von hier verschwinden, bevor jemand anders kommt.«

McCoy spürte einmal mehr die Hitze der Wut. »Vielleicht stirbt er.«

»Na und?« brachte der Admiral haßerfüllt hervor. »Glauben Sie etwa, *er* würde Rücksicht auf Sie nehmen? Die Romulaner sind kaltblütige Mörder. Sie haben keinen Respekt vor dem Leben, erst recht nicht vor dem von Menschen.«

»Das gilt auch für Sie«, fauchte McCoy. »Ich lasse meine Patienten nie im Stich ...«

»Er ist nicht Ihr *Patient*, verdammt!« erwiderte Mendez mit mehr Bitterkeit, als Leonard jemals in einer Stimme gehört hatte.

»Jedes intelligente Wesen verdient Respekt.« Spock sprach mit der für ihn typischen Ruhe, doch in seinen Augen sah McCoy etwas, das ihn an die barbarische Vergangenheit des Planeten Vulkan erinnerte. »Damit meine ich auch diesen Romulaner. Aber ich fürchte, wir können uns nicht um ihn kümmern. Dafür fehlt uns die Zeit.«

»Lassen Sie mich wenigstens feststellen, ob ihm unmittelbare Gefahr droht.« McCoy fand die Halsschlagader des Bewußtlosen und fragte sich, ob der rasende Puls für einen Rihannsu normal war. Spock seufzte und wandte sich ab, um Wache zu halten.

Plötzlich überstürzten sich die Ereignisse.

Hinter dem Vulkanier trat eine Romulanerin in den Korridor. Sie trug die Uniform eines Zenturios und formulierte einige kehlige Worte. McCoy rief Spock eine Warnung zu und begriff, daß weder er noch der Erste Offizier rechtzeitig die Phaser einsetzen konnten. Entsetzt griff der Arzt nach dem Strahler, den er zuvor auf den Boden gelegt hatte.

Ein Energieblitz gleißte. Leonard hielt den Atem an und schloß die Augen. Aber als er sie wieder öffnete, war Spock noch immer auf den Beinen. Die Romulanerin existierte nicht mehr.

Neben dem Doktor umklammerte ein blasser Mendez die Waffe des Bewußtlosen.

Jäher Zorn kochte in McCoy. »Sind Sie jetzt zufrieden?« fragte er sarkastisch. Seine Stimme schwankte. »Hier!« Er griff nach der Hand des Admirals und richtete die Mündung des Strahlers auf den reglosen Romulaner am Boden. »Erschießen Sie ihn ebenfalls.«

Mendez starrte ihn groß an.

»Warum bringen Sie nicht *alle* um?« fügte Leonard hinzu.

»Doktor ...«, sagte Spock wie aus weiter Ferne, aber McCoy achtete gar nicht auf ihn.

Mendez betrachtete benommen die Waffe in seiner Hand, als sähe er sie jetzt zum erstenmal. »Auf tödliche Emissionen justiert«, hauchte er bestürzt. »Das wußte ich nicht.«

»Spielt es eine Rolle?« ereiferte sich Leonard und beugte sich zu dem Admiral vor. »Die Romulanerin ist tot — genießen Sie Ihren Triumph.«

Mendez wich zurück. »Meine Frau«, flüsterte er. »Die Rihannsu haben meine Frau getötet.«

»Und dadurch fühlen Sie sich berechtigt, Ihrerseits Leben auszulöschen?« McCoy deutete durch den leeren Korridor. »Auge um Auge, Zahn um Zahn — das ist Ihre Philosophie? Oder genügt es Ihnen nicht? Möchten Sie alle Romulaner ins Jenseits schicken?«

»*Das reicht*«, sagte Spock und zog den Phaser aus der Hand des Admirals. Mendez leistete keinen Widerstand. McCoy schwieg und erhob sich.

»Der Mann wird überleben«, brummte er, als Spock dem Admiral auf die Beine half. Mendez wirkte sehr erschüttert. Er näherte sich dem Ende des Korridors und berührte dort eine dünne Fuge in der Wand — eine Luke schwang auf.

»Der Notschacht«, kam es tonlos von seinen Lippen, und er kroch hinein. Spock hielt ihn am Arm fest.

»Zuerst ich, Admiral.« Er bedeutete McCoy, den Abschluß zu bilden.

Mendez folgte dem Vulkanier. McCoy schob sich als letzter durch die Öffnung und schloß die Luke. Der Schacht war ebenso beschaffen wie vergleichbare Einrichtungen an Bord der *Enterprise:* Eine Leiter mit stählernen Sprossen führte nach oben und unten durch die einzelnen Decks. Doch in diesem Fall erstreckte sie sich innerhalb einer langen Metallröhre. Leonard atmete heiße, stickige Luft, gewann schon nach wenigen Sekunden den Eindruck, langsam zu ersticken. Es fiel ihm immer schwerer, die Lungen mit Sauerstoff zu füllen.

Nur ein leichter Anfall von Klaustrophobie. Verlier jetzt nicht die Nerven.

Blindlings kletterte er in die Tiefe und fühlte, wie seine Stiefelspitze über Mendez' Kopf strich. Er murmelte eine Entschuldigung und lauschte ihrem dumpfen Echo, untermalt vom eigenen Schnaufen. Der Admiral gab keine Antwort.

Wenn uns hier ein Romulaner überrascht, sind wir alle tot.

Eine halbe Ewigkeit lang schienen sie unterwegs zu sein. In irgendeiner Sektion der Kriegsschwalbe heulte eine Alarmsirene — *die Suche nach uns hat begonnen.*

Mendez verharrte, und Leonard setzte ihm fast den Fuß auf den kahlen Kopf. Er kämpfte gegen die Panik an.

Etwas kratzte leise — Spock öffnete die Luke. Anschließend setzten sie sich wieder in Bewegung, und plötzlich sah McCoy helles Licht. Er schirmte sich die Augen ab, als er in den Korridor trat. Mendez und Spock befanden sich bereits zwanzig Meter vor ihm. Er lief, um zu ihnen aufzuschließen, hatte dabei das schreckliche Gefühl, viel zu langsam zu sein.

Die Passage endete an einem großen Schott.

»Wir sind da«, keuchte Mendez. Rote Flecken zeigten sich auf seinen Wangen. »Der Maschinenraum.«

Spock nickte stumm. Er hob den Phaser, justierte ihn auf Streuung und warf dem Arzt einen bedeutungsvollen Blick zu. Leonard stellte sich vor, wie er zusammen mit dem Ersten Offizier in die Kammer hinter dem Zugang stürmte. Er lehnte sich an die Wand, und die Knie wurden ihm weich. *Es ist Selbstmord. Wer weiß, was uns hinter dieser Tür erwartet? Aber wir haben keine Wahl. Es hat nicht einmal Sinn, darüber nachzudenken. Die Alternative besteht darin, zu deiner Zelle zurückzukehren.* Er schluckte mehrmals, veränderte auch die Einstellung seines Phasers und nickte dem Vulkanier zu: *Ich bin bereit.*

309

Eine glatte Lüge. McCoy war nur dazu bereit, sich irgendwo zu verkriechen.

Spock nickte ebenfalls. Instinktiv — oder lag es an einem telepathischen Impuls, den er von Spock erhielt? — begann der Arzt zu zählen.

Eins — zwei — DREI!

Das Schott glitt beiseite, und die beiden Männer stürmten in den Raum. Zwei Romulaner saßen am Hauptterminal und sahen verblüfft auf, als McCoy und der Vulkanier hereinkamen. Spock feuerte, und der fächerförmige Strahl betäubte die Rihannsu-Offiziere: Bewußtlos sanken sie auf das Pult. Leonard blickte sich um und bemerkte einen dritten Romulaner, der verwirrt die Stirn runzelte, als er hinter dem Materie-Antimaterie-Wandler (beziehungsweise dem hiesigen Äquivalent) hervortrat. Der Arzt schloß die Augen und drückte ab. Als er die Lider wieder hob, lag der Mann auf dem Boden. Unbewußt nahm er zur Kenntnis, daß Mendez in der Nähe stand.

»Ist das alles?« fragte McCoy ungläubig, erstaunt darüber, noch immer am Leben zu sein. »Haben wir es wirklich hinter uns?«

»Nicht ganz.« Spock hatte bereits das Terminal erreicht, hob einen der beiden Romulaner behutsam aus dem Sessel und lehnte ihn an die Wand, bevor er sich setzte. Der betäubte Offizier an seiner Seite schien ihn überhaupt nicht zu stören. »Es geht nun darum, die Schilde zu senken. Dazu muß ich die Kontrollen auf diese Konsole umschalten, was einen deutlichen Hinweis auf unseren gegenwärtigen Aufenthaltsort gibt. Ich schlage vor, Sie halten sich bereit, um einen Kontakt mit der *Enterprise* aufzunehmen. Je eher der Transfer erfolgt, desto besser für uns.« Spock sah plötzlich auf und furchte die Stirn. »Wo ist der Admiral? Von jetzt an müssen wir ihn besonders aufmerksam im Auge behalten.«

McCoy blickte sich um. »Mein Gott, ich dachte ...«

Aber Mendez war offenbar über einen der bewußtlosen Romulaner gestolpert und gefallen. Unbeholfen stand er auf und strich seine Kleidung glatt. »Ich könnte Ihnen helfen, wenn Sie mir eine Waffe geben, Commander. Ich möchte genausowenig hierbleiben wie Sie.«

Die Finger des Vulkaniers huschten über die Tasten des Terminals, als er antwortete: »Allem Anschein nach unterschätzen Sie noch immer meine Intelligenz, Admiral. Ich habe nicht die geringste Absicht, Ihnen zu erlauben, sich zu bewaffnen. Sie ...« Er unterbrach sich und sah zu McCoy. »Versuchen Sie jetzt, eine Verbindung zur *Enterprise* herzustellen, Doktor.«

Leonards Anspannung wuchs, als er den Kommunikator vom Gürtel zog und ihn aufklappte. *Wenn's nicht klappt, sind wir erledigt.* »McCoy an *Enterprise*, bitte kommen. McCoy...«

»Pille!« ertönte Kirks aufgeregte Stimme. »Bist du das?«

Der Arzt grinste breit. »Wir wären dir sehr dankbar, wenn du uns zurückholen könntest.«

»Wird sofort erledigt. Es dauert nicht lange ...«

Schritte, irgendwo im Korridor — *oder spielt mir die Phantasie einen Streich?* dachte McCoy. *Wir schaffen es.* Er versuchte, alle Zweifel aus sich zu verdrängen. *Wir sind fort, wenn die Romulaner hier eintreffen.* Erstaunlicherweise erwartete ihn diesmal keine Enttäuschung: Er fühlte die vertraute Desorientierung des beginnenden Transfers. Nur noch wenige Sekunden, bis er in Sicherheit war...

Die Konturen der romulanischen Aggregate verschwanden, und tiefe Erleichterung erfaßte McCoy, als er im Transporterraum der *Enterprise* rematerialisierte. Lieutenant Kyle stand hinter der Konsole: gebräuntes Gesicht, blonde Haare, roter Uniformpulli. Der Mann lächelte. »Guten Tag, meine Herren«, sagte er mit australischem Akzent. »Willkommen an Bord.« Er drückte eine Taste. »Sie sind hier, Captain.« Die Antwort hörte McCoy nicht.

311

Leonard lächelte ebenfalls und trat einen Schritt vor. Irgend etwas donnerte ohrenbetäubend laut, und der Arzt verlor das Gleichgewicht, als sich der Boden unter ihm plötzlich zur Seite neigte. Er fiel zwischen Mendez und Spock, in ein Durcheinander aus Armen und Beinen.

Die Romulaner wußten, daß ihre Gefangenen die Kriegsschwalbe verlassen hatten.

McCoy stand auf und erinnerte sich zu spät an den Phaser, den er nun nicht mehr in der Hand hielt. Mendez kroch auf allen vieren über die Transferplattform und nahm die Waffe, bevor ihn Leonard oder Spock daran hindern konnten. »Setzen Sie sich, Doktor.« Der Admiral zielte auf den Arzt.

»*Verdammt!*« fluchte McCoy bitter. Er hatte die ständige Aufregung satt, sehnte sich nach Ruhe. Einige Sekunden lang dachte er daran, sich auf Mendez zu stürzen, ihm den Phaser aus der Hand zu reißen und dem Mann eine ordentliche Abreibung zu verpassen. Doch der Selbsterhaltungstrieb war stärker als sein Zorn — Leonard ließ sich neben Spock auf den Boden sinken. »Ich *wußte,* daß es noch nicht vorbei ist.«

»Eine falsche Bewegung, und ich schieße«, drohte Mendez. Der ganze Transporterraum schien zu vibrieren, und das künstliche Schwerkraftfeld verlagerte sich. McCoy schloß daraus, daß die *Enterprise* beschleunigte — wahrscheinlich versuchte Kirk, dem romulanischen Schiff zu entkommen. Sein Blick klebte an dem Admiral fest, in der Hoffnung, daß ihm die Waffe aus der Hand rutschte. Aber Mendez hielt dem Zerren der Gravitation stand; seine Finger blieben fest um den Kolben des Phasers geschlossen.

»Öffnen Sie einen Kom-Kanal zur Brücke«, wandte er sich an einen inzwischen erbleichten Kyle.

»Sie sind hier, Captain«, klang Kyles Stimme aus dem Interkom-Lautsprecher.

»Gut«, erwiderte Kirk. Er schloß den Kanal und beugte sich im Kommandosessel vor, um Sulu eine Anweisung zu erteilen.

Die Brücke erbebte. Eine heftige Erschütterung warf Jim aus dem Befehlsstand, und er landete recht würdelos auf dem Allerwertesten. Er nahm sich jedoch nicht die Zeit, Gedanken an Dinge wie Würde zu verschwenden, und außerdem: Die übrigen Offiziere waren viel zu sehr beschäftigt, um auf ihn zu achten. Die Deflektoren mußten so rasch wie möglich aktiviert werden — ein weiterer Treffer konnte den Kontrollraum in einen Haufen Schlacke verwandeln.

Sulu saß bereits wieder an seiner Konsole, sah den Captain an und erwartete Befehle.

»Schilde hoch«, sagte Kirk und kam auf die Beine. »Das Feuer erwidern. Ausweichmanöver vorbereiten.«

»Aye, Sir.« Die asiatischen Züge des Steuermanns blieben ruhig, als er die drei Anweisungen entgegennahm. Die Phaserkanonen der *Enterprise* entluden sich, und auf dem Wandschirm war zu sehen, wie es an der Backbordseite des romulanischen Kreuzers aufblitzte. »Treffer, Sir. Geringe Schäden.«

Uhura war ebenfalls aus ihrem Sessel gefallen und einige Meter weit zur Seite gerollt. Inzwischen saß sie erneut an den Kom-Kontrollen und wandte sich halb zum Befehlsstand um. Trotz ihrer zerknitterten Uniform wirkte sie sehr gefaßt. »Schadensbericht, Captain. Defekte in einer Warpgondel. Keine Angaben in Hinsicht auf die voraussichtliche Reparaturdauer. Der Maschinenraum meldet Lecks in einer der unteren Sektionen.«

»Stehen Sie mit Scott in Verbindung? Ich möchte selbst mit ihm reden.«

»Aye, Sir.« Mehrere Tasten klickten. »Audio-Kontakt.«

»Scotty?« Kirk ließ sich in den Kommandosessel sinken und blickte zum Interkom in der einen Armlehne. »Wie sieht's bei Ihnen aus?«

Der Tonfall des Chefingenieurs vermittelte den üblichen Pessimismus. »Die Romulaner kennen unsere schwachen Stellen, Captain. Einige Meter weiter links, und sie hätten den Reaktor erwischt. Wir haben Energie verloren.«

»Wieviel? Ich will so schnell wie möglich weg von hier.«

»Nun, ich schätze, ich könnte Ihnen ... Warp acht geben.«

Kirk seufzte erleichtert. Für Scott kam selbst ein geringfügiger Energieverlust einer Tragödie gleich. »Geben Sie mir Warp neun — und ich trage eine weitere Belobigung in Ihre Personalakte ein.«

»In Ordnung.« Jim stellte sich dabei Scottys Grinsen vor.

Er sah zum Steuermann. »Mr. Sulu, Ausweichmanöver mit Warp neun — *jetzt*.«

Kirk hielt sich am Befehlsstand fest, als die Brücke erzitterte und hart nach Steuerbord kippte ...

Dann richtete sie sich wieder auf. Der romulanische Kreuzer war vom Wandschirm verschwunden; Sterne trieben durchs Projektionsfeld. Jim dachte an den Subcommander. In gewisser Weise tat ihm Khaefv leid: ein schlauer junger Offizier, der damit rechnen mußte, im Reich hart bestraft zu werden. Der Prätor brachte kein Verständnis für Untertanen auf, die mit einem Mißerfolg heimkehrten.

Kirk erhob sich, und langsam sank der Adrenalinspiegel in seinem Blut. Es war vorbei, endlich vorbei. Die Tanis-Krise stand unmittelbar vor dem Abschluß: Er brauchte die Sicherheitsabteilung nur noch zu beauftragen, Admiral Mendez zum VIP-Quartier zu eskortieren und ihn dort zu bewachen.

Das Interkom summte. »Hier Kirk.«

»Kyle, Captain.« Der Transporterchef klang besorgt. »Ich fürchte ... Admiral Mendez stellt Forderungen, Sir. Er verlangt, daß Adams sofort zum Transporterraum

gebracht wird. Und er droht damit, Dr. McCoy und
Mr. Spock zu erschießen.«

»Er kommt«, sagte Kyle.

»Ich habe es gehört«, knurrte Mendez. »Und ich hoffe
für Sie alle, daß Adams ihn begleitet.«

»Der Versuch, den Konsequenzen Ihrer Verbrechen
zu entgehen, ist unlogisch«, sagte Spock. Er sprach so,
als erörterte er ein Thema, das ihn nicht persönlich betraf. »Selbst wenn Sie beweisen können, daß Sie keine
Schuld an Admiral Waverleighs Tod trifft — Dr. McCoy
und ich werden aussagen, daß Sie sowohl hier als auch
auf Tanis gedroht haben, uns umzubringen.«

»Erinnern Sie ihn nicht ausgerechnet *jetzt* daran«,
zischte McCoy. Manchmal war der Vulkanier in Hinsicht auf sein eigenes Wohlergehen unglaublich naiv.

»Die Logik interessiert mich nicht.« Mendez hob den
Phaser, und in seinen Augen bemerkte Leonard einen
irren Glanz, der seine Nervosität noch verstärkte.

»Das sollte sie aber«, erwiderte Spock gelassen.
»Wenn es Ihnen gelungen wäre, das Sie belastende Beweismaterial auf Tanis — damit meine ich das R-Virus
— zu eliminieren, bevor der Doktor und ich eintrafen,
so hätten Sie behaupten können, daß die Wissenschaftler in der Forschungsstation an einem ganz anderen
Projekt arbeiteten. Aber ein Mikroorganismus, der entwickelt wurde, um auf Romulaner tödlich zu wirken,
deutet viel zu klar darauf hin, daß die Experimente der
Entwicklung einer Biowaffe galten.

Wenn Sie das Virus in der Tanis-Basis gefunden und
uns dort sofort erschossen hätten, wäre es Ihnen vielleicht möglich gewesen, über Ihre Beteiligung an dem
Projekt hinwegzutäuschen. Doch Sie entlarvten sich
selbst, als Sie einen Kontakt mit der *Enterprise* herstell-
ten. Jetzt bleibt Ihnen gar nichts anderes übrig, als ein
ganzes Starfleet-Schiff zu vernichten, um sich zu schützen ...«

»Was soll das?« warf McCoy ein und runzelte die Stirn. »Wollen Sie ihm einen Ausweg zeigen? Auch welcher Seite stehen Sie eigentlich, Spock?«

Der Vulkanier zögerte. Mendez' Gesichtsausdruck verriet immer mehr Verzweiflung, aber der Admiral forderte Spock nicht zum Schweigen auf. »Ihr Bestreben, der Verhaftung und einem Gerichtsverfahren zu entgehen, hat jetzt keinen Sinn mehr. Selbst wenn es Ihnen gelänge, die *Enterprise* zu zerstören: Sie müssen damit rechnen, daß der Captain Starfleet Command bereits einen Bericht übermittelt hat. Ihr jetziges Verhalten beweist nur, daß Sie schuldig sind, und es verschlimmert Ihre Situation.«

Mendez dachte darüber nach, und aus den Augenwinkeln beobachtete McCoy, wie sich Spock fast unmerklich dem Admiral näherte. Der Bewaffnete brauchte eine volle Minute, bis er die Absichten des Ersten Offiziers erkannte.

»Zum Teufel mit Ihnen.« Mendez schloß die Finger noch fester um den Kolben der Waffe. »Sie brauchen mir nicht zu erklären, in welcher Lage ich bin.«

Alle Anwesenden drehten den Kopf, als sich die Tür öffnete. Mendez blickte sofort wieder zu Kyle, McCoy und Spock, bevor der Vulkanier nach dem Phaser greifen konnte. Im Korridor standen mehrere Sicherheitswächter, angeführt von einer hochgewachsenen, blassen Gestalt: Tomson.

»Bleiben Sie draußen!« rief der Admiral.

Das Schott schloß sich hinter Kirk und einem Mann, an dem McCoy das matte Glühen eines Individualschilds sah. Adams ... Er ging ohne Hilfe. Seine Wangen waren nicht mehr grau und eingefallen, aber er wirkte noch immer krank — vermutlich sein normales Erscheinungsbild. Wilde Hoffnung regte sich in dem Arzt. *Es kann nur bedeuten, daß mit Chris alles in Ordnung ist.* »Warum ...«, begann er und biß sich auf die Zunge. *Warum trägt er ein Schutzfeld?* hätte er fast gefragt. Bis auf Mendez waren sie alle immun, und wahrscheinlich konnte Adams niemanden mehr infizieren. Doch Leonard kannte den Captain gut genug, um zu wissen, daß Jim etwas plante. Außerdem entdeckte er etwas Seltsames im Gebaren des Tanis-Forschers. Er schien keine Angst zu haben, verhielt sich nicht wie jemand, der als Geisel dienen sollte. Seine Züge offenbarten ... Selbstgefälligkeit.

Kirk und Adams verharrten vor Kyles Konsole. Der Captain versuchte gar nicht, die Verachtung aus Gesicht und Stimme zu verbannen. »Na schön, Admiral. Ich habe Adams mitgebracht. Aber bevor Sie mit ihm das Schiff verlassen, sollten Sie noch etwas wissen.«

»Um was es sich auch handeln mag — es ist mir völlig gleichgültig.« Mendez winkte ungeduldig mit dem Phaser. »Schicken Sie ihn zu mir. Und beamen Sie uns dann in die Tanis-Station.«

Adams rührte sich nicht vom Fleck. »Hören Sie sich erst an, was ich Ihnen zu sagen habe«, erwiderte Kirk. »Adams weiß tatsächlich, wo sich das R-Virus befindet. Darum geht es Ihnen, nicht wahr? Aber Sie irren, wenn Sie glauben, es sei auf Tanis. Es ist hier, an Bord der *Enterprise*.«

»Sie lügen«, brummte Mendez. Er wurde immer unruhiger. »Kommen Sie, Adams.«

Kirk nickte dem Mann an seiner Seite zu, der sich daraufhin in Bewegung setzte. »Selbst wenn es nichts gibt, das Sie mit Waverleighs Tod in Verbindung bringen könnte, Admiral«, fuhr Jim fort. »Selbst wenn Sie Starfleet Command irgendwie davon überzeugen, nicht an der Entwicklung des R-Virus beteiligt gewesen zu sein — meine Crew und ich werden gegen Sie aussagen.

Ich weiß natürlich, daß Sie einfallsreich sind und vielleicht eine Möglichkeit finden, um die *Enterprise* zu vernichten. Immerhin leiten Sie die Waffenabteilung. Deshalb habe ich vorsichtshalber beschlossen, dem Starfleet-Hauptquartier ausführlich über die jüngsten Ereig-

317

nisse Bericht zu erstatten. Die Computer-Logbücher werden gerade gesendet.«

»*Nein*«, krächzte Mendez und schauderte.

Adams kam noch etwas näher und stand nun vor dem Admiral.

»Wo wollen Sie sich verstecken?« fragte Kirk. »Im klingonischen Imperium? Die Romulaner hießen Sie bestimmt nicht willkommen.«

»Was sind Sie doch für ein Narr!« entfuhr es Adams. Er grinste. »Begreifen Sie denn nicht, in welche Gefahr Sie sich begeben? Auch wenn Sie mich zwingen, Sie zu begleiten — ich brauche nur den Individualschild auszuschalten.« Er betätigte eine Taste, und das Glühen des Kraftfelds verschwand. »Ich habe nicht die Absicht, Ihr Sündenbock zu sein. Sie folgen mir ins Verderben.«

»Nein!« kreischte der Admiral. »Fort mit Ihnen! Sie sind infiziert!«

Er duckte sich hinter McCoy. Als Adams einen weiteren Schritt auf ihn zutrat, stieß Mendez den Arzt nach vorn. Der Tanis-Forscher lachte und wich beiseite, während Leonard über den Rand der Transferplattform stolperte.

Der Admiral wimmerte, als Adams den Arm ausstreckte und ihn berührte. Die Waffe fiel zu Boden, und Spock hob sie auf.

Adams' Lächeln verflüchtigte sich, und er schüttelte bedauernd den Kopf. »Schade, daß ich niemanden mehr anstecken kann. Mendez hätte ebenso leiden sollen wie ich.«

EPILOG

Lisa stand in ihrem Quartier, musterte Stanger und die Andorianerin. Das lange schwarze Haar reichte ihr bis auf die Schultern, und sie trug nun zivile Kleidung: einen hellblauen Overall, der fast Lamias Hautfarbe entsprach. Mit beiden Händen hielt sie eine leichte Reisetasche.

»Es heißt, morgen trifft Ersatz für dich ein«, sagte Lamia nach einem kummervollen Schweigen. Sie starrte auf Nguyens leere Koje und das darüber hängende Gemälde. Lisa begriff plötzlich, daß Lamia die nächste Nacht allein verbringen mußte. Voller Mitgefühl stellte sie ihre Tasche beiseite und umarmte die Andorianerin.

»Ich werde dich vermissen.« Sie trat einen Schritt fort und bedachte ihre Freundin mit einem zärtlichen Blick.

»Vielleicht kehrst du zurück.« Lamias blaue Lippen deuteten ein zaghaftes Lächeln an.

»Vielleicht«, räumte Nguyen ein. Tomson hatte sie dazu überreden können, sechs Monate unbezahlten Urlaub zu nehmen, anstatt den Dienst ganz zu quittieren. Das erschien ihr durchaus vernünftig: Sie konnte eine Zeitlang in Colorado leben, und wenn es nicht klappte, gab es in Starfleet nach wie vor einen Platz für sie. Außerdem war sie Tomson einen Gefallen schuldig.

»Passen Sie gut auf sich auf«, sagte Stanger und schüttelte ihr die Hand.

»Sie auch«, entgegnete Lisa und sah ihn an. »Danke.«

»Wofür?« Wie erstaunt wölbte er die Brauen.

»Für die Sache auf dem Beobachtungsdeck.«

»Ach, das meinen Sie.« Jon verlagerte das Gewicht

vom einen Bein aufs andere, als sei ihm die Erinnerung unangenehm. »Nicht der Rede wert.«

»Nicht der Rede wert«, wiederholte Nguyen spöttisch. »Sie haben mir nur das Leben gerettet, weiter nichts.«

»An meiner Stelle hätten Sie sich ebenso verhalten.«

Eine ganz besondere Überraschung erwartet Sie, dachte Lisa zufrieden, ohne etwas zu verraten. Stanger würde es bald herausfinden, wenn er sich an diesem Morgen zum Dienst meldete. Sie hatte damit gerechnet, daß Tomson ihren Vorschlag zurückwies und antwortete, das Verhalten eines Kranken gebe keinen Aufschluß über seinen wahren Charakter. Aber statt dessen hörte die Leiterin der Sicherheitsabteilung ruhig zu. *Der Umstand, daß mir Stanger das Leben gerettet hat und Tomson dafür sorgen wollte, daß ich in der Flotte bleibe, spielte sicher eine Rolle dabei*, fügte Nguyen in Gedanken hinzu.

Tomson und Lisa hielten es für sinnlos, Rosa zu verhören. Wenn Jon sie schützen wollte, so war das seine Angelegenheit. Aber sie konnten ihm zumindest helfen.

»Nun …« Lisa versuchte, fröhlich zu klingen. Sie wollte nicht weinen — zumindest nicht hier vor ihren Freunden. »Ich sollte jetzt besser das Hangardeck aufsuchen. Sonst startet das Shuttle ohne mich.«

»Ich schreibe dir.« Lamias Kopffühler knickten ein.

»Ich auch«, erwiderte Nguyen und griff nach ihrer Tasche.

Stangers braune Augen glänzten feucht. Er räusperte sich. »Unser Dienst beginnt bald.«

Lamia schmunzelte in dem vergeblichen Bemühen, ihre Trauer zu verbergen. »Ja. Und Sie dürfen sich nicht noch einmal verspäten.«

»Das stimmt«, bestätigte Lisa. Jedenfalls nicht heute. Sie holte tief Luft und zwang sich, das Zimmer zu verlassen, ohne noch einmal zurückzublicken.

Schade, daß ich nicht Stangers Gesicht sehen kann, wenn er es erfährt.

Stanger gab sich alle Mühe, ruhig und gelassen zu wirken. »Wir sollten jetzt gehen.« Ein *Aber* schlich sich in seine Gedanken, doch er fügte es dem Satz nicht hinzu.

»Ja.« In Lamias grünen Augen glänzte es. Sie mied Jons Blick, trat ruckartig zur Tür.

»Warten Sie.« Stanger versperrte ihr den Weg. »Ich bedauere jene Bemerkung. Ich meine, Freunde sind keine Komplikationen.«

»Vielleicht hatten Sie recht damit«, entgegnete die Andorianerin. Jon versteifte sich unwillkürlich, obgleich er Lamias Reaktion verstand: *Sie hat mir vertraut, und ich habe ihre Gefühle verletzt.* Aber in ihrer Stimme erklang keine Feindseligkeit, nur Kummer. Nach einigen Sekunden hob sie den Kopf und sah ihn ganz offen an, während sich ihr silbrig glänzendes Haar zur Seite neigte. Sie war sich ihrer Schönheit überhaupt nicht bewußt, und dadurch wurde sie noch attraktiver.

Er zögerte. »Es tut mir leid, Lamia. Eine Frau, an der mir viel lag, enttäuschte mich, und deshalb bin ich ... verbittert gewesen. Es dauerte eine Weile, bis ich darüber hinwegkam.«

»*Sind* Sie jetzt darüber hinweg?« erkundigte sich die Andorianerin ernst.

»Ja.« Stanger stellte verblüfft fest, daß es stimmte. Durch Rosa hatte er sehr gelitten, aber er lebte noch. Und jetzt konnte sie ihm nichts mehr anhaben — sie gehörte zu einem abgeschlossenen Kapitel seiner Vergangenheit.

»Es ging mir nur um Freundschaft, Jon. Auf Andor ist es normal, daß Personen unterschiedlichen Geschlechts Freunde sind, und ich vermutete, das sei auch hier der Fall. Zuerst dachte ich, Sie hätten mich falsch verstanden. Ich befürchtete, mich auf eine Weise verhalten zu haben, die Ihnen unbeabsichtigte Signale übermittelte.«

»N-nein«, murmelte Stanger unsicher. Es schien plötzlich heiß im Zimmer zu sein. *Himmel, welchen Sinn hat es, diesem Punkt auszuweichen? Ich bin nur deshalb in*

321

Schwierigkeiten geraten, weil ich mich nicht zu völliger Aufrichtigkeit durchringen konnte. »Ich habe keineswegs geglaubt, daß Sie, äh, mir mit bestimmten, äh, Gefühlen begegneten.« *Meine Güte, jetzt stotterst du sogar! Was ist bloß mit dir los?* »Nun, es ging dabei nicht um Sie, sondern um mich.«

»Um Sie?« Lamia musterte ihn verwirrt, und dann verfärbte sich ihr blaues Gesicht, gewann eine dunklere Tönung. »*Oh.*« Die Kopffühler wölbten sich so weit nach vorn, daß Stanger fast nervös gelacht hätte. Die Andorianerin strahlte. »Können wir nicht einfach nur Freunde sein, für eine Weile?«

Stanger lächelte. »Sehr gern.«

Sie schmunzelten beide, als sie zum Sicherheitsbüro gingen.

Tomson saß an ihrem Schreibtisch. Jon traf eine ganze Minute zu früh ein, und das entging ihr nicht. Sie stand auf, blickte in den Bereitschaftsraum der Sicherheitsabteilung und stellte verwundert fest, daß Stanger und die Andorianerin wie kleine Kinder kicherten. Sonderbar. Vor seiner Krankheit hatten sie den Eindruck erweckt, sich nicht ausstehen zu können. Nun, die raschen Veränderungen in persönlichen Beziehungen waren für Tomson immer rätselhaft gewesen.

Vielleicht fiel es Stanger auf seine eigene Art ebenso leicht wie Lisa Nguyen, Freundschaften zu schließen. Vielleicht brauchte er nur etwas länger dazu. Tomson seufzte und hoffte, daß Nguyen recht behielt. Eins ließ sich nicht leugnen: Er hatte ihr das Leben gerettet.

Wenn alles stimmte, gab er einen ausgezeichneten Stellvertreter für sie ab.

Bei diesem Gedanken regte sich Ärger in ihr, aber im Lauf der Zeit wurde sie bestimmt damit fertig. *Na schön, gesteh es dir endlich ein: Es gefällt dir nicht, daß jemand al-B's Platz einnimmt. Aber er ist tot, und du kannst ihn wohl kaum ins Leben zurückholen.*

Tomson schloß kurz die Augen und öffnete sie wieder. Stanger und Lamia waren viel zu sehr mit sich selbst beschäftigt, um sie zu bemerken. Sie trat in die Tür und räusperte sich demonstrativ. »Stanger.« Mit voller Absicht verzichtete sie darauf, den Rang zu nennen. »Kommen Sie in mein Büro. Bitte.« Das letzte Wort fügte sie in dem bewußten Versuch hinzu, freundlicher zu sein — um die Moral in ihrer Abteilung zu fördern. Andernfalls hätte sie sich nicht mit solchen Höflichkeitsfloskeln aufgehalten.

Jon und Lamia zuckten so heftig zusammen, als hätten sie einen elektrischen Schlag erhalten. »Ja, Sir«, antwortete Stanger sofort. Sicher rechnete er mit einer Zurechtweisung und überlegte nun, womit er sie sich verdient hatte. *Ist meine Miene so streng?* fragte sich Tomson. Das lag nicht in ihrer Absicht.

Stanger erreichte das Zimmer, und hinter ihm glitt das Schott zu, verwehrte der neugierigen Lamia den Blick ins Büro. Er nahm Haltung an und wartete geduldig, während sich Tomson hinter ihrem Schreibtisch auf den Stuhl sinken ließ. Sie winkte kurz. »Setzen Sie sich.«

Wachsam kam er der Aufforderung nach. »Heute morgen bin ich pünktlich eingetroffen, nicht wahr?«

»Ja, ja. Darum geht es nicht.« Tomson beobachtete den Mann, hielt in seinen Zügen nach Reaktionen Ausschau. »Ich habe gute Nachrichten für Sie. Man hat Ihre Beförderung zum Lieutenant bewilligt.«

Die Leiterin der Sicherheitsabteilung war ein wenig enttäuscht: Kein Muskel rührte sich in Stangers scharf geschnittenem Gesicht. Aber er starrte sie eine volle Minute lang an, und mit jeder verstreichenden Sekunde wurden die Augen größer. »Ich bin doch gar nicht für eine Beförderung vorgesehen«, sagte er schließlich, wie jemand, der sich mit einer unmöglichen Realität konfrontiert sah.

»Ich weiß«, erwiderte Tomson und hörte wieder die

323

alte Verdrießlichkeit in ihrer Stimme. »Aber es erscheint mir nicht angemessen, einen Fähnrich zu meinem Stellvertreter zu ernennen.«

Das brachte ihn aus der Fassung. Tomson widerstand der Versuchung, sich triumphierend die Hände zu reiben. »Aber ...«, begann Stanger und blinzelte verwirrt. »Aber ...« Schließlich zuckte er hilflos mit den Schultern und grinste wie ein Idiot. Tomson bemühte sich, nicht zu lächeln, spürte jedoch, wie es kurz in ihren Mundwinkeln zuckte.

Jons Lächeln verblaßte plötzlich, als ihm etwas einfiel. »Steckt der Captain dahinter?« Mißtrauisch kniff er die Augen zusammen. »Wenn das der Fall ist, lehne ich die Beförderung ab. Ich möchte Ihnen nicht aufgezwungen werden ...«

»Genug«, sagte Stangers Vorgesetzte. Er schloß den Mund und musterte sie kühl. »Der Captain hat damit überhaupt nichts zu tun. Sie sollten sich bei Lisa Nguyen bedanken. Sie überzeugte mich davon.«

»Lisa!« entfuhr es Jon. Er runzelte die Stirn.

»Immerhin haben Sie ihr das Leben gerettet. Und ich brauche jemanden, der ihren Platz einnimmt. Sie verfügen über mehr Sicherheitserfahrung als sonst jemand an Bord der *Enterprise*, und es würde zu lange dauern, jemanden von Starfleet anzufordern.

Aber ich stelle eine Bedingung: Nguyen hat einen sechs Monate langen unbezahlten Urlaub genommen, und wenn sie nach einem halben Jahr beschließt, hierher zurückzukehren, so wird sie meine Stellvertreterin. Wenn Ihnen das nicht gefällt, müssen Sie eine Versetzung beantragen. Wie dem auch sei: Sie behalten Ihren neuen Rang als Lieutenant.«

»Eine Vereinbarung zwischen Ihnen und Lisa«, entgegnete Stanger mißbilligend. »Ich weiß nicht, ob ich so etwas akzeptieren kann. Wenn Nguyen Sie überredet hat ...«

Tomson spürte Hitze im Gesicht und wußte, daß ihre

Wangen rot glühten. »Was erlauben Sie sich, Stanger?«
Sie beugte sich über den Schreibtisch vor und sah Jon in
die Augen. »Niemand überredet mich zu etwas. Ich habe diese Entscheidung getroffen, weil *ich* sie für richtig
halte. Während des Gesprächs mit Nguyen gelangte ich
zu dem Schluß, daß Sie eine Beförderung verdienen. Ist
das klar, Lieutenant?«

Jon holte tief Luft, als er seinen neuen Rang hörte.
»Ja, Sir.«

»Gut.« Tomson lehnte sich wieder zurück, beschwichtigt vom Respekt in Stangers Stimme. »Sie nehmen die Pflichten des stellvertretenden Leiters der Sicherheitsabteilung ab sofort wahr. Ihre Einsatzorder erhalten Sie in Gegenwart des übrigen Personals.« Sie
entließ ihn mit einem Nicken. Jon stand auf und ging
benommen zur Tür. »Oh, und noch etwas, Lieutenant ...«

»Sir?« Er blieb stehen und drehte den Kopf. Seine
Brauen formten ein fragendes V.

»Nguyen bat mich, Ihnen eine Botschaft zu übermitteln.« Tomson faltete die Hände auf dem Schreibtisch
und legte eine Kunstpause ein. »Verlangen Sie nur keine
Erklärung von mir. Sie läßt Ihnen ausrichten, daß wir
nicht alle so sind wie Rosa.«

Einige Sekunden lang stand Stanger wie erstarrt.
Sein Mund öffnete und schloß sich mehrmals.

Schließlich riß er sich zusammen und lächelte schief.
»Nein, Sir, vermutlich nicht.«

»Herein«, sagte Kirk, als der Türmelder summte. Das
Schott glitt beiseite, und McCoy trat aus dem halbdunklen Korridor in die Kabine.

»Darf ich dir ein wenig Gesellschaft leisten?« fragte
der Arzt und blieb wie verlegen auf der Schwelle stehen.

»Komm schon, Pille. Ich beiße nicht.« *Obwohl ... Gestern* hätte *ich vielleicht gebissen.* Jim blickte auf die stau-

325

bige Flasche in Leonards Hand. »Was hast du mitgebracht? Täuscht der Eindruck, oder ...«

McCoy wischte das Etikett am Ärmel ab und zeigte es Kirk.

»Saurianischer Brandy.« Der Captain pfiff leise. »Und älter als wir beide zusammen.« Er nahm die Flasche entgegen und bewunderte sie.

»Offenbar hast du nie meine Personalakte gelesen«, scherzte McCoy. Er ging um den Schreibtisch herum und öffnete den Schrank, in dem Jim seine Spirituosen verstaute. »Was ist das?« Er meinte das Paket auf dem Tisch. »Noch ein verfrühtes Geburtstagsgeschenk?«

»Von zu Hause«, antwortete Jim unverbindlich.

»Laß mich raten: selbstgebackene Plätzchen, aus dem Herd deiner Mutter. Müssen ziemlich lecker sein; du läßt nie welche für uns übrig.« Er holte zwei Gläser aus dem Schrank. »Zu deiner Information: Dieser Brandy ist *fast* so alt wie wir beide zusammen. Eigentlich habe ich ihn für deinen Geburtstag aufgespart. Schenk ein.«

Kirk schüttelte erschrocken den Kopf. »Ich kann die Flasche nicht schon jetzt öffnen. Und überhaupt — aus welchem Anlaß?«

»Quince Waverleigh«, erwiderte McCoy, ohne dabei zerknirscht oder niedergeschlagen zu klingen. »Keine Sorge, ich finde etwas anderes für deinen Geburtstag. Schenkst du jetzt ein, oder muß ich das übernehmen?«

»Na schön.« Kirk spürte dumpfen Kummer, als er Quince' Namen hörte, und gleichzeitig rührte ihn diese Geste McCoys. Er brach das Wachssiegel der Flasche und zog widerstrebend den Korken. »Ich nehme an, du willst mit mir leiden, oder? Obwohl du Bourbon bevorzugst ...«

»Diesmal bin ich bereit, ein Risiko einzugehen. Was so alt ist, kann nicht schlecht sein — obwohl es sich um Brandy handelt.« Leonard wartete, als Jim einschenkte und die Flasche beiseite stellte.

»Auf Quince Waverleigh.« Der Arzt hob sein Glas.

»Auf Quince.« Sie stießen an und tranken.

»Nicht übel.« McCoy leckte sich die Lippen. »Schmeckt fast wie ein guter Whisky, nicht wahr?«

Kirk antwortete nicht darauf. »Danke, Pille.«

»Wofür?«

»Quince hat eine anständige Totenwache verdient. Und weil du versuchst, mich aufzumuntern.«

»Habe ich Erfolg damit?« Leonard nippte und musterte Jim.

»Eigentlich komisch.« Kirk setzte sich an den Tisch und strich mit den Fingerkuppen über die Flasche. McCoy nahm auf der anderen Seite Platz. »Zuerst war ich verdammt wütend. Natürlich auf Mendez. Und auch auf Quince: Er hätte vorsichtiger sein sollen. Vor allen Dingen aber war ich zornig auf mich selbst.«

»Du hättest überhaupt nichts daran ändern können«, warf McCoy ein. »Wann hörst du endlich damit auf, dich ständig mit Selbstvorwürfen zu belasten? Warum glaubst du immer, die ganze Verantwortung zu tragen?«

Kirk schüttelte den Kopf. »Heute geht es mir schon viel besser. Ich habe überlegt, ob es möglich gewesen wäre, Mendez ohne Quince' Hilfe in eine Falle zu lokken. Nun, ohne seine Mitteilung hätte ich Adams' Behauptungen wahrscheinlich nicht für bare Münze genommen und es abgelehnt, nach Tanis zurückzukehren.«

»Mir scheint, die Romulaner stehen tief in deiner Schuld.« McCoy leerte sein Glas. »Zusammen mit Quince hast du das Reich gerettet. Aber erwarte jetzt bloß keine Dankbarkeit vom Prätor.«

Kirk hörte gar nicht zu. »All das hätte auch geschehen können, ohne daß Quince sterben mußte. Ich habe ihn praktisch in den Tod geschickt — so fühle ich mich jedenfalls.«

»Mit Philosophie konnte ich nie viel anfangen«, sagte Leonard sanft. »Die ganze Logik und so. Ich weiß nur eins: Du hattest keine Ahnung, und deshalb warst du nicht imstande, den Lauf der Ereignisse zu beeinflussen. Du bist davon überzeugt gewesen, daß Waverleigh gut genug auf sich achtgibt. Vielleicht hätte er nicht sterben müssen, wenn ihr beide etwas vorsichtiger gewesen wärt. Ich weiß, daß Mendez Quince' Tod arrangiert hat, aber in gewisser Weise steckt doch nicht mehr als ein Unfall dahinter, etwas Sinnloses — und es fällt besonders schwer, so etwas zu akzeptieren.«

Jim trank einen großen Schluck Brandy und spürte, wie ihm das Feuer durch Kehle und Brust brannte. »Quince litt seit einiger Zeit an Depressionen. Nach acht Jahren weigerte sich seine Frau, den Ehekontrakt zu erneuern.«

»Armer Kerl«, kommentierte McCoy. »Kann mich gut in seine Lage versetzen.« Er streckte die Hand mit dem leeren Glas aus.

Kirk füllte es wieder. »Es klingt verrückt, aber manchmal denke ich, daß ich ihm geholfen habe — indem ich den letzten Tagen seines Lebens einen Sinn gab.«

»Eins steht fest: Spionage ist interessanter als Aktenschieberei. Ich glaube, du hast recht, Jim. Du kanntest Quince besser als ich, aber deine Schilderungen deuten darauf hin, daß er nicht im Schlaf sterben wollte.«

»Nein.« Kirk setzte die Flasche ab, und ein Kloß entstand in seinem Hals. Er wollte gern glauben, daß Leonard seinen alten Freund richtig einschätzte.

»Sieh es einmal aus dieser Perspektive: Vielleicht war sein Tod gar nicht sinnlos. Immerhin leistete er einen wichtigen Beitrag, um Mendez zu entlarven. Möglicherweise bewahrte er die Galaxis vor einem biologischen Krieg.«

»Darüber habe ich ebenfalls nachgedacht. Als Quince mit seinem Gleiter abstürzte, war er auf dem Weg zu Admiral Noguchi, um ihn über eine Verschwörung in Starfleet zu informieren. Man ermittelt in bezug auf seinen Tod und hat bereits vier andere Admiräle identifiziert, die in das Tanis-Projekt verwickelt sind.«

»Das ist wohl kaum die ganze Flotte«, sagte McCoy. »Vermutlich hast du eine Zeitlang geglaubt, der einzige zu sein, der damit nichts zu tun hatte.«

»Ja, das stimmt. Ich hielt mich schon für naiv, weil ich nach wie vor von den guten Absichten Starfleets überzeugt war.« Kirk erinnerte sich daran und schüttelte einmal mehr den Kopf. »Ich frage mich, was Mendez bevorsteht.«

»Eine psychiatrische Behandlung. Und dann mehrere Jahre in einer Strafkolonie. Vorausgesetzt, der mit seinem Fall beauftragte Staatsanwalt taugt etwas.«

»Vorausgesetzt, der mit seinem Fall beauftragte Staatsanwalt taugt etwas«, wiederholte Jim bitter. Es erschien ihm alles andere als fair. »Und wenn nicht . . .«

McCoy zuckte mit den Schultern. »Adams versucht bestimmt, sich irgendwie herauszuwinden. Er kann natürlich nicht leugnen, daß er auf Tanis an der Entwicklung von Biowaffen gearbeitet hat, und Mendez ist bestimmt sauer genug, um gegen ihn auszusagen: Er sieht einen Verräter in ihm, weil er versuchte, den Mikroorganismus an die Romulaner zu verkaufen. Ich bin sicher, das hat den Admiral noch weitaus mehr beunruhigt als Adams' Bereitschaft, die Karten offen auf den Tisch zu legen.«

»Wie will er sich deiner Meinung nach aus der Affäre ziehen?« fragte Jim.

»Oh, er behauptet, nur vorübergehend wahnsinnig gewesen und unter dem Einfluß des M-Virus zum Mörder geworden zu sein. Eine Zeitlang habe ich befürchtet, daß er vor Gericht freigesprochen wird. Aber der Umstand, daß Stanger ebenfalls krank war und Nguyen vor Adams schützte, läßt eindeutige Schlußfolgerungen zu: Ein Infizierter kann sich dem Drang widersetzen, jemanden zu töten, um Blut zu trinken. In dieser Hinsicht haben wir Stanger viel zu verdanken.« McCoy richtete einen durchdringenden Blick auf Jim. »Ich hoffe, du hast ihn offiziell belobigt.«

329

»Ich habe ihn befördert. Er ist jetzt Tomsons Stellvertreter.«

»Freut mich, das zu hören.« Der Arzt stand auf. »Nun, der Brandy stammt zwar von mir, aber wenn ich zuviel davon trinke, bleibt nichts mehr für dich übrig.«

»Warum bist du so in Eile?«

McCoy lächelte hintergründig. »Weil ich versprochen habe, Christine einen Drink zu spendieren. Und ich möchte ihr nicht schon betrunken gegenübertreten.« Er zeigte auf den Tisch. »Ich überlasse es dir, das geheimnisvolle Paket zu öffnen. Gute Nacht, Jim.« Er nickte und ging.

»Gute Nacht, Pille.« Die Tür schloß sich hinter Leonard, und Kirk starrte fast eine Minute lang ins Leere.

Aus irgendeinem Grund fürchtete er sich davor, das Paket von Quince Waverleighs Anwalt zu öffnen. Er brauchte eine halbe Stunde und zwei weitere Gläser Brandy, um genug Mut zu sammeln.

Schließlich griff er danach und stellte fest, daß es nicht besonders schwer war. Vielleicht enthielt es eine Flasche Tequila und eine aufgezeichnete Abschiedsbotschaft von Quince. Langsam strich Jim das knisternde Papier beiseite und klappte den Deckel des Kartons auf.

Schreihals' kleine Knopfaugen blickten zu ihm empor. Das ausgestopfte Gürteltier erwies sich als recht hart, trotzdem hob er es behutsam aus der Schachtel, tastete dann nach dem vermuteten Datenmodul und fand — nichts.

Quince hatte sich nicht einmal die Mühe gemacht, ihm einen letzten Gruß zu übermitteln.

Kirk bemühte sich vergeblich, die Enttäuschung zu verdrängen. Er hatte gehofft, daß Quince' Abschiedsbotschaft etwas enthielt, das ihn von den Gewissensbissen befreien könnte.

Niedergeschlagen betrachtete er Schreihals und streichelte ihn geistesabwesend. Seltsam: An einigen Stellen war das Gürteltier tatsächlich hart wie Holz, doch an anderen fast samtweich. Jim kam sich wie ein Narr vor, das Geschöpf anzusprechen, aber er wollte noch einmal Quince hören. »Hallo, Schreihals.«

Das Tier erwachte plötzlich, neigte den Kopf zur Seite und öffnete die lange, schmale Schnauze. »Hallo, Jimmy«, erklang Waverleighs fröhliche Stimme.

»Quince«, hauchte Kirk, und neuerlicher Kummer erfaßte ihn.

Schreihals schwieg nicht, sprach weiter — und Waverleighs Tonfall veränderte sich. Jim spitzte die Ohren.

»Nun, Jimmy, wenn Schreihals jetzt bei dir ist, fühlst du dich sicher ziemlich mies. Ich hoffe, du hast meine Nachricht erhalten ...«

Kirk hielt unwillkürlich den Atem an. *Ich hoffe, du hast meine Nachricht erhalten ...* Herr im Himmel, allem Anschein nach hatte Quince diese Mitteilung unmittelbar vor seinem Tod programmiert. »Ich möchte dir nur eins sagen: Ich bedaure nichts. Seit meiner Beförderung zum Admiral hatte ich nicht mehr soviel Spaß. Kopf hoch, Jimmy. Du bist immer viel zu ernst gewesen, hattest es immer zu eilig damit, die Schuld ganz allein für dich zu beanspruchen. Trink ein Glas auf mich. Und gib Schreihals dann und wann einen Klaps, damit er mich nicht zu sehr vermißt.

Waverleigh Ende.«

Schreihals schloß die Schnauze, und Jim strich über den harten Panzer des Gürteltiers.

Er streichelte es auch weiterhin, als das Interkom summte. Der Bildschirm zeigte Sulus Gesicht.

»Wir verlassen jetzt den Sagittariusarm. Ihre Befehle, Captain?«

Kirk wandte den Blick von Schreihals ab. »Nun, Lieutenant, mir scheint, inzwischen ist man auch bei Starfleet Command der Ansicht, daß unsere Kartographierungsmission lange genug gedauert hat. Nehmen Sie Kurs auf Starbase Dreizehn. Vielleicht stellt uns ein

Landurlaub mehr Spaß in Aussicht als der letzte Einsatz.«

Dünne Falten bildeten sich in Sulus Augenwinkeln. »Ja, *Sir*.« Er zögerte kurz. »Vielleicht erwartet uns tatsächlich mehr Spaß, Captain, aber bestimmt weniger *Aufregung*.«

»Ich habe den Eindruck, daß Sie dringend Urlaub brauchen, Lieutenant. Sie klingen fast wie Spock.« Jim merkte überrascht, daß er amüsiert war. »Kirk Ende.«

Er seufzte und sah wieder zu Schreihals, der reglos auf dem Tisch hockte.

Jim griff nach der Flasche, als er noch einmal an die letzten Worte seines toten Freundes dachte. Er holte ein kleineres Glas aus dem Schrank, goß etwas Brandy hinein und stellte es vor die Schnauze des Gürteltiers.

Dann füllte er sein eigenes Glas und hob es. »Auf Quince Waverleigh«, sagte er und lächelte zum erstenmal seit langer Zeit.

STAR TREK™

in der Reihe
HEYNE SCIENCE FICTION & FANTASY

Vonda N. McIntyre, Star Trek II: Der Zorn des Khan · 06/3971
Vonda N. McIntyre, Der Entropie-Effekt · 06/3988
Robert E. Vardeman, Das Klingonen-Gambit · 06/4035
Lee Correy, Hort des Lebens · 06/4083
Vonda N. McIntyre, Star Trek III: Auf der Suche nach Mr. Spock · 06/4181
S. M. Murdock, Das Netz der Romulaner · 06/4209
Sonni Cooper, Schwarzes Feuer · 06/4270
Robert E. Vardeman, Meuterei auf der Enterprise · 06/4285
Howard Weinstein, Die Macht der Krone · 06/4342
Sondra Marshak & Myrna Culbreath, Das Prometheus-Projekt · 06/4379
Sondra Marshak & Myrna Culbreath, Tödliches Dreieck · 06/4411
A. C. Crispin, Sohn der Vergangenheit · 06/4431
Diane Duane, Der verwundete Himmel · 06/4458
David Dvorkin, Die Trellisane-Konfrontation · 06/4474
Vonda N. McIntyre, Star Trek IV: Zurück in die Gegenwart · 06/4486
Greg Bear, Corona · 06/4499
John M. Ford, Der letzte Schachzug · 06/4528
Diane Duane, Der Feind — mein Verbündeter · 06/4535
Melinda Snodgrass, Die Tränen der Sänger · 06/4551
Jean Lorrah, Mord an der Vulkan Akademie · 06/4568
Janet Kagan, Uhuras Lied · 06/4605
Laurence Yep, Herr der Schatten · 06/4627
Barbara Hambly, Ishmael · 06/4662
J. M. Dillard, Star Trek V: Am Rande des Universums · 06/4682
Della van Hise, Zeit zu töten · 06/4698
Margaret Wander Bonanno, Geiseln für den Frieden · 06/4724
Majliss Larson, Das Faustpfand der Klingonen · 06/4741
J. M. Dillard, Bewußtseinsschatten · 06/4762
Brad Ferguson, Krise auf Centaurus · 06/4776
Diane Carey, Das Schlachtschiff · 06/4804
J. M. Dillard, Dämonen · 06/4819
Diane Duane, Spocks Welt · 06/4830
Diane Carey, Der Verräter · 06/4848
Gene DeWeese, Zwischen den Fronten · 06/4862
J. M. Dillard, Die verlorenen Jahre · 06/4869
Howard Weinstein, Akkalla · 06/4879
Carmen Carter, McCoys Träume · 06/4898

═STAR TREK™═

in der Reihe
HEYNE SCIENCE FICTION & FANTASY

Diane Duane & Peter Norwood, Die Romulaner · 06/4907
John M. Ford, Was kostet dieser Planet? · 06/4922 (in Vorb.)
J. M. Dillard, Blutdurst · 06/4929
Gene Roddenberry, Star Trek (I): Der Film · 06/4942 (in Vorb.)
J. M. Dillard, Star Trek VI: Das unentdeckte Land · 06/4943

STAR TREK: DIE NÄCHSTE GENERATION:

David Gerrold, Mission Farpoint · 06/4589
Gene DeWeese, Die Friedenswächter · 06/4646
Carmen Carter, Die Kinder von Hamlin · 06/4685
Jean Lorrah, Überlebende · 06/4705
Peter David, Planet der Waffen · 06/4733
Diane Carey, Gespensterschiff · 06/4757
Howard Weinstein, Macht Hunger · 06/4771
John Vornholt, Masken · 06/4787
David & Daniel Dvorkin, Die Ehre des Captain · 06/4793
Michael Jan Friedman, Ein Ruf in die Dunkelheit · 06/4814
Peter David, Eine Hölle namens Paradies · 06/4837
Jean Lorrah, Metamorphose · 06/4856
Keith Sharee, Gullivers Flüchtlinge · 06/4889
Carmen Carter u. a., Planet des Untergangs · 06/4899
A. C. Crispin, Die Augen der Betrachter · 06/4914
Howard Weinstein, Im Exil · 06/4937 (in Vorb.)

STAR TREK: DIE ANFÄNGE:

Vonda N. McIntyre, Die erste Mission · 06/4619
Margaret Wander Bonanno, Fremde vom Himmel · 06/4669
Diane Carey, Die letzte Grenze · 06/4714

DAS STAR TREK-HANDBUCH:

überarbeitete und aktualisierte Neuausgabe!
von *Ralph Sander* · 06/4900

Diese Liste ist eine Bibliographie erschienener Titel
KEIN VERZEICHNIS LIEFERBARER BÜCHER!